酸甜

SUAN
TIAN

玖玖
著

花山文艺出版社

图书在版编目（CIP）数据

酸甜 / 玖玖著. -- 石家庄：花山文艺出版社，2018.8

ISBN 978-7-5511-4217-5

Ⅰ. ①酸… Ⅱ. ①玖… Ⅲ. ①长篇小说一中国一当代 Ⅳ. ① I247.5

中国版本图书馆 CIP 数据核字（2018）第 201410 号

书　　名：酸　甜
著　　者：玖　玖

责任编辑：林艳辉
责任校对：李　伟
封面设计：王　鑫
美术编辑：胡彤亮
出版发行：花山文艺出版社（邮政编码：050061）
　　　　　（河北省石家庄市友谊北大街 330 号）
销售热线：0311-88643221/29/31/32/26
传　　真：0311-88643225
印　　刷：涿州汇美亿浓印刷有限公司
经　　销：新华书店
开　　本：620×889　1/16
印　　张：20
字　　数：201 千字
版　　次：2019 年 8 月第 1 版
　　　　　2019 年 8 月第 1 次印刷
书　　号：ISBN 978-7-5511-4217-5
定　　价：49.00 元

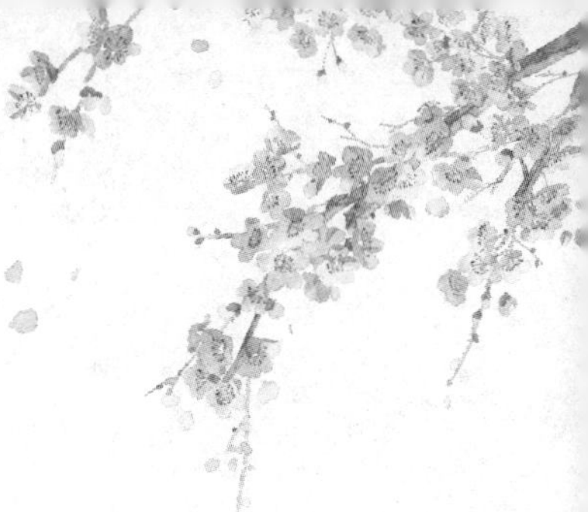

目录

第一章 暗恋

公寓外暴雨倾盆，雨点重重地砸在窗户上，噼啪作响。从里头往外看去，天与地连成一线，水汽弥漫，整个世界都笼罩在模糊之中。

谢雅琪坐在电脑桌前，左手托腮，右手点着鼠标往下拉着网页，看着网友们各抒己见的留言，神情复杂。她突闻身后有些动静，慌忙转过身去，就见何适从浴室里走了出来。

他穿着黑色的T恤、浅蓝色的牛仔裤，休闲又不失风度。

他身上有一种独特的气息，正是这种气息的吸引，令谢雅琪每次见到他便移不开视线。他容貌精致、体形修长，穿什么都好看，就像一个衣架子。此时他微偏着头，正拿着一条宽大的白色毛巾擦拭着自己略湿的头发，凤眸微眯，有些不悦地看着她：“别碰我电脑。”

谢雅琪微微一愣，忙转身将网页关掉，顺便清除了网页浏览记录，站起身带着些讨好的笑意：“我来帮你擦。”

“用不着。”何适淡淡地拒绝道，将毛巾往旁边的椅背上随意一丢，“收拾好东西，我送你回去。”

“外面的雨下得这么大……”谢雅琪沉吟一声，又快速地说道，“而且我第一次来这儿。”

“走吧。”何适忽略了她的话，从电脑桌上抓起车钥匙，轻松提起她的行李就往外走。

“何适！”谢雅琪快步走上前去，微微咬住唇，“你还没有回答我，为什么你要骗我？”

何适仿佛没有听到她的问话，抬手看了一下腕表：“现在一点一刻，我让人给你买了两点的票，再不走就来不及了。”

“你……”谢雅琪内心苦闷，他敷衍她！可他敷衍她也不是一次两次了。

谢雅琪至今都不明白，她是何时将眼前的这个男孩儿满满当当地装进心里的。

记得是高一的某个课间，她在回教室时，突然瞥到走廊前面的拐角处有一个男孩儿探出半个身子，恍若是在看她，又仿佛不是在看她。他淡淡地勾唇一笑，带着几分俏皮的孩子气。当时，她的脑袋轰的一声就是一片空白。这是怎样一张精致的脸啊，肤色白皙，一双凤眼，眼尾略挑，明亮的双眸如同漆黑的深潭，深不见底。鼻梁挺直，唇色是健康的粉色。这是一个极其漂亮的男孩儿。她还想看第二眼时，他已经消失无踪，她只记得他穿着一件浅蓝色的外套。

第二次见到他，是因为弟弟让她帮忙搬矿泉水。搬完之后，她本欲离开，却轻易认出了在篮球赛上三步上篮的他，动作潇洒轻巧，不过一个简简单单的动作，却帅气得几乎让人窒息。她只是远远地看着，心里的某一根弦突然就绷断了。对于那些女生的尖叫，她是充耳不闻，似乎整个世界里只有他。

那是她第一次看完一场篮球赛。

若是第一次爱上的是他的颜，那么第二次爱上的便是他的形。

爱情就跟别人地里的萝卜似的，不可自拔。一见何适误终身，那么短暂的两瞥，她就将自己的心赔了进去。

谢雅琪站在原地不动，因为靠得近还能闻到他身上淡淡的沐浴乳的香味，心脏就不自禁地“怦怦”跳了起来。

“谢雅琪，再晚就真的要误车了。”何适见她磨磨蹭蹭的，微挑眉梢，颇有些不耐烦。

“走就走。”她嘀咕了一声，从他旁边擦身而过，故意甩了甩头发。

她从别人的口中知道他喜欢长发女生，所以她才将头发留了起来，上个星期去美发店做了一个微卷。

这次来，她不仅是为了问他那个问题，也是为了炫耀一下自己的新发型。她见他连正眼都不打算瞧自己一眼，脸上又浮现出一些不甘和委屈，继续嘀咕着：“这个城市又不是你的，凭什么你让我走，我就要听你的？”

“你说什么？”何适没有听清楚她在说什么，皱着眉头问了一句。

“我干吗告诉你？”

高考之后，她打电话给他，问他会去哪个学校，他淡淡地道，可能是W大学吧。就因为这个“可能”，她放弃了到外地读书的想法，心甘情愿地报了离家很近的W大学，开学的第一天，她在学校里到处寻找着他的影子，事后却从其他同学口中得知他去了H市，那一刻她怒火冲天，恨不得马上跑到他面前去质问。

如今十一长假，她特地乘坐了四个小时的动车来质问他，但更多的原因是想他了。

他听到她的质问，满不在乎地笑了笑：“这么幼稚的问题，我为什么要回答你？”

她的心一时冷如冰窖。他从来都是这样对待女生的，特别是犯花痴的女生，而她就是这么多人中的一个。

恰巧天公不作美，突然乌云密布，倾盆大雨从天而降。他是有绅士风度的男孩儿，唯一的一把伞全部遮在她的身上，自己却被淋了个湿透。

因为她人生地不熟，又因为他需要换身衣服，所以她才有机会来到他的公寓。到了之后，他自作主张地为她买了两点钟的票，说是时间一到就送她走。

“喂？雅靖，你六点钟去火车站接你姐姐。嗯，好，挂了。”何适一边开车一边打了个电话给谢雅琪的弟弟。

谢雅琪看着窗外的茫茫雨雾，轻轻地咬着唇，想着属于她自己的心事。他明明不喜欢她，可还是很照顾她。她的心里明明不开心，却还是觉得有一点点的甜。

“我送你进去。”何适拿了一把伞递给她，面无表情地下车，从后备厢中拿下她的行李，领着她去了候车室，他将行李放到她的旁边，“还有两分钟就检票了，看清楚车次再上车，到的时候雅靖会去接你。”

他极少跟她说这么多话，雅琪觉得安慰了一些。可此时她是真的生气了，根本笑不出来，一双黑漆漆的眼睛阴恻恻地看着他，就像外面的天气。

“人送到了，那我先走了。”

“等一下。”谢雅琪坐在椅子上看着他，仰起头来，张了张嘴。

“什么？”

谢雅琪还只是张了张嘴，脸上露出一种痛苦的神色。

“嗯？”何适微微皱眉，倾下了身子。就在这个时候，谢雅琪一把搂住他的脖子，然后快速地在他脸上亲了一口。紧接着，在他还没有反应过来的时候，带着自己的行李逃之夭夭。她不是大胆，只是突然有了勇气，而勇气就跟泡泡一样，一戳就破。

那天，何适从候车室出来之后，脸色很臭。

谢雅琪回到W市已经是晚上六点，双胞胎弟弟谢雅靖已经在停车场等她了：“我说谢雅琪，你没事跑到H市去干什么啊？吃饱了撑的。”

谢雅靖是谢雅琪的双胞胎弟弟，因为迟了四十分钟才来到这个世界，所以只能屈居弟弟之位。谢雅靖从心里不服气，于是两人从小打到大。小时候他天天被谢雅琪按在地上揍，揍得鼻青脸肿的，青春期后，因为身高、体力上的优势才免遭毒手。

“见老同学呗。”谢雅琪跟在谢雅靖的后面，因为心情不好，就随意扯了一句。

“小小年纪就想着私奔，让妈知道了还不打死你。”谢雅靖的语气凉凉地道，“我早给你探过消息了，人家何适对你没有想法，你别自讨没趣。”

谢雅琪没吭声，想着自己是不是邪魔入侵，才会突然做出那么有勇气的事儿来，乘那么久的火车去H市见他。

“你到底喜欢他什么？他就长得好看，但好看顶什么用啊，他的脾气可是臭得很。”谢雅靖“嘁”了一声，语气中带了些嘲讽，“高三那年他不是将我们学校的方老大给弄进医院了吗？方老大那样儿的他都敢打。”

“姓方的那个就是欠扁，被人打了也活该。”

“他还有一堆的风流账，以前高二的时候，那个校花不是还为他跳过楼？”

“这个事儿是谣传！”

“啧啧，就你这德行，还见不得我说他不好了。”谢雅靖招来一辆出租车，继续教训她道，“女孩子家的也不矜持点儿，你这样跑过去有什么用？不仅被人赶回来了，还要让我来接你。”

谢雅琪斜睨了他一眼：“谢雅靖，你行了啊，别招惹我。”

可能是从小就被谢雅琪打压惯了，谢雅靖还真不敢招惹她。他这个姐姐年纪轻轻，却提早进了更年期。他们家奉行男子穷养，女子富养，一个个地都疼着她，她这德行还不是给宠出来的？自己这个当弟弟的，从小都不得不让着她？

“小靖。”

“叫我呢？”谢雅靖哼了一声，不是让我不要招惹你吗？

“我没喜欢他，就是去看看他。”雅琪自省自己这脾气发得无缘无故，又重申了一下自己的立场。

“别发神经，喜欢就喜欢，跟我遮掩什么，怕我真告诉妈你早熟？不怕告诉你，你的秘密我可知道得一清二楚，昨天我电脑拿去修了，就用了你的，该看的、不该看的我都看过了。有志者事竟成，破釜沉舟，百二秦关终属楚；苦心人天不负，卧薪尝胆，三千越甲可吞吴……”

谢雅靖得意地说着怪话，话还没有说完，谢雅琪就已恼羞成怒，全身的气血不禁上涌，对着他的大腿就是狠狠一拍，这一巴掌下去，声音特清脆：“浑蛋。”

两人回到家，谢妈妈已经做好了饭菜：“回来了啊？琪琪，你们今天去渔民岛玩，累不累？有没有吃海鲜？”

“啊？”谢雅琪看到谢雅靖对她眨了眨眼，点了点头，“哦，还好。”

谢雅琪看到妈妈还想问什么，忙问道：“今天做了什么好吃的？好香！”

“吃饭喽，饿死了。”谢雅靖说道。

吃完饭，谢雅琪回房间洗了个澡，又开了电脑。想想不对劲儿，她又跑去谢雅靖的房间，他正在玩游戏没空理她，她就不依不饶地扯着他的领子摇晃着，憋屈着一张脸，活似谁欺负了她一般。

“烦死了，别影响我。”谢雅靖拿脚踹她。

“小靖！”谢雅琪吼了一声，“我很不高兴！”

谢雅靖心想早知道就装什么都不知道好了，现在倒好，她为了这么点儿破事就来烦自己。他不耐烦地挥了挥手：“就你那点儿心思，我没有兴趣到处去说。”

“哦。”谢雅琪听了他的再三保证，才放开了他。其实雅靖嘴严，没什么好怕的，只是这份暗恋在心里放了太久太久，她有些不习惯还有第二个人知道。

谢雅琪回到房间之后打开了她九月份在情感论坛里开的帖子，这个帖子的名称是：“有一个人，一直在我的心里。”

标题没有什么特色，刚开始点击的人并不多，她也不过是在自说自话。可是慢慢地，许多人被这个故事吸引了，版主还给加了“精”，人气一下子就上来了。这不，才过了一天，下面又多了几百条的留言。

她喜欢了他三年，他是她心里盛开的一朵花，盛开在她心尖的那个位置。两人分在两个班，极少有机会说上话。可是发生在他身上的事，还有两人之间说过的鲜少话语，她都记得清清楚楚。

她那加了锁的 QQ 空间日志里，有关于他的全部，包括他今天穿了什么颜色的衣服，去图书馆借了什么书。她调出曾经写的日记，对照着时间表继续“填楼”：“高二那年的圣诞节，我专门为 S 准备了一盒巧克力，犹豫再三还是决定去他们班找他。我过去的时候，S 正在拒绝一个女孩儿的礼物，我踟蹰着不敢上前，转身的时候看到了刚从厕所回来的弟弟。弟弟抽走我手上的巧克力问，这是要送给谁。我没敢说实话，说了一句是别人送的。他没有还给我的意思，拿着就走了，那天晚上他笑眯眯地送了我一对耳环，跟我说是跟 S 换的。”

谢雅琪并没有耳洞，可是这副耳环她一直珍藏着，放在贴身的包包里，去哪儿都带着。

下面留言很多，喜欢盲目猜测的网友说，S 也在默默喜欢着楼主，所以才会通过楼主弟弟给了楼主一副耳环，否则一个大男人随身带着一副耳环干什么。

谢雅琪明明知道不是，但看着这些留言竟也开始幻想起来，直到刷出一条署名“弟弟”的留言：“妹子，是我害了你！”

“谢雅靖？”谢雅琪一愣，随即有些气恼地跑到谢雅靖的房间里，见他也在刷帖子。谢雅靖见到她来，丝毫没有诧异，扶了扶自己鼻梁上的低度数眼镜，一脸认真道：“雅琪，那副耳环不是何适送的。”

“那是谁？”她心里一“咯噔”，握紧拳头咬牙切齿地问道。

“我一直知道你喜欢何适，见你老魂不守舍的，就骗了你。其实那副耳环是我死党周升升让我送你的，他从初中就喜欢你，不过他说要等你长大，让我先别告诉你。”

“你……”谢雅琪的心一下就坠到了谷底，一个拳头对着谢雅靖就打了出去。没有人知道那副耳环对她的意义，她坚信了这么久的信念突然间就崩塌了，眼泪悄然盈满了眼眶。

谢雅靖一个闪身躲过去了，拍了拍她的肩，安抚她道：“雅琪，有话好好说，好好说，我送你回房间去。”

“谁要跟你好好说，谁让你干这种蠢事的！”谢雅琪根本没有要跟他好好说话的意思，谢雅靖见她不依不饶，也开始烦躁了。

两人小时候都是学过武的，一打起来就很耗体力，谢雅靖一边拆招一边喘着气道：“谢雅琪，你别闹了，我现在就给何适打电话，让他给你送副耳环过来。”

“哼。”谢雅琪冷冷地哼了一声，干脆转身出门，因为憋了一肚子的气，从这日之后就再没有跟谢雅靖说过一句话。

谢雅靖看着被谢雅琪闹过的房间，哭丧着脸重新收拾着。然后给何适打了个电话，没话找话道：“何适啊，我妹妹已经到家了。”

在外面，他总觉得叫雅琪姐姐很丢人，就一直称雅琪为他妹妹。

“哦，那就好。”

“何适，你掂量一下，看能不能收了她，她太闹腾了。”谢雅靖沉默了一下，想起刚才谢雅琪离开时眼中带着泪花，心也被揪了一下。他想继续套套何适的话，如果郎有情妾有意，他闲着没事儿干时推波助澜一下也是可以的。

“算了，我消受不起。”电话的另一头，何适口气不太好。想起不久前那个厌恶的吻，还有两年前一个黑灯瞎火的晚上，那个家伙一拳打在自己的鼻子上，当下就是鼻血四溅。

“看在她对你……”

谢雅靖顿了顿，还在想词儿时，何适倒是顺口地接了下去：“一往情深吧，我知道。”

“你知道什么？”谢雅靖迟疑地问了一声。

“嗯，不小心看到的。”

“谢雅琪，有什么脾气七天闹得还不够？”十一长假结束，谢雅靖将谢雅琪送回她的学校，语气中带着恳求道，“不就那么点破事儿，那么记仇干什么？”

谢雅琪就是不说话，黑眸中怒气十足，齐眉的刘海儿让她的眼睛显得更大。她看着这个长得同自己有五分像的帅气大男孩儿带着讨好的笑容，那张脸都快皱成了一团。谢雅靖将一大包零食塞到她的怀里："我好不容易从零花钱里抠出来买给你的，别气了啊。"

"哦。"谢雅琪别扭地接过零食，挺不好意思地低下了头。

"好了，我要去赶车了。"谢雅靖看着她这个样子笑了出来，拍了拍她的脑袋，转身要走的时候，谢雅琪扯了扯他的手，闷闷地道："钱我已经打到你卡上了，你自己回去查一下。"

"妹妹真乖，再见。"谢雅靖眉眼弯弯，笑得特别幸福，跟她挥了挥手，就上了出租车离开。

要说谢雅靖对这个姐姐那么客气，被压着欺负是一个原因，在金钱方面就是另外一个原因。她是他的大金主，他哪儿敢得罪。两人从小到大压岁钱一直都很多，他们这一辈的孩子少，几个叔叔阿姨都将这对双胞胎当作自己的孩子。每次从国外回来给钱都给得很爽快，而且是以"万"为单位给的，两人成年之后，这笔小金库就由他们自己保管了。

上大学之后，谢爸爸又给俩孩子每人十万元钱，表示两人已成年，这是最后一笔费用，以后不再提供任何"赞助"。这笔钱对搞乐队的雅靖来说少了点儿，为此他表示很苦恼："我的架子鼓，我的吉他，我的学费，我的车子，我的……"

就在这个时候雅琪进来了，认真地说道："如果你相信我，就把钱给我，我会连本带利还给你。"

他从小到大什么都要跟雅琪比，可是有时候也不得不佩服她，特别是在赚钱这能力上，他是比不过雅琪的。

谢雅琪上小学的时候就开始发表一些"豆腐块"文章，赚稿费，生活得那个"滋润"；中学的时候搞批发倒卖；高中的时候跟父母借了一笔钱投资基金。此时她一开口，他二话不说，就把刚到手的十万元钱都给了她。

事实证明，雅琪没有让他失望。她在学校附近以低价购买了一栋老房子，简单装修之后，将里面的房间出租给想要租房住的学生，签半年的死合同，一个房间的月租金是一千八百元。剩下的钱则全部投入了股市。

雅靖觉得雅琪很神奇，却也习惯了。反正每个月他的卡上都会多出一笔钱，也够他平时的花费了。

谢雅琪抱着自己的行李还有零食回到宿舍，见到室友诗梦在玩游戏。

“吃不吃苹果？”雅琪从零食袋里掏出两个苹果去卫生间里洗了后，分了一个给诗梦，自己则叼着苹果打开了笔记本。

这七天假期，她跟着妈妈出去玩了一趟，又因为在家里妈妈让她少上网，所以她这几天很少上网看帖子。今天上去一看，上面的网友对何适的容貌十分感兴趣，强烈要求传照片。

谢雅琪想了想，或许是一时被这些留言迷惑了，她恍惚了一下，真的传上去了一张照片。这张照片是她偷拍的，从他后方的七十五度角拍摄的，很朦胧，五官几乎看不清楚，可那深邃的眼角、微短的发，显得年轻英俊。

她没有想到的是，这张照片一传上去，网友就疯狂了，大呼迷人，说被电到了，强烈要求看正脸。

何适是个极漂亮的男孩儿，即使看着他的背影都会被电到，更何况这七十五度角。

谢雅琪自然是不会真的将何适的照片传上去，因为她根本就没有。而且事关隐私，她怕被“人肉”。她一遍一遍地刷着留言，心里想着如何应付网友们要求的时候，突然刷到一条以“HS”署名的留言：“不许发，否则掐死你。”

谢雅琪先是一愣，接着不知怎的就从凳子上滑了下来，摔在地上，磕得屁股生疼。

“雅琪，你怎么了？”诗梦看了她一眼，关心地问道。

谢雅琪机械地摇了摇头，心一下一下跳得非常快。对着那条留言仔仔细细、反反复复看了好几遍，生怕看错了什么，她只觉得手指颤抖，脑子一片空白。她微张着嘴，怔怔地望着屏幕的背景图案许久许久。

她给雅靖打了个电话："雅靖，你现在在哪里？"

"我在车上。"他的声音有些含糊，刚才应该是在睡觉。

"哦，没事，你到的时候跟我说一下。"

她在这个帖子上透露了太多的"自作多情"、太多的臆想，脑海中下意识地想象着何适那漂亮的唇角露出了一抹讥笑。她重新刷了一遍帖子，下面有许多网友"尖叫"的帖子以及与"HS"留言要"合照"的帖子。她说不上自己此时是故意还是报复，又回了一帖："我找找看，似乎有一张清晰的。"

回了帖子不久后，电话响了，是何适。

谢雅琪的唇角一点点向上弯起，心情无以复加地激动，她深深地吸了一口气，将汗湿的掌心在衣服上擦了一下，才将响了几声的电话接了起来："喂？"

"谢雅琪，你给我老实点儿。"何适的声音倒没有她想的那般暴怒，一如往日里他跟她说话时那般冷冷淡淡，只是话语中威胁味道十足。

"哦……"谢雅琪只应了一声就不说话了，她不知道要说什么，眼眸却闪亮着，听着他的呼吸在电话的另一头轻轻地响着，心中泛起一种恶作剧之后的满足感。

"说话！"

"你怎么找到这个帖子的？"

"白痴。"

"……"

"删帖。"

"关你什么事儿啊，你自作多情。"

谢雅琪最终还是把那张照片给删除了，可似乎一直都不明白何适是怎么找到这个帖子的。这个帖子后面又陆陆续续地记叙着一些事，包括她跑到 H 市找他，包括她吻他，包括他给她打电话，一件一件交代得清清楚楚。网友们都看得很过瘾，局外人总觉得这明朗化的爱情即将结果，可局内人看到的只有迷茫。

雅琪也很忙，帖子更新的速度并不快，她不知道他会不会看见。他没有再给她打过电话，也没有再在这个帖子上留下任何痕迹，可她仍继续写着，将这几年看到的、想到的都想告诉他。

反正做了，就做得完美一些。

这个帖子越更越慢，一个人冗长的暗恋，总有说完的时候。暗恋不过是镜花水月，虚影一场，若是没有后续，永远没有结局。

暗恋的时候偶尔苦涩，偶尔甜蜜，心情变化无常，这种感觉无法向外人道也。

可有些人注定是等待别人，而有些人则注定被别人等。

人生并不是你情我就愿。

第二章 失恋

在学业、赚钱、思念中，时间似乎也并不是那么难挨，一转眼就到了寒假。期末考试结束的那天，天气特别冷，外面还下着雪。雅琪双手冰凉，抱着一个热水袋，窝在寝室里不想动，直到雅靖给她打来电话，笑声中带着几分玩笑意味：“小妹，快下来，你的白马王子骑着马儿到楼下接你回家了。”

“去你的白马王子，去你的马儿。”少女似乎总是喜欢伤春悲秋，因为外边下着雪，心情也无端阴霾，她没心思跟雅靖打趣。

“这白马王子是何适呢，是何适呢，是何适呢……”

谢雅琪挂了电话，一时恍惚，接着就从床上跳了起来，快速地打包好自己的行李，匆匆跑下楼去。外面雪下得颇大，谢雅琪以最快的速度跑下来，扶着楼梯把手喘着气，刚想四处寻人，就听到两声喇叭响，接着一辆眼熟的车缓缓停在她的面前。

何适从车里钻出来，黑色长款的 Dannimac 风衣，配上一双中筒军靴，很随性的打扮，却掩盖不了他身上的贵气。他拿着一把黑色的伞站在飞雪中，他的面容有些模糊，她呆呆地看着他，望着他桀骜不驯的如墨双眸，不自觉地就被迷惑了。

何适直直地走过来，将她手上的行李放进后备厢，又打开后座的门让她坐进去。

谢雅琪刚开始还在想为什么要她坐在后座，等坐进去才看到副驾驶位置上坐着个女孩儿，十五六岁的模样，她在雅琪进来的时候还转过身来对她甜甜地笑了笑。女孩儿穿着一身W市四中的校服，脸色略带苍白，身体不大好的样子，可是眼神干净，笑容很甜，一直甜到人心窝里去。

何适也上了车，启动汽车往校外驶去。他一边开车一边说着话，似是在解释什么，语气中有微微的不耐："雅靖不乐意出来，让我顺便接你回家。"

"哦。"方才的欣喜顿时消失无踪，他只是顺便接她回家，而并不是她以为的——他因为那个帖子对她有了什么感情变化。不过也是，他的心从来不会为她而停留。

雅琪安静地转头看向窗外，望着外面灰蒙蒙的天色，她讨厌这样的天气，心情也变得更加烦躁。

"这次考试准备好了吗？"谢雅琪突然听到何适问那女孩儿，声音淡漠，却暗藏着一丝温柔，这抹温柔令她倍感不快。

"准备得差不多了。"女孩儿柔柔地回答，她的语速很慢，带着些笑意道，"下个星期一考，考三天。"

"要不要喝奶茶？"何适开车经过一个转弯的时候问道。

在谢雅琪的眼里，他天生傲慢、为人冷淡，给人一种高高在上的感觉，她从未见过他这样照顾过别人。

女孩儿开心地说："好。"

"你要不要？"何适停下车问坐在后面静默不语的谢雅琪。

谢雅琪头也不抬地道："我最讨厌喝奶茶。"

她的声音闷闷的，还带了些别扭，心中只感到酸涩不已，她知道自己是在吃醋，可这醋吃得又似乎无缘无故。

雪依旧下得很大，何适撑着一把伞下了车，她呆呆地望着他那模糊清冷的背影，他的脊背倨傲地挺直。他的身影消失片刻后便又出现了，手里拎着两杯热饮。他将其中一杯奶茶递给那个女孩儿，将另外一杯递给谢雅琪：“暖暖手也好。”

谢雅琪顿住，不想接，可是看着他那修长有力的手握住杯身，手指纤细白皙，她怕他被烫着，就快速地接了过来，低声说了一声：“谢谢。”

“咦，白开水？”她嗅了嗅杯身，没有奶味儿，又掀开盖子看了看，那漂亮杯身里面装的居然是白开水，她从来不知道奶茶吧还有卖白开水的。

谢雅琪口味比较难伺候，除了白开水，其他的饮料都不喝。一时之间，她居然有些感动，却又不知道他怎么会知道她的喜好。她将双手捂在杯子上，暖暖的，心也变得温温的，外面的雪似乎小了一些。

暗恋真是一件让人讨厌的事啊，那个人总是能轻易地左右她的心。

“到了。”女孩儿突然说道，汽车缓缓地停在四中的门口，她从书包里拿出雨伞，背上书包对着何适挥了挥手，“何适哥哥再见。”

“嗯，再见，好好考试。”何适伸出手来也朝她挥了挥。

车门被女孩儿关上，车子继续往前行驶。谢雅琪从来没有试过跟他待在这样一个小的空间里，心里有欢喜又有紧张，可那个女孩儿的出现对她来说仍是一个不小的打击，过了许久终于忍不住地问道：“她是谁？妹妹？‘童养媳’？”

“嫉妒？”

“是。”谢雅琪喝着水，实话实说，她确实不大开心。因为他跟雅靖的关系，她对他家里还挺了解的，他的爷爷是军区的干部，父亲从政，母亲从商，还有个未结婚的叔叔，他是他们家里的小祖宗，并没有什么弟弟妹妹。

“她是我从小养大的，说是‘童养媳’也不为过吧？”何适的语气说不上来，漫不经心，又带了些温柔。她从反光镜里看着他的表情，他的双眸清澈深邃，唇轻轻地翘起，含着些笑意。这种笑似是不经意间流露出来的，却重重地刺痛了她的心。

谢雅琪的神情刹那僵硬，脸上的笑容也不自觉地收敛，身上的力气似是被抽掉一般，再也支撑不住自己，她的身体往后靠去，眼睛望着窗外，雪小了一些，可是心里越发郁闷了。

“童养媳”呢，“童养媳”！

“何适。”她身体往前倾了一些，伸手碰了碰他。

“干吗？”何适整个人都跳了起来，有些恼怒道，“别碰脖子。”

“你怕痒？这么敏感啊？”谢雅琪根本都没有怎么碰他，只是轻轻地触了一下，看他反应那么大，只觉得好玩，一时没有想起来车还在开着，又恶作剧般地多碰了几下。还别说，何适的脖子真的很敏感，特怕痒，要不是他定力好，差点儿都要撒手不管车子了。

他将汽车停到旁边，“嘎吱”一声停得很快，惯性也大，让她整个人都往前倾去，额头不轻不重地撞在了前面的靠座上。幸好这里偏僻，没有什么人和车，否则还不得出事故。何适有些气恼地转过身来，此时他哪儿还有往日里的冷傲，他脸色有些红，凤眼瞪得特别大，一副凶神恶煞的样子。他的手劲儿很大，将她闹腾的双手紧紧地禁锢在自己的一只手里，另一只手伸过去用力捏住她的脸，恶声恶气地说：“你活得不耐烦了。”

他掐着她的脸，力气特别重，修长冰凉的双指在她脸上愣是捏出一个红印子。她也不喊疼，就这样看着被他握在手心里的双手，出神发愣，看着他脸上现出的复杂神色，恼怒、羞愤、郁闷交织在了一起。他见她没反应，又捏了一下，发出警告：“给我坐到副驾驶座上来，别在我背后玩阴的，否则踹你下去。”

雅琪听话地从后座爬到副驾驶位置，乖乖地坐好，又扣上了安全带，轻皱着鼻子，心里一阵酸楚，可这样又觉得离他更近了一些。

“我说，你别整日里给我写情书了，我看着挺酸的。”何适继续开着车，声音又恢复了一本正经的样子。

“还好吧，知道你看了，我很开心啊。”谢雅琪不由得翻了个大大的白眼，不过她心情不好的时候，什么话都敢说，此时居然也没有感到不好意思。她将双手塞进自己的衣兜里，寻了一个舒服的姿势坐着，刚才那杯白开水喝得没剩下多少，因为刚才的玩闹掉在了地上，手里也就没有什么东西好拿的了。

何适不说话，许久才想起什么，问道："你刚才要说什么？"

"哦，我说我想吃水晶小笼包，刚才那家老字号做得很好吃，我本来想让你停一下的。"

"那你碰我干什么？"何适没好气地掉转了车头。

"这样比较有存在感……哎？你又回去干吗？算了。"

"反正也不远，不过待会儿你自己下去买，我不喜欢下雪天。"

"'童养媳'跟朋友，你倒分得很清楚。"雅琪没有发现自己的话说得酸溜溜的。下雪天，他送他的"童养媳"回学校，顺便来载她回家；下雪天，他下车给他的"童养媳"买热饮，却要她自己下去买水晶小笼包。

何适微勾唇道："朋友？也算不上吧。"

谢雅琪此时心情阴郁又无处发泄，只是默默地哼了一声。

她守了这么多年的他，居然是个有小媳妇儿的，这事儿她接受不了，她得从长计议。

谢雅琪买了一屉水晶小笼包，坐在副驾驶座上有滋有味地吃了起来："啧啧，真香。"

小笼包很小，本来两口就可以吞下，谢雅琪却用了十口，她在慢慢品尝。何适今天刚从H市开车回来，回来的时候在公交站看到正在等公交车的家宝，就顺道送她去学校，结果人还没有送到，谢雅靖又给他打电话让他"顺道"去接雅琪。从吃了早餐后到现在下午四点钟，他还一直什么都没有吃过，刚才还没有觉得，现在闻着这个香味，就觉得饥肠辘辘。

谢雅琪是真的很喜欢这家老字号的小笼包，此时没话找话地说："这家的小笼包跟别家做得不一样，我和雅靖都很喜欢吃。他们家的小笼包外面的皮薄，晶莹剔透，里面的馅儿啊，用的是上好的五花肉，汤汁特别香，对了，里面还有些香菇和火腿……"

她话还没有说完，何适已经若无其事地伸过手来拿走了一个，然后塞进了自己的嘴里。

“嗯？”谢雅琪是一脸的不解，她已经跟他熟到可以同吃一屉小笼包的地步了吗？

皮薄馅儿多，汤汁香浓，这家的小笼包真的很好吃。何适实在太饿，一个填不饱肚子，他还想再吃一个。他的左手松松地握在方向盘上，眼睛直视前方，目光淡定冷傲，唇因为汤汁的浸染红润润的，右手又一次若无其事地伸过去了。

“不给了。”谢雅琪憋着笑，把袋子口封死了，不给他。她这可不是小气，是他这个人，实在是……随便说句好听的话再拿不可以？先前还说什么朋友都不算，现在居然吃她的小笼包，还非要装淡定、装不屑。

“爱给不给。”何适伸手捞了一个空，也不尴尬，只是冷冷地哼了一声。

“哈，你……”谢雅琪一脸无语，接着哈哈大笑起来，她将装小笼包的袋子打开，放在他面前，“你就装吧。”

雅琪只买了十个小笼包，自己吃了三个，剩下的都给了他。何适一口一个，鼓着嘴咀嚼着。即使是这般，她也不觉得他失了风度，反而觉得原本的梦幻显得真实了一些，这种真实的感觉令她陶醉。

“到了，下车。”

这种陶醉并没有持续多久，何适的一句话，让失落再次从雅琪的心中冉冉升起，她刚想开车门又顿住，转过身来直勾勾地看着他。何适被看得毛毛的，眉头不自觉地一跳，就见到她的身子朝他靠过来了一些，他伸手按住她脑袋往外推着她，微皱着好看的眉：“你这样会让我不好意思。”

她撇了撇嘴，脸却悄然红了，还有些尴尬，却仍旧倔强着，表示不相信他说的话：“她会对你这样吗？”

何适一顿，冷声道：“她只是个孩子，什么都不懂。”

“那我走了。”她找不到留下来的借口，开门下车。就在这个时候雅靖从家里出来，从何适的手里接过雅琪的行李，然后拍着何适的肩膀："兄弟，谢谢你，辛苦了。来我们家吃点儿东西吧，你送我亲爱的妹妹回来，我妈妈说要好好招待招待你。"

何适略一沉吟，点了点头，跟在他的身后上了楼。谢雅琪没想到他会答应得那么快，微微张了张嘴，就迈步跟在了他的身后。她的喜怒哀乐都吊在他的身上，她会因为他的一句话失落到谷底，会因为他一个点头上升到天堂。

不得不说，她今天很难过，那个苍白的女孩儿如同一把刀刺入她的心脏。可此时因为他要去她家，她又得到了安慰，她加快了脚步，紧跟在他身后，她并没有掩饰自己的心情，笑容在脸上绽放。

三个人进了屋，何适客客气气地跟谢妈妈打了招呼。

谢妈妈转身跟谢雅琪道："琪琪，你阿姨前两天从日本回来，给你买了很多零食，你拿出来分点儿给小适。"

"妈，你认识他啊？"谢雅靖听到妈妈那么亲切地叫他，不由得疑惑地问道。

"认识，当然认识，小靖的朋友嘛，以前你们上高中时，我去你们学校，跟小适见过几次面。"说着谢妈妈又嘱咐道，"我现在就去做晚饭，零食少吃些，免得待会儿吃不进去。"

"哦。"谢雅琪点了点头，心里不禁想，他不仅是弟弟的朋友，还是我喜欢的人呢。

她回到房间拿了吃的出来，堆在他面前："吃。"

何适"嗯"了一声，一点儿都不客气地打开了一包巧克力小饼干，转头跟雅靖说着话。她坐在他对面看着他，也没有在听他说什么，只是看着他弯而长的眉、轻轻扯起的唇角、干净的手指，她的大脑就开始变得迟钝，如生锈的铁一般难以转动。

明明前一刻，她还在讨厌他对别人温柔，讨厌他对她的傲慢。

"雅琪，你饿了的话就去厨房找妈要点儿吃的，别用这种饿虎扑食似的眼神瞧着他啊，多丢人哪。"雅靖突然对着她没头没尾地打趣了一句，脸上挂着没正经的笑容。

雅琪脸一红，镇定地轻咳了一声："我没有那种不纯洁的想法，就是觉得他好看，多看几眼而已。"

"看我妹妹，口是心非惯了。"雅靖拍了拍何适的胸口，拍得很重，看得她都心疼了。

何适只是一味地笑，他笑起来的样子真好看，很温柔的样子，突然他收敛了笑容，一本正经地看着她："克制一些。"

瞬间，雅琪就愣住了，不明所以地看着他。其实她看不懂他，也不了解他。

正如何适所说，他们算不上朋友。他们相处的时间并不多，她对他的脾性、想法都没有了解透彻过。今天从她接到雅靖的电话起，她的思维就开始涣散了，接下去的很多事都失去了判断力。她只知道自己真的很喜欢他，他坐在她面前，谈笑风生的样子很迷人，她的心脏"扑通扑通"跳得厉害。她很想克制一些，假装可以不喜欢他，可是爱情覆水难收，她收不回来。

她努力地想从他的眼神中看出来些什么，却什么都没有。他的双眸清澈，可又很深，像个无底洞，什么都看不清。

何适跟他们一起吃了饭，他吃了两碗，他不挑食，什么都吃。她明明没有跟他说话，也没有再看着他，可是他做了什么、哪盘菜多吃了几口，她都记得清清楚楚。

后来，雅靖送何适离开，回来之后就看到雅琪抱着抱枕窝在沙发里，呆呆的，以为她是舍不得何适走："怎么不开心了？"

"没有什么好开心的。"

"我问过了，他没有女朋友。"

"可他家里有个'童养媳'。"她非常不开心，嘴唇不由自主地轻噘，将自己的脑袋都陷进了抱枕里。如果不是怕妈妈听到，她很想尖叫几声。

"哦，'童养媳'啊。"雅靖捏着下巴想了一会儿，"是有这么个小女孩儿曾来过学校找何适，何适经常给她补习功课。她身体不大好，似乎是心脏不大好。”

谢雅琪垂着脑袋，捧着自己的脸，不说话。

雅靖看着她这副德行，嗤笑一声，拿手点着她的脑袋：“喂，你别老犯傻，好不好啊？他要是有‘童养媳’的话，我怎么会不知道？他说什么你就信什么，笨死了。你看他们牵手了还是接吻了啊？”

谢雅琪眼皮一跳，对何适是否有“童养媳”开始持怀疑态度了。不过就算那个女孩儿不是他的“童养媳”，他故作玄虚的做法也是为了表明他对她没有意思，让她对他死心。这么一想，谢雅琪心里虽然懊恼了一些，却总觉得他心里没有自己，那也比他心里有别人来得强。

W 市的每一个冬天都很冷，今年也不例外，谢雅琪怕冷，轻易不大出门。此时在家里，她穿着妈妈给她买的加厚睡衣，坐在电脑前，手里捧着本《证券分析》读着，偶尔读累了就抬起头来看看股票走势。突然 QQ“嘀嘀”地响了起来，是雅靖，他给她传了一个音频文件，以及三个字：“听一下。”

雅靖从小就喜欢音乐，对节奏很是敏感。七岁的时候架子鼓就打得有模有样了，初中的时候就在学校里跟同学组了乐队，那个时候他年纪还小，买不起昂贵的乐器。即便如此，他们的排练也没有一天落下过，每天放学后都会在学校附近的空场地上练习。

在雅琪的心中，音乐分两种：一种是催眠的，一种是噪声。她对音乐无爱，对于雅靖每次拉着她让她留下来听他们演奏只觉得烦躁不已。或许是她的耳朵长时间受噪声折磨习惯了，所以对音乐才逐渐有了那么一点点的欣赏力。可她还是不明白，歪着脑袋问雅靖：“你们天天玩音乐，是准备以后真的组个乐队，涉足演艺圈？”

雅靖一甩略长的头发：“嘁，演艺圈……我们只是爱音乐，所以才玩音乐。你这个不懂音乐的，是不会明白的。”

雅琪确实不喜欢音乐、舞蹈等艺术。她与雅靖虽是双胞胎，可两人的性格迥异，喜好也大相径庭，两人除了一同练过跆拳道，似乎就没有其他的交集了。她喜欢看书，什么都看，小学的时候就已经将古今的许多名著一本本“啃”了下来。父亲的书房里有很多书，她也不挑，逮什么看什么，关于投资的、金融的书她看不懂，但不懂就问，这也造就了她后来对赚钱的敏感度。而雅靖喜欢追求新鲜感，静不下来，不喜欢看书，小时候，语文课本就被他一页页撕下来折了飞机。

打开音频文件，乐声就从音响里流淌出来，音乐动感，节奏明快，旋律婉转悦耳，很好听。雅靖他们过一段时间就会有一首新的曲子出来，每一次都会让人有惊喜，不过她说了也不算，她是音乐的门外汉，记的最熟的旋律便是国歌了。

她回复：“很好听。”

每次她回复的都是同样的三个字，可是雅靖知道她是真的在赞美。其实他也不是真的要从她这里得到什么宝贵的意见，他只是有一种新曲子要跟自己姐姐分享的心情罢了。过了会儿，他想了想，又给她发了一条信息：“我们高中七班、八班明晚一起开同学会，你要不要来？”

何适在七班，雅靖在八班，同一批的任课老师，两个班级的关系很不错，被称为兄弟班。雅琪一愣，一手端起旁边的陶瓷杯喝了一口温水，另一只手有些急促地在桌子上敲着，随即就想通了，用一根手指慢慢地打了一个“好”字。

可能是因为天气太冷，总人数达到八十人的两个班，来的也就三十多个。这两个班都是理科班，女生并不多，今天到场的也就七八个。这几个女生，雅琪虽然不是每个都能叫出名字来，可都有过几面之缘，很是眼熟。她们如今化妆打扮了一番，比起高中的时候，俨然像换了一个人，可以用“脱胎换骨”来形容了。

雅靖跟另外一个同学出去点菜买饮料了，让雅琪先在酒桌旁坐着。雅琪本来是觉得人多，在里面可以浑水摸鱼，让她看几眼何适就好。可如今有个女生指着她跟另外一个女孩儿说道：“谢雅琪？她不是九班的吗？”声音不大不小，正好让周围的人都能听见，雅琪顿时觉得挺不好意思的。

“她是雅靖的妹妹，人家兄妹感情好不行？大家都是同学，聚在一起不容易。”说话的人是在雅琪旁边的一个穿着黑色呢大衣的男生，长得干干净净的，下巴有些尖，眼睛很亮。

他是周升升，上次雅靖说他喜欢她来着。周升升跟雅靖是很有缘分，从小学到高中，两人一直都是同班，甚至在大学还是同校，他是雅靖乐队的贝斯手兼主唱。他像个大哥哥一样伸出手拍了拍雅琪的脑袋，笑得一脸温和：“雅琪，长大了很多。”

谢雅琪抽了抽嘴角，挥开他的手：“周升升，我跟你一样大。”

何适来得最晚，几乎是掐着点儿来的。当他的身形出现在门口的时候，谢雅琪就觉得自己几乎都窒息了，连室内的温度似乎也上升了一些。他似是不怕冷，今天这么冷的天气，他只穿着一件深蓝色的羊绒衫。他双手插在裤兜里，从容不迫地走进来，唇角噙着笑，手里把玩着车钥匙，带着一分漫不经心的慵懒：“对不起啊，刚才堵车了。”

其他两桌都已经坐满了，只剩下谢雅琪旁边还有几个位置。雅琪听到有人在叫何适去他们那儿坐，她忙将旁边座位上雅靖的包放在另一张椅子上，站起来对他招了招手：“这儿有空位。”

该出手的时候还是得出手，他们相处的时间太少，有一刻是一刻。

何适看了她一眼，神情仍旧是慵懒的。他的表情仿佛迟疑了一下，却仍旧朝着这边走来，坐在她替他准备的座位上。这桌的女生最多，除了周升升和何适，剩下的都是女生。谢雅琪想，这五个人中肯定有爱慕何适的，那多情的眼、微红的脸就说明了一切。一个学期不见，她们脱去了高中时代的羞涩，笑得张扬：“何适，你有女朋友了没有？”

何适也不回答，只是笑着，低头开了一瓶饮料倒进杯子。

他的笑总是不经意地就能俘虏人。

“何适，你装神秘呢？”

“到底有没有？”

“有就带出来给我们瞧瞧。”

“没有的话就考虑考虑我。”

前面的女生，一张嘴就是一句，多么大胆的话啊。谢雅琪有些不悦，伸过手去拿走何适手旁还剩下的半瓶饮料就往自己的杯子里倒。她还没有倒完，何适就轻松地夺走她手里的饮料瓶，瞥着她，一本正经地道：“你拿了我的。”

“就拿你的。”声音很轻，谢雅琪并没有发觉自己的声音里带了些倔强、撒娇的意味，她伸出手来，灯光打在她的指甲上，葱尖儿似的指尖上一个个指甲饱满圆润，“我把指甲剪掉了，打不开。”

这边何适还没有接话，坐在她右手边的周升升已经适时地替她开了一瓶饮料，将她的杯子倒满，接着又很体贴地将剩下的半瓶饮料放在她的旁边：“小心洒了。”

他的服务很到位，笑得腼腆，他的皮肤白净，脸上带着一圈淡淡的红晕。谢雅琪说了一声谢谢，下意识地转头去看何适的反应，见他拿着筷子夹了一个龙眼正剥着吃，她也伸手去拿。可这时何适又去拿开心果，将圆桌转去了半圈，将龙眼转到了离她最远的位置。

谢雅琪觉得很尴尬，手僵在半空又不好缩回来，便随便抓了几颗茶瓜子。坐回来的时候，还有些恼恨地瞪了何适一眼。她再将视线转过来的时候，发现自己面前的小盘子里放了几乎半盘的龙眼，不用说，是周升升“施舍”的。

过了一会儿，雅靖跟那个同学也回来了，似乎是觉得谢雅琪此时坐的位置“挺不错”，笑着对她眨了眨眼。雅琪更觉得尴尬了，也不看他，低头剥着瓜子。雅靖也与他们坐在了一起。

主食很快就上来了，是炒面。大家都有些饿了，一个个轮流着夹面吃。轮到周升升的时候，他先拿了谢雅琪的小碗给她盛上，才给自己盛。对面的女生看着周升升笑道：“看不出来，你平日里不爱说话，关键时刻还挺照顾女生的。”

周升升脸色微微一红，说了一句令谢雅琪很吐血的话：“她还小，我不照顾她照顾谁。”

平日里最喜欢闹腾的雅靖默默地看了他们一眼，没说话。

主菜上得慢，时间间隔也大，雅琪一直在吃冷盘里的鸭舌、白斩鸡、水果。她吃得慢，吃得也不多。周升升还真的蛮会照顾人的，山核桃、葡萄都给她拿了一些，放在了她的盘子里。

山核桃也不是很难剥，可是她的指甲光秃秃的，剥起来有些费力，剥了大半天也没有剥开，一些碎屑还落到了何适的衣服上，粘住了。周升升本来想帮忙的，手机却在这个时候响了起来。

谢雅琪见何适没有注意，就偷偷地用手去拨粘在他衣服上的核桃壳碎屑，何适一只手就将她的手给拍了下来，脸上还带着几分不耐烦："你的手脏兮兮的。"说完，便伸手拿走了她手里的山核桃，他的手指干净灵活，几下就将山核桃剥光了皮，递给了她。

"呃……"

谢雅琪吃完后又拿了一个在他面前晃，何适抓了一把开心果给她，淡淡道："吃这个好了，要吃山核桃，让他给你剥，我不喜欢剥。"

"其实，我也不喜欢吃，吃了口干。"谢雅琪放下了山核桃，随意接了一句，脑袋却开始在遐想了，只为了方才何适那句不经意的话。女孩子嘛，对于自己喜欢的人，他说的每一句话都会放在心里慢慢地咀嚼一番，即使那是一句无意的话。

"我给你剥。"雅靖虽然正在跟旁边的兄弟说话，但也将心思分了一半放在这儿。他手里剥好了一个山核桃，头微微往前倾了一些，对着谢雅琪招了招手。

谢雅琪也不客气，伸过手去，不经意地蹭过何适的胸前，接过雅靖手里剥好的核桃。

一个、两个……雅靖剥得还挺快的，谢雅琪的手也就时不时地在何适的面前伸来缩去。何适也坐不住了，伸手用筷子的背部往她白皙的手背上一敲："你烦不烦，站起来换个位置。"

"哦。"雅琪有些闷闷不乐，也没有多想，站起来就跟他互换了位置。坐在雅靖旁边之后，雅靖也不再给她剥山核桃了，学着何适的样儿，抓了一把开心果放在她手里："吃这个好了，"接着又轻声道，"我也不爱剥，找他去。"

“呃……”雅琪恨恨地瞪了他一眼，嘟着嘴，刚想端起面前的饮料，何适的手已经伸了过来，将两人的碗和杯子都换了一下。

雅琪突然觉得这个位置挺好的，周升升不再坐在她旁边了，也就不用照顾她了。她无意间瞥见周升升的脸色，似乎带了些失望，她快速地别过脸去，佯装不知。

对面的五个女生都在叽叽喳喳地说着，很是兴奋，唯独她一个外班女生坐在这里，没什么意思，也挺无聊。她吃得差不多了，也吃不下了。

这桌女生多，八卦也多，不知道是突然提起了谁，都神秘兮兮地看向何适。

“何适，你知不知道我们班的学习委员很喜欢你？”

何适抬起头来，一脸诧异地道：“哦？不知道。”

“她这次本来是要过来的，却凑巧有事，刚刚她发了短信来，说是明后天想约你见个面，能留个电话不？”

谢雅琪不悦了，这牛鬼蛇神的，怎么老来招惹何适呢？而且还这么大胆。何适“呵”地笑了一下，神情自然道：“抱歉，我的号码还没有转过来，用的还是我叔叔的。什么时候换过来，我让雅靖告诉你们。”

雅靖也接话道：“嗯。”

吃完饭，时间也挺晚的了，外面特别冷，风刮在脸上像刀子刮似的。一到外面大家都跳着喊冷，几个女生表示要先回去，而男生则提议去KTV唱歌、喝酒。雅靖叫住何适：“何适，你先帮我送雅琪回家，我妈让她早点儿回去。”

雅琪其实挺不想回去的，可何适已经从口袋里掏出车钥匙，对着她歪了歪头，示意了一下：“走吧。”

雅琪从包里拿出围巾围上，就跟在了他身后，突然听到周升升在叫她，她转过身来，见周升升对她挥了挥手，灯光下他的眼眸温润，神情中竟有几分缱绻：“再见。”

“再见。”她笑了笑，坐进车里。何适也坐了进来，车还没有启动，就有两个女生走了过来，敲了敲车门，笑嘻嘻地道：“何适，顺路送一下我们吧，在中兴路。”

谢雅琪没有说话，中兴路跟她家是两个方向。何适顿了顿，并没有拒绝：“好。”

两名女生坐在后面不停地问东问西，何适一直没有回答，直到遇到一个红灯，他停下车来才道：“抱歉，我开车的时候不喜欢说话。”

两个女生不禁有些讪讪，趁着等红灯的几十秒钟又问了一句：“何适，你真的还没有女朋友吗？”

“喏，私人问题，不予回答。”

谢雅琪偏着头看他，偷笑起来。他不想说的话一句也不肯多说。何适先送这俩女生去了中兴路，又载着谢雅琪送她回去。谢雅琪刚才是一声不吭，不知道该说些什么，这个时候到有了说话的欲望：“何适？”

“干吗？”

“嘿嘿。”她就是想试试她是不是跟那两个女生不一样，的确，是不一样的，他理她了。

汽车在谢家所住的小区前停下，谢雅琪却不想下去，她伸出一只手拉住他的手臂。他的羊绒衫料子很好，摸起来光滑柔软，暖乎乎的。

“放手。”何适略带不耐烦地说了一句。

她不放，也不吭声，就是不松手，还用了些力，死命地拽着。光线不足，她的眼睛却亮得很，倔强地看着他。何适伸出另一只手去掰她的手：“你该上去了。”

她索性两只手都用上了，抱着他的臂膀，铆足了劲儿，呼吸也不大平稳。

何适还真是挣不开她了：“谢雅琪，我也没见你喝酒来着，你这是喝饮料喝醉了还是怎么的，别闹了，下去。”

她就像块牛皮糖那样死黏着他，不说话也不动，直到他的手掐上她的脸，很用力地捏着她的脸皮：“再不下去，我就捏死你。”

她很疼，龇牙咧嘴地喊疼，却依旧不放手。何适自知下了重手，虽然她能忍得住疼，他却怕真的将她掐出血来，被雅靖看见追杀他。何适松了手靠在椅背上："看你平日里也不傻啊，现在看着怎么就这么冒傻气呢？"

"她不是你的'童养媳'。"

"什么？"

"你没有'童养媳'。"她认真地说着，语气坚定，眉头紧皱，"你在骗我。"

何适"扑哧"一声就笑了："见过喜欢我的，没有见过像你这么喜欢我的。"

听到这句话的时候，谢雅琪以为有什么转机，可是他没有再说下去，沉默了下来。但就是这种感觉令她更加心痒难耐，像被猫挠过似的。

她慢慢松开了他的手臂，就要开门下车，这个时候何适叫住了她，他的声音在夜色下显得格外冷清："谢雅琪，你对我的心思我都明白。"他顿了顿，敛了眸色，"我本来想对你坐视不理的，可是你却有了愈演愈烈的趋势。如果是因为我的几句话让你有了误解，那，抱歉。"

她转过头来，脸色逐渐僵硬，却仍旧让自己有自尊地笑着对他道："那，再见了。"

从来没有那么讨厌过他这句抱歉。

"不要给太多，也不要太过，否则你会受伤。"何适看着她又加了这么一句，"女孩子应该对自己好一点儿。"

雅琪头也不回地离开，有些话她可以咀嚼出甜蜜，可是这些话再怎么咀嚼，最后也都只剩下苦涩。她曾经以为爱情是一个人的秘密，可是一直得不到那个人的回应也会焦急，但是在等到一个否定的答案时，心居然会是这般疼痛，如同被人掐住喉咙喘不过气来一般。她捂住自己的脸，深深地呼了一口气。

她进了小区的门，在楼梯口坐了一会儿，直到自己的双腿被冻得有些僵硬，才上了楼。她一回到家，不顾妈妈叫她，她迅速进了卫生间，镜子中的自己唇色苍白，右脸颊上红红的，有些肿，暂时还消不下来。

她洗了个热水澡，换上睡衣，将蓬松的头发散下来盖住自己的脸，才慢慢地走出来。谢妈妈正在煮汤，盛了一碗给她，关切地问道：“回来了，好玩不好玩？”

“还好啦，不过不是同班的，挺无聊的，还特别冷。”谢雅琪如实回答，捧着热汤暖着手，头低垂着，慢慢地喝了一口，“妈妈，过年后我们一家人出去玩玩吧，很久没有出去玩了。”

“好啊，上次我就提过，你还说不去。”

“去啊，散散心。”雅琪微笑了一下，喝了几口汤，“妈，我去睡了。”

“嗯，早点儿睡。”

这一晚雅琪怎么也睡不着，明明这么多人都关心爱护着她，她却感觉自己被遗弃了。她从未体会过失败的感觉，而这次品尝得却很透彻。后半夜还下了雨，很大的雨，“哗啦啦”地下着，让她的心情越发烦躁起来。

失恋，是一首悲伤的情歌唱到了尽头，却沉溺在悲伤中不可自拔。

第三章 幌子

雪下得没完没了，直到第二天早晨，雪还在下，虽然比昨夜小了一些，但外面看起来灰蒙蒙的，很是压抑。谢雅琪起了个大早，妈妈说今天气温低，逼着她多穿了件衣服。

谢雅琪看着镜子中的自己，脸色不是很好。

“琪琪，一大早的去哪儿？”妈妈看到雅琪才吃了一点儿就要出门，开口问道。

“我想去道馆，很久没有去看师父了。”

“大雪天的，你等等，我让雅靖陪你一起去。”

“不用了……”雅琪话还没有说完，妈妈已经到雅靖的房间将他揪了出来，雅靖抬起头来看了一眼雅琪，他睡眼惺忪，打着哈欠，有些恼意，可是因为有妈妈在场，他敢怒不敢言。

雅靖以最快的速度洗脸、刷牙、吃饭，然后换了衣服拿上雨伞，在妈妈慈爱的目光中，和和气气地跟着雅琪出了门。一出了门，雅靖就抓住雅琪的脖颈，一脸凶相地瞪着她：“喂，雅琪，你怎么回事啊？现在才七点！去什么道馆哪，现在还没有开门吧！”

“那你回去好了。”雅琪本来也不愿他跟着，低着头冷冷地说道。

“你不是吧，与其他男人暗度陈仓之后，就开始恩将仇报、过河拆桥了？这不是太没有天理了嘛，你说你……”

“谢雅靖，你滚开。”谢雅琪恨恨地瞪了他一眼，快步往前走去。

谢雅靖看着她神色不对，也自觉失言，上前抓住她的手关切道：“不是何适那个小子欺负你了吧？”

她略皱了皱眉头，语气也软了下来：“我就想找个地方静一静，发泄发泄。”

谢雅靖一听她这个语气，也就明白她这副德行是因为什么了。得，失恋的女人最大牌，谢雅靖道：“去打保龄球，打气枪，还是去游戏厅？”

“我们打一架吧。”谢雅琪看着他，摆出一个招式，“随便找个地儿，打一架我就回去。”

“无聊。”谢雅靖眼角一抽，却也只能被她拉扯着往前走了。他其实并不怎么爱去练跆拳道，师父刻板又喜欢踢人，对他这个皮孩子更是苛刻严格。可是他没有办法，完全是被逼的，刚开始是因为不想受雅琪欺负，后来则因为他是她的陪练——除了他没人肯做雅琪的陪练，她太猛了。雅琪做事很认真，也能吃苦，学跆拳道的那几年里，无论是刮风还是下雨，她都一天不落地去道馆，所以她的成绩是同一期中最好的。这几年来即使他的力气见长，可若是真的打起来，他也很难打赢她。

这两天正好是期末考试，高中的体育馆里几乎没有什么人，两人就在那儿大打出手。谢雅琪因为失恋，想要发泄，所以招式很猛，谢雅靖又不好对她下重手，怕真的打坏她哪儿，回去还不得被老妈弄死。

谢雅琪刚开始口中也就“哈哈”地发着重音，到了最后话语也变了，眼睛也似乎红了：“我不想喜欢他了，我再也不要喜欢他，再也不要了……”

很快，半个小时过去了，她满头大汗，力气也消耗了不少，连声音都变得沙哑。她和雅靖坐在地上相互望着对方，忽然哈哈大笑起来，她擦了擦汗，想着妈妈说的话：“这个世界上，唯有弟弟是你永远的亲人。”

“雅靖，你是个好弟弟。”

“呵呵……”雅靖听了心里很高兴，表面却是一副不敢恭维的样子，等他气喘匀了，就叹了一口气道，“他不喜欢你是他的损失，你也别太难过，总有一天会遇上一个比他更好的。”

雅琪只觉得眼泪突然就流了下来，她想，她弟弟可真好啊，被他这样安慰，也算是值得了。

“想哭你就哭吧，哭出来就好了。”雅靖话还没有说完，雅琪已经将眼泪擦干净了：“我才不要为了他哭，他又看不见，还哭得我眼睛疼。”

被拒绝的感觉真难受，可没有什么是过不去的。她的人生太过一帆风顺了，抗打击能力也实在太弱了，以后会好的吧，雅琪走了几步，突然转过身对着雅靖笑道：“我们回去吧，我送你一个新年礼物，你上次说要那个什么……车模？”

“嘿嘿，那我也送你个礼物，庆祝你失恋。”

“滚。”雅琪伸手就去捶他。

谢雅靖占着身高优势拍了拍她的脑袋：“失恋其实就是成人礼啊，过了成人礼后，你才算真的长大了。走，哥哥带你买礼物去。”

雅琪和雅靖从体育馆里出来时，雅靖突然想起了周升升，其实周升升除了人老实些，其他方面都挺好的。肥水不流外人田嘛，雅靖刚想跟雅琪提起周升升，对面就有个漂亮的男生迎着晨曦往这边跑来。只见他唇角上扬，勾着迷人的弧度，眼眸微垂，手中正玩着篮球，敞开的风衣下摆在风中飘舞着，这个人不是何适又是谁？

雅靖下意识地看着他的笑容，极度不悦。虽说感情这东西不能强求，可想着雅琪刚才哭得那般惨兮兮的模样，再看到这个始作俑者此刻笑得这么没心没肺，就恨不得上前给他一拳。雅靖还真想这么做了，就在这时，站在何适身后不远处的一个与他长得有三分像的男人出了声：“小适，这是你同学小靖？”

那个男人生得很是俊美，倨傲的下巴微扬，身上散发着一种慵懒妖娆的气质，更重要的是他的眉宇之间比何适多出些成熟、稳重。

“对，他就是雅靖，这是谢雅琪，他的双胞胎姐姐还是妹妹来着。”

何适跟那个男人介绍道，然后又指了指男人道："我叔叔。"

"一起玩玩吧？"何叔叔将自己的外套脱下来搁在一边的凳子上，看着谢家这对漂亮的双胞胎道。

雅靖看了雅琪一眼，她分明是不愿意的，黑白分明的眼睛里还带着些湿润，脸上有几分不耐——她极少会露出这种表情。他走到雅琪身边，低声说了两句话。雅琪看着他，眼中先是带了几分不解、迷惑，随即她慢慢就笑了，点了点头，心道，这样也好。

雅琪以前对篮球这种运动并无好感，甚至不喜欢看球赛，后来因为何适，看得多了，对篮球也就越来越喜欢了。所以她就让雅靖教自己，她也学得认真，在大学里还进了校篮球队，虽不算是顶尖，但技术也还过关。

"我跟我妹妹一组。"雅靖拍着雅琪的肩膀说道。

何适对着篮筐投了一个球，转过身来的时候，下意识地看向雅琪，她没有在看他，而是木讷地看着某个地方，鼻子红红的。他表示怀疑，看了一眼雅靖："她会？"

雅靖冷笑了一声，略带挑衅地挑挑眉："我妹妹自然是不差的。"

场球不过刚开始，男女生的差距就出来了。不过幸好雅琪够灵活，动作矫捷，还阻断过何适的一个投球，虽然她是直接玩阴的，一脚踹在何适的右脚骨上，将他给撞开了。

"雅琪，这儿！"雅靖对着她喊道。

何叔叔打篮球打得也不错，只是怕撞上女孩子，能放水就放水。不像何适，到了后面几乎都跟她杠上了。雅琪的假动作也做得挺漂亮，能糊弄人，左右一个摇摆，球不经意地就从身后抛了出去。

中场休息的时候，何适坐在地上，将裤腿往上一掀，啧啧了两声："青了。"

不仅青了，还肿了。他揉着自己的小腿，心里可怄死了。一场比赛下来，他确实对她印象改观了不少，篮球打得不错，可度量也小。他也没有怎么着她啊，只是暗示自己不喜欢她而已，她居然就趁机报复，有意无意地对着他的腿、脚，不是踹就是踩。这种女人千万不能要啊，否则以后有他苦头吃的。

“啧啧，青了，不好意思。”雅琪无意间转过头来看他，他的小腿还挺白的，不过上面有一层薄薄的腿毛，看着看着，她的眼睛就移开了——有些不好意思。

何适瞥了她一眼，面无表情地道：“你故意的。”

“我怎么都不知道我是故意的？”雅琪抬头望着天空，脸上倒是露出了浅浅的笑容，“哦，或许是故意的，哎，突然就觉得很开心啊，特别开心。”

你只是痛在腿上，而我痛在心里。等你腿上的伤痛退去时，你也应该在我的心里消去了。虽然此时此刻我的心仍旧会为你而跳，还跳得那般剧烈。他坐在地上，她就站在他的旁边，他低着头时，她不经意地瞥上他几眼，立刻就后悔了，也心疼了。

“你这个小女孩儿，有功夫底子，有空可以跟何适切磋切磋。”何叔叔走了过来，看着雅琪，神色中带了些欣赏，“何适小时候在部队里待过，也挺能打的。”

雅琪听到何适的过去，不禁眼中放光：“嗯。”

“上次何适说在高中的时候曾被一个女孩儿揍得一脸鼻血，那个女孩儿不会就是你吧？”何叔叔似乎突然想起了什么，抿着唇随意地问了一句。

何适唇角一僵，雅琪也是一愣。而这时去买热饮的雅靖回来了，他将热饮分给他们，随意地问了一句：“说什么呢？”

雅琪插上吸管，吸了一口，对着何叔叔甜甜一笑：“有一天晚上我看到有个男生强吻女生，黑灯瞎火的，我也没看清楚就直接揍上去了，似乎打得不轻。”

雅琪也不清楚自己说这句话的时候是什么神态，她只知道说完这句话之后，脸有些僵硬。

“哦？”何叔叔似有些惊讶地看了一眼何适，带了几分揶揄，“小适，你居然也会做这种掉价的事？”

何适低垂着眼睛，手还在揉着自己的腿，没有说话，只是长睫轻颤。

雅琪居高临下地看着他，心中恼怒不已，两年前自己揍的色狼居然是何适，原来何适是那种人，她想她真是看错了人。她咬着吸管，喉咙发堵得几乎喝不下去。

“你哪只眼睛看到我强吻她了？”何适突然抬起头来，脸色铁青，眉头紧锁，恨恨地看着她，他站起身逼近了她一些，“你以为谁都像你啊？”

“喂，何适，你干什么？”雅靖感觉场面不对，忙挡在雅琪前面，“别以为我妹妹是个好欺负的。”

“何适，要绅士，有话慢慢说。”何叔叔的手搭在何适的肩膀上，“不要这么凶地跟女孩子说话。”

何适的脸上莫名有几分红晕，恨不得将她拖过来揍一顿。有些事是只能在背地里偷偷摸摸做的，若是被提到明面上来，那可就是丢人了。就比如被人揍了一拳他忍了，可被人知道是什么原因、被什么人揍的，那就是另外一回事儿了。当年他也是无聊，将一个女生困在了楼道的拐角处，结果还未实施就被人揍了个鼻青脸肿，以至于在之后的一段时间里一碰鼻子就流鼻血。

他又看了她一眼，她站在雅靖的身后，低头喝着饮料，仿佛这些事都跟她没有关系。

本以为这事儿就这么算了，谁知雅琪沉默了一会儿，就从雅靖的身后钻了出来，认真地道：“你分明就是恼羞成怒。”

何叔叔在一旁淡淡地笑着，神情中带了些玩味，可何适却抓狂了、吃瘪了。

“还玩不玩？”何叔叔看着何适的脸色又想笑，很少看到他被气成这样。

“不玩了，你们玩吧。”雅琪抓起自己的外套穿上，手里还握着暖乎乎的热饮，她坐在一旁拿出手机玩了起来。她上论坛看了看帖子的留言状况，也想尝试着用手机发几个帖子试试，告知网友，自己打算放弃了。

突然，她听到几声“小心”，头还没来得及抬起，只觉脑袋被什么重重一击，轰地一下，雅琪当下就蒙了，只觉得眼冒金星，眩晕得厉害。

何叔叔是第一个跑过来的，对着身后的人说道：“何适，你过分了。”

一句平淡的话，却十分威严。

“何适，雅琪若是有个三长两短，我们兄弟也不用做了。”雅靖气得眼都红了，他重重地推了何适一把。

“我不是故意的。”何适的话语里藏着些焦急，刚才传那球还真的用了几分力，却未承想会丢到她的脑袋上去。他拨开那两人蹲在她面前，雅琪低着头，眼泪簌簌地往下掉着，很少有女孩儿在他面前哭成这样的，而且还是因为他，他不知所措道：“很疼吗？”

“废话，砸你头上试试。”雅靖也是急坏了，雅琪在家里娇生惯养的，什么时候受过这种疼，何适力气那么大，那么一砸，“会不会脑震荡啊，被砸傻了怎么办？”

“送医院去看看。”何叔叔果断地说道，“何适，你在做一件事之前得想清楚这件事的后果。”

何适也慌了，不再解释自己真的不是故意的，他直接抱起雅琪就往外跑。雅琪刚开始还没反应过来，她掉眼泪是本能反应，那篮球直接硬邦邦地砸在脑袋上，可真的是疼死她了。可是何适抱着她跑，这就是惊吓了。

“我自己走。”她抽噎着，眼泪已经止住了一些。

车就停在校门外，他也没放下她，直接将她往车里一塞，启动汽车，带着抱歉的语气道：“我不是故意的，真的。”

“哦。”疼痛是缓过劲儿来了，可太阳穴还“突突”地跳着，不过也算不上多严重。她手里还握着雅靖给她买的热饮，却已经洒了个干净，所幸穿的衣服够厚，没有渗进去。何适抽了几张纸巾给她：“擦擦。”

“这辆车是你叔叔的？”雅琪的声音还是有些发颤，或许是觉得有些不好意思吧。

“嗯，前面一辆也是他的，算二手车。”何适又答了一句。

“哦。”她应了一声，又说，“我不是很疼了，不用去医院了吧？”

“去查查，否则雅靖肯定不会放过我。”何适看了她一眼，抽了纸巾给她，“把眼泪也擦擦。”

“嗯。”她接过，低着头慢慢擦着，尽量不发出声音。

“那次你打过我之后，我在很长的时间内老流鼻血。”

“对不起。”

“我不怪你。”

“你真矫情……”雅琪斜了他一眼，下一刻又觉得矫情的是自己，她低着头看着自己的手指。

去医院排队检查，报告出来是轻微脑震荡。何适歉意仍在，虽说不是故意的，可这事毕竟由他引起，他说：“我请你吃饭吧。”

“呵呵。”如果是昨天他跟她说这句话，她会高兴地蹦到天上去，可是现在她还真的不领情了，她摇了摇头道，“我想回家。”

何适的电话这时响了，他接通道：“嗯……轻微脑震荡……医生说没事，要静养……盈佳坊？嗯，好的。”

何适挂了电话：“我叔叔和雅靖都在江滨路，他们在等我们过去吃饭。”

“嗯？雅靖也去了？”雅琪似是不相信地问道，“这样多不好意思啊？”

“那家美食馆是我叔叔前年开的，经营得不错，味道也挺好，嗯……顺便当作赔罪。”

雅琪也不再拒绝，反正雅靖在那儿，她也算是有个伴儿。

两人到之后，何适带着她走了进去。这儿可不只是一个普通的美食馆，而是个高级会所。这里的环境典雅别致，何适对这里熟门熟路，带着她进了一个包厢。雅靖坐在里面正跟何叔叔说着什么，看到雅琪回来，可心疼了，小心地摸着她的脑袋：“雅琪啊，你还好吧？”

“没事，没事，已经不疼了。”雅琪在他旁边坐下。

“我是谁你还记得不？别失忆了啊！”

雅琪瞪了他一眼：“你以为失忆那么容易啊，对了，干吗要来这儿？”

“何叔叔太热情了，我就来了，呵呵。”雅靖说了一句，又抬起头愤愤地看着坐在对面的何适，“男子汉大丈夫的，心眼儿怎么就这么小，被女孩儿打一拳怎么了，啊？就你那点儿出息，欺负别的女孩儿，活该被人打。”

何适也不理他，转头看着窗外的江景，何叔叔推了推何适：“男子汉大丈夫的，度量呢，度量在哪儿？”

“万一我妹妹被你给弄傻了，咋办，你负责啊？”

何适轻咳了一声：“真傻了，我当然会负责。”

何适挑事在先，糗事败露在后，还莫名其妙地往她头上丢了一个篮球，她对他的印象，一时之间就拉低了一截。可暗恋了那么久的一个人，哪是那么容易说放下就放下的？

对他呈现出来的缺点，心里总有一个声音在叫嚣着，替他辩解，将那些缺点统统“消灭”。

刚才何适将她一抱，此时又说了一句要负责的话，她的神色就一直呆滞着，可这心又不可抑制地死灰复燃了。

第四章 巧合

何叔叔是个大方好客的人，点了这里的许多招牌菜，价格不菲却丝毫不在意。何叔叔本来是要跟他们一起吃的，可一个电话就把他给叫走了，他走的时候还嘱咐何适多多招待一下，欺负谁也不能欺负女孩子。

何叔叔走了之后，雅靖和雅琪觉得轻松自在多了，可一时之间三人也没有什么话好说的，就都低着头自顾自地吃着。雅琪吃了一些就差不多饱了，她靠在沙发上，盯着菜色看，又时不时地瞥过去看着何适的侧脸，这种不经意已经成了她的习惯。

何适坐在她的对面，突然抬起头来问她：“要不要给你点个甜点？”

雅琪一时不查，正好对上他晶亮的双眸，心头不由得发紧，摇了摇头：“吃不下了。”

“还疼吗？”

她顿了顿，淡淡地应了一声：“还好。”

何适在何爷爷这个军人的教导下，从小就懂得负责。只要做错了事，绝不会否认推脱。以前他在学校里也不少惹祸，可错了就是错了，每一件错事都是他自己扛下来的。雅琪与何适相识这么久，哪儿见过他用这种语气跟她说话，关心的话语一句又一句，惹得她又是一番胡思乱想。

吃完了饭，雅靖问雅琪："回家吧？"

"嗯。"

何适又对着雅琪说了一句："记得静养。"

雅靖下意识地看向雅琪，见她低着头点了点头，她脸上依旧白皙，可是耳根子却通红，雅靖恼怒地瞪着何适："我的妹妹我会照顾，不用你多管闲事。"

何适只是浅浅一笑，弯了弯唇，漂亮精致的容颜只是对着雅琪，并不介意雅靖所说的话。

雅靖谢绝了何适送他们俩回家的请求，出租车满大街地跑，他们自己还回不了家吗？雅靖带着雅琪坐进出租车之后，雅靖的笑容渐渐散开，揶揄道："雅琪，你不是放弃了吗？"

雅琪不说话，转头看向窗外，脸色也红了几分，她用力地点了点头。

"可还是喜欢着？"

她仍旧用后脑勺对着他，点了点头，比刚才更用力。

"别点了，你这不是脑震荡吗？"雅靖说完这话，又嘿嘿笑了两声，"要不要周升升啊？我觉得他挺好的，绝对的忠犬型！"

这下雅琪反应大了，对着他大吼道："谢雅靖，你若是敢蹚这趟浑水，我就不认你这个弟弟了！"

雅靖摸了摸鼻子，周升升这么好的孩子，你居然都看不上，不知道有很多女孩子都在为他疯狂呐喊吗？

回到家，雅琪还真开始静养了，哪儿也不去，整日在家里吃吃睡睡。因为爸爸年底有个大案子要做，一家人也就没有出去玩。而雅琪因为跟何适有了短暂的接触，又有了一些要写的东西。当她写到感情被挑明，被何适婉转拒绝的那一段，又重拾了那一刻的心痛。可心里虽然难过，却也淡然了许多。可能是突来的起伏，让网友的留言大增，有安慰，有鼓励，也有大骂何适太渣，不懂对女孩儿应该温柔体贴，可也有网友说，他不喜欢她，再强求他还是不喜欢她啊，至少他不跟她暧昧。

当然，还有更多的网友在关心她现在是什么感觉。

什么感觉？

她不清楚他会不会认真地看这里的每一个回帖，可是她笃定总有一天他会回过头来看一看。

“或许这么久的暗恋只是出于一种习惯，喜欢得久了，就忘记了为什么要喜欢他。即使刹车了，还有喜欢他的惯性。可是慢慢地，总有一天会将他从心里赶出去。如果他从来都不会为我而逗留，我为什么还要时时刻刻将他仰望？”

何适看到这段话是在一个星期之后。似乎不知道从哪天起，刷这个帖子成了他的一个习惯，不定期的习惯，偶尔是一个星期，偶尔是一个月。每次都在遗忘时又会不经意地想起，然后忍不住地去看那个女孩儿的心事，是不是又爱深了一些，是不是忘记了他？

毕竟是跟自己有关的事，说完全不在意是假的，因为很少有人对他表达出这样强烈的喜欢。

何适将帖子一点点地往下拉，每一条评论都仔细地看了。凤眼中带着些璀璨的光芒，上翘的唇角带着些微微的无奈，没有人知道他是谁，可是支持他的人很多，他想这应该归功于谢雅琪的文笔，将他过于美化了。在她的笔下，他是一个完美得几乎找不出缺点的人，又或者这就是他在她心中的形象，冷峻、高贵，不食人间烟火。她不知道他其实也只是一个普通人，只是稍稍比普通人长得好看一些，有个性一些。

鼠标停在那句话上——如果他从来都不会为我而逗留，我为什么还要时时刻刻将他仰望？

笑容僵在唇边，接着唇角又无声无息地略略勾起。干净修长的手指在键盘上敲敲打打，打了一大段的话，鼠标移到确定按钮上，可他终究还是没有发出去，反而捡起随意丢落在一旁的手机。

“喂？”谢雅琪在接到何适的电话之后，心里的感觉很难形容，几乎是马上按下了通话键，生怕响声在下一秒钟就停止。她的手贴在自己的心脏处，慢慢地抚平那颗乱跳着的心，发出这一声后，整个人也慢慢平静下来。

“脑袋不疼了吧？”何适靠在椅背上，看着屏幕上她说的那句话，眉梢微挑，竟觉得有些刺眼。

“不疼了。”雅琪回答完，又顿了顿，“我没有那么娇气，而且你也不是故意的。”

“你在干什么？”

雅琪看了电脑屏幕一眼，是股票的涨跌状况，此时她眼中流光溢彩，散发着一股浓浓的自信，唇角轻扬：“在玩游戏。”

“什么游戏？”

“……植物大战僵尸。”

“……”

“没事的话，我挂电话了。”雅琪看着门被推开，妈妈端着一碗汤走了进来，她没有听到对方再说什么话，就直接挂了电话。

另一头的何适握着电话，听着忙音，一时有些愣怔，刚才他想跟她说什么来着，除夕夜的烟火？

“琪琪，跟同学打电话呢？”妈妈如果在家里的话，会时不时地做些吃的给她，因为她每顿都吃得很少，妈妈老怕她饿着。

“嗯。”谢雅琪点了点头，“她跟我说新年快乐。”

“你吃不下不要紧，多喝点儿汤，暖和一点儿。晚点儿啊，让雅靖带你去广场看烟火。”

“嗯。”谢雅琪点了点头。

妈妈才刚退出门去，雅靖的 QQ 就开始抖她了：“雅琪，要不要去何适家？”

“去他家干什么？”谢雅琪喝了一口汤，一脸诧异地回复了过去。

“在他家顶层看烟花最好看了，而且还是在室内。这么大冷的天儿，在广场上看是要冻死人的啊。我上次跟他提过一次，他刚才问我，你要不要去？”

雅琪还在发愣中，几乎是连想也没有想就回复了：“去吧，可是大过年的去他家里会不好意思吧？”

“他爸妈不在家，就他一个人，快点儿换衣服，我让他过来接我们。”

“好。”

雅靖在电脑前几乎是眯着眼睛笑的，他坏坏地发过去一句话：“你说我好不好？帮着你会情郎。”

“滚！”

“记得给弟弟压岁钱，包多点儿。”

“……”

雅琪起身换衣服，打开衣柜选了很久，本来拿了妈妈从香港带回来的那件束腰风衣，桃红色，很称她的肤色，但想想还是放下了，不就是去看个焰火嘛，有必要穿这么正式吗？于是她换上了厚厚的羽绒服，围上了长长的围巾，围巾围了好几圈，半张脸都被遮住了，只露出一双黑漆漆的眼睛。

她怕冷，W市的冬天特别冷。

她刚换好衣服从房间里出来，雅靖也推门出来了，冲着她暧昧地笑了笑。雅琪还挺爱面子，哼了一声就别过脸去。

两人下了楼，何适的车已经停在楼下。雅琪本来想说点儿什么，但瞥向何适那张面无表情的脸时，就算有什么话，也被卡在了喉咙里，生怕其中又是雅靖搞的鬼。她看了一眼雅靖，雅靖倒是一脸无所谓，将她推进了车里。

“兄弟，没有好酒好菜招待，你就别想我们会过去。”雅靖笑嘻嘻地对何适说道。

“好酒没有，被我煮烂的菜倒有一堆，爱吃不吃。”

何适的家位于本市最热闹繁华的地方，前面就有一个大广场，这里的房价被炒成了一个天价。谢雅琪平日里总在计算着什么，可是一旦不去计算了，脑子就开始神游，等她回过神儿来的时候，就听到何适说他们家在这个小区的同一幢楼里有两套房子，一套在六楼，一套在顶楼。两套房的房间，雅琪后来都去看了一下，里面的装潢都一模一样，精致气派，却让人有些不解。

何适解释道：“我爸妈说，以后我若是娶了媳妇儿，就选一套去住，剩下的一套给他们住。装潢得一模一样，就是为了让日后习惯些。”

谢雅靖拖着声音长长地“哦”了一声。

“去顶楼吧，订了些菜不知道是不是已经凉了。”

三个人到了顶楼，何适拿着钥匙开了门，满室飘着饭菜的香味儿。雅靖“啧啧”了两声，四下看了看：“这儿我还是第一次来呢，还是你爷爷家的房子大。”

“嗯，我小时候都住那儿。不过这两处的房子没有什么可比性，一处是老别墅，一处是商业套房。”何适从鞋柜里拿出两双棉拖鞋，“现在吃饭还是等会儿？”

“我先借用下厕所。”雅靖换了拖鞋，就急慌慌地去找卫生间了，留下雅琪和何适两人独处。雅琪四处看着，打量着房间。何适则朝着厨房走去，随意指着一个房间道：“这个房间正好可以看到广场上的烟火，房中有暖气，你自己开一下。”

“哦。”雅琪应了一声，开灯进了房间，刚开始还在辨别这是谁的房间，看到椅子上放着何适近期穿的一件风衣时，心中才了然，这是他的睡房。房中布置以淡蓝色为主，这种颜色像极了第一次见到他时，他那件外套的颜色。因为房门已经关上，她肆无忌惮地打量着他睡觉的地方，手不由自主地抚上他床上被子的柔软面料，心里不知道存了什么心思，竟坐上去蹦跶了两下。

就在这时，谢雅琪突然听到了轻微的脚步声，她忙站起来，以最快的速度奔向窗前，装模作样地看着外面的烟火。

门在这个时候打开了，接着她听到何适的声音在身后响起，声音淡淡的，又带了些不悦：“你刚才在我床上蹦过了吧？”

谢雅琪几乎要将自己的脸贴在冰凉的窗户上了，以阻止自己脸上温度的上升，她淡声道：“没有。”

他不喜欢别人碰自己的东西，她了解，可这么被现场抓包还真有些尴尬。刚才跑得太快，被子陷下一部分，她没来得及整理。

窗户上显示出何适朦胧的身影，她感觉到他在朝着她靠近，而她心脏跳动的频率也在慢慢地加速。手腕处突然一紧，她浑身一僵，一种不可思议的感觉开始在她身上蔓延，让她瞬间屏住了呼吸，下意识地想着是不是出现了什么奇迹。在她转过身来的时候，何适的手已经放开了她，而她的手心里多了一团东西，是一条胸衣的肩带。何适侧过身去，透白如玉的脸上染了一圈可疑的红晕，漂亮的唇略僵硬，声音仍是淡淡的："你那个丢到我床上了……"

"我今天根本就没穿……"谢雅琪脱口而出，下一瞬却猛地住了口，手紧紧地握住那条肩带。粉色，上面还有着螺旋转的花纹，可不就是她的？

这几天下雨，内衣一直还没有干，新买的又有些紧，穿着难受。反正外面是大棉袄，也不显身材，她就懒得穿了。可她没有想到，自己会夹着条肩带出门，更郁闷的是，还被他看见，捡起还给了自己。她将那条肩带塞回外套的口袋里，脸色瞬间涨红，张了张嘴，却再也说不出一句话来。

"都在这儿呢？"雅靖从厕所里出来，手里拿着一团纸巾擦着手上的水，他走进来往窗外一看，赞叹道，"这里确实是个看烟火的好地方，外面真冷，你听这风刮的，跟狮子吼似的。"

何适轻咳一声："饭已经熟了，先吃饭吧，再不吃，菜就得重新热一下了。"

刚才两人的异常脸色，雅靖都看在了眼里，似乎方才他一离开，这里就有些不对劲儿了呢，怪怪的。可哪些话该说，哪些话不该说，他自然知晓，不该点破的东西就不该在不合适的时间里点破。此时听到吃饭，他笑着拉着雅琪就往外走："嗯，去吃饭，去吃饭。"

一大桌子菜都是从盈佳坊订来的，味道自然不错，雅琪和雅靖都吃得挺香。不过这气氛嘛，还差了那么一点儿。从头到尾几乎都是雅靖在自说自话，何适还偶尔会说几句"别客气""多吃一些"之类的话，而雅琪则是一直埋头细数饭粒，一声不吭。

其实雅琪在吃饭的时候还进行了自我催眠，忘记吧，忘记吧。刚才的事虽然糗，也总比那肩带是别的女人留下的好。她下意识地瞥向何适，他不知道什么时候脱去了外套，里面穿着一件黑色的高领毛衣。雅琪心中暗想，他生得好，皮肤也好，真是穿什么都好看。此时何适正要夹菜，抬头的瞬间，无意识地就对上了谢雅琪的目光。

谢雅琪一怔，也不尴尬，反正被抓包也不是一次两次了，她冲着他微微一笑。何适似乎也没有料到她会是这种表情，一时竟反应不过来该用什么表情面对，就显得面无表情了。

谢雅琪也不知道自己一时抽的哪门子风，伸腿对着他就踢了一脚。何适面色一动，状似无觉地低下头吃饭，下一刻，谢雅琪只觉得自己小腿一麻，痛得轻嘶了一声。

这顿饭即便吃得再慢，半个小时也够了。吃完了饭，雅靖坐在沙发上，摸着自己的肚子："真饱。"

雅琪本来还在犹豫着要不要帮何适一起收拾下碗筷，雅靖已经将她唤了过来："我问你点儿事？"

"什么？"

"你们刚才背着我做什么了？"雅靖笑得阴森森的，显得特别贼。

房中暖气很足，又刚吃过饭，谢雅琪觉得有些热，又不好脱衣服，脸色就红了几分，色厉内荏道："你别胡说，那么点儿时间能做什么啊？"

"是我的不是。"雅靖幽幽地叹了一口气，一副懊恼的样子，"早知道我就躲到厕所里不出来了。"

"滚。"雅琪瞪着他，对着他就捶了过去。

何适收拾好了桌子，也走过来靠在沙发上，开了电视："今天就准备在我这儿看春晚了？"

"我是来玩游戏的，"雅靖起了身，笑了笑道，"我知道你这儿有几张正版的游戏碟从不外借，那我就趁着现在玩一下。"

何适带着他进了书房，雅琪轻笑又快速收敛了笑容，雅靖做事还挺有分寸的，可她心里也有些忐忑，等会儿就只剩她跟何适了。她拿着遥控器换了几个频道，今天是除夕夜，电视台换来换去都是春晚，确实没有什么乐趣。就这样开着电视，她的脑子又开始神游起来，直到何适从房间里出来。

何适坐在她的旁边，两人的位置隔开了一些，中间至少还能再坐下两个人。谢雅琪盯着电视看，许久都没有听到他开口说话，又有些忍不住，转头瞪着他没话找话道："刚才你踢了我一脚。"

"有仇不报非君子。"何适冷哼了一声，从茶几上摸了一块巧克力扔给她，"随便吃。"

雅琪撕开巧克力，就着包装袋掰下了一块，将开口朝着他："要不要？"

何适伸手拈了一块小口地吃着，突然像想到了什么，叫了她一声："谢雅琪。"

"什么？"他很少叫自己的名字，这么连名带姓地叫，让她感到很别扭。

"刚才那一脚疼不疼？我也没有使多少力。"

谢雅琪一时无语，觉得自己的下巴都要掉下来了，心想，何适是不是因为太无聊了？这个时候她还没有想到何适还有更无聊的。

"女孩子还是应该穿的，不管如何，兔子再小也是兔子，你一跑它就跟着跳。"在停顿了几秒钟之后，何适又说了这样一句话。谢雅琪刚开始还听不明白，反应过来之后，就彻底涨红了脸，拿着抱枕狠狠地朝他拍了过去："何适，你去死吧。"

根据自己对何适的认识，谢雅琪从来不知道他居然可以面不改色地说出这种话来。此时他还真的没有什么轻浮的神色，颇是一本正经的样子。他那双望着她的漂亮凤眼，水光潋滟，深邃迷人。她拿着抱枕用力拍他，因为不疼，他也不怎么闪躲，而是凉凉地吐出一句："小心跳出来。"

何适终究是个男人，伪装得再好，掀开表皮，本质还是个"禽兽"。

谢雅琪终究是个女生，脸皮薄。她性子偏冷，再则从小到大从未住过校，没有跟其他同学谈过夜话，聊过八卦。平日里没有人跟她谈过这种问题，连女生也没有。如今何适说出这种话来，让她简直无法接受，脸红得几乎要滴出血来。她恨恨地咬着牙，手上的力道也大了几分：“浑蛋，无耻！”

谢雅琪打完了还觉得不泄气，又拿了几个抱枕一起往他身上丢：“我要回家了。”

何适无语，顿在原地，微笑着，看着她像只兔子一样溜去了房间，觉得很是好玩。谢雅琪跑进书房扯着雅靖的衣服道：“我要回家。”

雅靖正在玩游戏，视线都离不开屏幕，劝慰道：“再等一下，再等一下就回去。”

“那我自己回去。”雅琪看到何适也来到房中，转身就要出门，何适拦在门口也不说话，只是挡住了她的去路，似笑非笑地看着她。

何适上了大学之后，又长高了一些，如今身高跟雅靖差不多，一米八几的个子，居高临下地俯视着她，这一瞬间，雅琪不自觉地就将他跟那个调戏高一小女生的色狼联系在了一起，也不知道怎么回事，心里感觉酸酸的，对着他的脚就是狠狠一踩，低声骂了一句：“浑蛋。”

雅靖转过身，看到情况不对，蹙了蹙眉，果断地退出游戏：“好，我们回去。”

何适本想让他们开口主动留下，只是谢雅琪如何也不肯继续待下去，就连他要送他们回去，她也是一并拒绝了。

“怎么回事？脸这么红？”雅靖在路上问雅琪，“闹什么别扭呢，莫非是他欺负你了？”

刚才的事情雅琪自然是不会跟雅靖复述一次的，她摇了摇头，恹恹地说：“……没有。”

“他又拒绝你了？”

“我有毛病才会再跟他告白。”

“那……”

“我让他去死！”雅琪大吼了一句，一时之间雅靖什么话都不想再问了，雅琪现在就像抱着炸药一般。再则，本来他也不相信有自己在时，何适会做出什么禽兽之事。

不过毕竟是除夕夜，还是得早点儿回家团圆的。谢爸爸回来得有些晚，但好歹是赶上了这顿年夜饭，一家人其乐融融。谢爸爸虽说不给他们零花钱了，可这压岁钱还是会给的，而且数额还挺大。

谢雅琪起初被何适那么一欺负，面子有些挂不住，可临睡前再一想，就又是另外一种感觉了。这种感觉说不上来，更多的偏向羞涩。她想自己对何适的了解或许太少了，以前只觉得他高冷难以靠近，如今出了这么一遭，反倒觉得离他近了一些。

从这日起到开学前的半个月中，谢雅琪再也没有见过何适，连雅靖也没有再在她的耳旁念叨他半句，雅琪心里除了失落还有一些别的复杂情绪。如今谢雅琪正处于要放弃还是坚持的当口儿，心乱了，也迷惘了。总之，往前一步是深渊，往后一步是地狱，恋爱似乎还真的是模棱两可得让人难以捉摸啊。

处在这种当口儿，她左右为难，想想还是求助于广大的网友，看看大家的意见。对于除夕夜的事，她是半句也没有透露，只是大体表示了何适其实是个斯文败类、衣冠禽兽。后来直接询问众网友，自己是否应该找个本校的男朋友来得更实际些。这样就有人给买早饭，有人给拎热水瓶，有人在冬天的时候给暖手。

不过谢雅琪也明白，有些问题的答案是在自己的手里，谁又能替她自己给个准确答案呢。

新学期开学，雅琪要返校了，谢妈妈一大早就起来替她收拾着，帮她将衣服打包。因为学校离得近，雅琪时不时地就回家一趟，所以行李打包起来也不算很多。谢妈妈等会儿有事要出门，送雅琪上学的事自然落到了雅靖的头上。雅靖接过她的行李送她下楼，才下楼就看见何适的车停在小区外面，他与雅琪相互对视了一眼，两人都有些意外。

雅靖觉得这样很方便，没有觉得有什么不妥的，他上去敲了敲车门：“哥们儿，你可真是够义气的。”

何适笑了笑，摇下车窗，对着雅琪招了招手：“你上来，我送你去学校。”

雅琪一脸的莫名其妙，几乎是有些不可思议地看向何适。他已经收回视线，不再看她，她也不知道此时的他是什么神情，又是出于什么目的。她上了车之后，以为雅靖也会坐上来，可当雅靖刚替她将行李放好，何适就出声道：“雅靖，你不用跟着了，有些话我想单独跟雅琪说。”

话还没有说完，他已经以连贯的动作启动汽车朝前面行驶而去。谢雅琪一时就蒙了，单独？这又是什么状况？她惊讶地看着何适，他的侧脸紧绷着，唇角轻抿着，似乎并没有要开口说话的迹象。

这时，谢雅琪的手机响了，是雅靖打来的电话：“雅琪啊，何适要跟你单独说什么话？”

“我不知道啊。”

“……到了跟我说一声。”

“好。”

雅琪挂了电话之后又朝何适看了一眼：“你有什么话要跟我说？如果是那个什么什么的，就不用再跟我谈了，我对你其实已经没有多少想法了，我已经准备……”

“你别说话！”何适横了她一眼，略带着一些恼意，“你不知道我最讨厌有人在我开车的时候跟我说话吗？”

“我……”雅琪沉默不语了，嗤了一声，她转头看向外面，嘀咕道，“不说就不说，谁愿意跟你说话。”

可过了一会儿，雅琪还是很想知道何适到底想要跟她说什么话。喜欢一个人的时候，有时候并不在意对方要跟你说什么内容，而是只要说话就好。如今她仍旧泥足深陷，对他痴迷，这种痴迷，他不在的时候，她会想他；他在的时候，她会更想他。

明明说过要放手的，可说放就能放的，就不算是真感情了。

眼见学校越来越近，雅琪不由得皱了眉，难不成他只是想专门送自己一程？正当她胡思乱想之际，何适的声音忽然不疾不徐地传来：“我认为同校的恋情没有什么意思，天天低头不见抬头见的。”

“……”

“还是远距离的吧，正所谓小别胜新婚。”汽车稳稳地停在校门前，何适又说，“到了，你下车吧。”

他侧过脸对着她优雅一笑，他那双乌黑的眸子此刻显得格外耀眼，闪着璀璨的光芒。

谢雅琪瞬间石化，直到她拉着行李箱下车的时候也不明白何适跟她说这么一句话的意思是什么。

雅琪回到宿舍的时候，诗梦已经回来了，并且将寝室打扫得很干净。雅琪抬头看了一眼诗梦，突然问了一个问题：“你们在一个学校里谈恋爱幸福吗？”

诗梦一脸甜蜜地说：“当然了，每天都可以一起吃饭，我觉得没有什么比这个更幸福的了。”

谢雅琪诧异着，鼓着嘴嘟囔：“何适根本没有谈过恋爱，他说的话可做不得准的。”

谢雅琪突然又想起了什么似的，低声道：“诗梦，会有男孩儿跟你说那些话吗……”

诗梦听了后，哈哈笑了起来：“谁胆子那么大，居然调戏我们的谢大小姐？”

雅琪发窘地看着她：“这个，叫作调戏？”

诗梦顿了顿道：“那来换个词，或者叫作戏弄？”

“……”

刚回校的那段时间，谢雅琪每天都在想何适，想着他跟她说的每一句话，翻来覆去地想，是不是他又给了她什么暗示？日有所思，夜有所梦，雅琪一连几晚都梦见了他。不过因为总是不见面、不联系，那种蠢蠢欲动的感觉也慢慢变淡了一些。

“雅琪，今天下午有没有空？”开学后的第一个周末，雅琪从图书馆回来后，诗梦这么问她。

“应该，有吧。”雅琪不解地看着她，等着她的下一句话。诗梦跟她的性格差不多，挺安静的一个女孩儿，不是很爱开口说话，可是此时的诗梦看着很兴奋，估计是发生了什么大事。

“你要我说得委婉一些，还是直接些？”诗梦神秘兮兮地凑近她说。

“直接点儿吧。”

“是这样子的，我男朋友的朋友挺喜欢你的，想让我牵牵线。”诗梦还真直接，拉着雅琪的手道，“去看看吧，那个男生我见过，是W本市的。长得好看，会弹钢琴，气质上乘，家世也好。”

“呃……”雅琪听罢，有些为难地翕动着嘴唇。

“去吧，去吧，如果我没有男朋友，我肯定会去追他。”诗梦又摇晃着她的手道，“我真的一点儿都没夸张，小益已经托了我好多次，我都不好意思开口，这次他主动开口让我约你，你就让我完成这次任务吧。如果你不去，他可能会亲自来找你。”

“嗯，去看看吧，看看也好。”雅琪本想直接拒绝，可突然就改了主意，倒不是顾及诗梦，只是想去看看这个男生到底有没有诗梦说得那么好，因为诗梦极少夸人。再则她还真怕那人会来班级找她，或者通过其他人来找她，那样子会更尴尬。

下午一点多钟，雅琪跟诗梦到了先前约好的地方，学校附近的一家热饮店。雅琪到的时候，诗梦所说的那个男生已经坐在那儿了，正在跟诗梦的男友君益说着话。他们看见她们，就微笑着朝她们招了招手。

雅琪从一进门就开始不动声色地打量着这个男生，这个人她认识，在图书馆里凑巧遇到过几次，坐在她的对面跟她借过杂志。他长得确实不错，皮肤是健康的小麦色，五官精致，乍看一下冷冰冰的，笑起来如同冰山融化了一角，很是温暖。

雅琪跟他打了个招呼，落落大方地坐在了他的面前。诗梦相互介绍了他们，雅琪才知道这个男生的名字——凌若韫。诗梦介绍完之后，她跟她男友的手机不约而同地响了起来，接着两人找了个借口，以最快的速度消失了。雅琪暗自翻了个白眼，这个借口可真拙劣啊，不过她的神情表面上还是如常。

因为少了两个电灯泡，凌若韫也自在了一些，刚才的不自然逐渐退去："想要喝点儿什么，奶茶？"

"不，我不喜欢。"雅琪摇了摇头，顿了顿道，"我认得你。"

凌若韫看向她，褐色的眼中带着诚恳："我注意你很久了，挺喜欢你的，做我女朋友吧。"

雅琪来的时候就准备了些话，准备在他试探的时候直接将他的话堵死，但没想到两人还未交战，对方就已经把底牌亮出来了。此刻她微僵着脸，淡淡道："我想我有必要告诉你，我有了喜欢的人。"

"我知道这样子很唐突，可希望你不要马上拒绝我，我们可以从朋友做起。"凌若韫给人的感觉很稳重，没有半点儿轻浮的样子。在听到雅琪的话后，也并没有其他的表示，目光依旧灼灼："希望你可以考虑一下我，或许我比他更适合你。"

从小到大，雅琪都生活在一个圈子里，在那个圈子里无忧无虑地长大。在圈子外有雅靖替她挡着，因着雅靖的威慑力，雅琪甚至连封情书都没有收到过。如今得到了人生的第一次告白，除了刚开始的受惊，雅琪的心并无其他的波澜，仿佛只像是下了一场雨，天晴后，水渍就消失得无影无踪。

可告白是雨，凌若韫不是雨，他是一个对爱情充满斗志的男人。在谢雅琪接下去的日子里，意外里有他，巧合里也有他。刚开始她是避着他的，后来发现根本没用。凌若韫太热情了，只要她一出门，他就会不经意地出现在她身边，防不胜防。他还总是时不时地给她送些好吃的、好玩的。

凌若韫来自富贵之家，送的东西都是些精致的玩意儿，有品位、有格调。雅琪毕竟是小女孩儿心性，难免也有些喜欢的东西。于是，她不喜欢的就退回去，喜欢的就折了现金让诗梦替她还回去。

如此过了两个月，雅琪懊恼地抓着自己的头发，这两个月她败掉了多少零花钱哪。诗梦看到雅琪坐在床上，面前摊了一堆的礼物，她一边算钱一边扯头发的样子，瞧着几乎要抓狂，诗梦嗫嚅着问她："雅琪，他不好吗？"

"好，很好！"雅琪实话实说，替她买早餐，替她拎热水瓶，还时不时地给她买礼物，这么体贴的男人去哪儿找？

"那你为什么不答应他？"诗梦问道，"他都坚持两个月了，试用期也该过了吧？我从来没有见到这么坚持的人。"

"可是我不喜欢他啊，我都拒绝了啊，明明白白地拒绝了啊。但现在他对我还是那么尽心，让我怪不好意思的，只能偶尔请他吃个饭，然后还得不停地跟他解释。我很烦哪，再这样下去，我都快疯了。"

这种事儿对雅琪来说十分棘手，按照雅靖的说法就是处理不果断，拖拖拉拉，有点儿自寻烦恼的意思。

"对了，还有你不是说谁动你的钱就是要你的命吗？要不你答应他吧，以后你就可以收礼物不给钱了。"

"我如果答应了……"雅琪重重地吐了一口气，"我怕我会后悔。"

雅琪趁着这几天有空去论坛发了帖子，因为那个关于暗恋的帖子已经积累了一定的人气，所以关于这次的"被追求事件"她也就不再开新帖，直接在老帖里询问大家的意见。她一边啃着棒棒糖，一边将近段时间发生的事儿陆陆续续地打了出来。她说了很多关于凌若韫的事，特别是一些细节方面，她都写了上去。根据网友的意见，这个人挺靠谱的，很会照顾女生，也算是一个良人。

虽然何适被提及的次数也很多，不过八卦都有个时限，一个是过时的，一个是进行时，再说了，何适那是天高皇帝远，如今这个是近水楼台先得月。

后来雅琪发了一帖："我要不要找L君试试，找男朋友就如买衣服一样，试了才知道合不合身。"

一个小时候后，下面有一个署名为"HS"的留言："兔子还是不吃窝边草的好。"

雅琪看到这条留言后，心情有那么一点点澎湃，总觉得自己做成功了一件事，还有些小得意，然后她就光明正大地给何适打了电话：“喂，何适，那个人是不是你？”

“那个男人长得很好看？”

“好看，看着很舒服。”

“你把他的照片发给我看看。”

“哦。”雅琪挂了电话，没有异议地将照片发给了他，她默默地想着或许他会吃醋。

过了半个小时之后，何适又给她打了电话过来：“以后他不会来骚扰你了。”

“什么？”

“再见。”他醇厚的声音缓慢地传过来，接着传来的便是电话的忙音。

谢雅琪刚开始还不明白何适的意思，可三天过去了，凌若韫都没有出现。本来在往常，每天下午五点她下楼打热水的时候，他总会自动出现。

谢雅琪开了电脑，一边登录上网账号，一边转身问道：“诗梦，最近凌若韫做什么去了？”

“哎哟，你想他了啊？”诗梦正对着镜子化妆，听到谢雅琪问起凌若韫，几乎有些不敢相信，手一抖，唇膏都涂出界了。

“不是，我就是随便问问。”谢雅琪脸色未变，淡淡地道，“只是觉得他突然蒸发了。”

“他对你那么好，你却冷脸对他，怨不得他会蒸发啊。”诗梦说完这句话随即又是一笑，拨弄了几下自己的刘海儿，“不过你放心吧，他没有放弃你，只是这两天他家里有事，请假回家了，估计明天就回来了。”

“呃……”这下轮到谢雅琪纠结了：其一，凌若韫似乎还是对她有意思；其二，何适到底有没有在乎自己？

雅琪上网后继续蹲在自己的帖子里，对于网友询问的自己到底有没有跟 L 君谈恋爱，她搬出了何适，将先前的原委一发，表示此人已经从禽兽晋升为小人了，L 君可能是因为他才不见了，那还未到来的恋情就这么夭折了。

她这个帖子一发，网友纷纷留言。

六六：哟，太闷骚了，太闷骚了。

阿丢：S 童鞋乃身上出现诡异的腹黑气场了，嗷嗷！还有啊，童鞋不是我说你，你也忒小肚鸡肠了吧？不干净利索地把 LZ 搞到手，竟然玩起暧昧小游戏，这样放任下去，你就不怕变成米醋缸子吗？

内伽：这个 S 不喜欢你又不舍得放你，你一有人追，他还赶人家！这就是典型的王子病！他就需要你这样对他死心塌地的人，好来显示他受欢迎的程度！

谢雅琪看着这一堆的留言，心中莫名空落落的。王子病吗？或许就算她转身了，何适也不会在乎的，何适只是将她当成一件战利品吧？思来想去，谢雅琪深深地叹了一口气，说明了真相："我问过了，L 君并没有被吓走，这几天他回家了，明天应该就回来了，等他回来后，我再过来汇报状况哟。"

其实何适到底做了什么，谢雅琪并不清楚，或许他什么都没有做，仅仅是她在自作多情而已。第二天她下去打热水，刚接满，凌若韫又像往常一样出现了。他的手中提着一个精美的小袋子，朝着她缓缓走来。凌若韫五官冷峻、轮廓分明，看到她的时候微微一笑，笑容亲切，他朝她伸出手来："我来帮你吧。"

她还来不及说什么，凌若韫就已经接过她手中的热水瓶，接着将那个小袋子交给了她。

"我……"

凌若韫在她还没有出口拒绝之前，缓缓笑道："里面是春卷，我妈妈刚做的，还是温的，味道很好。"

"谢谢。"谢雅琪听到不是贵重的礼物，甜甜一笑，大方地接了过来。看着里面的春卷，心中便是一暖，十分感动。

"吃过饭了？"

“嗯。”谢雅琪点了点头，“你呢？”

“……还没。”凌若韫看到她笑愣了一下，而后笑道，“我先送你回去吧，走吧。”

“……嗯，谢谢你。”谢雅琪又轻轻地说了一句。

从食堂到女生宿舍，有一段距离，一路上都是凌若韫在说话，交代他这两天家里有些急事，才会不告而别——他将自己这两天的行踪交代得清清楚楚。

凌若韫平日里挺沉默寡言的，谢雅琪对于他的话多，一时还觉得不习惯，只能干笑地应和着。其实她很想说，这个跟我没关系，可那样说未免太伤人，她只得一个劲儿点着头，表示自己这两天也很忙，刚经历了一个期中考。她说得委婉，言语中表达了我压根儿就没察觉你“失踪”了。同时她也深刻地明白了，何适那天说的那句话根本就是放屁。

回到寝室，她一边吃着凌若韫送的春卷，一边写帖子：“L 君面冷心善，今天回来了，跟我交代了行踪，替我打了水，还请我吃他妈妈做的春卷，味道很好，我一口气吃了三个。”

L 君的支持率开始上升，正像大家都爱看偶像剧，可也都会被生活感动一般。

三天后，谢雅琪从图书馆学习回来，又上网回了一个帖：“刚才在图书馆的时候，他坐在我的斜对面，回来的时候他说他坐在我斜对面的位置已经很久了，问我什么时候才可以坐在我的正对面。”

刚才凌若韫送她回来的时候就跟她说了这么一句话——朦胧地试探。路灯下，他脸色略红，漂亮的眼中有几分羞涩。可这次，她没有再明确地拒绝，手轻握成拳，说了一句：“让我想想。”

是该想想了，她不是何适，没有办法在那么长的时间里对一个人的感情视若无睹。她并不是草率地说出那句话，这两个多月相处下来，对于凌若韫的为人，她已经了解了。他的内敛、稳重，她全看在眼里，最重要的是，他对她真的好。那种小心的呵护有的时候也会让她脸红心跳，如果不是先喜欢上何适的话，她应该早就答应跟他交往了。

她今天打这段话上去，也算是给何适的最后一个机会，如果此生他都无法爱上她，那她就该早点儿去找另一棵她可以依靠的大树了。

谢雅琪恹恹地靠在椅子上刷着帖子，期待着 HS 的再次出现，可他再也没有冒头，刷出来的留言都是网友的祝福，都纷纷表示尊重她的选择。

“快熄灯了。”诗梦回来的时候时间已经很晚了，她一边卸妆一边看着坐在电脑前发愣的雅琪，“把电脑收一收，明天早上有课。”

“哦。”谢雅琪又刷了最后一次，痛快地关了网页、关机。收拾好电脑后，雅琪整理了衣服进浴室洗澡，才刚脱完衣服，就听到诗梦在叫：“雅琪，电话。”

“是谁？”谢雅琪有些郁闷地想着这个电话来得真不是时候。

“何适。”

“快给我，快给我。”谢雅琪招呼着诗梦过来，光着身子就从门缝里伸出手来，接过电话，心里明明还有些期待，语气却并不好：“喂，什么事？”

“你有话跟我说。”这句话不是问句，而是陈述句，何适说出来的时候还有些理直气壮的意味在里边。

“我能有什么话跟你说啊？”谢雅琪冷哼了一声，接着她就意外地听到何适低沉的笑声从电话里传过来：“那你希望从我这儿听到什么？”

“你莫名其妙。”

“那我挂了。”

“等一下！”谢雅琪翕动着唇，“那个……”

“嗯？”

“这么晚了，如果没事儿的话，你就挂电话吧。”谢雅琪轻喘了一口气，有些话她确实很想说，可说了又如何？根本就是没用的。

何适又低笑了两声：“好，那你等着。”

雅琪挂了电话，怅然若失。她想，何适真是太坏了，几句话就让她的心里泛起层层涟漪，可他撤退的功力也太强了吧，什么叫作“那你等着”？

第二天，雅琪从醒来后右眼就一直在跳，跳得她心慌意乱，她问诗梦：“左眼跳财，右眼跳灾，还是左眼跳灾，右眼跳财？”

“呵呵，这个都是咱们自己说了算的，其实我至今也没搞明白，总之你知道眼皮跳了，就要有事情发生，这就够了。”

“呃……”

今天的课最多，早上四节，下午五节，一天九节课下来，雅琪都是心不在焉的。最后一节课下课的铃声响起后，雅琪轻轻地吐了一口气，暗想，也没有发生什么事嘛。只是当她上完课准备回宿舍的时候，居然在女生宿舍门前见到了一个她根本想不到的人——何适。

他穿着黑色T恤，配着Jeans牛仔裤，脖子上挂着一个夸张的银饰，很随意地站在那儿，带着玩世不恭的味道，引得旁边的女孩儿纷纷回头看他。他很快就发现了她，嘴唇勾起一抹笑，直直地看着她。夕阳斜照，千缕万缕的光线笼罩在他的脸上，衬得他精致的五官漂亮得不像话。

谢雅琪被他的容颜彻底秒杀，呼吸一滞，连带着脚步都沉重了一些。一步一步，她走近何适，仰起脸，轻声问了一句：“你怎么会在这里？”

何适低下头，踢了踢旁边的两个箱子：“这个是饮水机，你们寝室应该安一个，矿泉水可以打电话让人送上去。还有这个是电热水壶，冬天的时候用方便些。”

“嗯？”谢雅琪几乎已经傻了。

“笨蛋，办法是人想出来的，以后你就不用再去接开水了。”他轻笑了一下，破天荒地伸出手揉了揉她的脑袋，“我替你搬上去。”

谢雅琪瞪大了眼，彻底石化。

“喂，你可不可以不要擅自替别人做决定……”谢雅琪跟在何适的身后不满地嚷嚷着，何适自顾自地走在前面没有理她。楼管阿姨叫住他的时候，他似乎也没有怎么说话，只是回过头来笑了笑，抬了抬手中的东西，楼管阿姨就直接放行了。

谢雅琪带着何适上了楼，看着他将东西整齐地放在一边，她的手下意识地抓住自己衣服的下摆，问道：“要不要喝水？”

何适转过身来粲然一笑：“吃过饭没？我饿了。”

“哦，我请你吃饭……”谢雅琪看着他含笑的漆黑眸子，痴了半晌，才缓缓低下头去把包里的书拿出来放到桌子上，“走吧……去哪儿吃？学校外面……”

“就食堂吧。”何适说着朝她伸出手道，“把饭卡给我。”

谢雅琪带着何适去了食堂，两人走路的时候挨得还挺近的，谢雅琪不知道是自己下意识地靠近，还是何适故意的……

刚开始见到他的时候是一喜，因为她想见他；听到他给她送饮水机和电热水壶的时候是一怒，他这是什么意思，将她当作私有物，想要阻断她的桃花？可如今再一想，又觉得他急急地找过来，好歹是有点儿危机意识了。

她的脸上露出愉悦的笑容，挨着他的手总是有意无意地轻触着他的手。她想，其实自己心里还是不想放弃的。

“有些事女孩儿还是不要主动的好。”谢雅琪只觉得手心一暖，他的手已经握住了她的手，不重却有力。她的心“怦怦”地跳得很慌乱，几乎有些不敢相信地抬起头来看着他，何适仍是一副漫不经心的表情，下巴微微上扬，扬起漂亮的弧度。

她轻声笑了出来，这就是他来的目的、他的决定吗？只是她尚未做点儿什么来表达自己此刻的激动时，一个熟悉的声音响起：“雅琪……”

谢雅琪下意识地抬起头来，却看见凌若韫不知什么时候站到了自己的面前。他的身子微微一僵，黝黑的眸子里带着几分不敢置信，他抿着唇认真地看着她，似是想要看穿她。

谢雅琪慌了一下，随即也看着他，不躲不闪、不心虚，只是静静地看着他，随即浅浅一笑：“你来吃饭？”

“不介绍一下？”何适的声音淡淡的，不轻不重，握在她手上的力道却紧了紧，又似是炫耀一般，轻轻地晃了晃。

谢雅琪微恼，还是细声细气地替两人做了介绍。何适朝着凌若韫点了点头，然后就以一个胜利者的姿态拉着雅琪与他擦肩而过。谢雅琪还没有反应过来，何适的手已经松开了她的手，嘀咕了一句：“他倒还有点儿能耐。”

手里空空的，瞬间心里也空了，谢雅琪皱了皱眉，跟了上来，扯住何适的衣摆，脸上是浓浓的不悦。她瞪着他：“你什么意思？”

“想吃什么？”他笑着看着她，笑容纯净，眼神清澈。

她想，自己再一次被秒杀了，连神情也不由自主地柔和下来。

“鸡翅、糖醋排骨、豆腐、包菜……够不够？”何适擅自做主点了几个菜，见雅琪不说话，很是自然地拿出饭卡刷了一下，将托盘放在雅琪的手里，低头对她道，“你去找个位置坐，我去拿饭。”

“哦。”她闷闷地应了一句，端着托盘去找位置，回头看了一眼何适的背影，轻轻地叹了一口气。何适就是一朵美丽而妖冶的罂粟，叫她迷恋，叫她犯罪，甘愿被其主宰，被其侵蚀。

何适端着饭寻了过来，在她面前坐下：“多吃些。”

“你反客为主了吧？”谢雅琪横了他一眼，冷笑一声，低头开始扒饭，“你不想回答的问题，无论我怎么问你，你也不会回答。总会有那么一天，我会连问你问题的欲望也都没有了，总有那么一天……”

“你们学校的糖醋排骨不好吃，早知道就点葱蒜排骨了。”

“你……”谢雅琪终于明白了，恼得一句话都不想跟他说。她每次重重地打出一拳，却都像是打在棉花上，连声音都没有。

何适这个家伙最擅长的是文不对题，而且他还喜欢做一件没品的事。他会拿着一颗糖引诱你，在你剥掉糖纸之后，再将糖拿回来咬在自己的嘴里。等你终于有一天忘记那颗糖长什么样的时候，他会再换一颗出现在你的面前，而这颗糖比先前的那颗更诱人，因为他了解你的抵抗力增加了。

何适似是饿坏了，吃了一碗，又去打了一碗饭，还去打了一盘葱蒜排骨和日本豆腐。

谢雅琪没有什么胃口，只吃了半碗饭，就坐在他的对面盯着他看。

虽然她心里对他有意见，可即使只是这么看着他，也觉得赏心悦目。

“你等会儿就要返校？”雅琪打破两人之间的静谧氛围。

“反正都回来了，明天是周末，我住两天再走。”何适吃完饭，朝她伸出手，神色自然地道，“纸巾。”

“哦。”她连想都没有想，就从包里抽出一张纸巾递给了他，给他的时候又责怪自己太听话了，像个受奴役的小媳妇儿。

何适抹了抹嘴，也没有将饭卡还给她：“明早再请我吃早饭吧，饭卡我就先留着。”

“我跟你很熟吗？”谢雅琪恼怒地瞪着他。

何适看着她，很认真地思考了一下这个问题：“还好吧，我很少送东西给人家的。”

“去死！”

雅琪看着何适那张仍旧没有多少表情的脸，拳头握得很紧，她真的很想一拳打烂他这张好看的脸。他凭什么会那么笃定，她会一直喜欢他，没有底线地喜欢他呢?

第五章 犹豫

本来谢雅琪准备吃完饭后陪他去附近逛逛的，好歹他这次回来有一部分原因是自己。她借口都想好了，可还没来得及说，何适就表示自己要先回去了："趁着天还亮着，我就先回家了，今天开了一天的车，有点儿累。"

谢雅琪听到他这番话，也不好再说其他的话，"哦"了一声，眼眸暗了一下，闷声跟他说了再见。他的车就光明正大地停在食堂后面的空地上，她也送不了几步。他来了多久？一个小时有没有？她的喜悦还没有缓下来，他就直接给斩断了。

雅琪回到宿舍的时候，诗梦已经兴奋地在用电热水壶烧开水了，看到她回来，就开心地抱着她道："雅琪，你真是我的天使啊，这饮水机和电热水壶从哪儿来的？"

"……朋友……送的。"雅琪回答，神态恹恹的。

诗梦没有看出雅琪有什么不对劲儿，继续说道："哦哦，你朋友简直是我的天使，哈哈，以后我们泡面再也不用愁了，平日里热水瓶里的热水到了第二天就凉了。以后冬天也可以有热水泡脚了，嘿嘿……更重要的是，以后不用再去接热水了！"

“是啊，这东西挺好的。”

“用完了要藏在床底下，免得被楼管阿姨没收了。”

“哦。”雅琪点了点头，“给我留口热水，我想喝水。”

周末的晚上，雅琪是不大去图书馆学习的。而且此刻她还在想未来的日子也不要去图书馆好了，否则碰到凌若韬也怪尴尬的。

谢雅琪这么想，可凌若韬并不这么想。在她开着电脑写帖、刷帖、跟雅靖聊 QQ 的时候，凌若韬给她发了一条短信：“雅琪，你有个笔记本落我这儿了，我现在在你楼下，你下来一趟吧。”

谢雅琪一时没有想起来哪个笔记本落在了他那儿，不过平日里跟他在一起学习的次数还挺多的，偶尔拿错了也说不定，而且此时他就在楼下，她也不好意思让他等。

谢雅琪穿着拖鞋往楼下跑去，跑下楼之后才发现凌若韬正站在女生宿舍门口冲着她笑。凌若韬笑的时候很纯粹，眼神很坦荡。雅琪下意识地看向他的手，哪里有什么笔记本。他提着一个透明的塑料带，里面是几块切好的哈密瓜。他走近她，将哈密瓜递给她：“这个很甜，很好吃。”

雅琪微怔，感激地望向凌若韬。他的唇微微地抿着，头发还有些湿，似是刚洗过澡，身上有沐浴露的清香味道。她低着头，正想着说些什么话，却听到凌若韬的声音不疾不徐地传来：“没有想好答案就先不要回答我，就算想好答案了也先想清楚再回答我。”

“谢谢你。”雅琪下意识地脱口而出，她觉得胸口有些闷闷的。其实她哪里是要什么提热水瓶的人，她要的是一个人的关心、一个人的记挂。这段时间凌若韬一直在她的周围，会给她发短信，提醒她明天要下雨，记得带伞，或者明天天气冷，多穿点儿衣服。他还会询问她吃饭了没有，饿了没有，有时还会找她一起去运动运动。有这样一个人在，刚开始没觉得什么，可是时间久了，就发现他在将他的一些关系慢慢地渗透进她的生活中。凌若韬没有问下午的那件事，也没有以送水果为由，要求她留下来陪他逛逛。

谢雅琪站在原地，呆呆地看着他离去的背影，心里开始酸涩起来。

选择题，不难，可，选一弃二，有点儿残忍。

诗梦回来后，抱住谢雅琪的胳膊道："你是我的天使，买了我最爱吃的哈密瓜！"

"哦，我不是，买哈密瓜的人才是你的天使。"谢雅琪一顿问道，"你说，送电热水壶的是天使，还是送哈密瓜的是天使？"

"嗯，这哈密瓜真甜，真好吃。"诗梦吃着甜甜的哈密瓜，脑子都糊涂了，答非所问道。估计这个时候谁对她好都是天使，她一边吃一边去拿电热水壶，"我先去烧壶水。"

谢雅琪想，对自己来说，谁才会是天使呢，一辈子的天使。

第二天一大早，何适给谢雅琪打电话道："起床，吃早餐。"

谢雅琪那时刚睡醒，心情不大好，连带着语气也不怎么好："没空，不想吃。"

"早餐不能不吃。"何适慢悠悠地说道。

"我不要跟你一起吃，一大早的我还要睡觉。"谢雅琪直接按了挂断键，将手机丢在了一边。她想她这是起床气吧，居然无缘无故地朝着他发火，可是她现在觉得很压抑，很暴躁。她讨厌如今跟何适的这种关系，如果他再退后一步，她会放弃他；如果他再前进一步，她会接受他。可是他却正好卡在中间，不进不退。他既然不喜欢她，为什么还要来扰乱她的生活？既然她不是他的，他为什么还来干涉她是谁的？

她本以为手机会再次响起，可是没有。不过想想也是，像何适这种大少爷型的，被对方挂了电话还会打回去，那他就不是他了。她抓起手机看了看上面的通话时间，二十秒钟，就二十秒钟而已……虽然是她自己挂断的。

雅琪朝着诗梦的床位看去，她在十五分钟前已经下楼，去跟男朋友吃早餐了。雅琪抓了抓自己的脑袋，又晃了晃，躺了回去，将被子蒙在头上："好烦躁，何适，你王八蛋。"

十分钟后，雅琪刚刚有了睡意，就听到有人在敲门。她怨念地睁开眼睛，穿着睡衣往床下爬去，愤愤道，诗梦平时不都是带钥匙的吗？当她开门看到面前的这个人后，整个人都呆住了，她缓缓地张大了嘴，随即恼怒地瞪着他：“你走开。”

“怎么这样对待你的饲养员？”何适漫不经心地说了一句，左手微抬，拿着早餐袋子在她面前摇晃了一下，眼睛不经意地瞥过她的胸前，唇勾起一道轻佻的弧度，“你去换一件衣服吧。”

谢雅琪低头一看，此时她头发凌乱、衣冠不整，更重要的是夏天的睡衣比较露、比较薄，而她穿着一条吊带睡衣，里面又没有穿内衣，脸不禁就红了：“不要脸，居然跑女生宿舍……”

她急忙进卫生间换了一件衣服才慢腾腾地出来，脸上还是绯红一片，想来一时半会儿是退不下去了。当她看见何适后，仍旧板着脸，冷冷地哼了一声：“你过来干吗？”

“都说了我是来当饲养员的。”何适将早餐放到桌子上，“你吃吧。”

谢雅琪皱着眉头，没动：“去你的饲养员，我不吃你给我的早餐。”

“好端端的，怎么忽然就发脾气了？”何适眉梢微皱，晶亮的眼睛盯着她看。

“我看你不顺眼。”谢雅琪看着他那张脸，漂亮的脸上配着几分坏笑，真的很是欠扁，如果可以……她真想……

何适却在这个时候又开始刺激她了，他说了一句：“哟，宠物生气了？”

宠物，去他的宠物，去他的饲养员！此时她觉得他极为刺眼，刺得她头晕眼花的，她莫名地觉得胸闷心酸，喑哑道：“何适，我真讨厌你，真的，我现在最不想看见你。”

她的手抵在他的胸前，一把将他推了出去，重重地关上了门，隔开了他那不解的表情。

谢雅琪靠在门上，好看的鼻子皱了起来，其实她真的舍不得就这样将他推出去。可是……他这样将早餐送上来又是什么意思，讨好她吗？可讨好了又怎么样，她不想做一株角落里的花草，在他想起她的时候才给她浇点儿水。如果有一天他都不记得她了呢，就任由她自生自灭吗？

谢雅琪去卫生间里刷了牙，洗了脸，肚子竟有些饿了，本着不浪费的原则，还是将他带给她的早餐吃了个干净。吃了早餐之后，人也镇定了很多，宠物就宠物吧，反正他不喜欢她，他就算是叫她宝贝，她也是别人的宝贝。然而，就他给她带早餐的这个举动，雅琪想了好一会儿，竟然生出一些期许出来，她缓缓地走到寝室的门口，已经过去了十五分钟，但也不过十五分钟而已，如果他还在的话……

门打开的时候，哪里还有何适的影子，她低头一看，脚旁放着他还给她的饭卡。

雅琪默默地拿起地上的饭卡，这算什么？下一秒钟，她的眼眸变得空洞无神，再一眨眼，一滴眼泪就沿着面颊流了下来。

雅琪给妈妈打电话道："妈妈，中午多做点儿饭，我要回家。"

"好啊，好啊，你叔叔今天抓了几只大闸蟹送了过来，我现在正在外面，再买点儿菜就回去，你回来的路上要小心。"

"嗯。"雅琪点了点头，"我收拾下就回去。"

她想，受伤的时候总还有一个温暖的巢。她快速地拿起自己的包，提着行李就回家去了。天气有些热，她从学校走到校门口时就已满头大汗，手里握着张纸巾，不住地擦着自己脸上的汗。早知道就带把伞出来了，都是何适，让她心神不宁地连雨伞都忘记了拿。

雅琪到了学校门口后，居然意外地看到何适的车还停在那里，再一看，他正靠在车上，不知跟谁打着电话。他见到雅琪的时候脸色也是一变，神情变幻莫测，黑亮的眸中似还有些恼怒，他冷冷地将头扭开，仿佛没有看见她一般。

雅琪的心往下沉了一些，也装作没有看到他，径自从他旁边走了过去，上了公交车。她靠在座位上，心里很不是滋味，她咬了咬唇——喜欢上何适，就是自作孽，活受罪吧。

公交车缓缓驶出，她还是忍不住从车窗里看了他最后一眼，她想，有一天，总是会忘记的。

这样的假设其实已经有过好多次了。

谢雅琪回到家的时候，家里的房门已经打开了。她进屋换了拖鞋后，将门慢慢地关上。谢妈妈听到动静，声音从厨房里传出来："琪琪，你回来了啊？"

"嗯，回来了。"谢雅琪接了一句，嗅了嗅，不知道妈妈今天做了什么菜，好香。她才走了几步，突然就对上了一双黑得发亮的眼睛，她有些不可置信地眨了眨眼，震惊地望着这个前一刻还将她当作路人甲，下一刻居然就出现在她家里的男人。

此时他坐在沙发上，很是笔挺地坐着，手中捧着一张报纸，看了她一眼，也没什么表情，随即又低下头去，半张脸都埋在了报纸里。

雅琪满肚子的火就这样飘飘悠悠降了下来，本来想问一句"你怎么会在我家"，但看着他这副臭屁的表情，她就没有出声。而这个时候谢妈妈从房间里走出来道："今天何适就在咱们家吃饭，琪琪，你弟弟不在家，你就陪他好好聊聊。"

雅琪顿了顿，也没说话，提着自己的行李转身回了房间。她想何适是一个怪物，一个捉摸不透的怪物，她得离他远点儿，否则总有一天她会被这个怪物吃掉。离吃饭还有一段时间，现在出去难免尴尬，她索性开了电脑，准备查点儿资料，看看今天的股盘。

QQ 才刚上，雅靖的头像就很不安分地闪了起来。

雅靖：喂?

雅靖：雅琪?

雅靖：在不在?

雅靖：你跟何适在闹什么别扭?

雅靖：上线了找我。

"在……"雅琪无语地发了一个信息过去，雅靖有点儿急性子。

雅靖：你今天是不是那个每月一次来了，所以心情不好?

雅琪：去你的，我是因为见到了何适心情不好。

雅靖：他怎么你了?

雅琪：你想说什么？

雅靖：人我给你弄到家里来了，如何抵挡诱惑就靠你自己了。

雅琪：滚！

雅靖：我要出门去觅食了，好怀念妈妈做得大闸蟹。

雅琪：……

雅靖：啊呜，肚子饿了，出门去了！88。

雅琪在电脑前捣鼓了一会儿，就觉得有些无聊了，她从书架上抽了一本书读起来。刚才只顾着发脾气，如今静下心来，倒开始琢磨何适为什么无缘无故地发脾气，又为什么跑到她家来……他脾气不好，肯定是被她气到了，至于到她家里来，难道是来找她碴儿？

“琪琪，吃饭了。”妈妈过来敲了敲门。

“哦。”雅琪从发呆中惊醒，放下手中的书，洗了手，坐到了餐桌旁，而何适就坐在她的对面。雅琪一抬起头就会看到他，他似乎在看她，又似乎没在看她，所以她也不知道自己到底有没有跟他对上视线，可他一副坦荡荡的样子，神色自若，似乎什么事儿都没有发生过一般。

妈妈在旁边说了些什么话，估计是客套话，总之雅琪是一句都没听进去，她只是低着头小口小口地吃饭。她胃口一般，舀了一些蟹汤倒进自己的碗里，搅拌在一起，很香。

忽然，脚底一麻，有一只脚钩住她的脚，轻轻地晃了晃。只是一下，很短暂的一下，她被吓了一跳，半边身体都麻痹了。她有些惊恐地抬起头来，何适左手握着只碗，上面的瓷釉泛着莹白色的光泽，衬得他的手很漂亮，右手拿着筷子正夹着一棵青菜入口，油脂将他的唇染得红艳艳的。他的唇角，似笑非笑，与往常一样的漫不经心，可他的眼中没有她。

雅琪的脸不由自主地红了几分，似要燃烧起来，挡也挡不住的红。她怕妈妈发现她的异样，放下碗筷就走。

“琪琪，还没有吃完呢。”妈妈叫住她。

“我手机没电了，我得去充一下。”她找了个借口，匆匆跑回自己的房间，关上房门的时候轻轻喘了一口气，心跳得七上八下的，乱成一团麻。他这是在干什么，挑逗吗？可他不喜欢她，至于这样吗？

雅琪也不知道自己在房间里待了多久，再出来的时候妈妈已经吃完饭了，何适正吃第二碗饭。她坐在何适的对面继续吃饭，头再也没有抬起过。默默地吃完饭，雅琪安静地退场，何适也在同一时间站起身来，在她经过他身边的时候，钩住她的手，拇指在她温热的掌心滑过。

雅琪的心又是一颤，双腿莫名有些发软。她的脸再次红起来，灼得脸颊滚烫。这次妈妈不在场，雅琪也不退缩了，对着何适的脚就是一顿乱踩。何适轻轻地笑了起来，他极少这样温柔地轻笑。他见她愣神儿，伸手又在她的脸上捏了一把，声音压得很低："生气了？"

雅琪已经被逗弄得奓毛了，转身就走，何适扯住她的衣领，朝着厨房不疾不徐道："阿姨，我想去买个礼物，能让雅琪陪我一起去吗？女孩儿的眼光比较好。"

雅琪一愣，摇头道："我不去。"

妈妈道："雅琪，出去玩玩吧，回家你也是整日闷在家里没事干，上了一个星期的课也很累，出去逛逛。"

雅琪还未想好如何接话，何适已经扯着她出门了。雅琪本来心里就愤愤，因为在家里只能压抑着，此时一出门，再也克制不住自己，对着何适就是一拳。何适轻松地躲过，将她的拳头握在手中，又躲过她伸过来的一脚："你穿着高跟鞋，不要踩我。还有你穿着裙子，别乱动……"

"你可不可以不要那么无耻。"雅琪的脸色此时还是红的，只不过是被气的。

何适看着她瞪大眼睛、皱着鼻子，一副气鼓鼓的样子，又笑起来，摸了摸她的脑袋："凶起来的时候也蛮可爱的。"

雅琪无语。

何适扯着她下楼，她还是不想去，就把住自己家的门："我不想和你说话，也不想看见你，更不想跟你出去。"

"我知道。"何适的语气淡淡的，却使劲儿将她的手指一根一根地掰开，沉声道，"有些话还是说清楚比较好。"

雅琪呼吸一滞，看着他那双漂亮的眼中难得带着沉稳，脸上也不复方才的嬉皮笑脸，而是突然变得严肃起来，让雅琪竟然一时再也说不出一句不好。她默默地跟在他的身后，上了他的车，她也不知道何适要开向哪里，一路上他一句话也没有说，直到他将车停在一个有些偏僻的地方。

“你不是说要去买礼物吗？”

何适看了她一眼，一脸“你是笨蛋”的意思，这分明就只是一个借口，怎么就当了真呢？他随即又道：“我家里有很多礼物，我下次送个给你。”

“……”

“你起先为什么生气，是因为绝望，还是你生气的时候喜欢口是心非？”

“你呢？”

“你等我暑假回来吧，好不好？”

雅琪听到这么一句莫名其妙的话，“嘁”了一声：“我等你干什么？”

“当然是等我……”何适的脸色也莫名红了几分，他清了清嗓子，眼睛看向别处，“跟你一起玩。”

“嘁，跟你有什么好玩的……”

“难道你跟那个姓凌的就好玩了？”

雅琪这个时候倒是听出了一些意味，她眨着眼睛看着何适：“你这是在不爽什么？”

“不爽你跟别人在一起。”何适飞快地说出这句话。

一股说不清楚的悸动在心尖流淌，随后往四肢百骸蔓延而去。雅琪有些不可思议地看着他，而何适的嘴角也有些僵硬：“我本来不想这么快坠入爱河，可看着你似乎要跑了，我又觉得有些不甘心，所以我希望你可以等等我，让我想想清楚。我知道或许我这么说对你不公平，可对于感情我不想用‘玩弄’这两个字，这样对你、对我都不好。”

“我觉得我也要想想清楚。”雅琪听着何适的话，皱成一团的心事慢慢舒展开来，眉头却是一点点地皱了起来，“一直以来我对你的印象就是……高高在上，不可亵玩……可对于你那下流的品性，我觉得还得再想想、再观察观察……我不喜欢流氓……”

何适的脸色红了白，白了黑，在短短的数秒钟之内，脸上呈现出呆滞状态。向来被人奉承惯了，第一次听到女生用一种鄙夷的态度跟他说话，而且是在他跟人表白之后。

何适漂亮的凤眼微眯，一脸不悦：“你再说一次。”

谢雅琪想了想，开口道：“你就跟菠萝蜜似的，名字听着好听，长得也还好，闻起来很香，但就是太难吃了，我恨不得扔进厕所里狠狠地踩上两脚。”

“你什么意思？”何适这下更不悦了，声音沉了几分，“你这是不会吃，好吧？菠萝蜜营养价值高，很多人都觉得味道不错。”

“反正，你调戏我是事实吧？反正你品性不端也是事实吧……你金玉其外，败絮其中，这也是事实。”雅琪总算是占了一次上风，想趁着这个时候好好踩一顿何适。

而此时的何适有一种抓狂的感觉，却仍旧想要表达自己刚才跟她说的话并不是开玩笑。他的声音阴森森的，却还尽量保持着温柔：“我不对别人这样的。”

“我那一拳没下去，你已经得逞了吧？”谢雅琪哼了一声，心里满是不爽。如果早一点儿知道那个人是何适，她对他的迷恋估计早就消失了。可随即唇角又微微上扬，毕竟这么长时间以来，她总算是胜了一回。在何适跟她说出那番话后，她就有了报复的快感。她喜欢他那么久，度过了那么长一段时间的求而不得，对他，她并不想那么仁慈。

“你老抓着那件事干吗？”何适因为恼怒而涨红了脸，可一时又说不出什么来解释。他皮肤白皙，像家里精美的瓷碗裹了一层上好的瓷釉，此刻他红着脸，如同瓷碗上的点点红花。

“做过了就是做过了，干吗还不敢承认？”谢雅琪瓮声瓮气道。

何适不开口了，一时车厢中有一股冰冷的气息飘散着。他沉寂的目光看向别处，唇紧紧地抿着，纤长漂亮的手指有一下没有一下地敲着方向盘，气氛低到极致。谢雅琪呼吸一顿，突然有些后悔对他说了这种话，可再一想，如果他连这番话都接受不了，那他也忒小气了。

谢雅琪不再看他，将头转向另外一个方向，也盯着一个地方看，好转移走自己的注意力。只要他在身边，总是会不经意地将她吸引，其实她心里很明白，不管将他如何贬低，想要让自己一下子就将他忘个干净，这并不现实。就算这辈子也没有机会跟他在一起，她也会永远记得这个在青春期里装满了她整颗心的少年。

她愣愣地看着远处的某个点，脑袋放空，心几乎都要跳出来了。不知过了多久，恍恍惚惚听到何适在叫她，她“嗯”了一声转过头去，何适的双手已经捧住了她的脸，压向他自己。等到谢雅琪回过神儿来的时候，何适那柔软的唇已经印在了她的唇上……

何适的吻很粗鲁，几乎是重重地撞在她的唇上，一麻又是一痛，他并没有深吻下去，只是贴在她的唇上有些野蛮地啃噬着，咬出了铁锈味的血腥。谢雅琪呆了，也傻了，不知所措地僵硬着，唇用力地抿着，身体里的每个细胞都在跳跃着、叫嚣着。脑子还没有回神儿，手却比脑子要快，下意识地对着他的右脸颊就是一拳。

何适瞬间也愣了，双手依旧捧着她的脸，有些用力地夹着，眼睛凌厉地瞪着她，一字一顿道：“你打我？”

“我……”雅琪莫名其妙地看着他，她现在应该说一句，你轻薄我，你活该，只是她话还来不及说，就看见何适的鼻血淌了下来，她指着他，“你流鼻血了……”

何适似有些懊恼地仰起头，靠在车座上。她刚才的那一拳打得并不太重，可对于他娇弱的鼻子来说，就有点儿严重了。她打哪儿不好，却不偏不倚地正好打在他的鼻侧，嘴角也似乎擦破了，有些血的味道。雅琪抽出几张纸巾按在他的鼻子上，脸上浮现出些无辜的神色：“对不起，我不是故意的，谁让你流氓品性再现。”

“谢雅琪，你真是活腻了。”何适乖乖地仰着头，他可是终于送出了自己宝贵的初吻呢。曾经她以一拳保住了他的初吻，如今就送她算了，反正她那么喜欢他。他一手用纸巾按在鼻子上，一手轻松地抓住她的手，紧紧地握在手里。她的骨头很细，又因为瘦，握在手里，有着说不出的怪异。他说："太瘦了。"

谢雅琪本想将自己的手抽出来，可他握得死紧，她也就没有再动。他的鼻子因为她有了病史，所以这一拳，她感觉很抱歉，内疚地说道："我也不是故意要打中你鼻子，其实我是想揍你嘴巴的……"

"你给我去……"何适话说到一半忽然顿住了，他重重地喘了一口气，似乎又有不少黏腥的液体在往下淌，他有些郁闷地将脑袋往上仰了一些。

谢雅琪见他难受就站了起来，偏过身子，用空出来的一只手轻拍着他的额头："你放手，我给你处理一下。"

何适乖乖地放开她的手，雅琪将纸巾撕成条状，揉成细条塞进他的鼻孔里。何适恼怒地嚷道："恶心死了。"

"这有什么关系，这样能止血。"雅琪又揉了一个，塞进他的另一个鼻孔里，然后一本正经地说了一句，"你现在看着是挺恶心的。"

何适紧紧地闭上眼睛，不想再看她，这是什么表情？小人得志。他想他根本就不该从学校跑回来找她，也根本不该去跟她告白，更不该去吻她，还有，他也不该跟她说话。

谢雅琪见他闭着眼睛，就肆无忌惮地打量起他的脸，其实她说了假话，即使他现在是这个样子，看起来仍然很漂亮。他的睫毛很长，略往上翘。他的鼻梁很精致，以后再也不打他的脸了，万一鼻梁被打歪了怎么办？他的嘴唇红艳艳的，虽然也带着些伤，可唇线紧紧抿成的弧形是那么好看。她不由自主地伸出手来轻轻拍着他的额头："需不需要我去买个冰块给你敷一下，还是直接去医院？"

何适一句话也没有说，唇线略带恼怒地上翘，有几分倔强的意味。

"那我去买了哟。"谢雅琪见他不说话，就出去买了一个冰激凌和一块冰砖，她回来将冰砖"啪"的一声按在他的额头上，自己则在旁边甜滋滋地啃起了冰激凌。

“何适啊，你把冰砖随便敷一下然后就吃掉吧，浪费可耻。”

“滚！”

谢雅琪吃得喜滋滋的，何适似乎像这样仰了很久，然后就觉得有什么冰凉的东西开始流淌下来，他用手摸了摸，还黏黏的，不禁睁开眼睛一看，惊讶道：“这是什么？”

“对不起，刚才我忘记说了，老板说就只剩一块冰砖了，袋子有些破了，反正……我就随便了……它似乎融化了。”谢雅琪的样子看着不像是故意，她其实也真不是故意，只是何适那声“滚”让她将后面的话都给咽了回去。

何适坐了起来，将敷在额头上的冰砖丢到了车外面，又拿了张纸巾将脸上肆意流淌的奶渍擦干净，然后将插在鼻子里的两个沾着血迹的某物一同丢了出去，恨恨地说道：“谢雅琪，我再也不想见到你。”

似乎生活中，被追的东西都是宝，自动送上门的就都变成了草。

第六章 是非

自那日之后，谢雅琪跟何适就再也没有联系过。许是因为对于彼此都不太了解，所以都有必要回去想想，而谢雅琪在论坛里发的那个帖子也停更了，暗恋到了头，他们两人之间的感情已如此明朗，这个帖子也就没有更新的必要了。

她不必再借助这个帖子向他传递什么了。

放暑假的那日，谢雅琪穿着一件白色背心和短裤，及腰的长发在前段时间去理发店剪掉了，此时扎了一个干净利索的马尾辫。下楼梯的时候，马尾在后脑勺一甩一甩的，看起来特别青春。她刚提着行李下楼，站在女生宿舍楼外的凌若韫很自然地接过她的行李：“收拾好了？”

谢雅琪感激地对他一笑：“谢谢。”

“不客气。”凌若韫轻笑起来，打开车门让她坐进去，又将她的行李放入后备厢中，驱车送她回家。本来凌若韫所在的电子工程系在前两天就已经考完试放假了，得知谢雅琪今天回家，他特地从家里开了车过来送她回去。

其实这一个月以来，他们在外人的眼中同进同退，一起学习、一起吃饭，犹如亲昵情侣，差的就只是当事人的亲口确认而已。

“雅琪，暑假还可以约你出来吗？”凌若韫将她送到家门口，取出行李交给她，开口问她的时候，神色淡淡的，可褐色的眸中藏着些紧张，谢雅琪对他粲然一笑：“当然可以，为了表示感谢，过几天我请你吃饭。”

凌若韫露齿一笑，他最近似乎又晒黑了一些，牙齿与肌肤比对之后显得更加亮白。他跟雅琪告别后，就看着她离去的背影开始发呆。雅琪的皮肤很白、身材偏瘦，穿着背心和短裤，更显得她的腰纤细、腿修长，他看着只觉得心神一荡，突然想到什么又叫住了她。谢雅琪好奇地转过身来，他走近她，轻轻地抱住她，不过很快地就放开了。

凌若韫的脸上浮出一圈红晕，带着些青涩，眼中是浓浓的喜色，对上她那双黑白分明的眼睛、迷茫的神色，他低声地说了一句：“再见。”

“再见。”雅琪轻笑，对着他摇了摇手，提着行李便跑上楼去，心在下一秒钟快速地跳起来。只是她没有看到，在不远处的一棵树后，站着一个戴着墨镜的漂亮少年……

谢雅琪一回到家，直嚷着热死了，冲进卫生间洗了把脸，出来的时候直接拿着筷子夹了几口菜：“好饿。”

妈妈从厨房里出来，倒了一杯饮料递给她：“琪琪，你再等一等，小靖等会儿就回来，还有小适。”

“谁？”谢雅琪放下筷子，皱着眉头问了一句。妈妈接话道：“何适啊，刚刚雅靖给我打了电话，小适去动车站接他了，估计很快就回来了。”

“哦……”谢雅琪点了点头，一口气将饮料喝了个干净，突然觉得有些心烦意乱起来。

“哎，琪琪啊，头发这样剪了挺好看，还是孩子气一些好。”妈妈见到雅琪的新发型，摸了摸，觉得很满意。虽然长卷发也很好看，但她的脸本来就不大，倒显得太过成熟了。

谢雅琪微笑起来：“我也这么觉得。”

雅琪跑回房间上网，看了看今日的股市，大盘势头很好，特别是她选的那几只股涨势喜人。她又上了学校的网站查看了一下前几门的成绩，几乎都是满分，心情就莫名地好了起来。雅琪在房间里翻了会儿书，就听到门铃声响起。

下一刻她就听到了何适和雅靖的声音，然后是妈妈唤她吃饭的声音。雅琪深深地吸了一口气，将手里的书扔到一边，开门走了出去。她洗了手，盛了饭就开始吃，头一直埋得低低的，从头到尾都没有看过何适一眼。

今天的菜色很丰富，都是她爱吃的，可不知道是不是天气太热的原因，她胃口不大好，吃得不太多，只吃了小半碗饭，起身就走。何适突然叫住她："雅琪，你等一等。"

雅琪顿住，在她的印象里，他极少叫她的名字，只叫后面两个字，分明是有些亲昵的味道。她缓缓地转过身来看着他，他的头发剪短了一些，看着更清爽了。他朝她伸出手来，手里拿着一个精美的紫色盒子，他说："送给你。"

雅琪呼吸一滞，下意识地看向雅靖，他也是一副吃惊的样子。这个时候反而是妈妈说话了："小适，你怎么这么客气？"

何适微微一笑，话是对着谢妈妈说的，漂亮的眼睛却是直视着雅琪："上次雅琪陪我去买礼物的时候，我跟她闹了点儿小矛盾，这次我是特地来赔罪的。"

雅琪觉得尴尬，愣愣地站在原地没有动，那次也算不上什么矛盾吧？何适倒是站了起来，走到她的面前，将礼盒塞到她的手里，低着头顺便掐了掐她的脸："原谅我，好不好，下次我真不敢再欺负你了。"

本来这动作挺暧昧的，可何适当着雅琪家属的面儿做得特别自然流畅，露出和蔼可亲的笑容，像个大哥哥哄小妹妹一样，弄得雅琪觉得是自己在无理取闹。这一下，她可不敢再去看谁的脸色，抓着礼盒就跑回了自己的房间。可回房间的过程中，如芒在背，总觉得自己的那点儿小秘密是纸包不住火，迟早要被妈妈看出来。

雅琪回到房间拆开礼盒，里面是一个玫瑰花形的紫水晶吊坠，吊坠色泽温和、莹润可爱，很是漂亮。她捧着礼盒靠着门坐下来，拿着吊坠仔细地看着，其实这东西变成化学式就是 SiO_2，可是似乎还有爱情的寓意在里面，不过或许只是他家里礼物太多了，就随意拿了一个给她把玩。

她还在神游中时，听到有人敲门，她闷闷地开了门，雅靖嬉笑着闪了进来，将自己在外地买的特产丢到她的怀里："你最爱吃的。"同时进来的还有跟在他身后的何适，雅琪略带不悦地皱了皱眉，转身坐在电脑前不说话。

"雅琪啊，咱们家的孩子最有礼貌，人家送了礼物，好歹有点儿表示嘛。"雅靖此刻是带着些恶作剧之心的，看着雅琪左手旁边的精美坠子，觉得何适还挺有心。可见雅琪闷声不吭的样子，又觉得何适肯定是做了什么不可原谅的事，他对着何适冷冷地瞥了一眼，然后坐在雅琪的旁边，看着电脑屏幕道："势头不错吧？"

"嗯……"雅琪应了一声，感觉何适也靠近了她，双手就放在她身后的椅背上，他微微俯下身来，离她很近，气息都喷在了她的脖子上。房间里的冷气开得很足了，可她还是觉得很热，额头上沁出了细细的汗珠。她浏览着网页却不知道自己在看什么。

许久，她听到何适带着戏谑道："谢雅琪，你什么时候变成闷葫芦了？"

雅琪"嘁"地说道："我本来就是闷葫芦。"

她一直都很闷，唯独在他面前几次脱离了矜持，可后来发现即使她胆子大了，在他面前也根本没有什么用。

"下午我们三个人去打篮球吧，高中部在期末考，现在场地肯定很空。"

"懒得去，天气热。"

"那去市区吃冰激凌？"

"天气热，没有胃口。"

"里面有冷气。"

“反正不跟你走。”

何适叹了一口气，看向雅靖，苦笑道：“看，她真的恼我了。”

雅靖神色不变，讥笑道：“看，她真不喜欢你。”

雅琪脸色泛红，伸出手来拍在雅靖的脑袋上：“你别乱说话。”

何适又急急地问道：“那你真喜欢我？”

雅琪冷哼了一声：“我是让他不要跟你接话。”

雅靖的手指有一下没一下地敲在桌子上，眼眸微眯：“你们之间难道谈恋爱了，然后又吵架了？还是被第三者插足了？”

雅琪只觉得何适似乎又靠近了她一些，自己此时被圈在一个很小的空间里，似乎更热了，她哪里还听得到雅靖在说什么，否则她定是要反驳的啊。她往前靠了靠，眼睛都快要贴到电脑上去了，继而听到那两个人有一句没一句地说着话，脸上的汗也冒得更凶，她说：“我跟他屁事都没有，他是他，我是我……”

“雅靖，你能不能出去一下，我有话跟她说。”何适打断了她的话，转头对雅靖说道。

“不行，孤男寡女共处一室多危险。”雅靖赖着不走，有些玩笑他可以开，可雅琪是他的胞姐，他们全家爱护的小公主，他怎么会让她深入险境？

“就三分钟，请你绅士一些。”何适已经有些不耐烦，扯着他道，“做人别太缺德。”

“你他……”雅靖差点儿都要骂粗话了，但还是生生地忍住了，他往外走去，表情愤愤道，“一百八十秒钟，不许超时。”

雅琪挺郁闷，冷冷地看着何适：“你别无理取闹，你到底有什么话要跟我说？”

何适对着她做了个动作：“你站起来。”

“干什么？”雅琪不明所以地站了起来，下一刻何适已经将她圈在怀中，紧紧地抱着她，下巴抵在她的头顶上，声音低哑道：“我就是想抱抱你。”

没有哪句话能比这句话更让雅琪吃惊的了，刹那，那些流逝的心动又都回来了，仿佛有无数只跳蚤在她的心坎上乱蹦，让她又痒又心慌。何适的身上有一种味道，清爽淡雅，此刻就萦绕在她的鼻端。雅琪觉得不适，挣扎起来，反而让何适抱得更紧，话语也更加强势："别动，让我抱一下。"

雅琪想，自己在他的面前总是这么把持不住，即使刻意装作将他遗忘。雅琪无法违心，就这样被他抱着，双腿有些哆嗦，或许她对他的喜欢还是太浓，所以对他的反应仍是这么炽热。

三分钟一到，雅靖"砰"的一声将门打开，看到里面拥抱在一起的两人，眼珠子都差点儿掉出了，他慌忙将门重新关上。本来一切都是他脑海中的臆想，如今却成了真。

雅琪被雅靖这么一吓，忙将何适推开，何适似乎还想跟她说些什么，她已快步走到门口，将门打开，让雅靖进来。雅靖看了一眼满脸通红的雅琪，又看了一眼一直保持微笑的何适，脸色略沉，对着何适的胸口就是重重的一拳："好小子，什么时候拐走我家公主的？"

何适闷哼了一声，无辜的眼眸流光溢彩，衔着一抹特纯洁的笑："就刚才。"

雅琪稳定了心神，如鼓的心跳慢慢平稳下来，她谁也不看，重新坐到电脑桌前，淡淡道："就抱一下又不能代表什么。"

雅靖看着何适，皱了皱眉，顿了顿，又张了张嘴，道："雅琪，何适其实也没有什么好的，真的，他长着一双桃花眼，一看就知道是花心风流的标志。脾气又差，老惹事，心理年龄幼稚……"在收到何适威胁的眼神之后，他又哼了一声，"我的意思是，你还小。"

何适不说话，靠近雅琪，光明正大地摸着她的脸，笑得好不得意："雅琪，你现在有点儿害羞，这是在正常范围内的。"

雅靖一把挥开何适的手，瞪着他："别动手动脚的，雅琪还是黄花闺女呢。"

懊恼、郁闷、窘迫等一系列表情都写在了雅琪的脸上，她说："你们能不能出去一下，我很烦，想要静一下。”

雅靖见何适愣在原地，没有要走的意思，就硬是将他拖了出来。雅琪盯着电脑屏幕看了一会儿，找不到发泄的途径，索性将脸埋在了臂弯里。她想，或许这辈子都忘记不了何适了，爱过这样一个人，其实很难再对第二个人动心。她一直都在找理由让自己放弃何适，可是没有办法，只要他一靠近，一看见他，她的眼中就只有他了，她对他根本没有半分抵抗力。可她在怕，在这场爱情里，她是最先爱上的，所以她处于下方。上次何适的那种表白，她根本不稀罕，喜欢不是等价物，她要的并不是他的施舍，或者迷茫的恋爱试验，她不能因为他的不甘心，就将她的真心完全暴露在他的面前。

这些年，她一直因为他患得患失的，心反复纠结着，已经很难受了。如今他们的关系好不容易这么明确了，她也更输不起了，万一输了，就真是万劫不复了。

雅琪有些渴了，出去倒水喝，妈妈已经出门了，何适和雅靖在玩极品飞车，两个人玩得颇有兴致，在脚踏板上拼命地踩着。何适见雅琪出来，丢了操控手柄，扯住她的一只手道：“雅琪，我们去吃冰激凌。”

“走什么走！”雅靖似乎还想搞破坏。

“雅靖，刚才你输给我了。”何适看了他一眼。

雅靖冷嗤一声，还在踩着、跳着，幽幽道：“雅琪啊，你长大了，你自己拿决定，不过你得记着，你还是个黄花闺女。”

雅琪低着头思考了一会儿，咧着嘴笑道：“去啊，去吃冰激凌。”

雅琪跟着何适一前一后地出了门，才下了楼，雅琪扯着何适的衣角道：“何适啊，你被什么东西附身了吧？突然这样眼巴巴地跑来，还对我如此暧昧，我很是受宠若惊啊。”

何适拍着她的脑袋，坏坏地笑道：“就是突然觉得你很可爱，就这样。”

雅琪撇了撇嘴，不想接话，可何适已经拉起她的手往他停车的地方走去，她盯着两人握在一起的手，唇角仍是不由自主地上扬了一些，虽然下一刻她又开始鄙视自己的不坚定。

何适带她去了一家甜品店，雅琪说："我要抹茶味的起司，还有柠檬水。"

"抹茶味的起司两份，谢谢。"何适对服务员说道，等到服务员走后，又伸出手来摸了摸她的脑袋："头发剪短了，挺好看的。"

雅琪想拍开他的手，他的手却像固定在她的脑袋上一般，纹丝不动，那白皙的手臂上立刻多了一个红掌印。雅琪继续地去掰他的手，他仍是不动，看着她，勾唇浅笑，雅琪恼了，发火道："何适，这样很好玩吗？"

"嗯，好玩。"何适一本正经地点了点头，这时服务员正好送了起司过来，何适才将手移开，又重申了一遍，"雅琪，我是认真的。"

谢雅琪低着头，小口吃着起司，抬起头来的时候发现何适仍在看着她，她尴尬地又将头低了下去，惹得何适轻笑。谢雅琪觉得自己此时就像一只被何适逗弄的蚂蚁，要弃要玩全凭他喜好，她突然发现，其实暗恋不是最苦的，最苦的是对方明知道你喜欢他，他还跟你玩暧昧。

雅琪怕热，吃完后也没有要离开的意思。这个时候正好有信息进来，雅琪就低着头玩起手机来，无视对面一直盯着她看的何适。早知道就不跟他出来了，谁也经不起他这样看，此刻还真是如坐针毡。就在雅琪还在打字的时候，何适试探性地问道："你最近都不在网上写我了。"

"我忙着考试，没空。"雅琪的手指顿了顿，又仿佛想强调着什么，继续道，"而且也没有什么好写的了。"

何适眼中有失望一闪而过，他抿着漂亮的唇，伸手一捞，就将她手中的手机拿了过来。

"你干吗？"雅琪气急败坏，怨气累积得深了，她已经想打人了。何适随意瞟了一眼正在与她发短信的对象，松了一口气："我看一下，我的号码你有没有存对。"

雅琪此刻真恨不得拿起面前的杯子将何适给敲晕了，她说："何适，你真无聊。"

何适将手机还给她，一本正经道："存得很对，能打通的。"

雅琪抽动着唇角，双手握拳，关节咯咯作响："何适，你别逼我。"

何适轻扯嘴角，不知道从什么时候开始，喜欢将她逗到奓毛的状态。雅琪在他的眼里一直是个安静的女孩儿，平静无波、死气沉沉，在他的面前总是低着头，倔强地抿着唇，他几乎连她的眼睛都看不到。却突然有一天，他发现她拥有一双最亮的眼睛，生气的时候唇角会上翘，每次她这样时，都让他觉得很可爱。

"一直坐这里，你会觉得很无聊吧？我们出去逛逛。"何适结了账，直接拉着雅琪走出了甜品店。外面天气炎热，可何适的手臂却绕到雅琪的肩膀上，将她半拥在了怀里。雅琪一直在挣扎："热死了，你别这样挨着我。"

"你穿成这样子还在我怀里乱扭，不要命了吗？"何适的声音里略带了些呵斥，雅琪浑身一僵，高声朝他咆哮道："这样子，哪样子？"

何适居高临下地看着她，缓缓地伸出手来，将她的衣服领口往上拉了一点儿。雅琪瞬间石化，他……他……他在干什么？！

"啊啊啊！何适，你无耻！"她对着他雪白的鞋面踩了一脚，就飞快地跑了。何适迈着长腿没几步就追上了她，拉住她的手臂，让她转过来对着自己，脸朝着她逐渐靠近，轻声道："雅琪，你的脸红了。"

雅琪下意识地捂住了自己的胸口："我讨厌你，你给我滚开。"

"你其实不是真讨厌我吧？"何适认真地问了一句，紧紧地拽着她，生怕她跑了一般。

"你就是讨厌。"她垂着脑袋，睫毛呼扇呼扇的，唇角带了几分倔强的意味。

何适往前走了一步，将她拽进自己的怀里："我上次真以为你讨厌我了，后来我才知道，女生只对自己喜欢的人那么说。"

"我……"她算是知道了，什么叫作厚颜无耻，就何适这样的。

"你什么都不用说了，我明白！"

什么叫作自己给自己戴高帽子，就何适这样的。雅琪被何适按在怀里，气都喘不匀，脸上都是汗，她索性将脑袋抵在他的胸口，蹭了两下，将汗在他的T恤上蹭干。

在何适放开雅琪的时候，她要做的第一件事是大口呼吸，何适做的第一件事是低头研究自己的衣服和鞋子：“雅琪，你帮我洗衣服吧。”

雅琪对着他翻了一个大大的白眼：“才不要。”

“我们去买情侣装吧，就那种。”何适的话题跳跃得很快，突然指了指不远处一对情侣穿着的黄色T恤说道，那T恤很宽大。

“我不喜欢穿那种，没品位。”雅琪看了一眼，继续往前走去，这天气实在是太热了，站在外面真是活受罪。

“比你身上这件好。”说着何适伸过手来，将她露在外面的内衣肩带给拨了进去，这下雅琪不是奓毛，而是快要哭了，她看都不看何适一眼，转身就走：“我要回家了。”

何适快步跟上前去，走在她身侧：“这么快就要回去了？是不是天气太热了，我们晚上再出来玩？”

雅琪加快了速度往前走去，这日子没法儿活了！

雅琪回到家的时候，雅靖正在看电视，看到雅琪回来，他松了一口气：“那浑小子放你回来了？”

雅琪幽幽道：“他在后面。”

何适笑眯眯地从雅琪的身后站了出来，脸上含着几分笑意道：“我怕雅琪在外面被太阳烤焦了，就先带着她回来了。”说着他走到雅靖的面前，指着自己的裤子，“你看雅琪多野蛮啊，我这条新换的白裤子，被踢得黑乎乎的，还有我的球鞋，也脏了，不过幸好她今天穿的是平底拖鞋。”

雅靖冷笑一声：“活该。”说着又扭头对正往卫生间走去的雅琪道：“雅琪啊，以后对他不用客气，该打就打，该骂就骂。”

“两人关系很好的时候才会这么干吧？”何适坐在雅靖的旁边道。

雅琪没接话，进去洗了个澡，换了一件黑色T恤和一条七分牛仔裤出来，背心什么的，她想永远不会再在何适的面前穿。

何适见雅琪换了一身衣服出来倒水喝，也假装去倒水，凑近她低声道：“其实那身衣服挺好看的，显得你身材纤细修长。”

雅琪脸色微红，下意识地就去踩他的脚，软软的脚底踩上他的脚背，瞪着他道：“去你的。”

何适嘴角上扬，没说话，拿着杯子喝水。有一种人，连喝个水都那么迷人，精致的侧脸、微扬的下巴、纤长的手指，眼神中氤氲着笑意，雅琪不由自主地多看了他几眼。

雅靖甩了遥控器，往他们这边扫了一眼：“你们两个浑蛋，当我是死人哪，打情骂俏也克制点儿，好不好？”

“我没有跟他打情骂俏……”雅琪瞪了他一眼，她这分明是在跟他闹冷战好不好？

“那有事儿没事儿就躲角落里咬耳朵干吗？”

何适说：“咬耳朵吗？”然后他低下头对着雅琪的耳朵咬了一口，雅琪惊呆了，将剩下的半杯水都泼到他脸上去了。水顺着他的鼻翼、脸颊、下颌往下淌，何适愣了一下，笑着捏了捏她的脸：“真淘气。”

雅琪放下杯子，转身跑回房间去了。何适望着她的背影，叹出一抹意味深长，对雅靖道：“她似乎又害羞了。”

“害羞你个头，你调戏过分了吧？”雅靖目瞪口呆道，“小心把我们家的小公主弄哭了。”

“雅靖，我把我的游戏盘借你玩。”何适走到茶几前，抽了张纸巾将脸上的水擦干净，口气里带着些商量的味道。

雅靖斜睨了他一眼，凉凉地道：“你不是从来不借人家东西吗？”

“对于未来的小舅子还是要讨好的。”

雅靖“嘁”了一声：“我说何适啊，你别不要脸！在我家蹭了午饭，不是还想再蹭顿晚餐吧？”

何适靠在沙发上，全身都放松下来，他搂住雅靖的肩膀道：“咱们俩关系不错吧？而且阿姨挺喜欢我的，不会介意的吧？”

“鬼跟你关系不错，以前连个游戏盘都不借，小气吧啦的。”雅靖将他的手推开，起身打算回房，摇了摇头道，“病入膏肓，无药可救了，我也回房间去了。”

何适被这对双胞胎鄙视之后，一个人坐在沙发上，无聊地换着电视频道，想着找个借口拉雅琪出来说说话，嗯，好好地说说话，老这么惹她、逗她、气她，也不是个事。

就在这时，雅琪突然从房间里跑了出来，他还来不及叫住她，她已经快速地开门跑了出去，何适顿在原地又是深深地叹了一口气。正想着她什么时候回来，又见她跑了上来，手里抱着个快递包裹。她从茶几的抽屉里拿出剪刀，将包裹剪开一个大口子，接着一小袋一小袋的零食从包裹里接连掉出来。雅琪从地上捡起了几袋，全都丢给了何适：“给你吃。”

何适开了一袋山核桃，尝了尝：“味道不错。”他抬起头来时，雅琪已将所有的零食都拿了出来，将快递包装袋扔进了垃圾桶里，何适见她似又准备回房，对她招了招手：“你过来一下。”

雅琪诧异地走过去，何适又道：“把头低下来一些。”

雅琪皱了皱眉，倔强地看着他，他一脸的不怀好意，嘴微咧，让她的心跳加快了一些，脸上却保持着一种面无表情的样子，她冷冷地背过身去。何适趁机抓住她的手，拽着她坐到自己旁边：“一起看电视吧，挺好看的。”

雅琪在房间里也闷得无聊，索性就坐了下来，拿了一小袋零食，往旁边挪了挪，离何适有些远。何适不经意地朝她靠近了一些，又拿了一袋：“哪儿买的？挺好吃的，淘宝？”

“周升升给我买的。”雅琪淡淡地说了一句，将一小袋山核桃都倒入了自己的口中。

何适“哦”了一声，再没有任何表示，修长的手指摸着自己的下巴，有一下没一下地敲着，视线不离电视屏幕，也没有对雅琪再做出什么调戏的动作。

看了一会儿电视，雅琪觉得这种气氛不大好。她拿了几袋零食进房间给了雅靖，雅靖接过尝了两口："升升送的吧？你准备拿什么还？"

雅琪想了一会儿："上次阿姨从日本带回来的零食不是还没有吃完吗，等会儿你帮着寄个快递过去。"

"外面那尊大佛现在有点儿难处理啊，你打算怎么办？"雅靖一边手指灵活地敲着键盘，对战大 Boss，一边漫不经心地问道。

雅琪顿了顿："要不，我待这儿不出去了？"

"别啊，我房间小，容不下三个人。你看我多好，特意给你们留了空间，就知道你闷不住，会出来跟他玩。"

"雅靖……你不想活了吗？"雅琪的手绕上雅靖的脖子，哼哼道。

"姐啊，你别害我，人家正在关键时刻呢。"雅靖的脸色白了白，"啊啊啊，我快来不及加血了，雅琪你给我走开！姐，我对不起，我错了还不行吗？"

雅琪哼了一声，放开他，在他旁边坐了一会儿，才又出去。等她出来之后才发现，何适已经将她的零食给吃光了，剩下一堆袋子"尸身"躺在那儿。

雅琪突然瞥见他手里还有一袋，上去就夺，何适动作快她一步，拿着零食举得高高的："不给你，来抢啊，来抢啊……"

"幼稚……"雅琪木着脸，视线往上看去，突然就冲了上去，一把圈住何适的脖子，对着他的脖子就是一通乱揉："让你幼稚，让你幼稚……"

"哎哟，喂，别，别……哈哈，别……"何适的脖子最怕痒，雅琪无意间知道这件事后，就一直想着什么时候再欺负他一次，奈何她总是下不了手。这次她想自己是真的被他给惹毛了！

何适想甩开雅琪，奈何她就跟牛皮糖一样黏在他身上了，即使他软下了身子，她仍旧不放手。

等到雅靖听到动静出来后，就看到雅琪将何适压在地上，双手圈在他的脖上，一副要强暴他的样子……何适那变了声的嗓音一直在嚷着："别，别……"

“妈呀，这是什么年代啊，不要来这么猛的，好吧……”雅靖捂住了眼睛，从指缝里偷偷地看着眼前这个“活色生香”的场面。

雅琪呼了一口气，从何适的身上爬了下来，她的头发凌乱，T 恤的下摆都有些掀了上去，她满不在乎地拿走了他手旁最后一袋零食，擦了擦脸上的汗。此刻何适整个人都已经蒙了，呆呆地捂住自己的脖子，漂亮的脸涨得通红，眼角处分明还有泪水。

雅琪居高临下地看着何适，然后仰起了高傲的脖子，转身就走了：“哼！跟我斗！”

第七章 冷战

自从前两天雅琪跟何适滚了地板，之后何适就失踪了。

“雅琪，你是少男杀手！”这天在吃早饭的时候，雅靖这么跟雅琪说道。

雅琪低头吃着妈妈煮得香喷喷的皮蛋瘦肉粥，只是抬头看了他一眼，并没有说话。雅靖继续说道：“一个何适抵得上一堆少男啊，你将他弄失踪了，啧啧啧。”

雅琪仍旧不说话，雅靖“嘿嘿”地笑道：“雅琪，你得记得自己是个黄花大闺女。以后啊，我不能让你们独处，免得出事。太激烈了，总不是个好事。”

“……”

“你说那天万一我不出来，你们突然干了不该干的事儿，怎么办？”

雅琪面色淡淡，对着他的腿就是一脚。

“嗷！”

临近中午的时候，雅琪接到凌若韫的电话，表示今天要约她一起吃午饭。那次她是答应过他的，机会是她给的，她得去。她回房间换了衣服，拿起包包、太阳伞就准备出门。雅靖叫住她道：“喂，我刚做了饭，你不在家里吃啊？”

雅琪抿着唇笑了一下：“你自个儿吃吧，我去外面吃。”

“我跟你一起去。”

“不要，我跟我同学一起。”

“男的、女的？”

雅琪低头穿鞋，忽视了他的话，转身就跑出了家。雅靖一边摆碗筷，一边叹气，女大不中留啊。

雅琪看了看时间，还有些早，就准备徒步去公交站等公交车，可她还没有走出几步就听到一阵喇叭声。这个小区是禁止乱按喇叭的，雅琪略皱着眉循声望去，可不正是何适？

她见了他，走得更快了一些，可何适的车已经跟在她旁边了，何适伸出头来，摘下墨镜，放在手里把玩着，脸上带着些笑意：“去哪儿，我送你过去。”

“不用，不用，我正好有点儿事……”雅琪“呵呵”笑了一声，笑容有些僵。

何适好奇地挑眉道：“什么事？”

“不关你的事。”雅琪生怕何适下来抓她，又往前跑了几步，这时只见前面的拐角处有一辆黑色的车拐了个弯，缓缓朝这边开来，这车看着也眼熟，正是凌若韫的车。雅琪一时愣在原地，她第一次深切地感觉到了“左右为难”这个词的意思。凌若韫停下车，开了门走下去，对雅琪轻笑道：“走吧。”

雅琪本来就跟他有约在先，便朝着他走去，可总觉得身后的人在冷冷地看着她。在雅琪还没有完全走到凌若韫面前时，何适跟了过来，大掌轻松地握住她拿雨伞的手，将她转过来，让她面对着他自己。

何适低着头，墨镜后的脸不知是什么表情，他伸出另一只手，将一瓶矿泉水放进她的手里，勾着唇道：“跟朋友出去玩啊？那就好好玩，把水带着，路上渴了好喝。”

他慵懒地站在她的面前，抬手摸了摸她的脑袋，将她的刘海儿抚得整齐一些："出去别乱转，小心被太阳晒中暑了，早点儿回来，我在家里等你。"

听听，他的语气多么暧昧，说着他还低头在她的额头轻啄了一下，动作自然而熟稔，然后他就潇洒地转身上车，离开。

雅琪握着矿泉水瓶愣在了原地，眼睛瞪得老大，唇抿得死紧，一副不知所措的样子。当她转身的时候，不禁低下了头，几乎不敢去看凌若韫的表情。还是凌若韫先开了口，对着她招手道："快过来，外面多热。"

雅琪快步朝着他走去，上了车，车里的冷气开得很足，吹散了她脸上的热汗，可她的心里并不是很舒坦。

"去哪里吃？"凌若韫笑着问了一声，雅琪看向他，脸色淡淡的，又好似没有在看他。

"从这里开出去，往左拐有一家，挺近的，味道还不错。"雅琪握着矿泉水瓶说，把玩了一会儿，似乎真的有些口渴了，拧开盖子就喝了几口。

这顿饭吃得还挺丰盛，两人点了不少的菜，雅琪本来抢着要付钱，却被凌若韫抢了先。吃了饭，凌若韫又给她点了一个冷饮，两人坐着有一搭没有一搭地聊着天儿。

凌若韫突然问道："你喜欢他？"

雅琪惊讶地看了他一眼，随即又镇定地低下头："嗯，喜欢。"

凌若韫唇角的笑容又扩大了一些："可我也喜欢你。"

"对不起。"雅琪垂下眼眸，睫毛轻颤，"他只要一出现，我的眼中就只有他。"

他的光芒挡住了所有的人，其他的人，她就再也看不见了。

凌若韫拈了一片薯片放进自己的口中："他不是我们学校的吧？反正他不在的时间比在的时间多，我的机会比他多。"

雅琪差点儿被呛到，她咳了几声，缓缓道："若韫，其实我觉得我们还是做朋友比较合适。"

他低着头，笑容慢慢退去，挂上了几分勉强："虽然我说这句话是自欺欺人，我只是还想再试试看。”

雅琪的脑袋垂得更低了，几乎要磕到膝盖上了，她轻声道：“我吃饱了，就先回去了。”

雅琪其实很矛盾，跟凌若韫在一起的时候很开心，也很自在，任何事他都不会强迫她，还总是想办法让她笑。如果……没有如果，只是心里藏着一个人，深了，所以谁也比不上他。

凌若韫送她回家时，看了看她家的方向，很想说上去坐坐，可终究没有说出口，楼上还有另一个人的存在，他不想再看到刚才的那种场面，总之来日方长。

雅琪在楼下看见何适的车子，心里想着何适还在，心就“怦怦”地跳起来，有些雀跃。他是她心尖盛开的花，它的每次绽放都牵动着她，她从来都不会否认见到何适时候的那份开心。按了门铃，是何适来开的门，他斜斜地靠在门口，抱着双臂，觑着眼睛看她换鞋，有点儿像在等孩子回来的家长，可他语气是慵懒的：“这么快就回来了，怎么不多玩会儿？”

“吃饱了就回来了。”雅琪随意答了一句，换好鞋子站起身，何适伸出一只手拦住她的去路，口气不满道：“你说回来就回来？”

“这里是我家，又不是你家，你说来就来啊？”雅琪反击，对着他用了些力，想将他推出去。何适岿然不动地站在那里，看着她，凉凉地道：“现在有人撑腰了？这么凶？”

雅琪松开他，哼了一声，还没走出几步，何适的手就绕在了她的脖子上，力气有些大。虽然家里开着冷气，可这种天气这么黏在一起也不好受。何适笑了一声：“这么凶不好，得好好教育一下。”

“啊！”雅琪被迫仰着头，对上他那双含笑的凤眼，她的脚不住地往后踢，手肘也不住地往后使力，“滚开！”

“又生气了啊，怎么又生气了呢？”何适发现自己挺爱逗她的，看着她生气的样子，他就觉得很有趣，唇角也忍不住上扬。

他一边扭着身子躲避她的攻击，一边伸出手来在她的脸上乱捏一气："女孩儿不能太野蛮，知道不知道，女孩儿要文静一点儿，要端庄、要贤惠。"

"去你的文静、端庄、贤惠，你找仙女去吧。"雅琪恼羞成怒，见他的脸靠得那么近，张了张嘴想去咬一口他的鼻子。

"哟哟哟，干吗呢？接个吻还搞这么高难度的动作，小心折了脖子。"雅靖其实很不想破坏他们俩的这种闹腾，可实在是看不下去了，就打开门，大大咧咧地看着他们，"分开，分开，大白天的搂搂抱抱的干什么啊？"

雅琪从何适的怀里挣脱出来，头发乱糟糟的，她瞪着他道："你这个精神病。"

何适对雅靖说道："这孩子欠管教啊，让我带回家吧。"

雅靖惊悚地看了何适一眼，忙拉着雅琪进了屋："我自个儿的妹妹自个儿会管教，给你，还不得被你折腾死？你去找仙女吧。"

何适"扑哧"一声笑了出来，一个人在原地静了一会儿，也觉得自己神经出了点儿问题，咧开嘴自嘲地笑了笑。随后，他也跟着进了雅靖的房间，雅靖正在玩电脑，雅琪坐在一旁闲闲地看着。雅琪一看到何适进来，就防备地看着他。何适随意地坐在她旁边，突然若无其事地将她放在一边的手拿起来道："手指倒是长得挺好看。"

"噗，何适，流氓的精髓你倒是学了个十足啊。"雅靖叹了一口气，他这个纯洁的妹妹可经不起这么调戏的，以后还是不要给他们独处的机会了。

雅琪抽回自己的手，瞪了何适一眼："何适，你真是越来越讨厌了！"

何适双手往脑后一叠，随意往后一躺，躺在了雅靖的床上，衣服就小幅度提了上去，腹部露在了外边一些，没有一点儿赘肉，显得很是精壮。雅琪无意间看了一眼，脸上就又是一红。何适将衣服下摆往下拉了拉，满不在乎地看了她一眼，眼中含着些笑意道："你偷看我。"

"你才偷看，鬼才偷看你。"

"你说谎，你脸都红了。"何适定定地看着她，似在等她接话。

雅靖唇角微抽，将何适的衣服一把拉了下来，遮住了他的腹部：“你懂个屁，雅琪脸红是因为天气热。”

“哦，那我睡会儿。”何适不再闹了，表情也收敛了，轻轻地闭上了眼睛。

雅琪靠在一边，无聊地盯着雅靖的电脑屏幕看着，她现在什么都不想做，也不想离开这里去找其他的事情做。过了一会儿，雅靖不经意地说了一句：“你给他盖条被子吧，小心冻着了。”

雅琪没有说话，只是低头看着何适，他此时紧闭着双眼，呼吸淡淡，已经陷入了熟睡。他的皮肤莹白细腻，泛着象牙般的光泽。很多人是禁不起近距离看的，可何适不一样，距离越近，吸引力就越大。他的皮肤很好，也不知道是怎么保养的，雅琪又靠近了一些，不禁屏住了呼吸，生怕吵醒了他。

房间里冷气很足，她从一旁拉过空调被为他盖上。只是这样一个简单的动作，手心里莫名地就多了一层汗。而此时的何适不经意地翻了一个身，雅琪吓了一跳，忙乖乖地挪到一旁坐好。

“雅琪，周升升一会儿要过来，他说把暑期实践表格给我带来。”雅靖突然转头对雅琪说道，见雅琪淡淡地“哦”了一声，他诡异地笑了起来，“他说要给你带些吃的过来。”

雅琪鼓着嘴，想说些什么，最后只是“哦”了一声。

周升升的家离他们家并不远，打车来也不过二十分钟，是雅琪替他开的门。他又提了一些山核桃过来，因为上次雅琪说很好吃。雅琪连声道谢，给他倒了一杯水，他受宠若惊地接过，白净的脸上现出几分红晕，腼腆地笑着。

雅靖从房间里出来，从周升升那儿拿回自己的暑期实践表格，上面已经盖了个红戳儿，他高兴地拍着周升升的肩膀道：“好兄弟啊。”

雅靖在雅琪的旁边坐下，身体微向前倾，正好挡住了雅琪。雅琪一边吃着山核桃，一边听着他们俩说话。雅靖在说他们乐队的事儿，情绪高涨。雅琪一直以为他们那个乐队不过是小打小闹而已，却没想到，在他们上学的那个城市竟还有些名气，许多公司做噱头的时候都邀请过他们。

“雅琪，暑假你不准备出去玩吗？”周升升跟雅靖说了一会儿话后，不经意地就将话题转到了雅琪的身上，雅琪抬起头来看他：“还没有想过，等我爸工作不忙了，应该会出去玩玩的。”

“这样啊……”周升升似是突然想起了什么，又道，“我们乐队这次要去 F 市参加一个比赛，你要不要跟着雅靖一起去？”

“这样不太好吧？”雅琪干笑了两声，“你们都男的，我一个女的跟着……”

“我们乐队里新加入了一个女孩儿，人挺好的，你可以跟她一起睡。”周升升忙接口道，生怕雅琪因为这个原因就拒绝了似的。说完话，他脸上更红了一些。

雅琪笑着，伸手悄悄地拉了拉雅靖的裤子，雅靖会意，正色道：“让她跟着干吗啊？我们比赛那几天都很忙的，不能总带着她，她一个人在那儿待着也会很无聊。”

“就两天，等比赛完了，我可以带她去玩，听说那边的景色很好，还有很多好吃的，雅琪肯定喜欢。”周升升一脸期待地看着雅琪，“那边比这里要凉快很多，晚上睡觉都可以不用开空调。”

F 市，雅琪确实也挺想去的，那个城市很美，离W市不远，而且那边有卖又漂亮又便宜的饰品，还有许多特别美味的小吃。不过她并不想跟他们一起去，雅琪还在想着如何拒绝，何适从房间中慢慢地走了出来，他可能是刚睡醒，睡眼惺忪，睁不开似的，脸上带着一种迷茫的孩子气。他走过来，坐到雅靖和雅琪的中间，推了推雅琪，很自然地道：“我渴了，给我去倒杯水。”

雅琪不动，何适又推了推她，有一种强势的味道，声音里却带着一抹宠溺：“乖。”

雅琪微恼，感觉到他的手捏了过来，就不甘不愿地站了起来，去倒了一杯水过来给他。何适拿着水慢慢喝着，问道：“你们刚才说哪儿？

F 市是吧？”

见雅靖点头，何适转过头来对雅琪道：“我们一起去吧？他们去比赛，我们俩出去玩。”

何适在角色转换上总是如此自然、熟稔，他的语气温柔、笑容可掬，雅琪呆愣愣地看着他，一句话都说不出来。一旁的周升升也看着雅琪，脸上的红晕退了些，还浮现出一层焦急，突然就不大希望她去了。

何适亲昵地圈住雅琪的肩膀，轻晃了晃：“去吧？”

雅琪的脸顷刻涨红，面颊热得厉害，他又这样子，让她情何以堪啊？她哼了一声：“我不想去。”

何适忽略了她的话，按着她的头点了两下：“这么孩子气，又不高兴了？那就这么定了，整日待在家里，小心闷出病来。”

雅琪总觉得这种气氛很诡异，周升升看着她，眼中黯然一片，却还是强露出欢颜：“雅琪，去看看也好。”

雅琪本是觉得自己被何适压榨了，就这样答应下来很丢面子，等周升升再一邀请，她就顺势道：“好吧，好吧，我去。”不过这样一来，似乎她是因为周升升才答应的，而不是何适。但何适对于这个并不在乎，他从口袋里掏出了钱递给雅靖：“帮我多买两张票，方便的话房间也给我订一间。”

雅靖觑了他一眼，没接钱：“雅琪的车票还不至于让你来付钱，你的车票钱也算了，天天给我们兄妹俩当司机也花了你不少油钱。不过到时候住宿费、吃饭什么的花销，你自己付。”

“好。”何适将钱放回口袋，而雅琪却又开始愣神儿，为什么是一间房？他没算上她？

周升升的眼神更加黯淡了，唇紧紧地抿了起来。后来雅靖一直在跟他说话，不过他的兴致完全没有刚才高了，有一句没一句地接着话。

雅琪听着觉得有些无聊了，就想回房间，可何适的小拇指紧紧地勾着她的小拇指，大拇指在她的手心里轻轻挠着。她的手心里酥麻酥麻的，身体也麻了半边，心里痒痒的。此刻，她也不知道自己该露出什么样的表情来，脸部几乎是在抽动的。

周升升突然站了起来，紧盯着雅琪，声音也有些结结巴巴的：“雅琪，我想单独跟你说一会儿话。”

雅琪一时不查，被吓了一大跳，抬起头来看到周升升那张涨红的脸，心里一提，他不是要跟她提那种事吧？周升升看着她，眼中带着紧张却也很是坚定，雅琪在他的视线下点了点头。她站起来时，何适已经放开了她的手，在她的背上轻轻地拍了一下，似在暗示着什么。雅琪跟着周升升出了家门，每走一步都觉得自己是在赴刑场，但有些事儿早断早好。

其实周升升长得挺好看的，身材也好，背影看上去高高瘦瘦的，让人觉得很舒服。雅琪跟在他身后慢慢地走着，而前面的周升升头也不敢回，身板挺得笔直。两人快走到楼下的时候，周升升停住了脚步，雅琪还下意识地往后退了一步，免得自己撞上去。

他背对着她，低声道：“雅琪，我有话跟你说。”

周升升不擅长说话，话才出口，声音中便有几分颤抖，气势就已经没了一半。雅琪看着他的后脑勺，深吸了一口气：“你是要跟我说去 F 市的事儿吧？其实我觉得挺好的，我也挺想去的。”

“不是的，雅琪。”周升升转过身来，脸上白皙的肌肤染上了红晕，他全身的血液几乎都涨到了脸上，嗫嚅着道，“雅琪，你知道不知道……”

“哦，我知道的，我什么都知道的。”雅琪拼命地点头，笑道，“很美的城市嘛。”

“雅琪，我等了你很多年，”周升升也不想再跟她绕圈子，眼一闭，咬了咬牙，这话就自然而然地说出来了，“从小学开始我就在等你，一直在等你长大。”

有这么一个人，一直在你身后等你长大，即便不喜欢他，可还是会被感动，更何况是雅琪这种很容易心软的人。

这时，她的身后幽幽传来另一个含笑的声音：“等待是没有勇气的人才做的，特别是等待之后还一无所获，这是庸人才做的。”何适走过来搂住雅琪的腰，冲着周升升挑眉道，“周升升，你来迟了。”

其实雅琪很不喜欢何适这样，他总是在别人面前宣布对她的拥有权，却从来没有问过她的意见。看着周升升刹那苍白下来的脸，想着周升升刚才说的那句话，虽然还是觉得何适过分了，可也未尝不是对她、对周升升最好的处理，毕竟长痛不如短痛。

雅琪缄默不语地低着头，良久，轻声说道："对不起。"

周升升很快就恢复了点儿脸色，看着那低下去的脑袋："雅琪，你毕竟还小。"

周升升离开后，雅琪仍一直低着头，心里很难受，何适在一旁摇晃着她："人都走了，不用再演戏了。"

雅琪抬起头来看着他，眼神冰凉，语气森冷："何适，你的心是冷的吧？"

周升升的今天，是她的曾经。虽然何适只是一句玩笑话，但听在她的耳中就觉得特别刺耳："我才不像你这样没心没肺的。"

她转身就要回家，何适拉着她的手，淡淡地道："你这是为了他在跟我发火？"

雅琪气息也急促起来，看见何适眼中出现的恼意，忽然觉得十分失落，她甩开他的手："不关你的事。"

"确实不关我的事。"何适握紧自己的手，转身离开，再也没有回头。

雅琪有的时候并不明白自己为什么总是跟何适处于冷战中，而雅靖就看得透彻的多，他说："你们都比较幼稚，没事找事徒增烦恼，唉，爱情这种事本来就比较麻烦。"

"那也比你网恋好！"雅琪愤愤地拿着一个绒布锤子去敲他的脑袋，雅靖将其拨开，不耐烦道："别动，什么网恋啊，在游戏里，一切都是虚幻的，我都分分合合好几个了。"

雅琪无语望天，她不理解网络游戏，正如雅靖不理解她为什么会喜欢何适一样。雅琪窝在一边缓缓道："你说，周升升到底喜欢我什么啊？"

"鬼知道，听说喜欢你小时候流鼻涕的样子。"雅靖正在战斗中，随意地接了一句。

雅琪抖了抖：“那何适呢？”

“他或许是高处不胜寒了，开始将就了。”

“呸。”雅琪举起布锤子对着他的肩膀又是狠狠一敲。

一个星期后，雅琪收拾着行李跟雅靖一起出门，有些闷闷不乐的样子。雅靖背着吉他，顺手将她的行李都提在自己的手上：“别想何适那小子了，他最近都没有跟我联系过，应该是不来了。”

“哦。”雅琪随意应了一声，心里也不知道是什么想法，总之不是滋味。片刻，她抬起头来，嘟嘴道，“反正我也没有想要他来。”

雅靖看了她一眼，眨了眨眼睛，弯了弯唇，没说话。两人一起上了动车，雅靖转身对雅琪道：“不过凡事都有个例外。”

她走到她的座位处，邻座已经有人，正在看报纸。他将报纸拿得很高，几乎遮住了他的脸。可雅琪还是很轻易地就认出了这个人是何适，心里瞬间像被乱敲的小鼓似的，“咚咚”作响，她往后退了一步，哼了一声：“雅靖，我跟你坐一起。”

“我旁边是周升升啊。”雅靖压低声音说道，“他都已经坐下了，让我怎么跟他说？还是你想跟周升升坐一起？他一定会好好照顾你的。”

雅琪脸色紧绷起来，跟正在看她的周升升打了一声招呼，就随意坐在了过道另一侧的一个座位上，才没坐下多久，她就听到一个声音响起：“小姐，请问你坐错位置了吧？”

雅琪脸色一红，尴尬地说了声抱歉，就快速地站起来坐到了何适的身边。何适靠着窗户坐着，已经将报纸放下，脸朝着窗外，用后脑勺对着她。雅琪只觉得郁闷，明明是他的错，可他现在这个样子，错的好像就是她了。她四下张望了一番，再转过头来的时候，何适已经闭眼仰头靠在了座位上。雅琪懊恼地抓了抓头发，从口袋里掏出手机，上网看小说。

没多久动车就启动了，开了没几分钟，雅琪突然觉得肩膀一重，身子因为受到惊吓颤了颤，等她回过神儿来的时候，感觉到脖颈处是他轻微的呼吸。何适就这么靠在了她的肩膀上，雅琪轻轻地推了他几下，他没有动，她又将身子往下移了一些，但他仍牢牢地黏在她的肩膀上，让她欲哭无泪。她往后靠去，让自己完全放松下来，可她知道，自己的心里根本没有放松过，她明明觉得自己很讨厌他，可还是不忍心吵醒他。

动车高速地前行着，极有韵律地摇晃着，雅琪渐渐地也困了，慢慢闭上了眼睛，头不由自主地往他的方向靠去。她睡得迷迷糊糊的，极不舒服，眉头略微皱了起来，忽然她感觉有一双手将她的脑袋轻轻抬起，帮她换了一个睡得更加舒服一些的姿势。雅琪是个很容易就被吵醒的人，更何况有人动她，她的双眼马上就睁开了，正好对上周升升的眼——他刚上厕所回来。

周升升也看着她，眼神黯淡无光，雅琪略感尴尬，想要挣扎着坐起来，奈何施加在她身上的那双手使了些力，将她紧紧地按在他的胸口上，直到周升升从她的视野中消失。

雅琪对着何适就是一顿猛捶，毫无章法地将拳头落在他的身上，小脸儿上带着浓浓的怒气。何适叹了一口气，用一种失望的眼神看着她，幽幽道："你就这样对我。"

雅琪顿住，冷冷地看着他："我怎么对你了？"

"为了一个另外的男人打我。"何适的声音越发低沉，冷飕飕的，还夹杂了一些委屈。

"我……"雅琪语塞，明明她才是受委屈的那个，经他这么一说，他反倒成了受欺负的一方。此时的雅琪很想挠墙，身上无形地散发出一种莫名的怨气，便转过头去不再看他。何适轻笑了一声，又装作一脸无事的样子，将她搂在怀里："来，我们培养培养感情，接下去的几天都是要我们两个人一起去玩的。"

雅琪还在挣扎，何适的双臂越收越紧："你不想这么睡的话，就抱着我睡吧。"

"本质上有区别吗？"雅琪斜了他一眼，嘴巴噘得老高。

"有啊，一个是你抱我，一个是我抱你。先让你享受点儿福利好了。"何适微侧了侧身，将她按到自己的身上，脸上带着戏谑道，"我们是什么关系，还需要计较那么多吗？”

“那我就不跟你计较了。”雅琪被调戏多了，偶尔胆子也会大一些，她寻个舒服的姿势靠在他怀里，刚才这样一闹，她连困意都没有了。他身上的味道清爽好闻，令她觉得很安心。他一只手圈着她的身子，另一只手摸着她的头发、她的脸，光滑的指尖在她脸上游动着，不知什么时候起就开始捏着她的耳朵玩。

雅琪忍无可忍，将他的手拍开，可过了一会儿，那只手又过来揉着她耳后的软骨，像是孩子发现了新玩具一般：“你这里有个尖尖的软骨，很好玩。”

“我……”雅琪拍了几次，终于怒了，“何适，你再这样，我就咬你脖子。”

何适怔了怔，想起上次的一幕，人都颤了颤，轻声道：“你睡吧。”

坐火车很容易让人发困，雅琪再次有了困意，蒙眬中，耳朵似又被人惦记上了，又揉又捏的，雅琪很想睁开眼睛，可似乎又不想推开他，感觉被捏得很舒服，那就这样吧。

雅琪睡了醒，醒了睡，再也睡不着的时候，还是睁开了眼睛。此时何适的手依旧揉捏着她的耳朵，不知道在想些什么。雅琪从他的怀里挣扎着坐起来，对着他的脖子，猛然就发动了进攻，想要咬他一口。何适下意识地一缩，如此就产生了偏差，雅琪的唇不偏不倚地贴在了他的唇上。

雅琪瞪大了眼睛，在她坐回来的时候，何适也还没有反应过来。后来，何适揉着她的脑袋，坏笑着说道：“这种事还是我来做比较合适，每次都是你主动，我也挺不好意思的。”

雅琪低着头，想要反驳，可他也没说错，这事儿每次都是她主动，她站了起来：“我去上厕所。”为了避开这种尴尬，雅琪尿遁而去。

不到一年的时间，不知道是他开窍了，还是她懂得害羞了，明明以前她还主动吻他来着。雅琪从厕所慢悠悠地晃了回来，何适远远地盯着她，她被盯得脸上又开始烫起来。她走近的时候，何适笑眯眯地道：

“你去了这么久，脸怎么还这么红？”

雅琪不敢看他，被他这么一说，脸色不禁又红了几分，何适握着她的手，笑着道：“上次的事咱们就算了吧？”

雅琪皱了皱眉，又不乐意了。在家里，没有人跟她闹脾气，人人都让着她。何适是第一个，一而再，再而三地跟她闹脾气、闹冷战的人，弄得她难受了好几天，现在就只一句，算了？

“凭什么老是你说了算？”雅琪拿出矿泉水喝了一口，垂着眼眸，淡淡地道，“上次是这样，这次还是这样……”

何适看着她，许久才“哦”了一声：“原来你是生气了啊？”

“废话。”

“我送你礼物好不好？”

“我不要。”

“都说女孩儿是很好哄的。”何适摸着下巴，以前总看不起叔叔，女朋友走马观灯似的换，可叔叔也是有能耐啊，再凶悍的女人到了他的手里还不是服服帖帖的？连安老师那样淡然的人也会被他钓上钩。前段时间，何适还曾忍不住去跟他取经。

雅琪别过头去：“你又不是真心的，谁理你。”

“那我说三个字给你听好不好？”何适凑近她，薄唇贴着她的耳朵，暧昧的气息尽往她的脸上吹去。

“我……我不要听。”雅琪听罢，结结巴巴地道。她心里不禁又是一阵燥热，本来夏天就已经很热了，他还非要再煽风点火。

“可是我觉得我应该说。”何适撑着自己的下巴看着她，挑着眉梢，眨着眼睛，语气突然变得很郑重，“我很少跟人说这三个字的，似乎从来没有过。真的不想听吗？错过这次，我可就不说了。”

谢雅琪用力握住矿泉水瓶，头埋得更低了，继续磕磕巴巴道：“你……你不要跟我说话。”

“这么重要的时刻，你居然要掉链子？”

“你可不可以不要靠得我那么近，走开点儿。”谢雅琪的脑袋几乎已经埋进了她的双腿间，可何适却越靠越近，他伸手摸着她的脑袋，一下一下地摁着，她不由得羞恼地大叫道，“我都说了不想听不想听了！啊啊啊！”

“你们干吗呢？”雅靖对于前面的动静是了如指掌，在他的心里，他一直觉得这个姐姐是万能的，几乎没有什么是她摆不平的事，可是碰到了何适，怎么就这么软趴趴的，没了一点儿平常那种厉害的样子呢？他从书包里拿了一些山核桃走到雅琪的面前：“来，来，多吃点儿，周升升这次带了很多来。”

何适松开雅琪，有些不满地看了雅靖一眼：“你来得真不是时候。”

雅靖走到何适的面前，提起他的衣领，假装殴打了他两拳，然后转头对雅琪道：“雅琪，你欺负人家的时候还挺牛的，我还记得小时候你在外婆家打邻居家的那个小胖子时可厉害了，怎么如今在何适面前这么没用，他欺负你，你就该这么揍他。”

“哦。”雅琪低低地应了一声，红红的小脸仍是不敢抬起来。

雅靖“嘁”了一声，碎碎念道：“太没用了，太没用了，太丢我们谢家的脸了，不管你了。”

“她是舍不得欺负我。”何适勾住雅琪的肩膀笑得特别得意，雅靖无语。

后来雅琪吃周升升带来的山核桃时，何适也抢过几袋吃了起来，这个味道确实不错。

动车到了 F 市的时候已经是傍晚六点钟，因为是夏季，此时天色依旧亮着。一行四人先去了预定的宾馆，放好行李，然后与雅靖他们乐队的其他队员会合。这是雅琪第一次见到他们乐队的全体成员，除了一个短发俏皮的女孩儿，其他成员都是非主流少年，穿着时髦且怪异，戴着许多夸张的金属配饰，在灯光下闪闪反光。雅琪看了看他们，又看了一眼雅靖和周升升，突然发现这两人的扮相实在是太乖巧了，她扯了扯雅靖的衣服，低声道：“雅靖，你平日里都跟他们穿一样的吗？”

周升升听到雅琪的话，神秘地笑了笑：“雅琪，后天晚上我们演出，你一定要来看，到时候你会看到不一样的我们。”

“嗯，好的。”雅琪点了点头，就在这时，雅靖将她拉了出来，介绍给自己的伙伴：“这是我最亲爱的双胞胎妹妹。”而对于身后的何适，雅靖是这么形容的：“这个是我妹妹的冤家。”

何适表现得落落大方，他唇角勾起迷人的笑容，将雅琪从雅靖的怀里捞出来，揽在自己的怀里，一副“她是我的所有物”的模样：“我是何适，是雅琪的，嗯……冤家。”

“冤家”的另一种解释，是给自己带来痛苦而又舍不得抛弃，似恨却实爱的人，以此定义他们两人，可谓十分贴切。

因为雅靖和乐队成员正在商量着演出事宜，何适和雅琪在旁边也听不懂，所以何适就以饿为由，拉着雅琪去找吃饭的地儿去了。何适比雅琪高出很多，他伸出手很是轻松地就搭在她的肩膀上，勾着她的脖子，暧昧地笑着：“雅琪，你想吃什么？”

“不认识路，也不知道要吃什么。”雅琪想甩开何适的手，奈何他的手牢牢圈着她，令她无法如愿。

“这里也没有什么好玩的，就气温稍微低了些，我们晚上回去研究一下，明天去哪儿玩。”何适一边抱怨着，一边看着四周，肚子已经饿了，可并没有找到什么看起来不错的饭馆。雅琪突然停住脚步，吸了吸鼻子，瞅着旁边一家锅贴店道：“我想吃锅贴。”

何适看着这家小饭馆，皱了皱眉：“这么小的店面，做的肯定不好吃。”

何适继续拽着她往前走，雅琪不悦地皱起眉：“我就是想吃锅贴，里面的人很多，肯定好吃。”

“这个时间段，多拥挤啊，看那些桌子灰不溜秋的，一看就不卫生，走了，走了。”

“……”

“去吃牛肉面吧。”

“不想吃。”

“这家快餐店……”

“太脏了……”

“粥呢？”

“没兴趣。”

“……小孩子真是任性。”何适无奈地叹了一口气，从旁边一家卖糖葫芦的店买了一根看起来最漂亮的糖葫芦塞进她手里，揉着她的脑袋，愤愤地道，“走走走。”

雅琪低头咬了一口，真甜。

何适对她妥协了，这种感觉，真爽。

这家锅贴店确实很小，环境看起来也不怎么样，地上潮湿，走起来还有些黏糊糊的感觉，可生意确实很不错，里面坐满了人。他们运气不错，正好有一对小情侣离开，于是他们就有了座位。

“我要十个，你要几个？”雅琪见何适不怎么乐意地坐在自己面前，又觉得有些不好意思，就拿了餐巾纸将他们面前的桌子擦了擦，露出灿烂的笑容，“二十个够不够？”

“够。”

“那你想喝点儿什么？我要白凉粉，你呢？”

“随便。”

“三十个锅贴、两碗白凉粉，谢谢。”雅琪抬头对服务员说道，又低声对何适道：“我上次曾听同学说过，这家锅贴店是老字号，是这里最有名的。”

何适本不想理她，可看见她难得地在他面前露出笑脸来，就缓缓道：“可我还是觉得对面那家牛肉面会比较好吃。”

“那等会儿我跟你来吃夜宵吧。”

“嗯，好。”何适应了一声，微眯起了眼睛，一直觉得她反复无常，其实也挺好对付的。不过就是个孩子，先满足她，让她高兴，再索取，这样子挺好。

锅贴端上来的速度很快，每个锅贴都皮脆馅儿多，蘸着配好的醋，味道特别鲜美。雅琪饿了，又吃到自己想吃的东西，所以胃口很好：“要不要再上几个？”

何适其实也吃得很开心，可还是装出一副不爽的样子，哼都不哼一声，快速地将最后几个锅贴送入了自己的口中。雅琪吃饭比较细，只是一低头一抬头，就发现面前的盘子里已经空空如也，她目瞪口呆：“你抢我吃的不是一回了！”

何适坏坏地笑着，凉凉地答道：“我乐意。”

雅琪皱着鼻子，伸手去打他，何适直接给拍了下去：“大胆，敢对我动手动脚。”

“可你不也老对我动手动脚的吗？”雅琪摸着自己略红的手背，她也不过是未遂而已。

“那不一样啊。”何适伸手捏了捏她的脸颊，还用指腹摩挲了一下，似很是流连这种手感。

鉴于雅琪还没有吃饱，何适又给她点了十个锅贴。两人吃饱喝足后，先前的疲惫感和饥饿感便统统消失，心情也跟着变得很好。两人出了锅贴店，何适自然而然地拉着她的手，游逛着这个不太拥挤的城市。

华灯初上，白日里的炎热已经消散无踪，凉风习习，吹在身上十分舒爽。何适突然侧过头来看她，灯光下，她半个侧脸若隐若现，嘴唇轻轻地抿着，带着点儿笑意，显得静谧而安详：“雅琪。”

“什么？”

“对不起。”何适轻轻地说道，“我想跟你说的三个字是‘对不起’。”

“嗯？”雅琪似乎不大敢相信她听到的，惊讶地张大了嘴，眼睛瞪得大大的，“你说什么？”

他将她轻轻地拥在怀里：“我不该老跟你发脾气，不该倚仗着你喜欢我，就欺负你，如果之前我让你难过，那对不起。”

雅琪一句话都说不出来，在他的怀里僵硬着。似乎这声“对不起”比“我爱你”还令她感到意外。她闷在他的怀里，许久才低声道：“那我原谅你。”

她是个心软的人，更何况面前这个人是她暗恋了多年的男孩儿。

“那以后你是不是就不会欺负我了？”雅琪红了脸，却还是抬起头来看着他，她的眼睛很亮，在灯光下折射出异样的光芒。

何适略微想了想，摇着头，漂亮的脸上带着一种让人看不透的神色：“不，以后我应该会变本加厉地欺负你。”

他毫无预兆地低下头，毫不犹豫地吻住她的唇。她的身体本来就僵硬，现在几乎都不会动了，心里有海潮汹涌地翻滚着，连呼吸都要忘记了。他吻得很轻，一点点地在她柔软的唇上吸吮着，呢喃道：“把唇张开。”

从未有过此刻的这种悸动，雅琪的手用力地拽着他的衣摆，唇倔强地紧抿着，脑袋里一片空白，直觉不该听他的。可何适从不是个有耐心的人，对着她的下唇就重重地咬了下去：“不让你主动的时候你偏主动，让你主动你就傻了。”

雅琪吃痛，轻轻地呼了一声，轻启开颤抖的唇瓣，何适便直驱而入，本能地卷着她的柔软——这样的事儿他突然就想做了。

雅琪愣愣地站在原地任由他亲着，心跳得无比疯狂，腿脚都软了，整个人都似要化掉了一般，只能乖乖地伸出手来抱紧他的腰。不知过了多久，何适才将她放开，低头端详着她脸红羞涩、娇喘连连的模样，眼神越发温柔：“有什么话要跟我说吗？”

她愣头愣脑地问道：“你不是初吻吧？”

“我也有话跟你说。”何适得意地挑起眉头，捧起她的脸道，“再来一次吧。”

他再次重重地吻了下去。

何适突然就上了瘾，将雅琪压在路灯下的柱子上，不依不饶地吻了她好多次。

后来雅琪回过神儿来，周围似有路人往他们这边看来，她一下就跳得远远的，尖叫了一声，转身跑了。何适笑了一声，看她跑得有些距离了才开始追，他很快就追到了她，拽着她的领子，戏弄地扯了一下，松开，再扯一下，再松开，笑容很坏：“害羞了啊？不理我了啊？”

雅琪低着头应了一声，心里有一种对未知的茫然，可更多的是一种欢喜——她得偿所愿了。她抬起头来看着他：“你还要不要吃牛肉面了？”

何适勾着唇，伸手轻触着她红肿的唇：“肿了。”

她“呵呵”地傻笑起来：“不吃我就回去了。”

她抹了一把脸，额头上都是汗，不知道是吓出来的，还是羞的，或者是跑的。

她自顾自地走在前面，何适双手插在兜里，慢悠悠地跟在她的身后，眉梢微微上挑，笑着望着她道：“雅琪你在害羞吗？在害羞吗？在害羞吗？”

“何适，你不要脸！”雅琪被他弄得烦躁了，回头朝他吼道。

“嗯，我可不要脸了，要不要再来一次？”

雅琪一听，跟个兔子似的跑得更快了，何适爽朗地笑出了声来。

两人回到宾馆后，发现雅靖他们都不在，雅琪掏出手机一看，才发现雅靖不知道什么时候给她发了短信，表示他们在排练，晚上会很晚才回来。何适将雅琪拉到自己的房间：“一起过来看电视，我这里有些好吃的。”

雅琪“哦”了一声，就跟着进去了。她坐在何适的旁边，拿着何适递给她的一块巧克力小口地咬着，不满他换台：“我要看偶像剧。”

“看什么偶像剧，不给看。”

“不给看我就走了。”

“好好好，给你看，不过得给我亲一下。”何适扯着她的脖子，对着她的嘴巴就亲了两口，她嘴角的巧克力屑都被吃掉了。

电视看了一会儿，突然一阵尖叫声从隔壁的房间里传来。

……

雅琪石化了，这里的隔音效果也太差了吧？这都什么跟什么啊！

一阵频繁的尖叫声过后，世界终于静了下来，雅琪这才吐了一口气。

本以为就此安静下来，可没过多久，隔壁的女声再度响起，咿咿呀呀个没完，她的音量很高，每声都很尖锐，一声接着一声，直冲耳膜。

雅琪满脸通红，只觉得很尴尬，方才她还可以充耳不闻，而此时隔壁的女人已经语无伦次了，说着一些不着边际的话，令人脸红心跳。何适就坐在她的旁边，似乎没受一点儿影响，可紧贴着她掌心的手有些滚烫，后来他还慢悠悠地说了一句："这两人还真够持久的。"

雅琪支吾地应了一声，说不出一句话，男女还是不要单独在一起的好，干柴烈火的，什么都有可能发生。她快速地站了起来，看都不敢看他，就往门口跑去："我先走了。"

何适站起来，脸上的表情很奇怪，沉吟了一下："我送你。"

他将她送到门口的时候，似有些舍不得这只小白兔回去，箍紧她的腰肢再一次吻住了她的唇。吻到一半时，他觉得自己不大对劲儿，就放开她，与她面面相觑，他的眼中有一抹奇异的神色，接着他将她丢了出去，并且重重地关上了门。

雅琪并没有发觉何适的不对劲儿，此刻的她还沉醉在自己的世界里，她快速地跑回自己的房间，捂住脸，脸很烫。她进了卫生间，望着镜中的自己，俏脸上带着深深的红晕，目光蒙眬，有些缥缈。她的唇被吻得红肿起来，唇角不由自主地上扬，有着止也止不住的笑意。她洗完澡出来，打开电视机继续看刚才在看的偶像剧。

她的眼睛在直直地盯着电视机看，可脑海中却在反复播放着她与何适拥吻的画面，一幕幕清晰流畅地在她脑海中闪过。

有些事来得太快，令她措手不及，正如此时她在定位他们两人的关系到底该是什么。

就在她胡思乱想的时候，雅靖打了电话过来："雅琪？"

"干吗？"

"现在在哪儿？"

"宾馆。"

"一个人？"

“嗯。”

“这样就好。我马上回来，要不要给你带点儿吃的？”

“不用了，我不饿。”雅琪轻抚上自己的唇，微疼，却带着浓烈的甜蜜感。

过了一会儿雅靖还是过来了，雅琪站在门口踟蹰着，不知道要不要开门，要不要让他看见自己此时的这个样子，想了想，还是将灯熄了，假装已经睡下的样子。她开了门，将自己隐匿在黑暗中，打了个哈欠，声音含糊地问道：“什么事？”

“这么早就睡了？给你带了点儿吃的回来。”雅靖将吃的给她，头又探进去四下看了看，笑道，“里面没有藏着其他人吧？”

“没有，你自己去敲何适的门好了。”雅琪接过他手里的小吃，作势要将他推出去。

雅靖“嘿嘿”地笑了一声，满意道：“我又没有说什么，你这是不打自招吗？嗯，也是为你好，女孩子嘛，总是吃亏的那个。好了，那我先走了，那边还在等着我排练。”

“你还在排练？你居然还特地赶回来一趟专门查房？”雅琪不可思议地瞪大了眼睛。

“小年轻人最把持不住了，何适那小子我可不放心，要不你把衣服换下，我带你去看排练？”

“滚，我自制力很好的。”雅琪冷哼一声，将门给关上了。

雅靖摸了摸鼻子，自制力这种东西，在爱情升温的时候就已经融化成一摊水了。他是为了她好，随后又笑了笑，觉得自己管得太多了，便转身离开。雅琪关了门开了灯，深深地吸了一口气，心想，雅靖是小题大做了。

就在这个时候，门被敲响了，何适清冷的声音在门外响起：“雅琪，是我。”

“有什么事吗？”雅琪因为雅靖的一惊一乍，也觉得自己这个门是开不得的，这孤男寡女在一起总归是不大好。

小年轻人真的是最不容易把持了，她也没什么自制力，看何适不依不饶地亲了她那么多次，让她手软脚软，脑袋也软，可哪次又拒绝过？

“我饿了。”他这个理由很好，很强大，刚才听到雅靖给她送吃的过来，就想过来蹭一点儿。一个人在房间里待着很无聊，就想过来跟她说话，或者只是抱抱她也好。

雅琪打开了一条门缝，伸出胳膊，将雅靖刚送来的小吃递了出去：“给。”

雅琪本想将吃的给他就跑的，未承想，何适将脚往前一顶，就将门给顶了进去，雅琪一时不查，被门重重地撞倒在地，疼得嘶了一声。何适忙进去关了门，将她扶起来，笑眯眯地揉了揉她受伤的地方，做出一副心疼状，关心地看着她：“雅琪小朋友，是不是摔疼了，给你揉揉。”

“你跑进来干什么？”雅琪好想骂人，愤怒地拍开了他的手。她现在只穿着一条吊带睡裙，想起何适以前跟她说的“兔子跳、兔子跑”的理论，忙转身跑进浴室，带起了一阵风。片刻之后，她换了保守的黑色T恤才出来，何适已经坐到她床上开始吃雅靖给她买的汤串。

雅琪阴森森地开口：“何适，请你不要这样阴魂不散。”

“雅琪，我给你说个故事吧，从前……”何适一边津津有味地吃着，一边面不改色地说着鬼故事。雅琪刚开始还站着瞪着他，后来整个人都开始哆嗦起来，紧紧地挨着他坐着，拽着他的衣摆：“不说了成吗？”

“我最讨厌说话说一半了。”何适拿了一串汤串塞进雅琪的口中，以一副自己做事很有原则的姿态，又继续讲着刚才的鬼故事。

雅琪刚开始还不知道这是个鬼故事，加上何适的语言风格，听着还挺有趣，可也就是他这个语言风格，讲什么像什么，那幽怨的声音、自然而然地角色转换，比午夜广播电台的那些鬼故事还令人害怕。雅琪害怕的东西挺多的，其中这种灵异故事排在第一位，现在她的脸色都绿了，躲进被子里发着抖。

何适得意地笑起来，将所有的汤串都吃进肚子里后，道：“喂，我最不喜欢阴魂不散了，我走了啊。你今晚一个人吧？嗯，你也知道宾馆这种地方……我走了。”

何适将垃圾袋扔进垃圾桶里，转身就往门口走去。雅琪咬了咬牙，跪坐了起来：“何适，算你狠，你给我留下！”

“你求我啊，求我，我就留下。”何适一副小人得志的样子，倚在门口，好看的凤眼微眯。雅琪咬咬牙，愤怒道：“你滚吧，你滚好了！”

“雅琪，好像有什么东西在你身后，就悬浮在你后面……它没有头……”

“我的妈呀！”雅琪投怀送抱了，没办法，她就是怕，从小就怕这种东西。小时候雅靖很喜欢恶作剧，时不时地就吓她一吓，有一次吓得她接连做了好几晚的噩梦，每晚睡到一半就吓得哭起来，因为这事，雅靖被妈妈狠揍了一顿。如今，她是长大了，可有些害怕的东西跟年龄无关。

“喂，我逗你玩的。”刚开始何适还扬扬自得，雅琪闷在他的怀里，紧紧地抱着他。可片刻后才发现她竟然哭了，哭得那个可怜，眼泪、鼻涕都往他衣服上抹。

“它们都走了，它们现在不看你了。”何适又说了一句。

雅琪号啕大哭，哭得毫无形象。

“我可以回去换件衣服吗？”何适低头看着自己的衣服，苦着脸道，“穿着难受。”

雅琪就拽着他的衣摆，跟着他回到了他的房间，他换衣服的时候她也没有离开，就站在卫生间的门口紧紧地盯着他，哪儿都不去。

何适看她这样，简直毫无办法。他看着她，她就抽噎地看着他，水汪汪的眼睛瞪得大大的，生怕一眨眼他就跑了似的。

何适换了衣服后，拿着一条干毛巾，将她的脸擦干净道：“见过不经吓的，没见过你这么不经吓的。”

雅琪不说话，手指揪上他的衣摆，紧紧地抓着，一脸哀怨地看着他，对着他的胸口就是一拳。何适吃痛，又哄了她一会儿，便将她送回去了，陪她一起看着动画片。他懊恼地想着，自己本来是想要制造甜蜜的，没想到却制造出了恐慌，这是何等的悲剧。

“谢雅琪，你该睡了，快十二点了。”何适打了个哈欠，推了推呆若木鸡的她，她似乎仍然很有精神，眼睛瞪得老大，何适看着她紧紧揪着自己衣摆的手，抬高了一些声量，“就算是惊吓，缓冲时间过去也就好了，去，去睡觉。”

她像突然被吓了一跳，捂住他的嘴巴：“轻点儿，轻点儿，吓人。”

“吓什么人啊？什么鬼啊怪的都是人们编的！编的！这里根本没有什么乱七八糟的东西！”何适一副恨铁不成钢的样子，敲了敲她的脑袋，“去睡觉吧，啊，我看着你睡。”

“不，我要等雅靖回来。”雅琪含混不清地说了一句，人却往后靠了去。

“等雅靖回来干什么？”何适不悦地皱了皱眉头，“你要睡就先睡啊。”

“我不在你面前睡。”雅琪在头脑模糊的时候，说话就显得很老实。

“为什么？”

“没有为什么。”雅琪拼命地睁着眼睛，其实也有些受不住困意了，“反正就是不要。”

何适深深地呼出一口气，看着她此刻的呆滞和迟缓，也就知道了原因，对于这种不被理解，他感到十分郁闷。他瞪了她一眼，反手在她的脑袋上砸下一个爆栗，按着她的脖颈迎向自己，与她额头相抵，恨恨道：“你以为我能对你做什么？你这是被雅靖洗脑了啊！我要是想对你做什么早就做了，还等到现在？”

雅琪不说话，往后缩了缩，觉得他说的是对的，忍不住又打了个哈欠。

“这么瘦，肯定还没有发育好吧？”何适有些恶毒地说着，以此来掩饰自己内心的波动。只是他话没有说完，雅琪已经闭上了眼睛，突然做出一副放松的样子，呼呼睡着了。何适不知道她是真睡还是假睡，替她盖好被子，捏了捏她的脸。然后把电视关掉坐在她的旁边，愣愣地想着一些事，很多事，很多他想不明白的事。

是从什么时候开始的呢？他突然就改变了想法，而且这种想法阴魂不散，让他像着了魔一般，甩都甩不掉，而且开始做出很多不可思议的事儿。比如调戏她、挑逗她，然后欺负她。

他低头看着她，雅琪不知道什么时候将整张脸都埋进了枕头里，他生怕她这样将自己捂断了气，伸出脚来对着她踹了几脚，让她翻了个个儿。后来他也困了，迷迷糊糊地就躺在床上睡去了。冷气开得有点儿冷，蒙眬中，他往里面缩了一些，触碰到一个又软又暖的身体，他将其抱在怀里，紧紧地贴在身上，这样才觉得暖和了一些。

这一夜过得很平静，平静到不可思议。清晨时，谢雅琪先睁开了眼，何适漂亮的脸蛋就近在咫尺。她只要稍微靠近一些，就可以吻上他的唇。她愣愣地看着他，与他的呼吸交缠着，属于他的味道淡淡的，很是好闻，让她的心跳不由得加快起来。

正当她胡思乱想的时候，她听到一个声音响起："雅琪。"

很轻的声音，却让她整个身体都战栗了一下，脸上的神情极其慌乱。这时，雅琪才发现另一张床上坐着雅靖他们乐队里唯一的女孩儿——佳佳。佳佳俊俏的短发此时有些凌乱，她对雅琪笑着，神情有些暧昧，她又轻轻地说了一句："我夜里回来很晚，不知道他也在，我马上走，马上走……呵呵。"

真的是马上走，三分钟后，她已经消失无踪。雅琪郁闷地看着屋顶，将自己一点一点地往外挪着，她想这样做是不对的，太丢脸了，刚才她那种花痴的神情一定被佳佳看到了。只是还没有挪几下，就将何适给弄醒了。

何适的双眸瞬间睁开，漆黑的眼珠子紧紧地盯着她看，她的神色有些慌乱，还有一些羞怯。他突然伸手一揽，就将她搂进怀里，吻着她的脖颈、下巴，动作很轻很温柔，似乎在跟她闹着玩一般，可……一大清早的，不是男人最危险的时候吗？还是快点儿跑吧！

雅琪怔了一下，翻了一个滚，将被子都丢到了他的身上。似乎昨夜他并没有盖被子，只有她自己盖着被子，对于这点，雅琪觉得很感动。可对于他的恶劣行径，她无法原谅，昨晚没有出气，是因为她害怕，但现在不是白天了吗？她将他用被子卷成一团，接着一脚将他踢了下床。

看着何适一脸郁闷的神情，雅琪莫名觉得很开心。她趴在床上看着他，笑眯眯的，伸手摸了摸他的脸："嘿嘿嘿，你也有今天。"

何适突然打了个喷嚏，雅琪愣住了："你……"

雅琪去了一趟卫生间，出来的时候何适已经失踪了，地上只留下一床被子。雅琪将被子放好，开门出去，却见到一脸古怪的雅靖，她好奇地问道："你怎么在这里？"

"他怎么从你的屋里出来了？"雅靖虎着一张脸问她道。

雅琪很少见到雅靖用这种神情跟她说话，不免有些心虚，结结巴巴地将事情经过讲了一遍："昨天他拿鬼故事吓我，我害怕……不过我们事什么都没有做过！"雅琪红着脸解释，随即又凶巴巴地朝他吼道，"我干吗要跟你说这么多？不跟你说了，我要去吃早餐了。"

雅靖"嘁"了一声，鄙夷地看着她："我跟你说啊，最近我感觉心跳跳得很快，小打小闹就算了，你别给我干什么乱七八糟的事啊，我真有感应的。"

"啊……"雅琪顿住，呆呆地看着他。

"我得去排练了，你们两个人没事儿别闷在宾馆里，给我出去玩，去哪儿玩都行。要吃早餐的话，下了楼朝右走再拐个弯，有一家早点店，他家豆浆很好喝，因为不许外带，所以你们要自己去。还有，不许做坏事，千万不能做坏事！"雅靖交代完，跟她挥了挥手就走了。

雅琪愣愣地站在原地，感应？她唇角抽动了一下，双胞胎之间的感应，她怎么几乎从来没有过？

她去敲何适的门，何适很久才打开门，身上又换了一套衣服。他看到她哼了一声，有些不悦的样子。他见她盯着自己看，就擤了擤鼻子，声音闷闷的，像只可怜的小动物："我感冒了。"

"哦。"

“我想传染给你。”何适勾着唇靠近了她一些，雅琪往后退了一步，仰头直视他：“我怕你打喷嚏喷到我脸上。”

何适将她推了出去，冷冷地哼了一声道：“有时候你也挺讨厌的。”

雅琪慢慢咧开嘴，有时被人说讨厌也很好玩的。她敲了敲门：“我带你去喝豆浆啊，去不去啊？不去我走了。”

十秒钟后，何适慢吞吞地出来了，手里拿着一张纸巾，擦了擦鼻子：“太丢形象了。”

“没事，没事，你在我的心里早就没有形象了。”雅琪看了他一眼，应该是昨晚着凉了，现在他似是很痛苦，一副无精打采的模样。

何适搂着她的肩，几乎将身体的重量都压在了她身上：“雅琪，我为了你着了凉，你背着我吧。”

“我背你，没有搞错吧？”雅琪被他压得都快要倒下了，两人就这样跌跌撞撞地朝早点店而去。才短短的一段路，雅琪却走得满脸都是汗。

到了早点店，雅琪点了很多吃的，还给何适点了两碗豆浆：“闻起来就很香，你把它们都喝完，你的感冒也就好了。”

“看在你对我这么用心的分上，等会儿我带你去度假村玩。”何适倒是不挑嘴，只要味道过得去，都能吃一些。

“度假村，哪儿的度假村？”谢雅琪好奇地问道。

“我们等会儿坐大巴去一个小镇，听说那儿有一个自然保护区，景色很漂亮。”

雅琪听着何适的描述，很是心动，就跟着去了。两个小时的大巴，汽车开在坑坑洼洼的路上，外边尘土飞扬。

雅琪靠在座位上昏昏欲睡：“何适啊，这是什么破地方啊，怎么会有人到这儿来玩，你傻了吧？”

“这车里坐的不是人啊？我昨天看气象预报的时候见这里景色挺好的啊。”何适也似有些后悔之意，“哪知道要这么久啊，唉，车里的冷气开得也太冷了吧？”他将雅琪拉过来抱在怀里，“给我抱抱，冻死了，再不温暖下我，感冒要严重了。”

雅琪也有些冷，两个人抱在一起也算暖和一些。大巴又开了半个小时，司机叫道："度假村，度假村到了，到度假村的下车。"

下车的就只有雅琪与何适两个人。雅琪跟他站在原地发了一会儿呆，她抽动了一下嘴角："这是什么地方啊？"

"鬼知道啊。"何适拉着她去问了一下这里的售票员，那是一个七老八十的老婆婆，她正在嗑瓜子，见到有人来，脸上都笑出了一朵花："一人五十，两人一百。"

"这么贵？"雅琪看了看四周，这里除了有个破旧的牌子上写着"度假村"三个字，就跟植物园差不多，除了绿意盎然，什么风景优美都是浮云。

"那便宜点儿，给你们打半折好了，两个人五十，里面很好玩的，我孙子就很喜欢，可以荡秋千。"老太太笑得很开心，何适想着既然已经来了，就进去看看，于是付了五十元钱，带着雅琪进去了。

"这里叫植物园更好些……"

"去寻找那个传说中的秋千吧，反正用五十元钱包了一个这么大的场地，搞个二人世界，也挺划算的。这种偏僻的地方，做什么事儿都方便。"

雅琪很鄙视地看了他一眼："这种地方根本没有人来，好吧？要不是花了那么长的时间，我才懒得过来。"

两人走了很久，才终于看见那座传说中的秋千，就是一块破破烂烂的木板，上面绑着两根并不算粗的绳子，绳子的另一端系在粗树干上。何适推着雅琪过去坐："我推你。"

雅琪有时真觉得自己是偶像剧里的女主角，因为何适偶尔抽风的时候会很温柔而且特别。只是她有女主角的资格却没有女主角的命，屁股才刚坐上秋千，绳子就断了，她跌坐在地上，摔得屁股很疼，很久都说不出话来。昨天晚上被何适一推，如今又是一摔，新伤加旧伤……

何适哭笑不得地将她拉起来，揉去她那几乎要流出眼泪的表情，他见雅琪哭过，忒恐怖。

“我想回去了。”雅琪觉得没有意思，连唯一期望的秋千都是这个样子。

“其实这里挺凉快的。”何适想了想，又有些舍不得走，好歹也要拍几张照片再回去，他掏出手机对她道，“你站着，我给你拍张照片，好不好？我手机屏幕很久没有换过了。”

雅琪顺势看了一眼他的手机屏幕，是一张他自己的照片，穿着卫衣，戴着帽子，微扬着下巴，薄唇挑起一抹颠倒众生的淡笑。雅琪瞪大了眼，瞬间沉迷在这张照片中：“真好看，传我吧。”

“好啊。”接着何适就将雅琪压在树上，对着她拍着照，“笑一个……笑得不够甜……怎么不笑呢……”

“我……没意思。”雅琪红了脸，结结巴巴地说道。拍个照而已，怎么还有那么多要求？让她这样或那样的，她又不是模特。

“这样或许比较好。”何适吻上她的唇，“咔嚓”一声，就拍了一张两人亲昵的照片，然后对着成果看了许久。很好，就是要她这种略带惊吓的表情，何适一脸的满意：“还是这张比较好看。”

“删掉，删掉！”雅琪跟在他身后抢着手机，何适不理她，越走越快，一脸的无耻：“不删，不删。”

“那不许给别人看……”雅琪磨了他很久，皆是抗议无效，最后只能如此要求他。

“嗯，就我自己看。”何适开心地笑了，拍了拍她的脑袋，“走吧，秋千也坐了，照片也拍了，我们回去吧。”

炎热的中午，两人站在度假村门口等了很久也不见有什么大巴开过，后来老太太笑眯眯地过来了，对他们说：“这里的车每天只有一班，十一点左右，现在已经开走了。”

雅琪和何适双双石化：“那怎么办？”

“我这里倒是能给你们提供住宿，可以给你们便宜点儿，一天一百二吧，包三餐，怎么样？”

雅琪哆嗦着唇看了一眼何适，又看了一眼老太太：“八十可以吗？”

“好吧，好吧，反正也没有什么人，就给你们算便宜点儿。”老太太很快就松了口，雅琪郁闷地捶着何适的胸口：“都是你，非要来这种地方，现在好了，回不去了。”

“反正也无聊，在这里住几天体验下生活也好。”

“我要看明晚的比赛！”

何适斜了她一眼，笑得很是恶劣：“你是昨天晚上答应周升升了吧？哦，那我们不回去了吧。”

“……”

之后，雅琪跟何适只能无可奈何地在这种偏僻静谧的地方住下。因为两人来得很突然，雅琪并没有带手机，而这边信号也不好，让一直联系不到他们的雅靖几乎要疯掉了。

第八章 矛盾

何适和谢雅琪住的地方离度假村并不算很远，就在度假村售票处对面不远处的地方，走几步路就到了。当雅琪跟何适住进去的时候，整个人都蒙了，一个很是破旧的房间，明明只是个小房间，却显得那么空旷，因为除了一张床，就什么都没有了，给人一种空洞、阴凉的感觉。

雅琪因为生理问题，向老太太询问了厕所的位置，然后望着老太太遥指着的厕所时，她彻底晕了——厕所的位置离房间有点儿远，那里风景还不错，全是郁郁葱葱的树木，然而，这厕所却是最古老、最简陋的茅坑。雅琪发窘地站在那里，闻着难以忍受的味道，还很郁闷地发现，那茅坑前面有一只黑狗正凶神恶煞地盯着她，对着她狂吠。她不敢靠近，只能远远地站着，脚有些发抖，有一种想哭的冲动。

“何适，何适！”雅琪高声喊着何适的名字，等何适过来的时候，她已经一脸的菜色，“何适，我想回去。”

何适看着那厕所皱了皱眉头：“我也想回去，可是没有办法。”

“其实我现在更想上厕所，你去把那狗引开，好不好？”

“不好，我也害怕。”何适露出诡异的笑容，往雅琪身后退了退，“要不你就在这里就地解决吧，我不笑话你。”

雅琪想表演胸口碎大石了，何适不帮忙就算了，还落井下石。她哼了一声：“我去找老太太帮忙，不用你了。”

何适见她真生气了，拉住她的手：“走，我陪你去。”

何适牵着雅琪的手过去，雅琪听到那恶狗的叫声越来越近，她害怕地躲在何适的身后，颤抖着说道：“我，我……它会不会咬我啊？”

“会啊，你看到没有？它正蠢蠢欲动，马上就要冲过来了，然后‘啊呜’一口……”何适笑着开着玩笑，雅琪却已经吓得缩进了他的怀里，双手不自觉地环住他的腰部，眼睛闭得紧紧的，仿佛这般，害怕的事物就会统统消失。

“不吓你了，狗被我吓跑了。”何适其实还蛮享受跟雅琪待在一起的感觉，可是他怕再一次让她崩溃，便不再吓她了。

雅琪睁开眼的时候，那只狗真的已经跑去别的地方了。可这个茅坑……大夏天的，味道实在是……何适皱着眉头，突然变出一沓草纸，一张一张地放在茅坑两侧，码了厚厚一层：“这样干净点儿了吧？我在旁边等你。”

雅琪怔住，不禁十分感动，可是翕动了下唇，说出的却是：“你哪儿拿来的纸？”

“从老太太家偷的，你快上吧，不然一会儿那只狗回来又要咬你。”何适捏着鼻子不耐烦瞪着她说。

“那你走远点儿可以吗？背过身去，跟那狗走近点儿。”

雅琪解决了生理问题，就去旁边的水桶处洗了手，走了几步，才发现何适正逗着那只狗玩。他手里拿着一根狗尾巴草，正扫着狗鼻子玩。那狗本来很是凶恶，可在何适的惩治下，变得服服帖帖的，还舒服地哼哼着。雅琪根本不敢靠近那只狗，偷偷地跑了很远，才对何适喊了一声：“我已经回来了。”

何适慢腾腾地往回走着，那只狗也不知道是不是被美色所诱，竟跟在他的身后一起回来了，雅琪吓得赶忙跑回屋里去了。何适无奈地笑笑，她居然被吓成这样，他奶奶家里还养着一只更大的狗呢，下次带她去看看。

两人的午饭吃得很简单，老太太煮了两碗面，味道差强人意。饭后，雅琪只觉得很无聊，却也不想出去晒太阳，她坐在何适的旁边，心情低落，有一搭没一搭地跟他说着话，更多的时候是沉默。

何适突然道：“雅琪，不是说跟喜欢的人在一起的时候，无论去哪里都是天堂吗？”

“天堂？我怎么觉得像地狱啊？我又想上厕所了，怎么办？”雅琪整张脸都皱了起来，她不想再去那个厕所，已经憋得很难受了。

何适无语，他本来觉得在这种无聊的时候说点儿无聊的情话会比较好，可是某人很喜欢破坏美感：“我带你去。”

“我看见老太太把家里的草纸都藏起来了，我还怎么上啊？”

“我去问问，她不交出来，我就把她小孙子的作业本撕了，给你垫茅坑用。”何适站起来往外走去。

雅琪彻底窘了。

雅琪这才又上了一次厕所，忽然想起雅靖来，就边洗手边对何适道：“你给雅靖打个电话，告诉他我们在这儿。”

“我手机只剩下一格电了，起先发了个短信给他，后来给你拍照拍得快没电了……”何适应了一声，给雅靖打了电话，却发现因为信号不好，一直打不出去，眼看手机电量快要耗没了，何适只能放弃，“这里信号不行，电话打不通。应该没什么问题的，都这么大的人了。”

两人吃了晚餐后，就没什么可干的了，不过待在这种地方，本来就是没有娱乐活动的。老太太睡得很早，七点就睡了。本来雅琪跟何适是要住两个房间的，不过因为雅琪害怕，就决定跟何适一个房间。老太太听了很高兴，这样她就只用收拾一个房间了。

雅琪和何适躺在床上，雅琪望着天花板道：“我睡不着……”

“其实有一种办法能让你很快就睡着，不过这里不是什么好地方，我决定还是忍忍。”

“色狼！”雅琪捂紧了被子，脑袋都缩进去了。

“我是说跟你去打篮球，不过这里，一、没有场地；二、玩得太累的话，没有洗澡的地方。你是不是想多了？”何适抿着唇偷笑，伸过一只手来调皮地捏了捏她的脸，“你说你到底在想些什么啊？来，跟我说说，你在想什么，嗯？”

雅琪的脸变得红红的，一句话也不说，闭紧了嘴巴。她不喜欢被他这样调戏，恼怒地说道：“我什么都没有想，我要睡觉。”

“听说女孩儿比男孩儿更喜欢幻想。”何适咧了咧嘴，见她没有反应，又戳了戳她，“雅琪啊，先别睡啊，我们说会儿话吧？”

“你太坏了，我不想跟你说话。”她那低低的声音中带着嗔怪，听在何适的耳中，让他生出一种异样的感觉，他的心“怦怦”地乱跳起来，身体慢慢地朝她靠近：“我很坏……嗯，我很坏，真的吗？”

他将她连带被子一起搂进怀里，用脸胡乱地蹭着她的脸：“你才坏，非要拉着我跟你一起睡。”

“别，别闹……”雅琪知道何适在跟她闹，就伸手不停地去推他，何适仍不依不饶地蹭着她的脸：“雅琪，你才是最坏的，非要引我上钩。你知不知道你写的那个帖子让我在矛盾与痛苦中挣扎了很久，好不容易挣扎出来了，你却打算放弃了，现在还非要继续跟我暧昧不明。”

“我才没有跟你暧昧不明，是你跟我暧昧不明好不好？你痛苦什么，我才痛苦！”雅琪听着郁闷，抬起膝盖对着他的腹部就是一顶，“我的自尊在你面前都丢光了，你却还是那样不痛不痒地招惹我。”

“嗷呜！”何适痛苦地喊了一声，抱着刚才被顶的地方，在床上翻来覆去地滚着，“疼、死、了……”

雅琪愣了一下，呆呆地看着他，吓得有些手足无措：“那个……我不是故意的。”

何适开始哀号起来：“我这辈子都不要原谅你。”

“我真的不是故意的。”雅琪有些担心地抱住了何适的脑袋，“应该很快就不疼了。”

就在这个时候，门被人打开了，雅靖站在门口，冷冷地看着他们：

“你们两个本末倒置了吧？”

雅琪石化，呆呆地看着雅靖：“雅靖？你怎么来了？”

“就知道你们在一起没干什么好事。”雅靖哼了一声，大步走了进来。

雅琪和何适虽然没干什么坏事，不过也确实没干什么好事，雅靖臭着脸替他们付了钱，带着两人回宾馆。也不知道他从哪儿借了一辆破旧的二手车，上面蒙了厚厚的一层灰，雅靖虽然考了驾照，可因为平时很少开车，就准备让给何适开。可是何适非名车不开，还表示自己身体不适，没有心情，直接往后座一摊。

雅靖很是不乐意地载着他们两人回去，一边开着车一边训斥道：“我让你们俩别老待在宾馆里，你们居然给我跑到这种地方来？何适，给你打电话你也不接，你有没有人性，雅琪才刚成年！”

何适一声不吭，懒得理他，直接挺尸。雅靖又开始训雅琪道：“我跟你说过，他不是什么好人，好人会带你来这种地方？他是不是想要非礼你，你应该再踢重点儿的，直接废了他算了。”

“我……”雅琪低着头说不出话来，何适倒是慢悠悠地坐了起来，从后面搂住坐在副驾驶位置上的雅琪的脖子，轻轻嘬了一口，吮出一个小印子，轻声道：“雅琪，我对你好不好？”

雅琪的身体都麻了，更说不出话来了。

“你跟雅靖说，你是自愿的。”他又对着她亲了一口。

“我没有。”雅琪说。

“自愿？自愿个鬼！”雅靖冷哼一声，“雅琪什么都不知道，她哪儿能自愿，还不是你给诱惑的？何适你当我是死人啊，滚后面去，离雅琪远点儿！哎哟，我的心肝儿都快跳出来了。”

雅琪这下对雅靖感到愧疚了，因为让他担心，同时也对何适感到愧疚，因为她那不轻不重的一脚，分明让他一下就苍白了脸色。于是，他上了车后索性一声不吭，开始装死。

“我为了找你们，晚饭都还没有吃，幸好卖早点的大妈说你们跑去度假村了，但居然是这种破地方……你们居然找这种破地方！真是……”

“我们谈恋爱，关你什么事儿？你吃炸药了啊？”何适是真的想回去，可雅靖没完没了地像个老太婆似的抱怨着，听得他很烦躁，还因为某处不舒服，脾气就不大好。他像是故意的一般，轻松拉过雅琪，在她的耳朵上亲了一口，还不依不饶地蹭了好几下，修长的手指开始捏着她的耳朵玩。

一时间，三个人都没有说话。雅靖不自觉地将油门儿踩得很大，车速如闪电，后来才慢慢减速，他这时才开口认真地道：“说实话，我不大相信你。你太浮躁，还喜欢以自我为中心，如果你们现在就这样贸然地在一起，迟早会出事。”

“只要雅琪愿意就可以，我是跟她谈恋爱，又不是跟你，雅琪已经成年了，她自己有选择权。”何适略带恼意地皱起了眉头，咄咄逼人道。

“雅琪阅历很浅，什么都不懂，她可能在某方面特别聪明，可是在生活、感情上，她一直都很迷茫。如果我不给她多把把关，谁还给她把关？她的家人永远不会背叛她，可是外人我就不知道了。我没有反对你们的意思，但是何适，我希望可以看到你成熟的一面。我一向纵容你们，也不过是因为知道雅琪喜欢你，想让她高兴，如此而已，请你不要因为这点，就为所欲为。”

雅靖的声音沉稳有力，让雅琪不由得怔住。他们从小一起长大，她总是欺负雅靖，抢他吃的，抢他玩的，却似乎忘记了，雅靖成长得比她快。

“雅靖，我也饿了，等会儿我陪你吃饭吧。”雅琪乖乖地开口道。

“算你还有点儿良心。”雅靖满意地看了她一眼，又缓缓说道，“雅琪，人生只有一次，不能重来。不是不能放纵，但什么事情都要考虑清楚。”

雅靖的一番话让雅琪本是轻松的心情变得沉重起来，她沉默不语，似乎真的在认真思考了。而何适扶了扶额，靠在车座后背上，也是一副有所思的模样。

三个人回去时已经是夜里十二点多了，雅靖将车还给别人，又带着雅琪、何适去寻了些吃的。临睡前，雅靖说：“我明晚的比赛结束后，我们连夜回去吧，我已经买好了票。”

“嗯。”雅琪点了点头，因为打扰了雅靖排练而有些不好意思，说话也细声细气的，“你早点儿睡，明天你们加油！”

雅琪一觉睡到第二天中午，起床后雅靖就打来电话让她下楼，好带她去比赛场地。雅琪出门的时候正好碰到也同样出门的何适，何适看见她，就微微一笑，这种感觉很奇怪，似乎从这一刻开始，何适就认真了起来，连微笑也是。

“何适，你那儿好利索了？”

何适皱眉，略嘲讽地勾了勾唇：“如果还没有好利索，你这辈子就得永远对着冷冰冰的器具了。”

她在做梦，她在幻听，她什么都没有听到。

两个人跟着雅靖去了他们的比赛场地，有些远，是在一所高校里。舞台、灯光、音响都已经提前布置好了。现在是下午，距离正式的比赛尚有一段时间，还需要进行排练。何适和雅琪朝观众席走去，才刚坐定，就发现雅靖他们这个乐队已经上场了。

雅靖换了比赛服装，周升升也是，夸张的另类风格，手上戴着许多夸张的首饰，与往日的他们有着天壤之别，被定型的头发像愤怒的烟火，神采飞扬。熟悉的音乐响起时，雅琪突然觉得他们离她很远，她从来没有见过这样的雅靖，还有这样的周升升。

周升升是贝斯手，也是主唱，他的声音……很空灵、很完美，堪称天籁之音，好听得耳朵都要“怀孕”了。他平日里很少开口说话，即使说话也很腼腆，可他是属于这个舞台的，换了一身衣服，换了一个发型，她根本没认出他来。站在舞台上的他，几乎面无表情，甚至还有些冷峻，可就是这种气质令人发狂着魔。他声音带着磁性，十分具有爆发力，在他起了第一个音的时候，舞台下面所有的女生都尖叫起来。

雅琪无法描述出自己此刻的心情，只觉得有一种要呐喊的冲动，事实上她也确实呐喊了，高声地尖叫，声音混在其他女生的尖叫声中，很是痛快淋漓。这个乐队配合得很完美，浑然天成，光芒四射。

“你在盯着谁看？”何适的声音几乎听不大清楚，可他靠得很近，呼吸痒痒地喷在她的耳旁，雅琪顿了顿，随即放松下心态：“周升升，他给我的感觉很震撼。”

“确实很抢风头。”何适抿着唇微微一笑。

“现在没有人将视线放在你身上，你会不会不爽？”

“雅靖就很低调，只站在角落里，我敢打赌，全场有一半的女生都将视线放在了他的身上。雅靖的声音偏低，副歌部分唱得很完美。”

“我说你呢，你扯雅靖干吗？”

“有你看着我就够了。”何适笑了笑道，“招太多的目光干吗，惹你吃醋？”

“我不跟你说话了。”雅琪“嘁”了一声，何适现在又换风格了，这种风格让她觉得很无语。

“雅琪，我是认真的。”何适的声音被众人的鼓掌声掩盖了，曲到尾声，尖叫声此起彼伏，雅琪相信今晚注定将是一个热闹难眠的夜晚。

雅琪和何适去这所高校的附近解决了晚餐，雅琪还去买了一束很大的鲜花，准备到时候去献花。晚上七点钟，主持人开始报幕，雅琪很少亲身到现场观看这么大型的比赛，所以她显得很兴奋，再加上现场劲爆的音乐，炫目的灯光下，她整个人都在摇晃着。

来参加比赛的有许多优秀的乐队，很多乐队表演的都是自己的原创曲目，听得很过瘾。雅靖那支乐队为压轴表演，他们的正式表演比排练时表现得还要完美，引得全场观众都不由自主地被他们吸引过去。

雅琪跟着其他女生一起尖叫着，何适看着她，完全是神采飞扬的样子。她突然就激动了，抱着鲜花往舞台上冲了去，何适抓都抓不住。跑上舞台，雅琪就将鲜花塞到了雅靖的怀里，雅靖笑得很欢乐，接过鲜花的时候，还给了雅琪一个重重的拥抱。当雅琪心满意足地要从舞台上下来的时候，周升升忽然伸出戴着黑皮露指手套的手，将她整个人都拥在了怀中，一句低沉的“I love you”从他的口中唱出，台下的场面有些控制不住地尖叫起来，雅琪面色滚烫地从他的怀里挣脱，匆匆跑下台来。

走回来的一路，许多女孩儿羡慕的目光都投向了她，她下意识地看了一眼何适，何适并没有任何表态，漂亮的唇线抿得紧紧的，他直直地看着舞台，似乎有一种愤恨恼怒的神色，又似乎没有。直至比赛结束，何适牵住她的手道：“我们先回去准备行李。”

“可……”

“下面已经没有什么好看的了。”

何适淡淡地笑了笑，强拉着她离开，根本不让她有机会说出继续留下来的理由。

在整理行李上，何适比雅琪要利索得多，他很快就将四人的行李都收拾好，然后和雅琪打的去火车站。他又去买了零食和矿泉水让雅琪拿着：“十二点的火车，估计明早六点到。”

雅琪在原地坐了一会儿，看到何适又跑了出去，回来的时候拿着一个小包袱。进火车的时候，她才知道这是一条毛毯，何适将这条毛毯盖在两个人的身上，她听他抱怨道：“非要这么着急，连卧铺的票都买不到。”

雅琪将毛毯拉好，安慰般地朝他笑道：“算了啦，反正也就几个小时，很快就过去了。要不，你靠着我待会儿？”

“就你这身板，算了。”何适将双手摊开，“你过来，你自己寻一个舒服的姿势躺好。”

雅琪有些不好意思地靠上去，何适将她抱在胸前：“我明天回去后就要去部队里训练了，这是我爷爷的意思，也是我自己的意思，我想再磨炼得成熟一些。”

“……嗯。”她轻轻地应了一声，似乎有些舍不得。

“也就一个多月，去把脸晒黑一些。”

“……嗯。”

“我不想像周升升那个小白脸一样，多丑啊。”

“何适，你又孩子气了吧？”雅琪“嘿嘿”地笑着，总觉得何适是在闹小别扭。

从 F 市回来的那个晚上，雅琪一直躺在何适的怀里，他的双臂在她的身上收紧，即使是在睡梦中，她的心跳仍旧处于剧烈的跳动中。那天火车到站后，雅靖将雅琪从何适的怀里拉了起来，一脸不悦地看着她：“昨晚我们可是拿了大奖呢，你就没有一点儿表示？就只知道跟小情人卿卿我我，哼！”

“嗯……”雅琪不好意思地抓了抓脑袋，打了个哈欠，含含糊糊道，“太困了，就忘记了……你们得奖，不是众望所归吗？恭喜恭喜。”

雅靖继续不悦地看着她，一旁的周升升看着雅琪轻笑了一下，一言不发，很是安静。

雅靖又对着还半眯着眼的何适踢了一下：“我说你不会多买几条毛毯吗？我们都快冻死了。”

何适睡眼蒙眬，皱了皱眉头，满不在乎地看了他一眼：“我心里压根儿没你，我管你干吗？”

“何适，你就拽吧。”雅靖愤愤地看着他，继续对雅琪说教道：“雅琪，这种男人不能要啊，他欺负你弟弟啊。”

雅琪“嘿嘿”地笑了一声：“你不是说是我哥哥吗？”

“小心我把你嫁给别人，怎么变得这么坏了？”雅靖鄙视地看着她，拍了一下她的脑袋，替她拿起行李，“走走走，回家要让老妈管教你一下。”

回来后，何适去了军营进行封闭式的训练，而雅琪也不再每天都闷在家里，跟着雅靖还有爸爸妈妈去旅游了。旅游回来后又去报了一个瑜伽班，将自己的暑假过得很是充实。

暑假期间，周升升来过几次，他给雅琪的感觉一直是个有点儿呆、有点儿腼腆的男孩儿，可自从看过舞台上光芒四射的他之后，他给她的感觉就开始有些不一样了，他不再是黯然无光的，他只是将这束光芒隐藏了而已。雅琪开始躲避他，而周升升也并不在乎，似乎真的在等她长大，所以一直在给她自由的空间。

雅琪每天都给自己很多事做，这样就没有时间去想另外一个人了。想念或许是少了，可是不安又开始增多了，雅琪对于这种反反复复的感觉很是懊恼。似乎每进一步，就要倒退一步，总是在原地打转着，然后怀疑、迟疑。直到开学前，她跟何适一次联系都没有，长时间的分别让她有些惶恐。雅靖玩游戏的时候，她就在他旁边磨蹭着，表情特不自然，话题总是东拉西扯的。

“哟，又开始说废话？你是希望我提何适吧？你们又怎么了？”雅靖手头正空着，所以跟她有一搭没一搭地聊了起来，“你别来问我啊，何适最近跟我没联系过，真的是一点儿消息都没有啊。”

“我没有问他……估计他还在部队里训练呢……我就是想问以后怎么办？”

“其实我觉得周升升比他稳重，人也好，除了长相上稍微差了那么点儿……”

“你别跟我提周升升，以前还不觉得他怎么样，可如今总有一种他什么都掌握在手里的错觉，我看着有些发毛。”以前有周升升的地方，她总是感觉不到，仿佛他就是一个隐形人，可是如今她才明白，只有高手才能那么容易地隐匿自己的气息。

“嘿嘿，你说对了，周升升的爆发力是很强的，如果你跟了周升升，这辈子你都别想翻身了。”

“什么？”

“如果你选择周升升，你一定会幸福，因为他是忠犬嘛。但你铁定不会有什么快乐而言，估计到时候他不会让你穿裙子，也不会让你跟其他男孩儿子接触……”

莫名地，雅琪的脸开始慢慢地变红了……貌似某人也不让她穿背心，还使劲儿调戏她来着……

“喂喂，你不是吧？又想着谁呢？”或许是双胞胎之间的感应，雅靖明明是用后脑勺对着她，可他就是那么轻易地就读出了她心里的想法。

“雅靖，你为什么不是个女孩儿呢？这样的话，你就可以跟周升升凑一对了。”雅琪捂着自己发烫的脸，笑眯眯地说道，“不过，现在不是很流行这个吗？”

雅靖往后退了一步，一脚就将雅琪给踹到一边去了，郁闷道：“有你这样当姐姐的吗？”

雅琪发现，思念是忍不住的，慢慢地就放纵着自己去想他了，她每天都开始期盼着开学，仿佛一开学她就可以见到自己想见的人一般。

开学一个星期后，她也确实听到了关于何适的消息，只是这个消息是从高中时一个同桌的口中听到的。两人在 QQ 聊天，对方无意中说起自己学校的事，作为风云人物的何适自然被提及，听说他最近被他们学校中文系的系花黏住了，开学后几乎每天都在一起。

她说：“何适也会有今天。”

雅琪有些不敢相信地读着那几个字，一连读了好几遍，简简单单的几个字，却仿佛难以读懂。她有一瞬间的恍惚，搭在键盘上的手颤抖了一下，故作惊讶道：“太有艳福了啊！”

“当然有艳福了，这样的男人不用勾手指，都会有很多人朝着他拥上来的。连系花都看上的帅哥，自然有许多女孩儿觊觎了。他算是我们学校最吃香的帅哥了。”

“羡慕嫉妒恨！”让雅琪“羡慕嫉妒恨”的都是他们学校的女生，近水楼台先得月啊，同时也怨着何适，如果不是他，她又怎么会去上如今的这所大学，这么一想，心里就难受得要死。

“嘿嘿，恨也没有用，谁让我们学校不缺美女缺帅哥啊。我跟你说，那个系花也够厉害的，前两天还在何帅哥的寝室楼下摆了无数支蜡烛。哇，女生用这样的大手笔来追男生，男生很难不感动的啊，反正这件事在我们学校可是造成了很大的轰动啊。”

雅琪这下回话都懒得回了，她差不多都有点儿崩溃了。男追女，隔座山；女追男，隔层纱。她追何适费了那么大的劲儿，或者说都要差不多追到手了，好歹他已经表明了两个人是在谈恋爱，可如今居然蹦出这么一个系花？还这么大手笔地追，何适会不会被人捷足先登了？这下雅琪心里跟被油煎的蚂蚁似的，不知所措。

她几乎是毫不犹豫地拿起手机就给何适打电话，开学也有几天了吧，他居然都不给自己打电话，这是什么原因？这一系列的事情联系起来，她越想越慌。电话打通了，可是对方给挂断了，她再打，对方仍旧挂断，然后是关机。

雅琪呆呆地坐在椅子上看着电脑屏幕，脸色很是难看，她翻出何适的微信号，想了很多话，却是打出来删掉，再打出来又删掉，最后她只发了五个字："何适，你去死。"

何适因为懒，或许是忙，很少用微信这种东西，可这句话他总是会看到的，上面有聊天记录，表示了她此时的心情。

雅琪下午没有课，哪儿都没有去，就一直坐在电脑屏幕前，不知道在想些什么。她一直站在他的身后仰望着他，直至终于有一天他转过身来看到了她。可似乎她从未想过，站在他身后的还有很多人，他也可以瞧上别人一眼。

傍晚的时候，雅靖给她打来电话，雅琪无精打采地接起来："喂？雅靖，什么事？"

"吃过饭了没有？"

"……没有。"

"怪不得我总觉得我吃不饱，是不是何适又没有联系你？"

"是……"雅琪顿了顿，"雅靖，我很烦啊。"

"再忍几天，不是有个十一吗？你再去H市一趟好了，反正你喜欢千里追夫嘛。"

"滚！"

"快点儿去吃饭，我买了一些好吃的，等会儿给你邮过去。"

"哦。"雅琪觉得心情缓过来了一些，又为自己无端跟雅靖发脾气感到惭愧。她听雅靖的话，乖乖地去吃饭，吃完饭正犹豫着去图书馆还是回寝室，突然有人拍了拍她的肩。雅琪一怔，转过身去，就见到凌若韫站在她的身后，轻扯着唇对她笑着。

“若韫，好久不见。”

雅琪很久没看见凌若韫了，他皮肤黝黑了一些，脸上的笑容依旧亲切。雅琪此时因为心情不好，笑得也有些勉强，凌若韫走在她的身侧：“要去图书馆吗？”

“……嗯。”雅琪迟疑了一下，点了点头。

“今天心情不好吗？看你的样子挺失落的。”

“是啊，有一点儿。”雅琪并不想跟他提感情这方面的事，只一语带过，就跟他一起去了图书馆。或许是两个多月都没有见面的原因，凌若韫仿佛有很多话要跟她说，雅琪却老是走神儿。凌若韫顿了顿，看着她失神的样子，便低下头看书，嘴里带了分苦涩，不再说话。

雅琪回宿舍后，已经是晚上九点钟，她一回去就开始扫地、擦桌子、拖地，正在一旁跟男朋友聊天的诗梦看着她，有些愣愣的。雅琪最不爱劳动，如今竟然打扫起宿舍，肯定是受了什么刺激。雅琪干完了活又去洗了澡，还洗了衣服，直到熄灯后才慢慢爬上床，一声不吭。

她明明觉得很累，可并不想睡，只要一闭上眼，就仿佛看到了他与其他女孩儿交往的背影，这种感觉很不好。俗话说，日有所思夜有所梦，等她终于睡着的时候，就听到何适对她笑得很灿烂，说，我跟别人在一起了。就这样，反反复复，雅琪睡得极不安稳。第二天早上起床的时候，她浑身无力，枕头还湿了一片。

太爱一个人，潜意识都为那些假设在落泪。

雅琪吃早餐的时候，手机响了起来，是何适。她忍住没出声，想听何适先开口，却传来一个娇滴滴的声音：“喂？你是谁啊？”

雅琪皱了皱眉头，人有些发蒙：“你是谁？”

“你昨天是要找阿适吧？那个时候我正好在忙，就挂断了，刚才想起来就打电话问问你，有什么重要的事吗？”

“何适的手机为什么会在你手里？”

“因为我是他的女朋友啊，这两天我们正好换了手机……”

“你骗鬼啊？”雅琪瞬间脸色苍白，听着这个软绵绵的声音，还有这句暧昧的话语，心里有一种直觉，对方就是那个中文系的系花，可她却极不愿意表露出自己此时的心情，她几乎有些咄咄逼人地朝着对方吼道，“何适不喜欢女人，你不知道啊？他喜欢的是我弟弟，你是哪个神经病啊？”

对方没有再出声，雅琪又继续吼道：“我管你是女朋友还是男朋友，我弟弟马上就回来了，他是练过跆拳道的，要是让他知道有你的存在，小心揍得你让你娘都认不出来。”

接着雅琪就狠狠地挂了电话，眼泪大颗大颗地掉了下来。她想，原来这个世界上很多事情都是可以一波三折的，然后折成一个失败的结局。

上午的五节课，雅琪是一点儿也没有听进去，整个人处于一种恍惚的状态，浑浑噩噩的。下课的时候，诗梦伸出手来在她的额头上贴了一下，关切地问道：“是不是身体不舒服？”

“哦，没，挺好的。”雅琪摇了摇头，人显得有些恹恹的。中午下课后，雅琪去食堂略微吃了点儿饭，回到宿舍，也不嫌热，蒙着被子就开始睡觉。一觉睡醒之后，看到诗梦坐在对面的床上，一脸的怨气，雅琪便好奇地看着她。许久，诗梦郁闷地咆哮道：“我堂哥居然出轨了！”

雅琪不知如何接话，只发了一个单音：“呃……”

“你要知道他是看起来最老实的人了，居然也出轨了！啊啊啊，我真不敢相信啊！雅琪，你说这个世界上连婚姻都不能相信了，还有什么能相信的？”

“这……”

“我得把我家的那位看得死死的，他要是敢背着我去偷吃，我就掐死他算了。不，我会跟他同归于尽！”

雅琪这下连一个单音都发不出来了，结过婚的、谈过恋爱的尚且如此，那她呢，还没有开始就宣布结束了吗？雅琪深呼吸了几口气，下床直接奔图书馆去了，或许她真的还太年轻，还有太多不确定因素。在图书馆坐了一个下午，许是不甘心，又许是心情平复了一些，突然想找个人聊聊天，就给雅靖打了一个电话。

雅靖接到她电话的时候，估计还在弹吉他，周遭十分吵闹。直至过了一段时间，他那边才安静下来。他仿佛一点意外都没有，开口就道："我今天练吉他练得十分烦躁，是不是你现在心情不好？"

"嗯……"雅琪应了一声，"雅靖，何适似乎交了其他的女朋友。"

"……哦，这个很正常。"

"我把那个女生骂了，还跟那个女生说何适喜欢你。"

"……"

"都说肥水不流外人田，如果可以，我宁愿是你。"

"雅琪，你不是吧？打击这么大？你都开始胡言乱语了。"雅靖无语问天，叹了一口气，雅琪因为太过沉迷何适，才会如此患得患失。

"雅靖，我好难过啊……是不是男人都喜欢玩弄好几份感情？是不是脚踏几条船很好玩？"

"还算好玩吧，我在游戏里有多个老婆。"

雅琪听了咬牙切齿："我不想跟你说话了，我回家去了。"说完，就挂了电话。

可雅琪的心情更差了，连她这个双胞胎弟弟都是这个德行，她又如何指望其他的人？她嘟着嘴往家走去，一路上电话不停，她看到是何适打来的电话，心里憋屈得更是难受，只怕又是那个野女人来找她的碴儿，于是她就将手机调成了静音状态，不再理会。

雅琪也觉得爱上何适不是一件好事儿，她所有的喜怒哀乐都被他牵着走，以前是，如今也是，她想抽身，却身不由己，对何适总是情不自禁。从小到大，都有人替她打点好一切，在自主方面，她的依赖性很强，正如雅靖说的，在某些方面她很聪明，可在有些方面，她的处事能力比常人或许还要弱一些。

雅琪回到家的时候，妈妈也不在家，家里冷冷清清的，连冰箱里也是空空如也，这才想起来，妈妈在前两天给她打过电话，告诉她，她出差了，估计要明天早晨才能回来。雅琪懊恼地将自己埋在沙发里，滚了两个圈，才慢慢地站起来喝了两口水。她此刻真的是郁闷极了。

才刚决定吃哪家的外卖好，家里的座机“铃铃铃”地响了起来，雅琪接起电话后，居然是雅靖的声音，他说：“雅琪，我已经如你所愿，跟何适表白了。”

雅琪无语问天，她说：“你再说一次。”

“我先征服他，把他训得软绵绵的，再给你玩。”

“我去！雅靖，你个精神病！”雅琪觉得自己快崩溃了，“他跟你说话了？”

“对啊，他跟我说话了啊。我说雅琪啊，你看你明明是很想跟他说话啊，就算是骂他几句也好啊，你现在电话都不接算怎么回事啊？连我的竟也不接。”

“他跟你说什么了？”

“他说喜欢我。”雅靖一副笑呵呵的样子，雅琪再一次无语，直接挂了电话。

雅琪拿出手机开始拨打何适的电话，才响了一声，对方就已经接通了电话。雅琪屏住呼吸，以为何适会跟她说什么她不想听到的话，可是许久都只听到对方的呼吸声，很轻很轻地飘荡在耳边，好一会儿，他才说话：“雅琪。”

“嗯。”

“为什么不接我电话？”在叫完她的名字后，何适又是一顿，这次沉默得有点儿久，雅琪本以为他不会再说话了，准备挂电话，突然听到他冷淡的声音，握着手机的手就微微僵住了，随即有一种想哭的冲动，她带着一种质问的语气，道：“你是不是交了别的女朋友？”

“我女朋友不就只有你一个吗，哪来别的？”何适哼了一声，口气不善。

雅琪哽咽了一声，话也说不清楚，突然就哭出声来，她也不知道自己哭了多久，而何适一直很耐心地等着，直到她的哭声渐渐止住，才深深地叹了一口气：“雅琪，我感觉压力好大。”

“什么？”

“我以为你跟我一样，完全相信着对方，即使看到了什么，也不会轻信轻疑。我相信你就跟相信我自己一样……只可惜，你就只是个孩子。”

雅琪突然就松了一口气，心也释然了，紧扼住脖子的那只手松开了，她终于又能自由地呼吸新鲜空气了，她一边抹着眼泪一边抽抽搭搭地说：“我就是因为发现隔壁家的小宠物死了，挺难过的，想要哭一下，就这样……”

何适沉默了一下：“……你就不要诅咒人家的小宠物了。”

“唔，何适，我想好了。”雅琪稳定情绪后道，“我有话要跟你说。”

“我知道你喜欢我，嗯，我也喜欢你……”

雅琪悄悄地笑了一下，又觉得有些不好意思，别别扭扭地说道：“十一我去找你吧，今年你不会像去年那样将我送走吧？”

“我会留你住几天。”何适倒是笑得很开心，随即透露出一些疲惫，“我今天去参加了一个竞赛，刚比赛完。这个竞赛很突然，从上个星期开始就被老师隔离了起来，没日没夜地复习。”

“辛苦了，要好好休息。所以……你没有被中文系系花感动到？”

“感动什么？”

“有个女生用你的手机……”

“老师前两天把我的手机没收了，今天才还给我，用什么手机？”

雅琪此刻有一种想拿锤子敲自己的懊恼，她缓缓道：“何适，如果有一个女生在你们楼下给你点上无数根蜡烛，还摆成一个心形，你会不会感动？”

“谁脑子那么有毛病啊，我们宿舍楼下是个篮球场，蜡烛点燃后那么多蜡油留在地上多难清理，万一谁踩在上面滑倒了怎么办？”

“呃……何适，你就不能往浪漫的方向想吗？”

“你谁啊，别扯我……”何适不知道在跟谁说话，语气有些不耐烦，随即又继续道，“如果这样就被感动了，我岂不是每天都处于被感动中？”

“什么意思？”

“不好意思，你没有看到我正在跟我女朋友打电话吗？今晚，没空……”何适那边听起来有些嘈杂，过了一会儿，他的声音才又清晰起来，“给我送花的、塞情书的、做便当的，还有亲手给我织围巾的，还有什么来着，在大冬天把一杯奶茶塞给我的……你说我要不要都感动一下？”

“何适，原来你这么有魅力？比女生还有魅力。”

“那是，其实我觉得那谁给你提热水瓶，还有那谁给你送山核桃，我一点儿都不觉得有什么。我记得上个学期，有个女生跑到顶楼撒千纸鹤，每一个千纸鹤上都写着我的名字，说是给我祈福。”

“……”

“好了，好了，我快饿死了，我先去吃个饭，晚点儿再给你打电话。你好好吃饭，没事别想东想西的。”

“那再见。”雅琪挂了电话，在沙发上翻了几个跟头，心里也不知道是开心，还是觉得未来太有挑战性，隐隐地有些恐惧，又有些期待。踏上这条路很难，可是她发现自己真的很难再爱上别人了，因为他在她的心里下了蛊。

去年十一的时候，他对她的态度就像对待一个陌生人，是不耐烦的、厌恶的。一年之后，很多东西都已经变了，他慢慢地不再排斥她，开始接受她。她不想成为主动的那个，不想永远都是输家，所以她一次一次地想在他的身上赢回点儿尊严，如今她不想再继续处于这种尴尬、徘徊的位置上了，或许有些事在作为情侣之后更容易表现出来。

嗯，就是这样子。晚些时候，何适又给雅琪打了电话，雅琪踟蹰了一会儿，终于开口说道：“何适……你想吃什么？我给你带去。”

“你。”

“喂，我是问你有没有什么喜欢的东西。”

“……你。”何适轻笑起来，“很久没有吻你了。”

雅琪脸色绯红，只知道傻笑了，她开始有些期待十一的来临，雅靖说得对，她喜欢千里追夫。

不过才九月中旬，雅琪就已经开始期盼着十一的到来，她早早地就买了漂亮的衣服塞进行李箱里。在这段等待的时间中，她总是心神恍惚着，不住地想象着那七天到底会怎么度过。时间在期待中变得无比漫长，她的心早已经插着翅膀飞到H市去了。除去上课时间，对于其他的事儿，雅琪总是显得心不在焉的样子。

偶尔，雅琪也会在自己新买的日记上添上几笔心事，诗梦对她这个写日记的习惯自然是不大理解的，总觉得这种事很古董、很老套。又因为雅琪比前段时间更怪，还时不时地对着空气傻笑，像极了一个在谈恋爱的少女，可似乎又不像，诗梦终于忍不住了，好奇地问她："雅琪，你最近都待在宿舍没有出去过，有什么事情值得你这么高兴啊？"

雅琪此刻正沉浸在自己的想象中，情不自禁地抿着唇笑："诗梦，你跟你男朋友的感情是在确立前比较好，还是确立后？"

"呃……当然是在确立后啊。"诗梦愣了愣，更加好奇了，"你跟凌公子相处得怎么样了？我昨天去图书馆的时候看到他了，你怎么都不去了？"

雅琪低垂着眸子，脸色微红，有些难为情的样子："我得找个时间跟他说清楚，我已经有男朋友了。"

"男朋友？我有没有听错？"诗梦一下子就蒙了，随即就激动起来，八卦之心大起。她可从来不知道雅琪有什么男朋友，在她的眼中，雅琪是个安静沉默的姑娘，谈吐大方、举止有礼。虽然雅琪家庭出身好，却平易近人，同时她也是个万能的姑娘，懂得特多。因此，诗梦总觉得她是不食人间烟火的，男女之事离她很远。连这么优秀的凌若韫，她也不怎么放在眼里，可如今突然跑出个男朋友来，所以诗梦是不可能不好奇的："你哪儿来的男朋友？这个学期你很少出去啊，快说，快说。"

雅琪对着她笑得越发灿烂，然后将手机拿出来，上面的屏幕就是何适的照片，他穿着连帽卫衣，抿唇轻笑。诗梦刹那就愣住了，呆呆地看着照片，许久才尖叫一声："极品啊，太极品了，口水！"

在雅琪的印象中，诗梦也是一个很文静的女孩儿，极少表现出这种有爆发力的情绪，这也证明了何适的魅力，一张照片就能将人秒杀于无形。

雅琪得意扬扬地抢回手机，珍惜地捂在手里：“怎么样，不错吧？”

“不错，确实不错！”诗梦似乎还没有从何适的照片带来的冲击中走出来，整个人都被电到了，她还想再看几眼，却见雅琪已经将手机给藏了起来。

“舍不得给你看了。”

诗梦“嘁”了一声，呆呆地说了一句：“我终于明白为什么你会放弃凌公子，你男朋友叫什么来着？”

“何适。”

“嗯，因为何少长得跟个天仙儿似的，谁也比不上。”

雅琪偷偷地笑着，突然发现人家赞美何适的时候，比赞美她还令人高兴，这就是女人的虚荣心吧？

这半个月虽然过得无比缓慢，可有了企盼，那天总会到来的。9 月 30 号下午没课，雅琪早早就到了动车站，还有一个多小时火车才开，雅琪就坐在椅子上叹着气，恨不得一下子就飞去他的身边。

她并不想让何适知道她今天就去，她昨天跟他说买了 10 月 1 号的票，她想给他制造一个惊喜。她坐在椅子上给何适发着短信：“你现在在干吗？”

不过三秒钟，就收到了何适的短信：“我在上课。”

“什么课？”

“数学分析，你现在在干吗？”

“逛街，等车。”雅琪低着头在发短信，抬起头时却看到一个流着口水的小孩儿不知道什么时候摇摇晃晃地走到了她的面前，将手指头从嘴里拿了出来，然后在她惊悚的眼神下，那沾满口水的手指张开，抓住了她的裙摆。雅琪一脸窘色，可那小孩儿似乎很高兴，抓着她的裙摆用力地捏着，雅琪张大了嘴巴，一句话都说不出来了，这条裙子可是刚买的，特地为了千里追夫穿的……

小孩儿的母亲也很着急，要拽着他离开，可是他仍使劲儿地拽着雅琪的裙子，他似乎很喜欢雅琪，非要往她怀里扑。

“乖乖，快点儿放开姐姐……”小孩儿的妈妈不敢太用力，轻哄着他。

小孩儿咿咿呀呀地说着什么，对着雅琪笑着，一边笑还一边流着口水。雅琪看着这个小孩儿露出的纯真笑容，一下子心就软了，对于这条裙子还能不能保持原样也就死心了。

雅琪又给何适发短信道：“有个小孩儿将口水流到我的裙子上了，呜呜……”

“揍他，居然敢觊觎我的女人。”

雅琪“扑哧”一声笑了出来，低头逗弄着这个小孩儿，用力地捏了一把他那粉嫩的小脸，又继续给何适发短信：“其实这个小孩儿挺可爱的，我捏了他的脸几下，可喜欢了。”

“我一直觉得我的基因是最好的，应该能制造出更好的基因。”

好吧，何适，你可不可以不要讲这种容易让人想歪的话。

“你说实话，几点的动车，我下课了就去接你。”

“呼，惊喜没了……两点。”

“那也就是六点到，那你先买点儿吃的东西，垫垫肚子，别等会儿上了火车又饿了。”

“好。”雅琪应道。说到吃，她像突然想起了什么，从行李箱里拿出一个包装十分精美的零食出来，在小孩儿面前晃了晃。小孩儿被新事物吸引，马上就放弃了先前紧拽着的漂亮裙子，伸手就将零食拿过来放在嘴里啃着，啃得口水直流。小孩儿的妈妈拿了纸巾递给雅琪，慌乱地说着谢谢，还有对不起。

雅琪轻笑着，摇了摇头，表示没有关系。她今天带了很多何适喜欢吃的零食，还买了两条适合他的方巾，颜色素雅，肯定很称他。雅琪不想影响他上课，就没有再给他发短信，拿着手机开始上网看小说，好打发时间。终于挨过了这一个小时，她提着行李箱上了动车。坐车的时间虽然长，可是并不难熬，她在车上迷迷糊糊地睡了一会儿，中途，何适给她打来电话："现在上车了？在睡觉？"

"嗯，你呢，已经下课了？"

"对，我回公寓了，我在给你铺床。"

"好。"她不禁脸红起来。

"等会儿我再去买点儿吃的，你晚餐想吃什么？"

"嗯……随便。"

"这样吧，我们去楼下的那家小饭店吃饭，我已经跟那家小饭店里的阿姨打好了招呼，让她在时间快到的时候给我们炒几盘菜。"

"何适，你好热情啊。"雅琪脸上的笑容在一点一点地扩大。

"是因为你很热情，不辞辛苦，大老远地跑来见我，还提前过来了……"何适一顿，"你还有什么要求，我趁现在去置办。"

"我想吃水果，我要吃橘子。"

"上火，不给你吃。"

"哦……"

"我给你买苹果，大苹果，可甜了。"

"不要，我就要吃橘子。"

何适轻笑了一声："真任性，等会儿下楼去给你买。"

雅琪捂着嘴也在笑，笑得很开心。挂了电话后，她又迷迷糊糊地睡了过去，不知道过了多久，何适的电话又打了过来："我已经到动车站了，别再睡了，免得晚上睡不着。"

"好。"雅琪打了个哈欠，看了看时间，"我应该也快到了吧。"

过了半个小时终于到站，雅琪从里面出来，才刚走到出口，就被人抱在了怀里，她先是一惊，闻到那熟悉的味道之后就放松下来，张开双臂将他紧紧地抱在怀里。何适在她的脸颊上亲了两口："终于来了，等得辛苦死了。"

雅琪看着这张朝思暮想的脸，就只知道傻笑了，她怯弱又自信地在他脸上亲了一口。何适将她的行李提在手中，从口袋里拿出一瓶热牛奶递给她："刚买的，先喝点儿垫垫肚子。"

他空着的另一只手紧紧地握住她的手，牵着她往外走去。因为火车站附近车很多，何适的车停得有些远，他让她坐进去，摸了摸她的脸，手抽了回来，又不可置信地伸过去摸了两下，带着些心疼的笑容道："最近瘦了，该不是想我想的吧？"

雅琪只是看着他，慢悠悠地喝着牛奶，心愉悦而剧烈地跳动着，说出的话却是幽怨的："何适，我其实挺恨你的。"

何适也叹了一口气："我知道，我跟你一样恨我自己。"

"当初以我的分数线完全可以考到这里来的。"

"别提了，乖。"何适按住她的后脑勺，朝着自己压过来，蜻蜓点水般地在她的唇上吻了一下，很快就放开了，眼神含笑道，"小别胜新婚，不是挺好的？好了，我先带你去吃饭，让你好好休息一下。"

或许是何适的语气太暧昧，又或许是雅琪想歪了，总之她的脸上又一次红了。

何适拉手刹的时候，说了一句："今天穿得很漂亮。"

何适说这句话的时候，并没有在看她，又或者是因为不怎么哄女孩儿，说这句话的时候也有些不好意思，但这句话就是那么暧昧。雅琪的唇不由自主地咧开，仿佛吃了最甜的蜜糖。

"真的？"她咬着吸管，含混不清地问了一句。

"嗯，好看，应该是长开了吧，反正比你高中的时候看着要漂亮。"

"我那个时候不好看？"

"短发吧……还凶？呃，反正我压根儿没正眼瞧过你。"

雅琪冷哼了一声，转过头去表示不想跟他说话，心里却又是甜甜的。

"明天去我们学校转转？我带你去吃早餐。"何适过了一会儿又开口，没有听到她回话，在红灯处看了她一眼，见雅琪低着头像是正在想着什么，"怎么了？害怕了？"

雅琪紧握着拳头，愤愤道："什么系花、校花都去死吧……"

何适："……"

两个人来到何适公寓楼下的小饭店，他们到的时候，阿姨正好将菜炒好，散发着诱人的菜香。雅琪刚才还不觉得，闻到菜香，才觉得自己很饿，此时她的胃口很好，破天荒地吃了一大碗米饭。

何适后来还亲自给她盛了一碗汤，雅琪都喝完了，她满足地用纸巾擦拭着唇。吃完了饭，两个人又坐着聊了会儿天才回去。

雅琪一到房间，就将自己带来的东西献宝似的拿出来："上次你来我家的时候，我见你特别喜欢吃这个，所以我多带了一些给你，嘿嘿。"

何适也不管是不是刚吃完饭，很给面子地撕开一袋零食开始品尝起来："我确实是很喜欢吃这个。"

接着雅琪又将给他买的方巾递给他："喏，我知道你有时喜欢用方巾搭配衣服，这是我在商场里看到的，觉得很适合你。"

零食在何适的眼里不算是礼物，就是两个人交换着吃来吃去，可是方巾不一样，这是一个礼物，而且她还给他买了他最想要的东西，这几天天气有些冷了，脖子里凉飕飕的，他一把就将雅琪给抱在怀里，与她温存消磨着这个温馨的时间。

雅琪窝在他的怀里，用脸蹭了蹭他的衣服面料，她想，唯有相拥的这一刻才显得最为真实。

第九章 相处

何适将雅琪按在自己的怀里，抚着她的头发，贴着她的胸膛，心在稳健地跳动着，这种感觉令他觉得很安心。两个人断断续续地说了很多话，其实到最后两个人都不知道自己到底在说什么。荷尔蒙在空气中蔓延着，何适觉得很兴奋，也很激动，这种感觉是从未有过的，即使是考试得到一个最好成绩的时候。

何适从袋子里拿出一个苹果，放在手里旋转了一下："我去给你削苹果。"

"我说我要吃橘子的。"雅琪喜欢吃水果，也很喜欢吃苹果，现在她倒不是非要吃橘子不可，只是因为这是之前说好的。

"吃苹果好，橘子上火。"何适仍是这句话，神情固执，说着拿了水果刀就开始削皮。他削苹果的动作很娴熟，握住刀柄的手漂亮修长，指甲饱满有光泽，他的另一只手让苹果轻轻地旋转着，薄薄的果皮从刀刃处垂下来。

看何适削苹果是一件赏心悦目的事儿，雅琪在旁边静静地看着，他削的苹果皮既窄又不会断掉，一圈一圈垂下来，很长。削完的苹果皮像一件艺术品，何适放下刀，将苹果皮拿过来在雅琪的脖子里绕了几圈：

“漂亮吧，苹果皮项链。”

雅琪愤愤地看着他，一把扯掉苹果皮，闷闷不乐的样子：“我要吃橘子。”

“苹果好。”何适仍旧固执地说道，将去了皮的苹果自己先咬了一大口，又举到雅琪的嘴边，像哄小狗般道，“来，你也来咬一口。”

雅琪看着他，嘟着嘴：“你不知道果皮很有营养吗？就算吃苹果，我也要吃带皮的。”

何适笑了笑，将被她扯得七零八落的苹果皮捡起来，在她面前晃着：“那有营养的给你吃。”

雅琪见状，将头转向一边，刚开始还觉得何适是在跟她开玩笑，可现在倒觉得不像了，她渐渐地就觉得有些委屈，皱着眉头不去看他：“我去睡觉了。”

何适眼中含笑，站起身去了一趟厨房，回来的时候，手里拿着一个湿漉漉的橘子：“喏，这次果皮给你留着呢，已经洗干净了，你一起吃吧。”

雅琪无语地看着他，站到沙发上，朝着他就扑了过去，眼睛直直地瞅着他的脖子。何适的手颤了颤，眼中露出些惊恐的神色，他的身子下意识往后退去，顺手还推了雅琪一把。雅琪没有扑到他，却扑在了地上。何适只听到“扑通”一声，雅琪的额头已经磕到了地板上，接着再也没有动静。

何适吓了一跳，有些慌了，蹲在她的旁边，轻轻地推了推她：“雅琪，你怎么样？”

雅琪没有说话，何适将她整个人给翻转了过来，见她的眼睛紧闭着，额头因为磕碰，红肿了一小片，不过看着也不是很严重。他伸出手来，揉了揉她的额头。雅琪本来就是装的，可他这一揉，疼也得硬忍着，牙齿都在打战。

何适到底是个鬼精灵，一见她这副样子也就明白了，他继续用力地揉了揉她的额头，唇角露出笑容，声音却是紧张的：“雅琪，你怎么了？别吓我！”后来他又说，“算了，反正已经晕了，就再欺负一下。”

他的手扶着她的后颈，身体慢慢俯下，吻上了她的唇，温柔地细磨着，这种事儿男生总是比女生更主动一些。

雅琪明明是想睁开眼的，但因为紧张，眼睛闭得更紧了一些。何适的眸色更暗了一些，一直不停地吻着她。雅琪所有的气息都被他吞入口中，她几乎喘不过气来，便伸出手去推他，何适却将两个人之间的距离拉近，脸上笑意更盛。

“嗯，嗯……”雅琪瞪大了眼睛，用力地挣扎着，如此何适才将她放开，看她喘着粗气，他伸手摸着她的脸，笑眯眯地说道：“原来你是希望我用这种方式唤醒你。”

“走开。”雅琪哼了一声，可她脸色通红，满是羞涩之意，明明是一句恼怒的话，被她说出来却轻飘飘的，还带着些嗔怪，一点儿震撼力也没有。何适看着她，怔了怔，笑得极其不自然，指着一个房间道：“那个是你房间，你去睡觉吧，我走了。”

何适说着也不顾她茫然的反应，转身就走，根本没有再搭理她的意思。雅琪呆呆地看着他，“扑哧”一声笑了出来，接着捂住自己的额头。她剥了刚才何适给她的橘子，塞进口中，很甜。

第二天，何适一早就来敲门，雅琪因为兴奋昨晚一下失眠到半夜，早上自然是不想醒的。她哼了几声，依旧赖在床上。她的房间还锁了门，何适直接拿着钥匙过来将门打开，冲进去就打算掀她被子。雅琪还在睡梦中，脑子一片迷糊，她茫然地看着他，随即捂住自己的被子，尖叫起来：“何适，你干什么？”

“我在叫你起床。”何适微笑起来，漂亮的眼睛犹如晨曦一般灿烂，他说这话的时候特别实在，像是理所当然一般。

“你是故意的！”

“我就是故意的。”何适装模作样地看了一眼她，似是将她什么都看透了一般，看着雅琪脸上惊恐的神色，笑了笑道，“我给你十五分钟打扮时间，出不出来随你。”

雅琪这个时候才突然想起来，她昨天晚上还信誓旦旦地说要将系花、校花什么的比下去呢，这吃早餐不就是最好的时间吗？下一秒钟，她已经起身冲向卫生间，洗漱之后换上了新衣服。出了房间后，何适上下打量了她几眼，满意地勾勾唇，转身从房间里拿了一条手链戴在她手上："好了，我们去吃早餐吧。"

雅琪下意识地低头瞧着自己手上戴的手链，银白色的，细细的，点缀着一些精美细小的晶石坠子："你送我的啊？"

"不是，就是借你戴戴，觉得挺配你这身衣服。"

雅琪挽住何适的手臂："我就知道，嘿嘿。"

雅琪跟着何适进学校的时候，心又开始痛了，哀怨地瞪了何适一眼。何适仿佛知道她在想什么，避开了她的目光，指着不远处的一栋教学楼道："我经常在那里上自修。"

"哼，那个自修室肯定是爆满。"

何适得意地笑了起来："不，我跟老师套好了关系，她给了我一把钥匙，那个自修室就我一个人。"

雅琪不满地看向天空："哼，那个老师一定是个女的。"

"……"

何适是光芒万丈的，他一出现，周围总是会出现许多女生，视线都集中在他的身上。雅琪一时间危机感顿生，双手紧紧地抱住何适的手臂，她几乎有些咬牙切齿道："我真是小觑了你的实力。"

何适笑得如沐春风："这个年纪的女人下手一定要快、准、狠！否则金龟婿很容易就被别人抢走。"

"你的意思是说，我要对你多用点儿心吗？"雅琪很不屑地说出这句话，可是抱着他手臂的手却越发地紧了，不行，她好不容易才把他抢到手的，怎么能拱手让于他人？她愤愤道，"都说苍蝇不叮无缝蛋，反正只要你没有裂缝，人家想要怎么样你也不可能。"

何适好看的鼻子一皱，随即一脸笑意地将雅琪搂在怀里，纵使是在这种公共场所，何适依旧没有一点儿要避讳的意思，亲昵动作不断。

雅琪并不喜欢这种招摇过市的感觉，可不得不说，内心是幸福的。

雅琪知道真实的何适是怎样的一个人，可他在外人的眼里，就是那种不爱搭理人、眼睛长在头顶上的“男神”，但似乎女生就是喜欢这种又酷又拽，笑起来又特别好看的男孩儿。何适高中的时候就已经很好看，到了大学，人长开了后，脸部轮廓线条更加明朗，如今不仅是漂亮，甚至可以称为“俊美”了。

雅琪跟何适在食堂里坐下来吃饭的时候，发现周围有许多女生在打量着她，眼中的神色是羡慕嫉妒恨！雅琪脸色莫名地红了几分：“为什么大家一副我抢了她们男人的样子？”

“是你抢走了她们心目中的白马王子。”

“……”

雅琪虽说不在乎，可终究有些紧张，她小时候就没有跟人分享的想法，家里有什么，只要她想要，就只能是她的。第一次，她知道了有些东西即便属于自己，也可能会被别人抢走。她吃饭的时候根本就没吃出什么味道，何适反而吃得津津有味的样子。雅琪突然瞥到右方有一个漂亮女生朝着他们这边走来，眼睛似乎是在看何适，又似乎在打量她：“这谁啊？”

“估计是给你打电话的那位。”

雅琪捂着嘴笑，朝何适伸出手来，笑嘻嘻地道：“来，亲一口给她看看。”

“也就你能想出这么恶心的事来。”何适嫌弃地看着她的手，又吃了一口东西，将嘴吃得油光发亮，接着拉过来雅琪的手，将自己唇上的油腻都擦在了她的手背上……

雅琪望着自己手背上油乎乎的一块，愣愣地看着何适，似怒非怒道：“讨厌！”

何适又将她的手扯了过来，唇角上扬：“要不要再来几口？”他温暖的指尖在她的手心里暧昧地画着圈，雅琪脸色一红，将自己的手抽了回来，狠狠地瞪了他一眼，从口袋里掏出纸巾，将手擦干净。

根据何适的交代，现在过来的这个女生是他们数学系的系花，长着一张萝莉脸，看着颇是清纯甜美，特别是一双大眼睛灵动狡黠，能让人轻易地记住她。她走近后，柔柔的娃娃音就在两个人的头顶响起：“何适，这位是你妹妹吧？长得很可爱。”

雅琪低下头吃饭，想起那通电话，打心眼儿里不舒服。如今看这系花的样子，似乎并不相信或者是不介意自己那日跟她说的那些话。不知道是因为心虚，还是因为强自镇定，她连看都不看那系花一眼，“悠然自得”地从何适正在吃的蛋炒饭里抢自己爱吃的部分。何适见她抢得开心，也开始从她的碗里抢自己喜欢吃的。

两人动作亲昵，吃得不亦说乎，雅琪一时连旁边还有人都给忘记了，直到这位系花轻咳了一声：“何适，我正有事找你，吴老师说……”

“哦，吴老师找过我了。”

“何适……我……”

“不知道我不喜欢跟小孩说话吗？”何适漫不经心地将碗里的肉丝夹给雅琪吃，他语气冷淡，仿佛身旁这个人只是空气。

数学系男生居多，作为系花的她一直是被呵护的那个，时间一长，心理承受能力也就变得差了，只觉得别人对她好是理所当然。如今在一个疑似情敌的女人面前，被自己喜欢的人冷脸相对，脸色一下就垮了下来，变得十分难看。本来往日里，何适对她也总是这样不咸不淡的，可前段时间何适跟几个同学被“隔离”，为一个数学竞赛做准备时，她曾给他们送过几次饭，每次给何适送去的饭菜他都很喜欢，她明明感觉到那时何适对她的态度好了一些。她翕动了一下唇，这样直接走掉太伤面子了，而且也不甘心，所以她依旧站在原地，倨傲地仰着脖子，用力咬着自己泛白的唇，强颜欢笑道：“何适，我有话想跟你说。”

其实，她并没有想好自己要跟他说些什么，只是想测验一下他对自己的态度。

何适神色淡然，只是打量着坐在他面前埋头吃饭的雅琪，她低着头，与他抢吃的，装作什么事儿都没有发生的样子。可是他看得出来她在紧张，她放在旁边的左手半握成拳，眼睫轻颤，吃饭的速度也并不快，一口一口的，估计并没有什么食欲。他缓慢地开口道：“林思涵，你别不懂事，我跟我女朋友好不容易才见上一面……”

“如果事情不重要，就请不要浪费我的时间。”何适勾起一抹笑，“话说老师们都有我的号码，有事都直接打我电话，从不需要别人传话的。”

林思涵的心思都放在“女朋友”那三个字上了，脸色刹那就苍白起来。何适进大学一年多的时间里，追在他身后的女人不计其数，其中以自己的机会最大，因为她和他是同班，而且她并不是一个花瓶，成绩也是排在前几名，自认为足以配得上他。

很多女孩儿追何适或许只是因为虚荣心，而她是真的喜欢他，从新生入学时他在男生的起哄下替她搬书后，她就喜欢上了他。她缠着他说过几次话，他总以不喜欢跟小孩儿说话为由来打发她，可她却觉得“小孩儿”是个昵称，听了心里暖暖的。她觉得那是口是心非，他不过在跟她开玩笑，心里或许是喜欢她的。

她一直都觉得自己迟早会成为何适的女朋友，上次看到何适手机里屏幕上的照片，不过是想试探一番，可事实证明，自己一直以来的想法其实大错特错。她讷讷地问道：“她是你的女朋友？”

何适点了点头，再没有理会她，动作自然地伸出手来在雅琪的头顶上摸了一把：“吃慢点儿，吃不下也没有关系，等会儿我带你去学校附近吃好吃的。”

雅琪放下了碗筷，抬起头来看着何适，而何适也明白了她的想法，快速地站了起来：“我们先走了。”

雅琪被他牵起手的瞬间，心才落了下来，也终于安定了一些，她对着林思涵点了点头，便跟着何适离去。离开的时候她分明听到了林思涵满含幽怨的话：“何适，你怎么可以这样，你怎么可以这样……欺骗我的感情？”

雅琪跟着何适出了食堂，明明自己才是赢家，但她低着头的时候，眉头却是紧皱起来的，她闷闷地道："何适，你是不是还瞒着我什么？"

"我能瞒着你什么？"何适拍着她的脑袋，云淡风轻道，"还没有吃饱吧？我带你去吃其他好吃的。"

那小萝莉说他欺骗她的感情呢，雅琪还想问些什么，却又觉得没有什么好问的了。何适并没有给她带来太大的安全感，她总觉得问了之后安全感更少，似乎他们之间保持这样的状态也没有什么不好，只是有些不对劲儿。

她挽住他的手臂，跟他在校园里闲逛了一会儿，何适毕竟是个风云人物，有女朋友的消息不胫而走。

雅琪后来还去了何适的自修室坐了一会儿，一个很大的空教室，教室里打扫得很干净，放着许多何适的专用书。雅琪坐在旁边随意翻了一下，发现书都翻得有些旧了，书上密密麻麻地写着一些注释。雅琪不可思议道："何适，没想到你这么用功？"

何适抿着唇笑了一下，回忆着以前的事情："我初中的时候成绩并不好，老惹是生非。我叔叔三天两头被班主任请到学校里去赔笑脸。"

"呃……看起来也挺像的，我总觉得你就是这个德行。"

"后来我们隔壁班的安老师开始抓我学习，于是我的成绩很快就上去了，从那之后，我就开始对数学感兴趣。不过我应该本来就很聪明……"

"哟，开始王婆卖瓜了？自卖自夸……"雅琪头脑灵活，在她眼中，数学并不是一门特别难的学科，如果换了一个人跟她说这种话，她估计会表现出不屑，可这个人是何适，她莫名地就觉得他特别厉害。而且，本来就是，能参加那么大型数学竞赛的，都是个中翘楚。

此刻，何适双手掐着她的脸揉捏着，她挣扎着拨开他的手，讨饶地换了话题，含混不清地问道："为什么是你们隔壁班的老师来抓你学习，而不是你班主任？"

"因为，安老师是我叔叔的女朋友。"

"你叔叔有女朋友吗？"

"不是，是前女友。唉，我那可怜的叔叔哟，现在安老师的孩子都有三岁了吧……”何适叹了一口气，话语中还带着些惋惜，“想当初，我是多么希望安老师能成为我叔叔的女朋友啊。”

“是安老师放弃了你叔叔？”雅琪瞪大了眼睛，在看到何适点头后，更是吃惊，“原来长得那么帅的人也会被抛弃？”

何适似笑非笑地看了她一眼，眼中闪过些惆怅：“在爱情里，有时候长相是一文不值的。若是两个人之间碰上了一些不可抗拒的力量，或许就会分开。”

雅琪若有所思，看了一眼何适，又低头看着自己的手指，沉思着什么。不可否认，她刚开始就是被何适的相貌所迷惑，可后来，她被他身上其他的闪光点吸引了，包括他的众多缺点。

何适温柔地抚着她的头发：“你别想东想西的，谈恋爱就是顺其自然，因为追求在一起的快乐，所以就在一起了。”

何适这个答案其实很有道理，但是雅琪又觉得这句话并不是自己心中期待的那个答案，便稍微有些失望。她沉默地坐在一旁，将自己的手指插进他的指缝之间，与他十指紧扣。

从自修室里出来，雅琪走在何适的身侧，右手拨弄着左手腕上所戴手链的润泽晶石。她眼神空洞，直视前方，不知道在想些什么。何适看着她的神色，大大咧咧地勾住她的脖子：“走神儿了？在想些什么？”

在想什么？她是在想因为快乐所以在一起，那以后会不会因为不快乐而分开？她咧嘴一笑：“我在想应该吃什么好？”

何适一顿，也微笑起来，眼眸半弯，如同一轮新月：“似乎好吃的太多了，就难以抉择了。”

学校附近有许多早餐摊子，在这个饥肠辘辘的早晨散发着诱人的香味。雅琪吸了吸鼻子，心里的阴霾被一扫而光，东瞅瞅西瞅瞅，似乎什么都想品尝一下。而何适却根本没有停下来的意思：“这些有什么好吃的？包子再好吃，也改变不了它是个包子。还有糯米饭，再好吃也是糯米饭。”

“呃……那我们要去吃什么？”

“去吃面吧。”何适指了指前面一家看起来不错的面店，“我带你去吃面。”

雅琪抽了抽唇角：“面再好吃也是面啊……我又不是没见过面，而且我不喜欢吃面。”

“那你一定要尝尝了，这家的面特别好吃，现在是周末人才不多的，平日里几乎都没有空位的。”何适见雅琪没有要进去的意思，就把她拽了进去。

两人在二楼找到了两个空位，却也是最后两个空位了。服务员过来询问他们要点什么，何适要了一碗面，雅琪不听劝，要了一碗皮蛋瘦肉粥：“我早上已经吃过了一些，不是特别想吃。”

皮蛋瘦肉粥上得比较慢，何适的卤肉面先送过来了。雅琪看着那面，里面有许多的配料，花蛤、卤肉、鸡蛋、火腿、青菜、黄豆芽、草菇、冬笋，色泽丰富，顿时有了些胃口。她拿着勺子喝了一口汤，汤汁浓稠鲜美、口感肥厚，她咂了咂嘴，居然有了一种欲罢不能的感觉。她抬头看了一眼何适，他也不看她，只是低着头轻笑了一下，吃了一口面后，脸上瞬间露出满足的神色。雅琪有些不好意思，可却忍不住再次舀了一勺汤喝。

“好吃吧？”何适得意地挑起了眉。

雅琪低头不语，何适将一块雪白滑嫩的花蛤肉吹凉，塞进了她的口中：“算了，反正你胃口小，再要一大碗，你也吃不完。”

雅琪慢慢地吃着，笑了起来。何适忽然站起来，从一旁的橱柜里拿了一个小碗过来，挑了些面给她，又将碗里的卤肉、鸡蛋等都给了她，还给她舀了几勺汤。他将碗放在她的面前：“赏给你的，都要吃完。”

不知道是因为这小半碗面是何适赏的，还是别的什么，总之她觉得很有胃口，一下子就吃完了，连汤也喝得干干净净。吃完面，她仍虎视眈眈地盯着何适的碗看，何适用筷子的末端去夹她的鼻子：“纵然是不喜欢的东西，也是有喜欢的价值的。”

何适继续慢条斯理地吃着，雅琪看着嘴馋，又偷偷摸摸地将筷子伸了过去，就在这个时候，服务员已经将她的皮蛋瘦肉粥给端了上来。她及时地将筷子缩回来，何适突然笑眯眯地说道：“要不我剩下的面给你吃，我帮你吃皮蛋瘦肉粥？”

“……好吧。”雅琪有了先入为主的观念，觉得面比较好吃，所以就毫不犹豫地跟何适换了，可怜兮兮地吃着他那个剩得极少的面。等她吃得很饱的时候，何适将最后一勺皮蛋瘦肉粥分给她吃，笑眯眯地道：“我发现，皮蛋瘦肉粥也很好吃。”

确实很好吃，里面的肉丝很多，口感爽滑……

“都那么好吃。”何适见她已经吃完，就带着她去付款了。雅琪明明已经吃得很饱了，可心里怎么也不满足，一脸郁闷地看着何适：“你欺负我。”

“嗯，我故意的。”何适摸着她的脑袋，“现在我们回家吧。”

雅琪被他牵着手回去了，当然如果她以为这个就是欺负，那么她就错了。

她跟着何适回去后，何适给她洗了个苹果。她拿着苹果也不吃，只是放在手上把玩着，转头过来看看何适，他一边看电视，一边“咔嚓、咔嚓”地咬着苹果，她幽幽地叹了一口气：“唉，妖精好多，好多。”

何适看了她一眼，她正不悦地嘟着嘴巴，他便“扑哧”一声笑了：“还好吧，其实还是能数过来的。”

雅琪哀怨地看着他，往他身边挪了挪：“反正对我来说是很多。”

“哦哦，那我们去看电影吧，让你看看什么才是妖精。”何适抿唇笑着，起身去了书房，打开笔记本，然后招呼雅琪进来。笔记本前只有一张椅子，他拍了拍自己的腿，含笑道：“来，坐我腿上。”

其实雅琪本想说自己可以去搬个椅子过来……可终究抵挡不住他笑容里的魅惑，又或者说，她想尝试一下男女亲昵该是什么感觉。于是，她迟疑着坐了上去。何适说：“里面有许多妖精。”

雅琪说的“妖精”是外来的诱惑，而何适所说的“妖精”却是……当血腥暴力、恐怖的音乐、尖叫声从电影里放出来的时候，雅琪整个人都蒙了，下意识地想要逃跑，挣扎了几下，却根本动不了——何适紧紧地搂着她的腰，颤着声音道："别走啊，还没有看完，陪我一起看完吧。"

"你这个变态，我不要看啊！"雅琪尖叫道，何适继续紧紧抱着她："哇，好多妖怪。"

雅琪被吓得身体都颤抖起来，她紧紧地闭着眼睛，泪都要流出来了："你是精神病。"

"这是我同学前天给我的片子，听说很好看的……现在可是白天……乖，把眼睛睁开，好好看着，哇……"何适惊叫一声，雅琪吓得彻底哭了出来。

总之这部恐怖片就在何适的一惊一乍中看完了，他总是在跟她说，现在一点儿都不可怕，真的一点儿都不可怕。可等雅琪睁开眼睛的时候，正好看到恐怖的画面，再配上何适的喊叫声，她一下就吓得肝胆俱裂。当影片放完，何适终于将紧箍在雅琪腰间的爪子松开时，雅琪的身体早就软了，"啪嗒"一声就摔到了地上。她扯着何适的裤脚擦了擦脸上的眼泪，一脸愤愤的样子，连话都说不清了。何适呼了一口气："终于看完了，其实也不怎么恐怖……"

"去你的。"雅琪站起来对着他踢了一脚，转身就出去了，可才过了几秒钟，她又出现在了他的视野中。何适似是明白为什么，也不说破，只是笑着道："其实真的不恐怖，我们下次看个更恐怖的。"

两个人的午餐、晚餐都是在楼下的小饭店解决的，雅琪问何适会不会做饭，何适摇头道："不会，我们两个人有一个会就行。"

雅琪回答："雅靖就会，所以我不会。"

"那你就去跟雅靖学学吧……"何适笑得很坏。

雅琪拧了他一把，好吧，他这是吃定她了。

晚上，何适在书房里做题，雅琪坐在旁边上网看了一下股票涨势，又逛了一些关于股票的论坛，直到何适说该去睡觉了。何适起身去洗澡，雅琪看着他离去的背影，想说什么，张了张嘴，又不大好意思，就什么也没说。何适洗完澡出来，看到雅琪呆愣愣地坐着，问道："还不去睡？"

“哦……”雅琪点了点头，抱着衣服进了浴室，等到她出来的时候，何适正在上网，看到她出来，就勾住她的下巴，在她的脸颊上亲了一口：“晚安，我去睡了。”

雅琪呆呆地被他推进房间，任由他将身后的门关上。她躺在床上不敢熄灯，混沌的黑暗让她很没有安全感。突然手机铃声响起，吓得她整个人都惊跳起来，电影里那些恐怖的画面在脑海里浮现出来，她颤抖着接了电话，听到雅靖的声音才安定了一些。

雅靖在另一头很严肃地问她：“现在在干吗？”

“睡觉啊……”

“何适呢，有没有跟你一起睡？”

“当然没有！”雅琪哼了一声。

“记得，黄花大闺女不要在夜晚招惹禽兽。”

“我……”

“好了，你早点儿休息，我也睡了。”

“好。”

雅琪辗转反侧，灯开着又睡不着，关了又害怕，不知道是因为紧张，还是别的原因，她想去上厕所。她抿紧唇，一张便秘脸。她慢腾腾地爬起来，直接抱起被子、枕头去敲何适房间的门，似乎他的房间是带厕所的……

何适门才开，她已经冲了进去，在地上找了一个角落，开始铺被子。

何适感到莫名其妙：“这是什么状况？”

雅琪一声不吭，去了一趟厕所回来后就将自己缩在角落里，自言自语道：“我睡这里好了。”

“……你不是还在害怕吧？”

“我晚上喝了些水，这里上厕所方便点儿。”雅琪将被子蒙在了头上。

“白痴。”何适笑了出来，过去踢了踢她，“上床来一起睡好了。”

“不要。”

“反正你都在我房间里睡了，躺地上小心着凉。”

“不要。”

“嗯……估计雅靖又教训你了，好，我们不让雅靖知道，就我们两个人知道好了。”说着，何适低头掀开被子，将她扔床上去了。

后来因某人穿得太多，夜里不停地踹被子，甚至将腿缠到了他身上，何适就默默地爬下床，缩角落里去睡了……

清晨醒来，雅琪盯着缩在角落里睡觉的何适，皱起眉头，难道他昨晚是在跟她说敷衍的话？

何适早上很晚才醒来。醒来的时候，雅琪已经不在房间里了，他去洗了把脸出去寻她，发现她坐在电脑前，正一边吃早餐一边玩游戏，指尖重重地敲着键盘，噼里啪啦的，似是在泄愤一般。何适似乎还没有睡饱，眼睛还是惺忪的样子，他挨着她坐下，伸手勾住她的脖子，打了个哈欠：“这么早就起床了？”

“哼。”轻微的声音从雅琪的鼻子里发出来，她那纤细的手指在电脑键盘上跳跃着，视线一刻都未曾离开过屏幕，嘴里不停地咀嚼着食物。何适从旁边的袋子里拿出一瓶牛奶喝，坐在旁边看了她一会儿，心里觉得奇怪，他没有怎么着她吧？怎么好端端地就生气了？

何适伸出手来推了推她的脑袋，一下、两下……雅琪有些不耐烦地转身看了他一眼，随后又哼了一声，接着连看都不想再看他，仿佛看到他就觉得很烦。何适看着她，她眉头轻蹙、嘴角上翘，便伸手去捏她的脸。她嘴里正吃着东西，说话也含混不清，只是瞪着一双黑漆漆的眼睛看着他。

何适捏着她的脸又用力掐了掐：“说，什么事？”

她好不容易才将嘴里的东西吞下去，脸色又红了起来，假装不明所以：“什么什么事？”

“哟，你这不是生气了吗？”

“我，我才没有。”雅琪哼了一声，继续盯着屏幕看，脸上却持续升温。她突然也觉得自己的这种生气来得无缘无故，有点儿像小孩儿的无理取闹，就像小时候醒过来发现妈妈没有睡在旁边，便会大哭大闹一般。她轻咬下唇，神情里已经有了一种羞恼之色。

“到底怎么了？”何适的手从她的脸上滑下，贴在她的脖子上，抚摸了几下，就像在安抚爷爷家里的那只大宠物：“说出来让我听听，难道哪只妖精又找上你了？”

“哎呀，你真烦，我都说没有生气了。”雅琪低头喝了一口牛奶，拿起一个小笼包塞进他嘴里道，“我刚才下去买的早餐，还是热的。”

何适从一旁拿来纸巾替她将手擦干净：“脏死了，一点儿卫生意识都没有。去，把早餐吃完了再过来。”说着，他将自己咬过一口的小笼包又塞进了她嘴里。

“何适！”

何适吃了早餐，就坐在沙发上看电视，过了一会儿，雅琪坐在了他旁边，主动地握住他的手，跟他一起默默地看着电视，也不说话。何适从头想了想，从昨天晚上睡觉开始，似乎真的没有发生过什么事儿，难道她是介意……那个？

自有了这个想法后，他的眼中顿时闪烁着一种光芒，他摸着自己的下巴，开始转头打量起雅琪，笑眯眯地道：“我知道你为什么生气了。”

“我都说了，我没有生气……”她在他炯炯有神的目光下显得有些心虚，说起话来也底气不足。何适伸出手指轻佻地勾住她的下巴，让她靠近自己，他的脸上有一种得意之色：“因为你想跟我睡在一起，没有想到我后来却跑了，对吧？”

“才不是这样。”因为被人说中了心事，雅琪很是窘迫，头埋得很低，眼睛都不敢看他，更不想理会他脸上坏坏的笑容。而何适似乎并不想就这样放过她，他继续勾着她的下巴，有一下没一下地撩着她：“都说女人心海底针，此话果然不假。”

“何适，你够了啊！”雅琪觉得这个时候的何适最讨厌了，非要让她将心里的窘迫全都表现出来。她不由得板起了脸，可是她脸色通红，这副模样看起来根本就不像生气的样子。

何适的脸越靠越近，他的凤眼凝视着她的唇，带着一种暗沉："雅琪，你知道有一个词叫作'擦枪走火'吗？"

"……"

他的声音逐渐低了下来，带着一种深深的诱惑感："其实，很少有人愿意放弃近在咫尺的快乐……"

"啊……"

"我这是在尊重你，知道不知道，笨丫头……"尾音还未消失，他的唇已经贴上了她的唇。温润柔软的吻，清甜带着奶香味儿的吻，他的大掌按在她的后脑勺上，将她紧紧地压向自己。

何适的力气特别大，即使雅琪是练过跆拳道的，在他面前也总是吃亏。就比如在接吻的时候，他总是很用力，很享受，重重地将她揉进自己的怀里。何适的本意只是想吓唬吓唬她，可雅琪在情事上总是比较迷糊，被他一吻，整个人就呆了，除非即将要窒息，否则连反抗都忘记了。

而何适几乎有些情难自禁，空出来的一只手，从她宽大的衣服下摆里滑了进去，抚上了她的背。就是有这样的事情，既是禁忌的，同时又忍不住去窥探。她的肌肤细腻光滑，他的手贴在上面，有些小心翼翼地抚摸着，仍旧是那种安抚宠物般的轻抚，还带着一种试探。"啪嗒"一声，他轻松解开了她后背上的暗扣……

雅琪突然一个激灵，从他的怀里退了出来，抱住自己的胸口，带着浓浓羞涩的脸上夹杂着别样的神情，似乎是惊吓，又似乎是别的东西。她连呼吸都忘了，就那样静静地看着何适，然后一转身就跑回房间去了。等房间的门被重重关上的时候，何适才从惊讶中回过神儿来，他拍了一下脑袋，勾唇一笑，妩媚而妖冶。

雅琪趴在床上，用被子蒙着脑袋，将自己置于黑暗的空间里，仿佛这样，就能将刚才的事情当作没有发生过。但黑暗中的她，脑海中却不自主地出现了许多画面，暧昧的、情动的，那样真实，那样……不想停下来。

"雅琪，我们下楼吃饭去了。"不知过了多久，何适半握着拳，轻叩着门，“快点儿出来。”

雅琪没有答话，总觉得不敢出门去见他。

“就算你躲着，也不能抹杀已发生的事实，还不如出来好好面对。”何适的眼睛里闪过狡黠，又继续敲着门，“如果你不出来，那我就进来了。”

雅琪起身，开门，脸色一如方才，红得如晚霞。何适往她身上看了一眼：“还是等兔子长大吧。”

雅琪愣了愣，接着对着何适的脚就踩了下去：“何适，你无耻！”

何适哈哈大笑起来，揉了揉她的头发。

两个人吃完饭后，何适受不住雅琪的磨，又给她买了两斤橘子。雅琪扔了一个橘子给他：“剥皮。”

“干吗我剥皮？不是你要吃吗？”

“我剥得不干净，还是你来吧。”雅琪又说了一句，“在家里都是雅靖给我剥的。”

“啧啧，雅靖这是怎么宠妹妹的，下次我要揍他一顿，这都宠出个什么来了啊……”何适见雅琪瞪他，不由得噤声，拿出橘子给她看，“喏，你要吃公橘子，还是母橘子？”

“橘子也分公母？”雅琪开始好奇道。

“嗯。”何适一本正经地将橘子递给她看，“公橘子上面有一个点，母橘子上面有一个圈圈。”

雅琪诧异地拿出一个橘子盯着看，看了许久才恍然大悟，一脸窘色地看着何适：“你下流。”

何适笑着替她剥开橘子，将剥干净的橘瓣往她嘴里塞着：“男人都是很坏的，都是这么下流的。只是一种是放在心里，一种是说在嘴上。所以以后除了我，不要再相信别的男人。”

雅琪点了点头，突然反应过来：“为什么只能相信你？”

“因为我一直都有很多机会，可我还是将你给放了，所以除了我，你还能相信谁？”

“啊……”雅琪一时有些风中凌乱的感觉，“何适，你太无耻了。”

何适摸着她的脑袋，靠近她的耳朵轻声道：“如果是别的男人，就叫作‘无耻’；如果这个男人是你的，那么这个叫作‘情趣’。”

雅琪毕竟还是个稚嫩青涩的姑娘，情愫虽然是从她这里开始萌芽、开花，可到了最后掌控权完全被何适握在手里。他是这棵情树的根，没有他的爱，整棵树都会枯萎。有时候谈恋爱就是比谁脸皮厚，而何适正是属于那种不要脸的。

自从恋上何适，直到确立关系，她一直都没有舒坦过，在感情中付出更多的那方总是会惶恐不安。直至如今，雅琪才真正明白什么叫作谈恋爱，也明白自己如今是真正步入了恋爱的正轨。

快乐的时间总是短暂的，假期很快就过完了。雅琪要离开的那天，何适起了个大早，说要送她回去。雅琪自然是不肯，板着脸拒绝道：“不要，太远了，你来回就需要一整天的时间。”

何适笑笑不答，心里已经有了主意：“走，我带你去农贸市场，给你买点儿吃的带回去。”

“不要了，我……”雅琪还想说些什么，何适已经拉着她走了。

雅琪因为分别显得有些闷闷不乐的样子，她舍不得，非常舍不得。她跟在他的身后，柔软的手握住他的手，紧紧地握着。这次一别，再见面又要好几个月。爱情就像是一颗糖，一直都没有尝到甜味，并不会想念，可一旦被这种甜蜜俘虏，就再也舍不得这种甜味。

何适也有些舍不得，可没有办法。他不敢转身看她，蹲在零食架前挑选着她喜欢吃的东西，一样一样地放入购物袋里。买完东西，他又带她去吃东西，然后回去替她收拾行李。收拾完行李后，何适道：“我送你回去。”

“不要。”雅琪心疼他，固执地摇摇头，这样长时间的开车，会很累，“我去坐汽车，也很快的。”

“我正好想回家看看，昨天晚上我跟奶奶通过电话，她让我回去，所以顺路捎你回去。”何适轻笑，摸着她的头顶，“而且我想多跟你待会儿，走吧。”

他轻松地替她将行李放进车里，虽然雅琪还是不愿意的，可看着他漂亮的眼睛以及那淡淡的笑容，她微微低下头来，终究是再也说不出拒绝的话来："那好吧。"

路上的时间，说长不长，说短也不短，雅琪似乎有很多话要说，可话到嘴边，终究还是没有说出口。她作为女孩儿的矜持还在，没有何适那般不要脸。等到何适将她送到学校的时候，雅琪没有马上下车，而是扑向了何适，抱住他的腰身，呢喃道："我们又有很长一段时间不能见面了。"

"嗯。"何适的手一僵，轻轻地搂住她的背，有一下没一下地轻轻拍打着，"总是要忍受得住离别的，不过很快就会再见面的。"

"不许不想我，不许理会那些妖精。"雅琪低声说了一句，说完之后又有些不好意思，将脸埋在何适的怀里轻蹭了几下，"好了，我走了。"

何适低低地应了一声，对着她柔软的唇吻了一下："嗯，好。"

"如果你要马上回去的话，就早点儿回去，等会儿天就要黑了。"她忍着没有说破，下车的时候转身对着他微笑，然后挥了挥手，"再见。"

"嗯，再见。"

总是要忍受得住离别的，她这样安慰自己，转身的时候，眼睛有些湿湿的。

与何适分开后，在接下去的一天里，雅琪的心情总是恹恹的，一脸失落的样子。诗梦见到她这个样子，难免想到不好的事儿上去："雅琪，你这是怎么了？"

"我想他。"雅琪脱口而出，一脸的忧伤，她用双手捂住自己的脸，"很想，很想，想得心疼。"

"哟……"诗梦的脸僵硬了一下，随即"扑哧"一声笑了出来，然后认可地点点头道，"似乎刚刚陷入热恋的小女生都是这种状态吧。"

"唉，又要等上很长的一段时间了。"雅琪唉声叹气，诗梦坐在她的对面泡着奶茶："想当年我跟我男朋友刚确立关系的那个晚上，一刻都不想分开，晚上睡不着，我就穿着睡衣下去找他。像你那位天仙似的美人，你更是舍不得吧？其实也不需要等那么久，运动会不是再过一个月就要举行了吗？到时候三天运动会时间加一个周末，五天，够你再去一趟了。”

“哦，对，运动会哟。”雅琪的心情突然就明朗起来，唇角也不由自主地上扬起来。运动会，还真是个好时机呢。她突然想起小时候自己参加运动会时，雅靖说要替她加油，却在一边将脸捂得紧紧的：“哎哟，丢脸死了，丢脸死了。”

就是他的这几句念叨，让她连最后冲刺的劲儿都没有了，自此再不愿参加运动会。如今学校举行运动会，她也是没有事儿做的，虽然会有些琐事，比如签到什么的，让诗梦帮忙就可以了。

雅琪将这事儿想通后，晚上就睡得特别香。长假过后，又开始上课了，如此，与凌若韫碰面的机会也就多了起来。凌若韫在十一长假期间倒给雅琪打过几个电话，因为当时何适在身边，她就没有接，后来又因为乐不思蜀，忘记回电话了。如今一见面她才想起来，倒觉得有些不好意思，却也不提，毕竟尴尬。

雅琪冲着凌若韫点点头，算是打招呼了，凌若韫看着她的眼神有些奇怪，他盯着她看了很久：“雅琪，我觉得我们还是谈谈的好。”

雅琪手里捧着一杯白开水也在看着他，刚开始的惊慌慢慢转为镇定，她朝他微笑起来：“好。”

她跟着他去了学校附近的一家小店，他们第一次见面的那家小店，似乎是见证了“有始有终”这个说法，又或者附和了文人的一种写法——首尾呼应。

“真的对不起，打扰你这么久的时间。”这是雅琪的开头语，开门见山。

“我只是想不明白，而且现在也不明白。”凌若韫笑了，笑容中反而多了一丝坦荡，“我喜欢你是真的，我以为我会一直等下去，可是有时候我又在想，有没有这种必要。”

雅琪静默不语，她突然发现自己已经没有说话的必要了，又或者说，她早已经将态度摆了出来。凌若韬静静地看着他："我总觉得只要我坚持不懈，就一定能如愿以偿，可有一天我发现自己充其量不过是一枚棋子罢了。"

"不是的。"雅琪皱起眉头，没有想到凌若韬会说出这种话，她想要反驳，可说出这句话后，扪心自问，又开始有些心虚起来，"我很感激你喜欢我，可有些事……"

"我明白，其实你一早就摆明了态度，只是我不相信。从你不接我电话开始，我就开始相信了，我在你心里永远比不上另外一个人，所以我祝福你。"

凌若韬走了之后，雅琪仍旧呆愣愣地坐在原地，直至面前的白开水变凉。她是温室里的一朵花，社会接触面很窄，很少与人交流，所以这种最基本的为人处世，她也处理不好。或许有些人，做不了情侣能做好朋友，可凌若韬，她算是给得罪了，从此之后他们只会越走越远，形同陌路。

若说不难过那是不可能的，心里总有些怅然若失，可再一想，心里的石头算是终于落了地。雅琪晚上给何适打电话，轻描淡写地提到了这件事，何适在电话另外一头很严肃地道："你也不许招惹怪兽。"

"呃……"

"哪儿只许州官放火，不许百姓点灯的，记得严于律己！"

"哦。"

"我的小兔子是最乖的，我很相信她的。"

对于"小兔子"这个称谓，雅琪一直很敏感。

雅琪跟他甜甜蜜蜜地煲了会儿电话粥，才恋恋不舍地放下电话。临睡前，诗梦又开始询问起她的恋爱史。凌若韬有个风吹草动，诗梦很快就会知道，雅琪也不准备隐瞒，将该说的话都跟她说了个清楚，诗梦是个有分寸的人。

雅琪开始期待着下个月的见面，这个月她与何适的电话打得很勤，在电话中得知何适要参加运动会，并且已经报了名，有接力赛，还有跑步、跳高。雅琪在询问他有没有信心拿到好名次的同时，心里已经开始在暗喜，到时候可以去给他加油。

何适听到雅琪一直说“你很强大，你很强大”，就开始问她：“你呢，运动会就没有想参加的项目？”

“算了吧。”雅琪将小时候雅靖糗她的事儿跟何适说了，“雅靖老找机会羞辱我，老说我丢他的脸，其实我跟他很容易区别的。”

“一个男的，一个女的，当然容易区别，不过你们长得确实很像。”

“反正，哼，运动会是最容易招惹妖精的时候，你得……”

“行了，哪儿那么多妖精，来来去去不就那么几个？很晚了，你给我休息去。”

“哦。”

“还有，嗯……给你一个晚安吻，晚安。”

“……晚安。”雅琪恋恋不舍地挂了电话，脸上已经在发烫了。

“哟，招惹妖精啊？那么天仙儿似的男人是不是有很多妖精？”诗梦正对着镜子涂抹晚霜，见她挂了电话，玩笑似的说道。

雅琪开始铺被子，一边铺一边郁闷道：“妖精很多，而且个个是极品，什么萝莉啊、御姐啊、精英型的，种类繁多，我都恨不得多个分身出来一直守在他身边。”

“其实吧，这也没有什么。”诗梦嘟着唇涂护唇膏，“这种有着明显目的进攻的女人，在你那个高傲的男人身上是得不到什么好处的，同一个调调，迟早会腻的。这种男人喜欢被人捧着，却不会去看捧他的人。其实最怕的应该是那种，看起来没有半点儿心机，却……反正我也说不上来，就比如我那堂哥，我听我妈说，外边儿那小三儿是他一个高中同学，离过婚的，刚开始我表哥也只是觉得她可怜，无依无靠的，很同情她，经常给她点儿钱啊、帮点儿忙什么的，可后来就纠缠到床上去了。”

“呃……这种啊，应该不会出现吧？”雅琪倒是觉得没有什么，因为何适这家伙根本没有什么同情心，所以她不担心他会滥用他的同情心。雅琪躺在床上，拿出日记本，记下今天的日期，离运动会又近了一天呢。

时间抵不过思念，日记本每翻过一页，日子就接近一天。两个学校的运动会是在同一天举行的，雅琪那天起了个大早，没有跟何适联系，就坐最早的一班车去了 Z 大。她到的时候已经是中午时分，先是找到一处地方吃了饭，然后捧着一杯热牛奶去了操场。

十一月的天气已经有些冷，今天风很大，操场上没有遮挡物，吹得她很冷。她将外套的领子竖起来，将自己裹得严实了些。

雅琪在看台上随便找了个位置坐下，看到有一本参赛名单册子就随意翻看起来。她纤细的手指在每一个名字上滑过，她想尽快找到何适的参赛项目和参赛时间。下午一点钟，两百米决赛。两百米预赛是有何适的，可决赛不知道有没有他……正想着时，广播里已经播出一串的名字，其中就有何适的名字："请参赛选手到检录处检录，请参赛选手到检录处检录……"雅琪高兴地放下名单册，正想起身离开，却见面前的阳光被人挡住了，出现一片森冷的阴影。她抬起头来，看见有三个衣着时髦的女生站在她的面前俯视着她。

雅琪不喜欢让自己处于低处，被人俯视着。她大大方方地站起来，看了回去，脸上带着礼貌的笑容。她们不出声，她也没有要出声的意思，见她们良久都不说话，就打算从她们旁边绕开。

"你是哪个学校的？"为首的女生最美，鹅蛋脸，大眼睛，樱桃小嘴，化了淡淡的裸妆，那一双美眸斜睨了雅琪一眼，眼中带着些不屑："不会是对面那个职专的吧？"

雅琪笑意微敛："我为什么要告诉你？"

"哟，别以为成为何适的女朋友就了不起了。"为首的女生身后另一个穿着灰色针织衫的女孩儿不悦地瞪着她。

"有本事你去当啊！"雅琪对这个穿着针织衫的女生有点儿印象，上个月来的时候曾见过她，因为相貌比较出挑就记住了。后来听何适说，这个女生是街舞社团的。雅琪微微一笑，笑容中有几分嘲笑之意。

另一个穿着格子裙的女生接话道："挺横的，一看就知道是不良少女，喂，你不是处女吧？"

雅琪已经满脸黑线，眉头下意识地紧皱起来。这时，穿着针织衫的女生又开口说道："看样子就不像，只知道装清纯，不过破鞋就是破鞋，迟早会被人抛弃的。"

雅琪将拳头握得死紧，不停地暗示自己不要在这儿闹事儿，毕竟是人家的地盘。

"好了，不要跟这种没什么德行的女人说话，这不是脏了我们的嘴吗？"为首的女生似乎很满意雅琪现在的神色，"走吧。"

雅琪眼眸微眯，感觉挺憋屈的，她是跆拳道高手没错，打架也很厉害，可从小都是安安分分的，大家都让着她，她也没有跟谁脸红过。如果吵架的话，三对一，她也肯定吵不过。她们娇笑着离去，雅琪有些闷闷不乐，心里被针扎了似的难受。她慢慢地朝着两百米决赛的终点走去。

现在是一百米的决赛，何适应该正在起点处准备着，她远远地望向那边，只见何适穿着一件深蓝色的运动衫和一条短裤，正在做准备运动。他用手拍着小腿的肌肉，此刻显得很轻松，跟其他的参赛选手还有说有笑的。

雅琪心里受了委屈，可看到何适的笑脸时，唇角却忍不住地上扬。刚才看台那儿的事儿一闹，虽然动静很小，但还是被很多人看到了。雅琪生怕再被人认出来，她从包里拿出个帽子戴上，将帽檐压得很低。

一百米决赛在发令枪响起后就开始了，一时间，场上的欢呼声十分热烈，主席台上的主持人也在尖叫着谁的名字大喊着"加油"，再配上主席台两旁正在播放的激昂的歌曲，一时热闹非凡。

一场决赛，一分钟的时间都不到。一百米决赛结束后就该是两百米决赛了。雅琪看到何适蹲在起点处，做好了预备姿势，她心里也七上八下地打着鼓，仿佛决赛的人是她。她混在人群中，深深地吸了一口气，握着拳头不住地在心里说着，何适加油，何适加油。

预备的时间有几分钟，雅琪的唇紧紧地抿着，看着他……发令枪才响，何适已经如一支离弦的箭冲了出来。雅琪的声音就那样冒了出来，她抑制不住地高声喊道：“何适加油，何适加油……”

她不知道何适能不能听见她的声音，只是很用力地喊着，像其他的女孩儿那样，为自己喜欢的人加油着：“何适加油！何适加油……”

何适在第一条跑道上，刚开始还落在后边，可一个转弯过去，他已经排在第二。雅琪的视线落在他的身上，一刻也舍不得离开。何适即使是跑步，也是一副英姿飒爽的模样，他跑到她旁边的时候，雅琪更大声地喊起来为他打气。

别人到了最后的时候都是匀速，何适却是加速，而且速度越来越快，他轻松地赶超前一个人，第一个冲向了终点。雅琪不由自主地欢呼、大叫，声音已经沙哑。

她跑到终点处的时候，何适正弯下身子，双手搭在膝盖上，气喘得很急。她慢慢地朝着他走近。她看到晶莹的汗珠滑过他弧度优美的侧脸，滴落在草丛中。她站在原地，屏住了呼吸，呆呆地看着他。直至何适突然抬起头来，顿时一愣，刹那，眼中有明亮的光芒在闪耀，眼里再也没有簇拥在他周围的那些人。

“雅琪。”他开口叫她，因为还喘着粗气，发不出声音来，只是发出了她名字的口型。他不敢置信地看着她，然后站起身来，朝着她走了过来，伸手将她抱在了怀里。雅琪笑着拍了拍他的背：“是不是很累？我扶着你吧。”

她话刚说完，何适整个人就都压在了她身上，用汗湿的脸去蹭她的脸，手紧紧地按在她的后背上：“我还以为我听错了，原来你真的来了？”

“因为正好有空……”雅琪还没说完话，何适已经低头吻住了她的唇。

雅琪大惊，这是什么场合，他怎么可以这么乱来？她往后避开，想要挣脱开来，可何适没有一点儿要放开她的意思。

周围的同学开始起哄：“哇哦，哇哦，何适你的肺活量太强了，刚跑完两百米就接吻。”

“这算什么，后天不是还有五千米，有种跑完五千米再接吻啊。”

雅琪哪有心思在这种地方跟何适秀恩爱，她根本就不能集中心思，她挣扎着，推着他，何适搂着她身体的手却越来越紧。一开始她是因为听见周围人起哄，脸上越来越红，到了后来则是被憋的。她暗想，接吻是一门艺术，也是一种体力活，何适的肺活量真是太……大了。

何适松开她后，气很快就喘匀了。他搂住她的肩膀，根本不在乎周围人的眼光，携着她扬长而去，留下一群目瞪口呆的女生。

“何适，等会儿你还有比赛，别忘了。”身后有同学提醒。

何适挥了挥手，表示了解。雅琪在一旁不住地提醒道：“把衣服穿上，小心冻着。”

“嗯。”何适点了点头，“差点儿都忘了，我们去看台那儿。”

“需要喝水吗？那儿有热水，我去给你倒。”

何适又俯下身在她脸颊上亲了一口，俊美洁净的脸上露出大大的笑容，眼眸灿若星辰。一时间，雅琪的心情也好了起来，原先的不快都已经忘了干净。他们去了看台那儿，何适拿回了自己的衣服，又开了一瓶矿泉水喝着。

“你等会儿还有比赛，不要走了，就坐这里休息下吧。”

“还有一个小时，你会很无聊。”

“不会的。”雅琪摇头，一脸崇拜地看着他，“你很厉害。”

“从小练出来的，不算什么。”何适见过不少花痴，可如今雅琪花痴地看着他，他却觉得很受用，见雅琪要坐下来，他就将自己的牛仔裤拿过来铺在她屁股下面：“坐这上面，地上凉。”

何适坐在雅琪的旁边，往身上披了件衣服，伸出胳膊将她搂住，手指不停地蹭着她的脸颊：“你怎么会来？我都没想到。刚才恍惚听到了你的声音，我一下子就充满了力量。”

雅琪只一味地笑着：“就是想你，过来看看你。等会儿我要去看你跳高……”

“傻瓜，也不早点儿跟我说。”何适无法表达出自己此刻的心情，他极少这样激动，可现在爱情的力量让他整个人都显得很亢奋。他低着头跟她说着话，连该去领奖都忘记了，还是旁边的同学提醒了他。

“快去，要拍照的。”雅琪忙推着他，“不要让别人等。”

何适看着她，又是一笑，唇角的幸福藏都藏不住。

两个人在一起的时间不管多久，总是不会感到腻。雅琪跟何适也没说多少话，跳高比赛就开始了。雅琪对体育不大热衷，打篮球是因为何适，看比赛也是因为何适。何适从来没有让人失望过，跳高也是，他采取的是跨越式，他的弹跳力很好，助跑、起跳、跨越，姿势标准，节奏把握得也非常准，动作漂亮，一气呵成，轻轻一跳就跃过了那道杠。

雅琪看着他，眼中是骄傲，又或者是得意，总之，是很自豪的感觉。

这是怎样意气风发的男子啊，举手投足间，眼眸、脸庞、身形都会散发出一种致命的吸引力，这种张扬夺目的光芒，耀眼得令人无法忽视。只是这样看着他，心跳似乎都要静止了，人也醉了。

雅琪紧揪着的心，在何适一次一次的完美跨越中落了地。何适在一阵一阵喝彩声中，众望所归拿到了第一名，何适的几个同学在旁边高兴地说道：“今年我们院系总分肯定又是第一。何适啊，你应该去挑战十项全能的。”

何适比完赛，接过同学手里的水，喝了一口，抹了一把汗，随即将雅琪搂在怀里，一本正经道：“我不想得到太多崇拜的目光，我女朋友会不高兴的。”

“那继续接吻好了啊，提高肺活量啊……你女朋友高兴，我们大家也高兴……”

“滚开。”何适看着雅琪满脸通红的样子，瞪了同学一眼，脸上倒是笑意浓浓，接着又说了一句，“晚上我不回宿舍了，明天早上我会准时参赛。”

“哦……不回宿舍陪我们打牌了，这是要干坏事去了。明天可别腿软，不然早上的跨栏可就……”

“一边去。”何适推了那同学一把，拉着雅琪离开，又在雅琪的耳边低声道：“就算腿软也应该是你，不是我，对吧？”

雅琪脸色通红，瞟了他一眼：“在外面收敛点儿。”

“那我们回去奔放点儿？”

雅琪硬生生地将“无耻”两个字给憋回去了，因为何适说这个叫作“情趣”。

何适一直在抿着唇笑，时不时地在她脸上摸几下，看得出，他是真的很开心。他先是带着她去了自修室，拿了几本书装在包里，又带着她去吃东西：“饿不饿，想吃什么？”

“还好啦，而且现在还不是吃晚饭的时候。”

“那吃个甜品去。”何适开车带着她在附近找了一家很有格调的甜品店，给她点了一盅燕窝。

本来两个人面对面而坐，可何适非要坐到她的旁边去，将空出的那只手搂在她的身上，好对她动手动脚。

雅琪突然抬起头来看何适，两人目光相触，她才发现何适的眼中有一种叫作“饥渴”的东西。雅琪别开脸去，何适又捏着她的下巴将她的脸转了过来，贴了上去，用脸颊去蹭她的脸：“雅琪变得好乖，好乖。”

“唔……”何适的手指在她的下巴上撩拨着，她已经有些轻飘飘的了。何适眼眸含笑道：“不过，你还是很不乖，瞒着所有人就这样跑了过来。来，就地正法！”

“你，你干吗……”雅琪见何适的脸越靠越近，身体也往后靠去，“别这样，这样不好。”

“什么不好？”何适离她很近，在她耳边说了些什么，雅琪脸色绯红，只是摇着头：“不要，我，我不方便。”

何适本来对雅琪的回答并不抱有希望，可此刻眼中还是有几分悻悻，他继续一下一下地勾着她的下巴玩：“骗人的小孩儿会长长鼻子的。”

“谁骗人了，是真的。”雅琪本不想跟他探讨这种很私密的事情，可何适的那种神情让她忍不住将真话告诉了他，说完她眼眸低垂，再也不敢与他对视。何适将她搂在怀里：“没关系，来日方长。”

雅琪轻咳了一声，也不接话，低下头来吃燕窝，心跳得很快。何适抢过她手里的勺子：“还是我来喂你吧。”

何适又开始不要脸了，也不顾这里是公共场合，开始给她喂食。到了后来就是你一口，我一口……

“何适，你不是有洁癖吗……”

“在跟你接吻后，对你就免疫了，我还能忍受。”这是何适的话，太不要脸了，雅琪狠狠地瞪着他。

雅琪不知道自己这个决定会带给何适这么大的惊喜，何适一整天都处于亢奋的状态，连话也多起来。吃过晚餐后，两个人回到何适住的小窝，何适洗了两个苹果，他们俩一人一个，何适一边吃一边将小时候的糗事、好玩的事都抖了出来，告诉了她。雅琪听得津津有味，原来他并不是她曾经以为的高高在上的太阳，而是从来都是这般肆意，这般神采飞扬。她听着他讲着，恨不得穿越到过去，在他小时候就认识他。想着那高中蹉跎的三年，她就张嘴去咬他的脖子。

“哎哟，别啊……”何适的身体瞬间紧绷后仰，伸手去推她，“别一而再，再而三地挑战我的极限，哎……”

雅琪却已经扑了上去，何适的声音也变了调，等到两个人都反应过来的时候，雅琪才发现自己正趴在何适的身上，头埋在他的脖子处，这个动作十分暧昧。何适僵了，雅琪愣了，她慢腾腾地从他身上爬起来。而何适不禁呼吸一紧，瞳孔放大，他用力地咬着牙，将脖子往前伸去，在她脸上蹭了蹭，然后又蹭了蹭，接着低低地说了一句：“雅琪，你让我免疫了。”

“什么意思？”

何适一个翻身将她压在身下，双手半弯，放在她的胳肢窝下，挠她痒痒。雅琪没想到何适竟会跟她来这招，当下就慌了，想蹬腿却已经被他禁锢住，当下就开始又哭又笑：“不要，不要，呜呜……”

“你戏弄我也不是一次两次了……”何适玩得兴起，笑得开心，使劲儿挠着她痒痒，让雅琪真的哭了出来。

“说点儿好听的，我就放了你。”何适不要脸也就罢了，还无耻。

“何适……大好人……”她抽搭着说，“大大好人，呜呜……”

何适细细一品味，这话挺不错，看着她水汪汪的泪眼、凌乱的头发，心里被虫子啃噬了一般，痒得难受，便又要求她多说几句，直到雅琪将他夸得天上仅有地下无双，他才将她放开。雅琪一旦被松开，人就弹了起来，给了何适几拳，过了一小会儿，她号啕大哭起来。

何适“扑哧”一声笑了，将她搂在怀里安抚着，似乎将她抱在怀里，身心也就舒服了一些：“不哭了，不哭了，我给你买糖吃。”

“哼……鬼才要吃糖！”雅琪哭够了才发现自己衣服的拉链都被他拉开了，里面的内衣露出来大半。她慌忙地整了整衣服，看着何适那暧昧的眼神，对着他踹了一脚：“滚！”

何适转身离去：“我去洗个澡，等会儿我们一起睡觉。”

“我才不跟你睡觉。”

“反正你不方便，没有什么好担心的。”

“……”

何适洗完澡后，雅琪也去洗了个澡，出来后，何适拽着她一起回了房间，一脸严肃地看着她：“你今天被人欺负了？”

雅琪气呼呼地看着他：“不是刚被你欺负过吗？”眼睛现在还肿着呢。

何适在她脸上捏了一把：“我这哪儿是欺负，我这是在跟你调情，笨。被人欺负了也不跟我说，明天我帮你去教训她们。”

雅琪这才明白了何适说的是什么事，也不知道他是怎么知道的，她顿时觉得有些难为情，像个小学生似的，讷讷地道：“其实，也没有关系，算了……”

“那女人没脑子，竟敢欺负我的小琪琪，明天我就去将她给灭了。”何适的眼神冰冷，可下一秒钟就恢复了正常，调笑着将她拖上床去，“来，来，抱着聊天……”

盖着棉被纯聊天，对何适来说其实挺难受的。

第二天一早，何适参加 110 米跨栏。何适跨栏时的动作看着就像是不经意一般，特别好看，他步子大，每一个跨栏就那样轻松地跨过，动作流畅和谐。跑道两侧围满了人，女生的呐喊声一声接着一声。雅琪看着何适，只觉得他做的任何事似乎都能让他的帅气锦上添花。

突然，雅琪觉得自己被人推了一下，转过身看见昨天骂过她的那三个女生就在自己身旁，用一种不屑的眼神看着她。雅琪看了看她们，并没有理会，隐约中又听到她们在冷嘲热讽着什么，但是此时场上尖叫声一片，雅琪根本没听见，不过就算听见了她也会当作没听见，她不想跟她们一般见识，只想给何适加油。

等何适比赛完，雅琪就拿着矿泉水朝他走了过去。何适接过矿泉水，慢慢喝了两口，眼睛扫视一圈，就发现了那三个女生。何适打量了周围一眼，问她："你是想要打她，还是要她道歉？"

"嗯？"

"如果你要打她，我给你创造个机会，如果要她道歉也很简单。"

"算了，道歉吧，我今天穿着裙子呢，怎么打人啊？"

何适对着为首的那个女生勾了勾手指："那中文系的谁谁谁，你们都过来下，我们谈谈。"

雅琪似乎有点儿明白这个女生是谁了，好像她就是那个中文系的系花，给何适点蜡烛的人。这个女生愣了愣，脸上闪过一丝愕然，随即唇角上带了几分微笑，跟身后的两个女生说了些什么，三个人就都朝着何适走了过来。

何适和雅琪走在前面，那三个女生跟在后面。五个人来到一个无人的角落，何适大大咧咧地在雅琪脸上吻了一下，然后才慢悠悠地说道："那谁，我现在给你们一个道歉的机会。"

那三个女生的脸上当下都闪过一丝不自然，纷纷看向雅琪。雅琪一脸窘色，却也是狠狠地瞪了回去。何适一副吊儿郎当的样子："说，谁是破鞋？"随即他冷笑了一声，"你吧，挺眼熟的，天天住……"

"对不起。"其中一个女生说了一声"对不起"，转身就跑了。

“还有一个，酒吧……”何适摸着下巴道。

“对不起。”另外一个女生也鞠躬说了一声“对不起”就跑了。

“还有你。”何适指着中文系的系花，轻咳了一声，犀利的目光直直地看着她，“要我说出来吗？”

中文系的系花似是不敢相信地看着何适，眼睛瞪得极大，可何适就那样看着她，神色中带着一种轻蔑，这种眼神让她瞬间从校花变成了尘埃里的一把土。

“对、不、起。”中文系的系花咬牙切齿地说出这三个字，眼中含着泪，转身就跑得远远的。

“这是什么情况啊？”雅琪抓着脑袋，这“对不起”说得有没有诚意先不说，可为什么何适都什么还没有说，她们个个脸色就都变得那么难看？

“也没什么，我只是提醒一下她们，她们装清纯装得过度了。”何适摸着她的脑袋，“以后她们没脸出现在你面前了。还有若是再被人欺负就告诉我，看你这样儿，被人欺负了也只知道往肚子里吞。”

“才不是。”雅琪反驳道。

“才不是个屁。”何适戳了戳她的额头，教训孩子似的说道，“你只能被我欺负，不能再被别人欺负。以后别人再敢骂你，你只管扇她耳光，别怕闹事。这事如果做不来，就在气势上压倒对方！”

“我又不是你，我不会的……”雅琪声音很低，她捂着自己的额头。

“不会也得学！笨死了，最简单的，搬救兵总会吧？”

“嗯……”

雅琪觉得挺奇怪，即使是被何适教训，脸上佯装带着怨气，可心里却是甜蜜的。何适说了她半天，又道：“看着挺精明的，脑子里都是什么啊，稻草吗？”

“啊！何适，你干吗？”雅琪恼怒地瞪着他，“你有完没完？”

“别让我知道还有下次。好，那你说如果下次听到有人再骂你，你怎么办？”

“扇她耳光！”雅琪斗志高昂地说道，可也就只是说说而已。

“嗯，对。”何适点了点头，对于自己的教育方式扬扬得意，“记住。”

“那你欺负我呢？”

“欺负就欺负呗，你能如何？”说着何适用力在她的额头弹出一个红印来，“就这样。”

“啊啊啊！”

“我要开始比赛了，别闹。”何适认真地说道，轻拍了拍她的脑袋，然后雅琪蔫儿了下来，只能愤愤地咬着牙。

110 米跨栏后，何适又去扔标枪，雅琪实在是想不明白，何适怎么可以这么厉害？何适看着她那花痴的样子，直视着她的眼睛，神秘兮兮道：“我跟你打个赌好不好？”

“什么？”

“明天我跑完五千米，还可以继续跟你接吻。”

雅琪大窘，脸上通红地看向远处：“啊啊啊，何适，你不要再这样，太不要脸了，我不要跟你赌！”

“哦，这样啊，那换一个，我就算背着你跑五千米，我也可以保证我不是最后一名。”

“算了吧。”

“真的，我以前背着六七十斤的书包去跑越野赛，还拿了第一。”

“我不是不信，我是心疼你。”雅琪拿出纸巾替他擦汗，“虽然看你比赛，很开心，可还是很担心你会太累。”

何适温润的眼睛里瞬间充满了感动，他翕动着唇，居然说不出一个字来，只是温柔地笑着，伸出手来揉着她的脑袋。

何适下午没有比赛，带着雅琪在学校附近转了一圈，还带着她进了精品店，买了一个围脖给她：“这个款式挺好看的，颜色也不错，很称你肤色，过段时间天就冷了，可以戴。”

雅琪抱着包装袋，笑得甜甜的，何适的眼光很好，每次送给她的礼物都会让她高兴老半天。

运动会的第三天，何适参加五千米跑，似乎真的如何适所说，五千米算不了什么。他跑得很轻松，五千米是一口气跑下来的，可雅琪看着很揪心，站在操场上，偶尔会陪他跑一段，手里紧紧地握着保温瓶，帮他数着圈数。何适跑完时居然遥遥领先别人一圈。雅琪只听到他的同学一直在欢呼着："这货不是人，这货不是人……太牛 × 了！"

何适跑完五千米，粗喘着气儿，雅琪迎了上去，拿出保温瓶里吹凉了的盐水给他喝。何适呷了几口，眼神就再也没有离开过雅琪。何适的同学在此刻很不厚道地开始欢呼起来："接吻，接吻……"

何适微微一笑，靠得雅琪近了一些，雅琪转身就跑。何适几步追上了她，皱着眉头道："跑什么？"

雅琪偏不转过头来看他："我没跑。"

"害羞了？"

"何适！"雅琪从口袋里掏出纸巾给他擦脸，"我可不想在外面给人看戏。"

"嗯嗯，害羞了呢。"何适将脸靠过去，任由她帮着擦。他流了很多汗，身上穿的薄薄的背心都已经湿透了。雅琪体贴地将外套给他披上："快点儿去领奖，领完奖，我们回去，我请你吃饭。"

何适笑着捏了捏她的脸，转身去了领奖台那儿。领奖台周围已经围满了人，雅琪懒得过去挤，就站在原地，抱着何适的衣服，遥遥地看着他站在冠军的位置上，手里捧着一大束鲜花。他的神色很冷淡，几乎没有什么笑意，金黄色的阳光打在他的脸上，面部表情才显得柔和了一些。雅琪不由得笑了出来，他这是在耍酷吗？

因为这一笑，她发现手里的保温瓶刚才在恍惚中不小心掉在了地上。她蹲下身去捡的时候，才发现地上有个黑影正朝她靠近。她警觉地转过身去，就看见一个魁梧的男生站在她的身后，手紧紧握成了拳头，脸色有些不自然。他眼中闪过一丝慌张，下一刻却露出一种凶狠的神色。

雅琪敏捷地往后退了几步，直直地盯着他，见他似乎要出手，几乎在同一时间，她用力地踢出一脚，踢在了他左边的肋骨上。她听到这个男生闷哼了一声，紧接着举起保温瓶就往他的脸上砸去……

雅琪是第一次碰到这种事，未免有些慌张，脑子里一片空白，动起手来也就没有了分寸。雅琪所站的地方本来没有多少人，可因为这个动静，大家都围了过来。等到何适跑回来的时候就看见雅琪喘着气，而她的脚边躺着一个同样喘着气的男生，他的嘴角肿了，鼻子里还流出血来。

何适的脸色当下变得铁青，将雅琪搂在怀里："怎么回事？"

"我也不知道，就是觉得他会打我，然后我将他给打了……"雅琪的声音有些僵硬，因为打人，心里生出些罪恶感。

何适露出点儿笑意，不过很快就消失了。他在周围转了一圈，似乎没有人知道这里发生了什么事。何适走过去，蹲在地上端详着那个爬都爬不起来的男人："袁峰？"

袁峰眼中闪过一抹不可思议，不过他也是个嘴硬的，一声不吭，挣扎着站起来就要走。何适对着他的腘窝，一脚就重重地踢了下去，袁峰下一刻就跪在了地上，正好面对着雅琪。雅琪眼睛突然瞪大，几乎不敢看此刻的何适，而何适盯着袁峰冷笑道："我给你两个选择，要么跟我女朋友道歉，要么打赢我。"

"何适……"雅琪往旁边移了移，她可受不起别人的膜拜。其实她并没有吃亏，只是脖子处被擦伤了一块，而这个男人在众目睽睽下，被她打趴下了。她轻轻地拉了拉何适，这里围着这么多人，可何适就这么横着，一点儿面子都不给，她怕给他惹麻烦："算了吧。"

"袁峰，快点儿道歉吧，何少生气了，后果很严重。"

"就是，快点儿道歉吧，喜欢那个张媛不是你的错呀，但是助纣为虐就是你的错了。跟何少打，这不是自寻死路吗？"

"你动谁不好，偏要动何少的女人，哎哟哟……何嫂这么厉害，何少当然更厉害了……"

雅琪挺窘的，这气氛本来就沉闷至极，何适这群狐朋狗友居然还有心情说风凉话。

雅琪看到这个袁峰慢慢地站了起来，脸上并没有太多的表情，只是听到“张媛”这个名字的时候，眼眸骤然紧缩。她突然有些明白了，否则谁会没事儿过来找她的碴儿？在这里，她只是一个局外人而已，要说跟谁有什么过节，也就是昨天的那三个女生。

何适握着雅琪的手腕，缓缓道：“当然你也可以选择第三条路，让中文系的……”

袁峰二话不说，朝着何适走来，一拳就挥了过来。很好，他选择了第二条路。

只是袁峰既然都不是雅琪的对手，那就更不是何适的对手。何适伸出右手接住他的拳头，似乎只是轻轻一拧，就将他的手拧了过来。当周围的人听到骨骼发出“嘎吱”的声音时，都倒吸了一口气。

何适的左手根本就没有松开过雅琪的手，一直紧握着她的手，而他的右手出拳速度很快，也没怎么用力，漫不经心地就打了出去，可打中的都是要害部位。

雅琪还在傻眼的时候，袁峰再一次摔倒在地。周围的人看着袁峰的惨样，居然一时寂静无比，后来有女生尖叫道：“何适打人都那么帅。”

何适收拾完人，就带着雅琪离开了，雅琪张着嘴巴，半晌才道：“何……何适，你这样子很暴力。”

“用拳头说话也是要有资本的不是？”何适轻轻地笑了起来，笑容如先前那般温柔，阴鸷一扫而空，“谁都不可以欺负你，这次你做得很好。”

“他会不会找你麻烦？”

“他也要有那个胆子。”何适说得很轻松，对于这些报复什么的，丝毫不在意。

雅琪忍不住多看了何适一眼，何适瞪了她一眼：“干什么？”

“何适，你看着有点儿凶……”

何适眼睛微眯，露出笑容道：“这样呢？”

“好傻……”

雅琪跟何适去吃饭，雅琪叹着气说道：“哪里有何适，哪里就有硝烟。”

何适“扑哧”一声笑了出来，夹了一块猪肝塞进她嘴里：“那你呢，还要不要加入这场硝烟里了？”

“这是个很难回答的问题。”雅琪鼓着腮帮子说道，“我再想想……这个时候，我是不是应该全身而退呢？”

何适拿筷子的另一头去夹她的鼻子：“你退啊，你退了，我就将你抓回来。”

“其实也没有什么。”雅琪认真地挥了挥拳头，“连男人都打不过我，更何况女人。我突然发现武力能够解决很多问题。”

何适认同地点了点头，又夹了许多菜放进她的碗里：“多吃点儿，多长点儿肉，最好一个泰山压顶就能将人给压扁了。”

雅琪干笑着，眼角微抽。

第十章 吃醋

这次分别，雅琪没有再像上次那般失落，W市与H市也不过是几个小时的车程而已，说近不近，可说远也不远，真的想他了，就这样跑过来也容易。上次离别的时候花了整整一天的时间，她才恢复平静，可是这一次过了半天就恢复了，因为她已经想通了。诗梦见她脸色红润、笑容满面，就装出一副恶少般的样子扯着她的领子道：“跟姐姐说说，这么长的时间都发生了什么事？”

“什么事儿都没有发生。”雅琪哼了一声，一脸真诚道，“我带着大姨妈去的，能发生什么事啊？”

“哎哟，我可没有问到这上面来，你倒是给我乖乖地招供了。那牵手了没有？拥抱了没有？接吻了没有？”诗梦兴奋地询问着，恨不得雅琪能拿出什么照片来，因为她实在很想知道这么漂亮的男生搂着人接吻是什么样子。

雅琪涨红了脸，并不去看她，而是不好意思地看着她背后的方向：“这不是废话吗？”

某人那几天一直很亢奋，没事儿就骗她的吻。可想着那些事儿，雅琪心里又是一阵荡漾。诗梦看着雅琪那一片春情萌动的神色，又是一脸的无语："恋爱中的女人就是这样，你呀，要越陷越深了。"

因为这几天要进行期中考试，雅琪不再马虎，也不再整日里想着何适发呆，而是拿起书本去图书馆认真地看了几天的书。期间也碰到过凌若韫几次，或许是因为尴尬，两人只是互相朝对方笑了笑，便擦肩而过。雅琪暗叹一声，有句话或许说的是对的，男女之间是做不了朋友的，要么是情人，要么是陌生人。

复习期间，雅琪还收到过高中同学的短信："小妮子，跟何适谈恋爱的居然是你啊！太……太帅了！"

"呵呵……"

"那天我就在现场，我都想匍匐在你脚下了，原来你是女王型的啊。不过我怕给你惹麻烦，就没站出来。嘿嘿，嘿嘿……"

"呵呵……"

"早知道你是何适的女朋友，那些话我就不说了。哈哈，八卦，八卦而已，你也知道八卦就是以讹传讹来的嘛。"

期中考试过后，雅琪那颗不安分的心也平静了很多。她开始看书填充知识，填满因为爱情而带来的空虚。这段时间何适也很忙，两个人打电话的时候常常是说不了几句就挂了。接着还在惆怅的雅琪就会给雅靖打电话。明明雅靖也没有多少恋爱经验，可她就是想将这些事都告诉雅靖，然后听雅靖以一个男人的角度来分析这些事。有的时候通话时间会变得很长，雅靖一边打着哈欠，一边听着她说话："姐姐啊，你怎么提起何适就没完没了的啊？"

"因为……"雅琪顿了顿，"想从你这里听到他的消息啊。"

"姐姐啊，现在都已经很晚了，你还不睡觉吗？你不睡，我也要睡了啊！"

"雅靖，我知道你最好了，这个时间段没有人陪我打电话啊。"

雅靖一脸无语，叹了一口气："唉，有了男人的女人就是喜欢碎碎叨叨。乖乖去睡觉吧，否则变难看了，何适就不喜欢你了。"

"啊啊啊，他才不会呢，哼。"雅琪气呼呼地挂了电话。

临睡前，雅琪不禁想象着两年后她跟何适会变成什么样子，还有十年后呢？二十年后呢？雅琪想着那些未知的未来，心里变得紧张起来，不一会儿，又笑了出来。或许是刚恋爱不久吧，自己仍旧喜欢想东想西，也许过段时间就好了。以前没有何适的日子怎么过的，接下去还怎么过下去，除了隔几日的一个电话，两个人之间就再也没有其他的联系。

圣诞节前夕，雅琪收到雅靖给她邮来的礼物，开心过后又开始想着何适是不是忘记送她圣诞节礼物了？又想，何适或许是不过圣诞节的，她其实已经给何适买了一份礼物，又觉得自己就这样给他邮寄过去的话，像在跟他讨礼物一样。诗梦看到雅琪一整天对着一个包装精美的盒子唉声叹气，甚是无语："明天就是圣诞节了，你再不送，这节就要过去了。"

雅琪皱着眉头，一脸愤愤的样子："可昨天跟他通电话的时候，他没有表示要送我礼物啊！"

"嗯……男女朋友之间计较这么多干吗，你先把礼物给他邮递过去，或许明天他的礼物就到了，他也许是想给你惊喜。"

"可……"

"如果他真的忘记了，他收到你的礼物后或许就会愧疚，而且圣诞节是西方人的节日，可能他想过我们中国的传统节日，到时他为了弥补，可能就会送你一份元旦大礼呢？哦，再过段时间就是新年礼物了。"

雅琪毕竟是憧憬浪漫的，心里难免就开始认同诗梦的想法，她咬了咬牙，再无顾虑，穿着棉拖鞋就跑下楼去给何适邮寄礼物，再晚点儿，估计明天就送不到了。

圣诞节这个节日，以前她并不怎么在乎，那时不过是跟几个好朋友一起分享一下礼物而已，可是如今谈恋爱了，这个节日就变得特殊起来，因为诗梦昨晚就彻夜未归。

圣诞节这天，她从早上开始就一直在看手机，看是否有快递的消息或者何适的电话。但是这一天什么事都没有发生，直到天色暗了下来。雅琪叹了一口气，心里很失落，后来她又反复告诫自己，她不是小孩子了，少一份礼物也没有什么的。诗梦今天又早早地出去约会了，雅琪看着人家出双入对的，连吃饭的心情都没有了，她躺在黑漆漆的寝室里，独自伤心着。

正当雅琪觉得肚子饿得咕咕叫，挣扎着要不要下楼吃饭的时候，手机开始振动了，接着有些刺耳的铃声在一片寂静中忽然响了起来，雅琪看着手机上显示的名字，终于感到开心了些，可声音还是闷闷的："喂？"

何适在电话的另一头翘着唇打趣道："某人似乎不高兴啊？"

"我哪里有不高兴了？"雅琪说完这句话的时候，觉得自己不打自招了，这语气分明是充满了哀怨。

"呵呵。"何适在另一头低笑道，"让我来猜猜你为什么不高兴。"

"我没有不高兴，就是刚才在睡觉，然后肚子饿了，然后就被你吵醒了……反正就是，可能，有点儿起床气……"雅琪结结巴巴地找借口道。

"哦，这样啊，我把你吵醒了啊？那我挂电话了。"何适站在女生宿舍楼的门口，一只手放进口袋里，笑容逐渐绽放。

"哎，你……"

"穿漂亮点儿下来，我带你去吃饭。"何适眼底的笑意又浓了一些，接着他就听到雅琪那边传来"乒乒乓乓"的响声，脸色不由得一凝，提高了声音问道："雅琪？怎么了？"

良久他才听到雅琪的声音："没事，没事，一紧张从床上直接跳下来了。"

何适一时无语，语气中带了几分教训孩子的责备："别着急，是你的终究是你的，跑也跑不掉。"

雅琪的心情刹那从低谷跃上高峰，这种感觉无法言说。她的声音似乎哽咽了一下，但很快就恢复了正常："你等我一下，我马上下来。"

雅琪突然就变得轻飘飘的，身体里像是被充进了氢气，都快要飞起来了。她用最快的速度换上漂亮的衣服，打理了头发，还破天荒地化了一个淡妆才跑下楼去。她踩着五厘米高的高跟靴以最快的速度朝着女生宿舍楼门口跑去，仿佛稍微晚一些，一切都会变成一个梦，在电话里对她轻笑的何适就会消失。

雅琪跑到门口的时候，微弯下腰来大口大口地喘着气，喉咙像被火烧了一般灼热，呼呼的白气从她的口中冒了出来。第一眼，她没有找到何适，心里突然就悬了起来。

就在这个时候，一双有力的手臂缠在她的腰上，一个结实的胸膛朝着她的背贴了过来。

“这么想我？”何适语气低沉，将弯下身子的她紧紧搂住，在她的侧脸印下一个吻。

雅琪没有转过身来，听着那让自己魂牵梦萦的声音，感受着他的呼吸，她的心跳就抑制不住地狂跳起来。她想开口，可说出来的话却有些结结巴巴：“你……为什么你……会出现在这里？”

“因为我昨天梦到了你，梦到你很想我，想要我亲你。”何适的眼中饱含着笑意，看着她的侧脸在路灯下泛着莹莹光泽，因为化了妆，让她比平日里看着更加诱人，嗯，也更加可口了。

雅琪“扑哧”一声笑了出来，随即转过身来，紧紧地拥住他的腰身，将脑袋埋入他的怀里：“何适，你真好。”

何适也紧紧地抱着她，揉着她的脑袋：“今天是圣诞节，我也不知道买什么礼物好，就把自己送过来给你了。”

雅琪就这样一直靠在他的怀里，顾不上周围来往同学的眼光。她只知道这一刻她很幸福，心里感动无比，他确实比什么礼物都好，这是她收到的最好的圣诞节礼物。

“对了，你收到我送你的礼物了吗？”雅琪抬起头来看着他，何适看着她微仰的脸庞，低下头来，亲昵地蹭了蹭她的脸：“还没有呢，正好在我回来的路上送到的，等我回去再去拿。”

何适拉起雅琪的手：“走吧，我带你去吃饭。”

雅琪本以为何适会带她去一个普通的饭馆或者点一个包厢，可后来才发现何适带她去的是W市最豪华的酒店。望着面前这豪华而又奢靡的地方，雅琪呆呆地站在门口：“这里是？”

“今天是我叔叔的婚礼，先过来敬一杯。”何适紧紧地握着她的手说道。

“哎，原来你不是为了我才回来的啊？”雅琪叹了一口气，心底生出些失落。

何适顺势将她搂在怀里，带着她往里走去：“乖孩子，我就是为了你啊，可今天又凑巧是我叔叔的婚礼嘛。”

叔叔的婚礼，何适无可厚非是要参加的。不悦只是一瞬间的事，雅琪很快就释然了，又低头看了看自己今天的穿着，何适也不提前说一声，幸好自己今天特地打扮过，也算是上得了台面。可是接着雅琪又觉得有些不对劲儿，小心翼翼地将自己的手从何适的手里抽了出来，低声问了一声：“何适，这样会不会很不好？”

“什么不好？”何适将她拖过来，又搂住她的肩膀，“我觉得很好啊。”

“我这样算不算不请自来？”雅琪说出前半句，又开始斟酌着如何说这后半句，何适露齿一笑：“我叔叔很喜欢你的，所以你只管大胆放心地进去吧。”

“可……”虽然何叔叔的婚礼来得很突然，可毕竟是这么大的事，何适的父母、爷爷奶奶肯定都在吧？她就这样跟他进去，他们的身份不言而喻。雅琪想了想，只觉得很纠结，竟站在原地踟蹰不前，任何适怎么拖都拖不动。

雅琪看着何适，翕动了一下唇，脸上露出一种为难的神色。何适怔了怔，低头覆在她的耳边轻声说道：“需要我抱着你进去吗？”

“何适，我有点儿怕，我还没有做好心理准备，我……”雅琪握着拳头，懊恼地看着他。

何适“扑哧”一声笑了出来：“没有关系，我跟奶奶提过你，她也说想要看看你，今天这种场合就随便见见吧。”

“啊？”雅琪低垂的眼眸瞬间瞪大，不可置信地看着何适。何适微微地笑着，温润的眼中带着几分狡黠：“反正迟早都是要见的，早点儿见上一面也没有什么不好，别有什么负担，一切都有我呢。”

何适重新握住雅琪的手，带着她进去。婚宴已经开始，新郎正在被一群年轻男子拉着拼酒，新娘子的年龄看起来很小，虽然画着艳丽的妆容，可脸上稚气未脱，此时一脸无措地站在旁边拉着何远航的手臂，想替他挡酒的样子。

雅琪好奇地嘀咕了一声：“这女孩儿看着像未成年啊。”

“我也这么觉得，不久前叔叔给我看他和婶婶的照片时，我还真以为她未成年呢，后来才知道已经大学毕业了。呵呵，不过她在叔叔面前还是个小孩子。”何适说道。雅琪目不转睛地看着这个女孩儿，虽然她长着一张娃娃脸，可看得出来是个很漂亮也很可爱的女孩儿。

突然一阵起哄声响起：“亲一个！亲一个！亲一个……”

雅琪不知道那儿发生了什么事，只是呆呆地望着起哄的地方，随即便看到何远航妖冶地笑着，因为喝过酒，脸上一片酡红。他转身就将略带慌张的新娘箍在怀中，将唇印在了她的唇上，缠绵至极。

这样的一幕似只在偶像剧里看到过，雅琪看着有些激动。何适在她的脑门儿上拍了一下，因为嘈杂，他挨得她很近，温热的唇贴着她的耳朵，气息喷在她的耳朵上：“在想些什么？”

“没有。”雅琪摇头道。

“肯定有。”何适笑得很坏。

雅琪几乎要落泪：“真的没有。”

“咱们回去再说。”

“我……”雅琪快要哭了，这分明就是赤裸裸的调戏啊。

何适见新郎、新娘的吻已经结束，就准备了两杯酒，给了雅琪一杯，揽着她朝着何远航走了过去，抬手举起酒杯道：“叔，祝您和婶婶新婚快乐、幸福美满。”

“新婚快乐，早生贵子。”雅琪跟着何适一起祝福他们，何远航笑得很开心，与新娘一同举起酒杯与何适碰了碰杯，又看向雅琪，眼中眯起笑意：“是雅琪啊，小适眼光不错，不错。早点儿带去给你奶奶看看，她肯定会很喜欢。”

何适将酒一饮而尽，调皮地挑眉道：“那是自然。”

何适再去拉雅琪的时候，发现她将手里的那杯酒喝了个干净，他接过她手里的空杯子：“笨蛋，你怎么给喝光了？”

“你们都喝光了，我不喝光会不礼貌。”雅琪讷讷地开口，脸上已经红了一层。何适看着她红彤彤的脸颊，忍不住诱惑，伸出手来拧了一把：“笨死了。”

何适拖着她去了另一桌，那一桌坐着的都是一些看起来就觉得很厉害的女人，她们各个保养得都很好，几乎看不出年龄。何适指着其中一名妇人道：“这位是我的奶奶。奶奶，这是我跟您说过的雅琪。”

“您好。”雅琪紧张得手心里都是汗，对着何老夫人微微鞠了一躬。何老夫人看起来很精明，可笑起来的时候却很和蔼。她似是很久没有见到何适了，一见到他就拉着他的手，然后视线慢慢地转到了雅琪的身上：“雅琪？哎哟，长得跟小靖真像，一个模子里刻出来似的。”

“奶奶，人家本来就是双胞胎。”何适无语地说了一句。

“对，对，双胞胎，我都给忘记了……”何老夫人念叨了几句，脸上的笑容未减，这样和蔼的笑容让雅琪紧张的心情也放松了一些。

何适又指着何老夫人旁边的一名女士道：“这位是我妈妈，吴晓女士。”

雅琪忍着笑，有这么称呼自己母亲的吗？她礼貌地叫道：“阿姨好。”

“你好。”何适的妈妈是个很漂亮的女人，但是不苟言笑，声音听起来淡淡的，很严肃，并不怎么热络。看起来何适跟他妈妈的关系也挺生疏的，两人之间并没有什么交流。何老夫人问了雅琪一些话，雅琪都一一照答。

何适的妈妈吴晓在听到雅琪父亲名字的时候，倒是顿了顿，啜了一口汤，慢悠悠地道：“你爸爸我倒认识，我们是高中同学，如今也是很好的朋友。”

“真的吗？”雅琪觉得很开心，一直觉得何适的妈妈并不怎么搭理自己，可如今有了这一层关系在，或许会好一些。但何适的妈妈只点了点头，却没有再说话。

“是吗，这般有缘？什么时候我们两家人一起出来吃顿饭？”何适的奶奶脱口而出。

何适笑着接过话道：“奶奶，你别这么心急，我自有分寸。今日是叔叔的大婚之日，多招待招待您的亲家，别冷落了。”

何适笑眯眯地替坐在奶奶旁边的一位红光满面的妇人斟上酒：“阿婆，您多吃点儿。”

何老夫人听着何适的话，笑得眯起了眼，对何适道：“既然来了，就带着雅琪坐下来，随便吃点儿。”

“唉。”何适满口应着，却没多会儿就带着雅琪溜出去了，因为雅琪在这里看起来并不怎么自在，而且她已经有些醉了，双脚几乎站立不住。雅琪晕晕乎乎地被何适带着出了门，她大口地吸了一口空气，才好奇地看向何适：“为什么就这样出来了？”

何适拍着她的脑袋，扶住她站不稳的身体：“你一紧张铁定没有什么食欲，所以我还是带你出来先把你给喂饱了，还有……”

何适带着雅琪去了附近一家餐厅吃饭，还给她要了一大杯水让她喝下去，见她恢复了一些，又给她点了一桌她爱吃的东西：“嗯，今天是圣诞节呢，雅琪很期待的吧？”

“才没有。”

“干吗老说谎呢？说谎的孩子鼻子会长长。”何适用手去捏雅琪的鼻子，因为喝了酒，让她有些反应迟钝，看上去傻傻的，还挺可爱的。

吃完饭后，雅琪的脑子终于彻底地清醒了，也明白何适那未说完的半句话后面是什么意思了——何适很久没有“开荤”，想她了，就将她带到停车场，将她按在角落里，搂着她亲了大半天。

“不要……”

“你先前分明是想了的。”何适坏坏地笑着，凤眸微眯，霸道地将她按在车门上。

做完了要做的事，两个人又回到了酒店，何适道：“我得去看看我叔。”

两个人回到酒店的时候，何远航已经喝得烂醉如泥，可大家依旧不想放过他。只怪何远航平日里损人的事儿做得太多了，这个时候谁都不想去救他。何适见差不多了，就出面将他叔叔给捞了回来，新娘子在一边感激地看了何适几眼，几乎都要哭了。雅琪笑了起来，忽然发现何适还挺有魄力的，需要出面的时候半点儿犹豫都没有。

等何适将何远航送回房间出来后，一个穿着粉色大衣的女孩儿小跑着过来，拽住何适的衣袖道：“何适哥哥，你也回来了啊？刚才我看到你在，一转眼就没了，我还以为我看错了。”

何适笑眯眯地看着她：“家宝，你也来了？好好准备考试，明年要高考了。”

“嗯。”女孩儿甜甜地笑着，“你给我寄的复习资料都很有用，最近几次我数学考得很好，老师说我或许有希望考上 Z 大。”

何适欣慰地点了点头：“不错，不错，家宝一定会考上的。”

家宝——何适曾经戏言的“童养媳”。她那苍白的脸色在灯光下泛着光泽，她的眼睛纯洁无瑕、笑容恬淡，她的手无意识地抓着何适的袖子，而何适居然没有一点儿反应。Z 大——听到这个名字，雅琪的心中刹那就出现了嫉妒，浓浓的嫉妒。

虽然何适与家宝所说的内容仅仅只是围绕着高考等话题，可雅琪就是不自禁地看着家宝，观察着她的神色，观察她的眼中是否有爱慕何适的倾向。这是女人的直觉，何适那么优秀，在他身边的女孩儿没有几个能够抵抗得了他的魅力吧？

况且，雅琪极少看见何适对哪个女生有过好脸色，如今看到他正正经经地在跟一个女孩儿说话，唇角噙着一抹笑容，她的心里总不是滋味。

雅琪在一边抠着自己衣服口袋上的纽扣，想要插话，却插不进去，想要转身离开，又觉得未免有些不礼貌。她就站在原地，无神地听着他们说完话，她鼻子轻皱，竭力地忍着脸上的不耐烦。后来，终于听到何适说："那，我们先走了？"

"好。"家宝对着他们挥了挥手，"何适哥哥再见，姐姐再见。"

雅琪笑着跟她道别，但在转身的那一刻，笑容就收敛了。她往外走的速度越来越快，几乎想马上跑出去，好发泄心里的不悦。何适从身后拉住她的手："走那么快干吗？我看了一下时间，反正都有些晚了，要不今晚就不回去了？"

雅琪摇着头，语气有些僵硬："不要，我要回去，明天早上还有课。"

"那明天我早起送你回去。"何适以为雅琪在心急回学校的事儿，就安抚了她一下，带着她去了停车的地方，可见她还是气鼓鼓的样子，坚持着要回去，一点儿妥协的意思都没有。何适轻笑一声，拍了一下她的脑袋，凑近她道："放心吧，我们睡两个房间。"

雅琪一点儿都不觉得这句话有多好笑，真是很好呢，他一点儿都不知道她的心思，是吧？她差点儿发飙，又怕自己火气上涌的时候说出什么伤人的话来。在雅靖面前，她可以肆意发火，可何适不行，他们好不容易才有了如今这种关系。她深深地吸了一口气，硬生生地将怒气忍了下来。

一路上听着何适得意扬扬地表示家宝以前成绩很差，因为他的辅导，她的成绩才突飞猛进。这不是雅琪想听到的话，她说不清楚心里是什么感觉，何适的这种表达似乎在炫耀一个他的所有物。她不想表露自己的心中此刻是多么嫉妒，她咬着唇，歪着头闭着眼，假装自己已经睡着了。

何适说了一会儿，发现雅琪并没有回应，就伸出手来摸了摸她的脑袋，自言自语道："怪不得不说话，原来睡过去了，跟小朋友似的。"

雅琪突然感觉车停了下来，一条薄薄的毛毯盖在了她身上，他又将毛毯往她身上拉了拉。她的睫毛轻颤，仍旧没有将眼睛睁开，只是心中的火气被这条毛毯慢慢地压了下去。装睡装着也就慢慢睡着了，迷迷糊糊间，她想着或许还应该反抗下，表示自己要回学校的，可居然舍不得这一刻的温暖。

雅琪睡得很浅，车停下，何适开门下车的时候，她就醒了。小睡了一会儿，心里的那点儿不愉快也算烟消云散了。这个时候，她总觉得面对何适有些不好意思，又怕何适以为她是在装睡，索性将眼睛继续闭着，等待何适推醒她，可何适却并没有推她，而是直接将她抱了起来。

雅琪被他抱在怀里后，脸色腾地红了，假装不经意地悠悠转醒。何适低头看了她一眼，唇角有着一抹戏谑的笑容："醒了？"

雅琪装作一副茫然的样子："我要回学校。"

"这么晚了，你怎么回去？"何适也不放下她，抱着她走了进去，又腾出手来按了电梯的按钮。电梯里面有亮光，雅琪看了一眼，这儿不是何适的家吗？她忙挣扎着落了地，紧张着道："我要回去！"

"干吗？"

"你爸爸妈妈……"

"我爸爸不在家，妈妈连夜要赶去广州……就算他们在也没有关系，我们家有两套房子。"

雅琪扶额，似乎没有什么可以离开的理由了。她再次抬起头来看了看何适，何适看了她一眼，笑眯眯地道："还不高兴呢？"

雅琪哼了一声："我没有不高兴。"

"哦？"何适再没有说话，只是玩味地挑了挑眉，电梯在这个时候到了，门缓缓打开，他拉着雅琪出来，来到自己家门前，"不管你高不高兴，现在都只有两个选择：第一，今晚跟我睡；第二，今晚你自己睡；第三嘛，或许可以考虑一下洗个鸳鸯浴什么的。"

雅琪越听越不对劲儿，不知道是不是今晚喝了酒的原因，脸上滚烫滚烫的，对着何适的小腿就是一脚："色狼！"

何适皱着眉头喊着疼，见她想逃，就伺机抓住她的双手反握在她的身后，紧紧箍住，又将她压在大门上，她的脸都被压得变了形。她扭了几下，何适的身体就压了上去，唇贴着她的耳后，对着她轻轻地哈着气："我刚才一直没有想明白你为什么不高兴，这下我想明白了。"

“我都说我没有不高兴。”雅琪被他这样按着有点儿难受，听到他这句话的时候心里“咯噔”了一下，有些害怕又有些期待他能够明白她的心思。

“是因为家宝吗？”何适蹭了蹭她，“是因为这个？”

“是。”雅琪本来还想否认，可又想着反正被戳中了心思，也就不想再隐瞒了。

“这醋吃的……”何适叹了一口气，拍了拍她的脑袋，“刚开始我跟你说她是我的‘童养媳’，是因为想要你知难而退，后来你也知道真相了。她的妈妈在我奶奶家工作，我跟她也算是从小一起长大，她成绩不好，我就辅导她，我一直将她当妹妹看的，你别多想。唉，居然还吃一个小孩子的醋！”

“哼……”雅琪低头噘着嘴，都高三了，哪里还是个孩子，她就比你小两岁。

何适想到了什么继续道：“你的脑子里想的都是些什么？老想东想西，这也怕那也怕。你看我，也不是每个人都能消受得起的。”

“啊……”雅琪突然发现自己这醋吃得挺不明智的，又不好意思起来，然后凶巴巴地道，“我哪儿是吃醋，我是嫉妒，听到她要考 Z 大，本来我也可以考 Z 大的！”

何适被唬得一愣，随即将她抱在怀里，用脸颊蹭着她的脸颊：“乖了，乖了，以后你去读 Z 大的研究生好了，好不好？”

“哼！”雅琪哼完就趴在他的怀里不动了，今天是浪漫的圣诞节呢，他们这么久没有见面，明天又要分开，时间那么短，还是好好享受温存吧，吃醋嫉妒什么的都是浮云！

“我说，要不要洗鸳鸯浴啊？”何适抱着她抱了很久，久到以为她已经在自己怀里睡着了。

雅琪听罢，从他的怀里抬起头来，凶巴巴地道：“你以为我傻啊。”

“很好，不笨啊，我还以为我能够‘扑倒’成功。”何适笑得挺不正经，转身去拿换洗的衣服。

“何适。”雅琪突然想到了什么，叫了他一声，在他转身的那一刻，表情有些尴尬地道，“那个……你抱我的时候，会有反应吗？”

何适刚开始听到这句话的时候还愣了一下，随即看见她脸上的表情，轻咳了一声，转过身去道：“你是不是在抽风？”

雅琪自觉问这话不合适，可她又觉得这可以证明何适很喜欢她，每次看小说的时候，里面似乎都有一些类似的描写，可何适挺文明的，难道是因为那啥吗……

何适整理完衣服出去，见雅琪还呆呆地站在原地走神儿，就对着她招了招手：“过来，我告诉你。”

“哦。”雅琪走了过去，何适忽然重重地弹了一下她的脑门儿：“笨蛋。”

“啊……”雅琪捂着脑袋，狠狠地瞪着他。

许久何适才慢吞吞地道：“男人都是兽性的，就算他对怀里的女孩儿起了反应，也不代表他喜欢她。而我，对你怎么样，究竟对你是爱还是不爱，难道你都看不懂吗？”

雅琪用力地点着头表示明白，可似乎……她嘟着嘴，她就是看不清楚，所以才会那么在意他的一举一动。

这个圣诞节过得又惊又喜，最后以一个谜团结束，无论如何，雅琪还是觉得今天是很精彩的一天。

圣诞节的第二天早晨，因为何适和雅琪都要上课，便很早起床返校了。当指尖的温暖慢慢退去之后，雅琪重重地叹了一口气，还不如不见面呢，一见面就分别，不是徒增伤感吗？可不见面，心里又总是思念。

何适的礼物也是早就准备好了的，雅琪一到学校就收到了他送给她的礼物，是一副长毛红色手套。雅琪不喜欢艳丽的颜色，可对这副手套却是十分喜爱，她拿着手套贴着自己的面颊，很像何适的手捧着她脸时的感觉——很温暖。她抱着手套发呆良久，唇角带着笑意。

“嘿嘿，昨天晚上我们寝室里有个小朋友彻夜不归哟。”打扮得光鲜艳丽、刚约会完回来的诗梦从外面进来，就看到雅琪这副呆呆的样子，她抽走雅琪手里握着的手套，仔细地打量了一下，“啧啧”两声，“天仙送的啊？”

“嗯。”

“天仙送的东西就是好看。对了，昨晚跟你家天仙去哪儿了？干了什么呀？”诗梦瞪着一双眼睛看着雅琪，恨不得刨出全部的秘密。

“就牵牵手啊、抱抱啊、亲亲啊……什么的……”雅琪呆呆地说着。

“那……那，最后一步呢？”诗梦双眼红心地看着她。

雅琪干笑了几声：“我一直以为你是闷葫芦呢。”

“你不知道，女人见到了八卦就跟石灰石见了水一样，会起化学反应的。”

雅琪一脸无语地看着她，拿回自己的手套，背过身去，然后抱着手套回床上睡觉去了。她暗祝自己一夜好梦，说不定何适就会出现在梦里呢。

雅琪有时候觉得自己是个另类，除了有一颗好用的脑袋，其他的几乎什么都不会。元旦的时候，院里举办了一场大型的娱乐比赛，她发现自己什么都参加不了。歌唱赛、舞蹈大赛、棋艺大赛什么的，她都不会，因为年幼时执着于跆拳道，就不再注重其他艺术上的培养。

今年“外交部”拉了许多赞助，设置了非常丰富的奖品。雅琪本来对这些活动并不怎么热衷，也没有参加的心思，可诗梦在学生会里任职，活动的前两天几乎都忙不过来了，就招来雅琪帮忙。雅琪一去，活儿还没有干，一眼就被那一等奖的奖品给吸引了。那是一对长毛情侣公仔，两只可爱的泰迪熊公仔被摆在一起，十分憨厚可爱。她对着那对熊看了一眼又一眼，毕竟是女孩儿，对这种长毛公仔无法抵抗诱惑，对于喜欢的东西忍不住就想要占有。她轻轻扯了扯诗梦：“喂，把那对熊让给我吧，我给钱。”

诗梦看了她一眼，笑道：“你眼光可真好，今天已经有好几个女生说想要了。可这对泰迪熊市场上只限量一千对，很珍贵的。”

“拜托，拜托，我真的很喜欢，让给我吧。”雅琪盯着这对泰迪熊看的时候，心里就想着要送一只给何适。这么大的一只，在上面贴上有她名字的标签，多好。

“这个我也做不了主，我去问问部长。”诗梦跑去问了部长后，又一脸愤怒地回来了，“部长说不让，说他女朋友也喜欢。”

雅琪不禁露出些失望的神色。

“不过没事，好几个人都抢着要呢，最后我们协商好了，就按原来的想法来，歌唱比赛获得第一名的人才有资格得到。哦，我把你的名字报上去了……我跟你说，本来名单都出来了，报名上个星期就截止了，但我们有背景，我给你开了路。”

雅琪的鼻子皱了起来，漂亮的眼睛里带上了一层灰蒙蒙的色彩：“诗梦，你说啥？”

诗梦仍旧一副得意扬扬的样子：“你弟弟不是那啥乐队的主唱吗？那你一定也唱得很好，虽然你平时都不唱歌，可你绝对是不鸣则已，一鸣惊人。”

雅琪用双手捂住自己的脸，悲愤地说道：“我弟弟不是主唱，虽然我弟弟会唱歌，可我不会啊……诗梦，你让我去死吧。”

“不，我相信你一定能赢，你就是胆子小。你就参加吧，一定要赢得第一名，灭灭部长嚣张的气焰！哼，他以为自己当了部长就很了不起吗？公器私用已经不是第一次了，这个赞助还是我拉过来的呢，这次绝对不能让他如愿，我给你争取了机会，你一定要给我争口气！”

雅琪本来还想拒绝，但看到诗梦以一副完全相信她的神态看着她，而旁边几位学生会成员都以一种鼓励的眼神看着她，“我不去”三个字就硬生生地卡在喉咙中了。

雅琪回宿舍的一路都在念叨着这事儿。从小到大她还没有登过舞台呢，上幼儿园时，老师挑选了班里二十个女孩儿出来跳舞，别的小朋友都跳得特别好，可她却因为动作不协调被老师又“请”了回去，后来还是雅靖扎着小辫子替她上的场。想想这些事儿，她就觉得丢人。雅琪叹了一口气，刚才不忍心拒绝，现在悲伤的还不是只有自己？别说让她拿第一名了，就连拿个好名次都不可能吧？如果这次也可以让雅靖男扮女装替她比赛就好了，雅琪自言自语的时候，突然脑海中灵光一闪，让雅靖在元旦晚会时过来一趟不就行了吗？因为这次比赛可以以任何形式参赛，到时候可以两人合唱嘛。

雅琪怕雅靖此时正在上课，就给他发了一条短信："雅靖，我看上了一对公仔，很想要。但是要在元旦晚会的歌唱比赛上拿第一才行，于是我就报了名。你帮帮忙呗，反正元旦放假，带着你的吉他过来一趟吧？"

发了短信后，雅琪就等着雅靖拿话来损她，可后来手机振动了，打开短信息，只有一个字："好。"

雅琪呆愣了一下，正想着雅靖今天是不是抽风了，打过电话去，却被挂断了，一条信息又发了过来："我在上计算机课，不方便讲话，你上下网，我给你传一首歌曲过去。"

雅琪"嘿嘿"地笑了起来："雅靖，你真是个好孩子。"

雅琪回宿舍后，雅靖果真给她发了一个音频文件过来："这首曲子是我们最近新做的，女音只有简单的说唱部分，剩下的由我来。"

"嘿嘿，五音不全的我，说唱还是可以的。"

"你先练熟了，到时候再排练一下就没有问题了。"

雅琪兴奋起来，打开音乐，开始跟着一遍遍地唱着。等诗梦回来后，她良久地站在雅琪的身后，一脸呆滞的样子："雅琪，你弟弟真的很会唱歌的，对吧？那个会唱歌的确定是你弟弟，对吧？"

"呵呵……谁说双胞胎非得有共同的爱好啊？"雅琪撇了撇嘴，"他喜欢的我不喜欢，我喜欢的他不感兴趣，我俩除了长得很像，几乎没有什么共同点。"

诗梦扶了扶额："那对熊你还是不要想了，真的，我想办法将你的名额取消了吧？"

"放心吧，到时候我弟弟会跟我同台演出的哟。"雅琪转过身来，对她比画了一个“V”字形手势，“第一肯定是我们的，所以那对熊也一定是我的。”

诗梦的眼眸一下就亮了：“太好了，我也很想见识一下你弟弟的风采。”

这两天雅琪一直很认真地在练歌，一遍一遍地练习着，心想一定要练习好了，给雅靖一个惊喜，或许这样他就能少损自己一点儿。

“诗梦，你说我唱得怎么样？”雅琪唱完转头问诗梦，诗梦幽幽地道：“还好吧，反正你把说唱部分唱好听了就行。其他的，姐姐，我求你不要再唱了！”

“呃……”

“对了，唱歌的这个人是谁，唱得真好听，是你弟弟吗？”

“不是，是……周升升，他们乐队的贝斯手兼主唱。”

“哇，他的声音真好听。”

“嗯，是很好听。”雅琪重复了一句，继续对着电脑练习唱歌。嗯，还要多练几遍，明天就要比赛了。

晚上雅琪跟何适通完电话，最后她神秘兮兮地说了一句：“何适，过些天，我有一份礼物要送给你。”

“什么礼物？”何适抿着唇笑着问道，他盯着面前的数学难题，圆珠笔在手上漂亮地旋转着，最近几天雅琪似乎很开心，不知道在忙些什么。

“一个让你惊喜的礼物。”雅琪贼贼地笑着，挂了电话后，她突然想到，自己似乎从来没有在学习以外的领域拿到过奖项呢。

雅琪接着又给雅靖打了一个电话，一脸笑容的样子：“雅靖，明天你什么时候过来？”

“什么？”雅靖似乎感到有些莫名其妙，接着那边就没有声音了。

“雅靖，明天晚上的比赛不要忘记了！明天啊，所以你早点儿过来。”雅琪大声说道，紧张兮兮的，生怕雅靖真的忘记了。

许久，对方传来一声：“嗯。”然后电话就挂了，雅琪愣了一下，这是什么情况？接着一条短信发了过来："明天早上我十点钟到，到时候去找你。"

"哦，好。"

第二天雅琪正在吃早餐的时候，手机响了起来，是周升升……

"喂？雅琪，你在哪儿？我去找你。"这好像是周升升第一次给她打电话吧？低沉悦耳的声音通过电话不疾不徐地传过来，雅琪感到有些意外，动作顿了顿，夹在筷子上的煎蛋掉进了碗里。

"怎么了？"诗梦看到雅琪一副吃惊的样子，以为发生了什么事儿。

雅琪摇了摇头，沉吟了一声："你在哪儿？我去找你吧。"

雅琪挂了电话，匆匆地喝了几口豆浆，拿起背包就往外走，诗梦拉住她的手又问："到底怎么了？"

雅琪叹了一口气："就是我弟弟那个乐队的主唱来了，现在。"

"哇，偶像啊！我想见见他，可以吗？"诗梦说完，就收敛了激动的神色，装出一副矜持的样子，低头害羞地说道，"女孩儿是不能轻易见陌生男人的。"

"都原形毕露了，还装什么啊！好了，好了，快点儿吃完跟我一起去。我还正想着怎么面对他呢，有你在，我也能自然一些。"

诗梦也随意地喝了几口豆浆，听了她的话，开始好奇起来："不敢面对的人啊……"

周升升就站在女生宿舍楼门口，穿着一件厚厚的黑色羽绒服，诗梦远远地看着他的背影，只觉得像是一条肥胖的毛毛虫："喂，是他吗？穿着很没有品位啊。"

"呃，他一向就没有什么品位。"雅琪实话实说，周升升长得确实好看，可在平日的生活中并不懂得打扮，他最灿烂的一刻是留在舞台上的。

"雅琪。"诗梦又叫了雅琪一声。

“什么？”

“虽然羽绒服包住了他的身材，可他的双腿修长，身材应该蛮不错的吧？”

雅琪无语地抬头望天：“李诗梦，你自从开荤了后，似乎对男人的关注点也不一样了吧？”

诗梦轻咳了一声，眉眼之间神色淡然，自言自语道：“我是淑女。”

经过一年多时间的相处，雅琪发现诗梦比刚开始时活泼了很多，她的话语风格也不知道是哪儿学来的，倒越来越有“熟女”风范了。

雅琪走近了后，拍了拍周升升的肩膀，叫了他的名字。

周升升迅速地转过头来，白皙的脸上带着一些红晕，腼腆地对她笑道：“雅琪。”

“你怎么来了？”雅琪好奇地问了一句，表情虽然还是惊讶的，心里却慢慢了然了。

“我，我来陪你参加这次的歌唱比赛……”周升升一下就脸红至耳根，说话也有些结结巴巴，说完之后就是一副视死如归的表情。

周升升的这句话也算是证实了雅琪心中的想法。雅琪表面没说破，心里却是有些不悦的。可看着周升升这副样子，又觉得他挺有心的，却还是不甘心地问了一句：“那雅靖呢？他不来吗？”

周升升沉吟了一下，说道：“他今天正好有事。”

雅琪本来还想问，是不是从头到尾雅靖都不知道自己要参赛这件事，似乎昨天她打电话给雅靖的时候，他还是一副云里雾里的模样。此刻诗梦也在旁边，雅琪并不想让周升升下不了台，矛盾的想法一闪而过，反正她只要结果，至于是谁跟她做搭档，都可以将就一下，到了这个时候哪还有她挑剔的份儿？于是，雅琪对着他微微一笑：“那麻烦你了，实在是谢谢你。”

周升升的脸彻底地红了，他摆着手，讷讷地道：“没有关系，不用客气的。”

诗梦在一旁偷偷地抿着唇笑，仔细打量着他的五官。这个男生乍一看平淡无奇，但若仔细瞧的话，还挺让人惊艳的。她也好奇，这个年代竟还能碰上这么羞涩而优秀的男孩儿，但羞涩也好，喜欢一个人就能轻易地从他脸上瞧出来。

雅琪和周升升客气一番，也就没什么话可说了，一时间沉默了下来，反而是诗梦在旁边打趣道：“都是同学还这么客气干什么？雅琪，我先走了，你就带着周同学在我们学校里逛逛好了。还有，你们记得排练，加油拿第一名哟。”

诗梦眨了眨眼，果断地离开，当电灯泡什么的，最尴尬了。

雅琪和周升升慢慢地绕着操场走着，两人在平日里几乎没有什么交集，而他们又都属于话不多型，一时间都没有找到话要说。

周升升突然开口道：“对不起。”

雅琪这下反而有些不好意思起来，低着头道：“你也是在真心实意地帮我，是我麻烦你了，唉……我们还是别浪费时间在说客套话上了，要不我们去排练一下？”

“好。”

雅琪带着周升升去了艺术楼，找到了一间没有人的音乐教室。角落里有一架钢琴，周升升缓缓地走了过去，笔挺地坐在钢琴前，打开琴盖，深深吸了一口气，然后将双手放在钢琴键上，脸上不自禁地流露出一种陶醉的神色来。

周升升的手很漂亮，修长有力的手指在黑白相间的琴键上穿行着、跳跃着，雅琪呆呆地站在一边看着他的侧脸，一时有些恍惚。用钢琴弹奏这首曲子，又有另一番味道，曲子偏柔，周升升的声音低沉舒缓，如一阵清风温柔地抚慰着她的心扉。跟着他用脚轻轻打出的节奏，雅琪接上了后面的说唱部分。

“这里再慢一点儿……这两个字咬字再重一些。”周升升面对音乐的时候，给人的感觉立刻就变了，变得很认真，脸上也不再是方才那羞涩的模样，黑白分明的眼中带着一种光辉。

雅琪这下倒是明白了雅靖曾经说过的话——周升升是一个可以让人

疯狂的男孩儿，他是一个很低调的人，从不在人前展示他的闪光点，可他认真的时候，魅力就会不经意地从他身上散发出来。他跟何适不一样，何适的光芒是一年四季长存，时时刻刻，锐不可当。

雅琪一想到何适，就开始有些走神儿，直到周升升轻轻地推了推她："唱错了……"

雅琪不好意思地回过神儿来："哦哦，再来一遍。"

一个早上的排练结束后，周升升将钢琴盖子合上，微笑着道："唱得挺好的。"

雅琪被夸得不好意思，唇角却不由自主地上扬，这是她第一次被人夸奖唱歌唱得好听。

后来雅琪请周升升一起去吃午餐，本来她还想着下午时间那么长，该怎么跟周升升相处，毕竟来者是客，还是为自己而来的客，无论他揣着什么目的，她都不好怠慢。就在她为难的时候，雅靖打来了电话："雅琪，我在你们学校。"

雅琪眼中含笑，心情一下子就舒爽了：雅靖，你是好人，你是好弟弟。

而周升升得知这个消息后，并没有表示什么，只是笑了笑，低下头来时，眼中暗淡了一些。

雅靖是提着吉他来的，轻车熟路就找到了正在吃饭的雅琪和周升升，一见面他就用力地拍着周升升的肩膀，冷哼道："你说你小子坏不坏，居然想绕过我？哼，想都别想！"

周升升不说话，轻笑着道："机会是自己把握的。"

"哎哟，你小子最近滑头了啊，干出这么损的事儿。"雅靖斜睨了一眼雅琪，"我说妹妹，你要当心哟。"

雅琪在一旁低头吃着饭，头也不抬道："滚。"

雅靖摸了摸鼻子，拍了拍周升升的脑袋："她说让你滚。"

周升升笃定道："她不会的。"

"嘁，看你这德行，吉他借你。"

之后，雅琪偷偷地问雅靖，能不能换他上。雅靖摊手道："我正感冒着呢，嗓子也有点儿哑了，你没发现？”

“啊……”

“没事儿，就唱首歌，他不会把你怎么样。别忘了，我还在这儿呢。”雅靖叹息了一声，“周升升这小子真阴险。”

比赛前，雅琪回宿舍打扮了一番，下楼后，她在周升升的眼中看见了惊艳。这种大型的娱乐比赛很能吸引学生，除了本院的，还有许多其他院系的学生来观看。比赛还没有开始，底下的观众席都被坐满了不说，后面的空地也站满了人。雅琪看着下面人头攒动，发现自己越来越紧张。

不过话说回来，她活了快二十年的时间，还从来没有上台表演过呢，而这次，她还打算拿第一名。雅靖就坐在她的旁边，拿着手机给她拍了一张照片，然后开始发彩信：“我要传给妈妈看，妈妈一定不知道她的宝贝女儿，突然有一天变大胆了，打扮得这么漂亮，要登台唱歌了。”

“呃……”

“五音不全祸害我就算了，还要去祸害大众！唉，真是的。”

“雅靖，你太讨厌了。”雅琪恼怒地拧着他的手臂，而周升升安静地坐在旁边听着他们姐弟俩吵架，仍是一副淡淡微笑的样子。

比赛在晚上六点半准时开始，每当有选手上台唱歌时，雅靖就以他专业的眼光点评着哪个不错，哪个不行。还有，他总说一句话：“哟，这个唱得就比雅琪好一点儿，都敢上台，真是不怕丢人哪。”

雅琪几乎要抓狂了，雅靖这个浑蛋，要不是他老损她，她至于老怕丢人吗?

雅琪的表演被排在倒数第几个，跟雅靖吵了几句，注意力也被吸引走了，她开始觉得不那么紧张了。可是随着时间的推移，她又开始紧张了，手也开始发抖。雅靖突然抓住她的手，在她的手里放了一根棒棒糖：“来跟哥哥做一个，深呼吸，对，再放松，很好，再来一次……”

一旁的周升升悄悄把手按在她的肩膀上：“雅琪，一切有我呢，别怕。”

雅靖“呵”了一声，斜了他一眼，拍落了他的手。

周升升上台前脱去了羽绒服，露出了里面穿的黑色夹克，下身则是牛仔裤，穿的没有上次参加比赛时那么夸张，很随性的样子，也很有范儿。当主持人报到雅琪的名字时，雅琪深呼吸了一下，而这时，周升升很自然地握住了她的手，对她微笑了一下，带着她上了台。

周升升是唯一一个背着乐器上台的选手，只简单地拨了几个音，台下就疯狂了。雅琪不由自主地看了他一眼，周升升对任何乐器都似是手到擒来，吉他也弹得非常好。琴弦拨动，流畅的音乐从吉他里流淌出来，雅琪很快就被他带入音乐之中，紧张感慢慢消失。

周升升的嗓音实在太迷人了，才唱了两句，舞台下面的女生就开始发狂、尖叫，都站起来呐喊着。轮到雅琪说唱的时候，周升升又轻轻地哼着曲调，雅琪的声音本来就很好听，合着周升升的哼唱竟有一种说不出来的悦耳。

雅琪从舞台上下来的时候，一直没有反应过来，这首歌居然就这样唱完了？

“周升升，我爱你！”不知道是从哪里传来的声音，接着许多女生都趁乱叫着周升升的名字。雅琪“扑哧”一声笑了出来：“估计是你以前的同学把你给卖了。”

雅靖已经在台下等着他们俩了，拍了拍雅琪的脑袋：“你可是沾了周升升的光。”

“呃……”

“雅琪，你终于成功地当了一次花瓶。”

“呃……”你直接说我唱得好不就行了，干吗非要拐弯抹角的？

“反正第一名如果不是你们，这次比赛就是有黑幕了。”雅靖笑道。

当最后一名选手唱完，冠军是谁已经毋庸置疑了。雅琪和周升升的得分最高，成为这次比赛的冠军，而雅琪也拿到了她梦寐以求的那对泰迪熊。她兴奋地和周升升上台领奖，当两人一人抱着一只熊从台上下来后，周升升笑眯眯地道：“有两只，我们一人一只吧，留作纪念。”

“啊……好。”雅琪几乎是想都没有想就点下了头，本来她就是沾了他的光。可说完后看着周升升低头微笑的样子又开始后悔，她是为了送神秘礼物给何适才卖力参加这个比赛的，可……她叹了口气，心里有些失落，表面上还得表现出一副很开心的样子来。

抱着这泰迪熊比没得到还令人难受，不过雅琪也不敢把这事儿跟雅靖说，生怕雅靖再去跟周升升提，让他难堪。雅琪还在想东想西的时候，雅靖说妈妈打来了电话，说做了好吃的等他们回去。因为周升升帮了自己一个“大忙”，雅琪也不好做用完了人就把人丢在一边的“无情无义”之事，便询问周升升是否愿意去他们家吃饭。雅琪的邀请对周升升来说，简直是受宠若惊。

何适因为要查一些资料，就浏览着本省各个大学的网站，不巧点入W大学的网站，他慢慢浏览起来，却在首页看到了谢雅琪的名字，接着她的照片也映入他的眼帘。他用鼠标一点，照片就放大了。他看着照片，笑容慢慢浮现，雅琪还挺上相的，很漂亮，或许是因为紧张，眼中还有些怯怯的样子。

但当他意识到雅琪的旁边还有一个人后，笑容变得僵硬起来，是周升升。雅琪和周升升这对组合拿了歌唱比赛的第一名。冠军的照片有很多张，何适一张张地翻着，有他们牵手上台的画面、合唱的画面、相视一笑的画面、一起领奖的画面，网页上还有几篇专门的报道，下面有一些留言。他紧锁眉头，脸上露出一种深深嫉妒的不悦，虽然这并不能说明什么，可他就是无法忍住不去吃醋。

何适直接关闭了网页，不再去看下面那些乱七八糟的留言，拿起手机就给雅琪打了一个电话：“雅琪，我的神秘礼物呢？”

“没了……”雅琪趴在阳台上跟他通着电话，想起那只被周升升带走的泰迪熊，心里很是懊恼。

“可你信誓旦旦地跟我说，你要送我礼物的，我期待了很多天。”何适的语气与往常无异，没有表现出半点儿的不悦，漫不经心的，又带着几分不正经。

“我也期待了很多天，可就是没有了……”雅琪嘟着嘴，顿了顿，似是突然想到了什么，又微笑起来，“那我明天寄给你好不好？”

何适本想说不要，但还是说了一个字：“……好。”

“你一定会喜欢这份礼物的。”雅琪想到解决方案后，心情就变得特别好。

何适对她跟周升升合唱一事耿耿于怀，倒是旁敲侧击问了她一些事儿，奈何雅琪并没有要将此事告诉何适的打算。何适语气如常，但脸部肌肉绷紧，漂亮的眸子仿佛结了一层冰霜，可即使他很不悦，心里又觉得这是人之常情。听着她撒娇的语气，那垂下的唇角又渐渐恢复如初。

两天后，何适收到了雅琪寄给他的礼物。不出所料，是照片里的那只大大的泰迪熊。他只要一想起是跟周升升拥有同样的礼物，就满心不爽，他伸出拳头捶向这只熊的脑袋，又模拟地扇了两个耳光：“浑蛋周升升，干吗抢我礼物。”

何适孩子气地嘟囔着，只将这只泰迪熊当成周升升，进行百般的蹂躏，甚至有一种想要扔掉它的冲动。忽然，手指摸到了什么，他低头一看，才发现这毛茸茸的玩意儿，胸前被用线缠出了雅琪的名字——是小心翼翼地用粉色的线缠出的。指尖似被什么灼到了一般，缩了回来，接着他唇角的笑容慢慢扩大，动作也轻柔了起来，对着泰迪熊的脑袋按了两下：“雅琪熊熊。”

何适的手机就在这时响了起来，雅琪明朗的声音从电话里传来：“礼物收到了没有？”

“嗯，收到了。”何适的声音里带着几分轻笑，空出的手捻着泰迪熊的长毛，轻轻地缠绕在指尖，扯了扯，又松开，随后伸手按着泰迪熊的脑袋，抚摸了一下，又拍了第一下，还捏了捏它的下巴，“突然觉得很喜欢，雅琪熊熊。”

“你看到了吧？它胸前有我的名字，我前天花了很长时间才缠上去的。”雅琪的语气里带着邀功的意思，何适咧开嘴笑着道：“毛那么长，晚上抱着睡一定很暖和。”

雅琪的脸红了一下，心思却想到歪处去了，他抱着熊不就等于抱着自己吗?

挂了电话后的何适心情大好，又对着泰迪熊的脑袋蹂躏了一番：“我有你没有，不公平，我也去给你买个好看的。”

何适上网查了一下，对这对泰迪熊的来历就有了了解。全国限售一千对，不过这种东西只要有的卖，他就能想办法弄来。可再仔细一看，这泰迪熊左看右看都不过是只熊，哪儿有真人公仔来得好看？何适上网查了一会儿，就打了一个电话出去：“你这儿定制真人公仔？……照片？……好，没问题。”

一个星期后的周末，雅琪收到了何适给她寄来的礼物，很大的一个包裹，打开一看，竟是一只穿着墨绿色军装的Q版人物公仔，这个公仔的表情很可爱，咧着嘴笑着，很是开怀，还做着滑稽的动作。雅琪看了它好几眼后，发现这只公仔的脸竟跟何适长得很像。

正当她还在吃惊的时候，低头就看到这只公仔的胸前歪歪扭扭地缠着何适的名字。雅琪紧紧地抱着这只公仔，当下整个人就激动得颤抖起来。她迫不及待地给何适打了电话。

何适仿佛也在期待着她的反应，听到她在电话的另一头急促地呼吸着，得意地挑着眉道：“雅琪，喜欢吗？”

“何，何适……”雅琪结结巴巴地说道，“你为什么会想到给我买这个？”

“我怕你晚上寂寞。”

雅琪一时语塞：“大哥，我在感谢你的时候，别用这副吊儿郎当的样子来调戏我。”

“这只公仔名字叫‘何适公仔’，全世界仅限量销售一只，好好珍惜它。”

“呵……何适，你装可爱。”雅琪看着那公仔的表情，“干吗笑得那么可爱？”

何适抽动了一下嘴角，是卖家非要做得这么可爱，他能有什么办法？他给的那张照片挺酷的，他答非所问道：“记得每天都抱着它睡觉。”

雅琪摸着自己的鼻子，将公仔紧紧地抱在胸前：“嗯，每天都抱着它睡。”

雅琪本来还心心念念着那只泰迪熊，可在何适送给她这个礼物后，她的心思就全在这只“何适公仔”身上了。诗梦回来一看到这只公仔，双眼顿时发光，几乎有一种要扑上来的感觉，可雅琪不给她碰。雅琪将这只大大的公仔塞进自己的被窝，板着脸道：“不许碰我的男人！”

诗梦“噗”的一声笑了出来，随即一脸严肃道:“这是仿真人做的吧?你把上面的衣服脱了看看，看看下面有没有那个？”

雅琪脸上一红，趁着诗梦转身去倒水，还真的扒了公仔的衣服看了一眼，随即脸红地摇了摇头。而诗梦早就通过对面的镜子看到了雅琪的动作，她捧着茶杯哈哈大笑起来：“哎哟，雅琪，你太搞笑了。”

“呃……”雅琪的脸上更红了，她只是好奇嘛。

“雅琪，其实这是一个心理测验哟。”

“什么？”

“测验的结果是，你很想扒你家那位天仙的裤子。”

“一边去。”雅琪转身不再理会她。

诗梦的心理测验都是很变态的，她曾经问过雅琪，如果你在山里迷了路，饿了两天的你看到以下四样水果：苹果、香蕉、西瓜、橘子，你会选择哪一样？雅琪报了香蕉后，以为她会说出点儿什么深奥的东西，没想到她说了一句：“答案就是你很喜欢吃香蕉。”

诗梦在她身后闷笑，而雅琪抱着这只公仔，与公仔脸贴脸：“我睡会儿。”

“呃，传说中的拟真游戏？”

后来的每一天，雅琪都抱着这只“何适公仔”睡觉，虽然床挤了些，可似乎睡眠质量也提高了不少。

这个学期剩下的时间不多了，因为复习和期末考试让这段时间变得紧张起来。期末考试后，雅琪就打电话问何适什么时候回家。何适表示还有一个竞赛集训，要晚一些时间才能回去。雅琪心里顿感失落，却并没有怎么表现出来，对着电话闷闷道：“回来之后记得告诉我。”

“当然了，雅琪熊熊。”何适叫这个绰号似乎叫上了瘾。

第十一章 历练

今年年底谢爸爸提前将手头的工作做完，亲自来接雅琪回家。爸爸清闲在家，带着一家人去香港玩了几天。雅琪因心系某人，在香港买了一堆礼物。

回来之后，雅琪正在房间里整理着礼物时，妈妈神神秘秘地推门进来，看到雅琪正在摆弄一条围巾，便道："雅琪，这条围巾不适合你戴啊。"

"呃，我买给雅靖的。"

"雅靖不喜欢这种颜色。"妈妈一脸镇定地接过那条围巾，将它围在"何适公仔"的脖子上，"衬它才好看。"

雅琪一时竟然说不出话来，看着妈妈翕动了下唇。妈妈又仔细地端详着"何适公仔"的脸："这个娃娃长得跟小适真像呢。"

"是吗？"雅琪心虚地支吾道，"我怎么没发现？"

"谈恋爱了？"

"没有……"雅琪到底是个藏不住心思的人，脸颊一下子就腾地红起来。

妈妈看着雅琪这个样子，乐了："你心里想什么，我这个做妈妈的怎么会不明白？”

“妈！”雅琪懊恼地叫了她一声，“你想多了！”

“妈妈是过来人，妈妈明白。”

雅琪低头不说话，妈妈又说了一句：“我上次就看出来了。”

雅琪这下直接用手捂住了自己的脸，有些撒娇又有些懊恼地抱怨了一句：“妈妈。”

雅靖正好洗完澡出来，见雅琪的房间门半掩着，就推开进来了，看着里面的场景，“嘿”了一声：“哟，你们在说什么呢？”

“雅琪说这条围巾是送你的，我正在想这条围巾不是很称你。”妈妈不动声色地看着雅靖，雅靖哈了一声，走过来将围巾绕在自己的脖子上：“虽然花了点儿，可我觉得也挺好看的。”

“你们两个鬼东西都瞒着我做什么，怕我棒打鸳鸯？”妈妈见雅琪还是紧张地低着头，继续说道，“两个孩子在交往，虽然我们做家长的会很紧张，但也没有什么不好，什么时候把他带回来吃顿饭？”

“妈妈，你好开放啊。”雅靖将围巾摘下来，挂在公仔的脑袋上，用脚踢了踢雅琪，“在老妈面前害羞个什么劲儿，看，老妈挺支持你的啊。”

雅琪不好意思地笑起来，结结巴巴地道：“这几天他还没有回来，等他回来了，我让他过来吃饭。”

“对对对，带回家好，把把关。反正是认识的，也不怕尴尬。”

雅靖从雅琪买的一堆零食里拿了一小包豆子，一边咀嚼着一边打趣道：“真是，都过这么久了，还害羞成这样。妈，雅琪都是被你们宠的，看她这不争气的样子。”

“滚！”

雅靖摸着鼻子：“你也就敢跟我凶。”

何适从学校回来时已经接近年底了，晚上才到的家，给雅琪打了个电话就各自睡了。

雅琪第二天一大早就起来了，装扮一番，又收拾了下从香港带回来的礼物和零食，才给何适打电话：“你今天有空不？”

“倒是有点儿忙，嗯，你现在在哪儿，我去接你？”

“还是我去找你吧，就是给你送点儿东西。”雅琪听到他说忙，并不想去打扰他，可太久没有见过面了，心里一直思念着他。她想，过去看他一眼就回来，顺便把精心为他准备的礼物送给他。

雅琪抱着礼物兴冲冲地出了门，打的去了他们相约的地方——是何适家附近的一家小咖啡馆，店面不大，里面的装潢却很典雅。这家咖啡店坐落在湖边，也算是闹市区的一处静谧之所。当雅琪踏入这家咖啡店后，出来时的好心情就被破坏得消失殆尽。

何适在，而家宝也在。他们两人坐在一起，背对着门口。家宝的身上穿着一件大红色的羽绒服，包住了她柔弱的身体。她坐在角落里，左手放着一杯奶茶，正埋头快速地写着什么，过了一会儿，她侧过脸来问何适：“是这样吗？”

“不对，你看这里……”

雅琪静静地站在后面，看着何适给她讲解题目，而家宝则突然盯着何适的侧脸发起呆来。女人的直觉天生就那么敏感，她想，真的是谁都逃不出何适的魅力吗？她装出一副刚来的样子，径自走过来坐在何适的面前，轻笑道：“在这种地方复习，挺有情调。”

“这里安静，还有好喝的奶茶，挺好的。”何适笑眯眯地看着雅琪，握住她的手，摸着她戴的红色长毛手套，“来了？要不要喝点儿什么？我给你点一杯白开水？”

“好。”雅琪露出漂亮的微笑。

家宝也抬起头来跟她打了一个招呼，黑白分明的眼睛，淡然而安静。雅琪将手里的礼物打开，拿了一些吃的给家宝，剩下的都推给了何适：“给你买的。”

何适漂亮的眸子瞬间就亮了，唇畔染了一层笑意，他起身弯腰在雅琪的脸上亲了一口，以此来表达自己此刻的欢喜。雅琪轻笑，眼睛不由自主地瞟向家宝，她低着头在做题，假装什么都没有看到的样子，可唇角分明往下弯了一下。

雅琪摘掉手套放进口袋里，捧着服务员给她端上来的白开水。纯净的水盛在漂亮的水晶杯里，在灯光下折射出浅淡的光泽。她捂着杯子暖手，时不时地小啜一口，一直在盯着何适看，心里开始矛盾地想着很多东西。本来她是准备马上就走的，可想起家宝那一瞬间的呆滞，她就改变主意了。

她本来就小气，不想给他们独处的机会。

雅琪的目光突然落到家宝面前的那一堆书上，有物理、化学、数学，她一直以为家宝是读文科的，不禁自言自语道："原来家宝读的是理科。"

家宝甜甜地笑了笑："嗯，我本来想读文科的，可何适哥哥说读理科的女孩儿聪明。"

雅琪的眉头一皱。

"何适哥哥，还有这道题我也不会。"家宝似乎又遇上难题了，懊恼地用圆珠笔捅了捅自己的头发。

何适只看了几眼："这道题是有点儿难，可也不算太难，你再仔细想想……"

家宝不好意思地说道："我已经想了很长时间，就是想不明白……"

"这道题是有些复杂，但关键是添加辅助线，你看这里需要加一条辅助线，还有这里也加一条，构造三角形全等，看懂了没有？"

"哦哦，再在这里加一条辅助线，我明白了。"家宝很是开心地低下头，继续计算着下面的步骤。

雅琪坐在对面实在是觉得没有事可做，家宝似乎累积了许多不懂的题目来问何适，何适几乎时时刻刻都在跟她讲题，而雅琪，她被冷落了。

一种莫名的怒意开始从雅琪的心底蔓延，她觉得自己的表情有些僵硬，面部表情也应该很不自然。她在心中跟自己说要放松，不能把一个小孩子当作自己的情敌，更不能在一个小孩子的面前表现出太多的情绪。

可是，家宝因为何适的一句话就选择了理科。为了何适报考Z大，然后时时刻刻就能陪伴在他的身边。一想到这些，雅琪心里又开始难受起来，何适现在是不知道家宝喜欢他，那以后要是知道了呢，他会怎么办？何适喜欢上自己是有一个契机的，那么，如果有一天再出现一个合适的契机，会不会就让何适喜欢上了别人呢？

雅琪感觉内心的压力陡然变大，双手紧握着水晶杯，几乎要将这个杯子捏碎。何适还在讲解，而雅琪趴在桌子上玩着手机，看着手机屏幕上的时间，吃午饭的时间快到了，可她跟何适还没有说上几句话。

“哎呀，好饿，这么晚了？”何适伸了一个懒腰，抱歉地看了一眼雅琪，“走，我们去吃饭。”

何适跟雅琪走了几步，却见家宝还坐在座位上，他又返回去拉着家宝的手往外拽她：“走，去吃饭。”

家宝苍白的脸上染了几分红晕：“还是不了，等会儿我回家吃。”

“走吧，吃一顿饭而已，哥哥还是请得起的。”何适笑着拖着家宝出去，“吃饱了饭，下午才有精力学习。”

雅琪开始忽视他们之间的互动，听到“下午”两个字，偷偷地叹了一口气，突然觉得很绝望。明知道不能去吃一个孩子的醋，可她就是怕，怕诗梦曾经跟她说过的，同情也有可能衍生成了爱。

雅琪本来是个很任性的孩子，可在这种时候，她只能忍住心里的委屈。今天，她很不开心，不开心地干坐了一个早上，不开心地吃了午饭，又不开心地坐了一个下午。夜幕降临，终于听到何适对家宝说，今天题目做得不少了，可以回家休息了。

一直无精打采的雅琪终于有了点儿精神，她缓缓地坐直了身体。家宝将书一本本地放进书包里，何适替她拿着书包，伸手来勾了勾雅琪的下巴：“雅琪，走了。”

雅琪一声不吭地站了起来，跟在何适的身后，这一天过得可真累。家宝的家不是很远，横穿两条街就到了。何适送家宝到楼下，她转过头来道：“何适哥哥，再见。”又看向雅琪：“姐姐，再见。”

“再见。”

返回的时候，何适替雅琪紧了紧围巾，揉着她的头发：“冷不冷？”

“嗯。”雅琪点了点头，低下头时，半张脸都埋进了围巾中，眼里骤然蒙了一层泪水，委屈得似马上就要哭出来。不过今天的风很大，只一下就将她眼中的泪给吹干了。何适将她的手拉过来塞进自己的兜里，然后似在安抚道：“今天委屈你了，让你坐了一天，累不累？”

何适很少对她说这么煽情的话，短短的一句话，居然就让雅琪的眼泪“吧嗒吧嗒”掉落下来。何适轻笑一声，伸出手来替她拭泪：“多大的人了，还这么孩子气？”接着，他又道，“家宝从小体弱多病，心思很敏感，总觉得别人讨厌她，所以我不能把她撇下不管。她心脏不好，不能跑，不能跳，空闲的时间只能看看书什么的。”

“嗯。”

“她的成绩不大稳定，波动挺大，年后就要参加市模拟考了，趁这几天有空我就给她讲解些例题。她虽然很勤奋，不过对于有些难度的理科题目，理解起来还有些吃力。”

雅琪不说话，委屈、愤恨都已慢慢消退，可即使如此，她仍是不喜欢家宝。情敌，她又怎么喜欢得起来？虽然这个女孩儿在大家的眼里是善良、乖巧、勤奋的，可她就是讨厌她，讨厌她看何适的眼神，她也嫉妒她，嫉妒何适对她没有保留的关心。

“饿不饿，我请你吃饭？”何适拖着她往前走去。

“不了，我妈妈刚才给我发了短信，说已经给我留了饭，我要回家吃。”

“那我跟你回家吧？”何适看着雅琪别别扭扭的样子，捏了捏她的脸，“哟，不会是吃醋了吧？有什么醋好吃的，人家就是个高中生小妹妹，哪儿比得上我们家的小兔子呢？”

“可她也有兔子，没有发育完全的兔子。”雅琪哼了一声，无论她是谁，都改变不了她是女孩儿的事实，也改变不了她喜欢何适的事实。

何适摇着头大笑，拍了一下雅琪的脑袋：“傻瓜，我去取车送你回家。”

这段时间以来，两个人都没有怎么好好地聊过天，所以雅琪还没有告诉何适，她妈妈已经知道了他们在交往的事儿，以及妈妈邀请他到家里坐坐。何适送雅琪到楼下，雅琪本想开口让他去楼上坐坐，而这时何适接了个电话，随后对她道："雅琪，我就不上去了，我爸爸刚下飞机，我得去接他。"

"好，路上当心。"雅琪跟他挥了挥手，正要打开车门出去，何适又叫了一声她的名字，她疑惑地转头，他一把揽住她的腰身，将唇印在她的唇上，霸道而缠绵地吻了她一番，吻得她又酥又麻。随后他放开她，满足地摸了一下唇，挑起一抹坏坏的笑容："想很久了。"

雅琪红着脸跑了，何适总是有办法让她脸红心跳，即使是这么一个并不那么长的吻。

雅琪回到家时，雅靖正在看电视，抬起头来不经意地看了雅琪一眼，漫不经心地道："你们小两口儿刚刚肯定干坏事了。"

"才没有，"雅琪哼了一声，捂住自己仍然发烫的脸，"饿死了，我去吃饭。妈呢？"

"老两口儿恩爱去了，刚出去，你自个儿慢慢吃。"

雅琪小口地吃着饭，心里的悸动慢慢退去后，那种隐隐的失落感居然再次浮了上来。再柔弱的人也会有她强悍的一面吧？家宝不聪明，可为了何适，她选择读理科，还努力地学习，只为考取Z大。她的身体不好，却那么坚强，坚持不懈地做自己想做的事儿。雅琪发现自己其实比不上她，自己没有她这样的毅力，雅琪很害怕被比下去。

雅琪因为有了心事，就放下饭碗去找狗头军师雅靖了。雅靖正在玩游戏，不知道在跟他的第几任游戏老婆说着话，笑得嘴巴都要咧到脑后去了。雅琪推了推他："雅靖，男生容易受感动吗？"

"我不知道感动是什么意思。"雅靖漫不经心地说了一句，将一件极品装备送给了他"老婆"。

雅琪咂舌，又推了推雅靖："你先别玩了，我跟你说认真的呢，如果有一个女生为你做了很多事，你会喜欢她吗？"

"不知道。"

"她会将你的每一句话都放在心里，做你喜欢的事，即使自身条件不够，却还是很努力地寻找机会靠近你，拼力地爱你，你会喜欢上她吗？”

雅靖本想说“或许会”，可将雅琪的话又暗暗咀嚼了一番，似笑非笑道：“你是说何适会不会喜欢上这种女生？那个……其实男孩儿的心再细，也没有女孩儿的心细。大多数的时候，男人都是粗神经的。而何适总是自以为是，觉得自己能够看透一切，其实我跟你说，他看不清的东西有很多，你只要知道他能看清你就够了，别没事老瞎琢磨这些了。对了，你说的妖精又是从哪儿跑出来的？”

雅琪闷声道：“家宝……”

雅靖“哦”了一声，压根儿没觉得这是多大的事：“就那个小朋友能干什么啊？”

“我看得出来她喜欢他。”她又加了一句，“这是女人的直觉。”

“就她的身份、背景，就算他们两情相悦，她也进不了何家的门。”雅靖说完这句话又后悔了，他这是举了个最不该举的例子。

雅琪难过地转过了头去：“谢雅靖，你不要再跟我说话！”

雅靖自觉说错话，又补充了一句：“何适虽然看不清楚很多东西，但人品不错，这种始乱终弃的事儿，他是不会做的。”

“滚！”

雅靖想，自己还是别说了，多说多错，少说少错。

“雅靖，你倒是给个准信儿啊！”雅琪本以为雅靖还会跟她再说点儿什么的，可他又继续跟游戏中的老婆卿卿我我去了，除了傻笑，再也没有一句话，雅琪郁闷地踹了他一脚，“到底怎么办啊？”

“哎呀，女孩儿就是麻烦，老想东想西的。何适现在是你的男朋友，在他的面前可以加一个定冠词，雅琪的，这样难道还不够？”

雅琪懊恼地拍着自己的脑袋：“我只是觉得很烦恼嘛。”

“我说你可不可以不要把你所有的视线都放在何适的身上啊？你天天都围着他转，就不感觉累吗？其实这个世界上除了爱情，还有很多重要的东西，比如社交、能力，哦，还有亲情什么的……你现在正是花儿一样的年纪，不好好去利用，却将自己吊死在何适的身上，你不觉得自己已经忽略了很多东西吗？其实吧，就算你不累，我也觉得累了啊，估计你多闹几次，何适也会累。”

“你是说，他会觉得我很烦？”

“我不知道他，但是我知道我会。幸好你是我妹妹，否则我会忍不住踹你一脚的。”

“我在他面前不这样的。”

“迟早你会变成这样的。”雅靖道，“好了，你自个儿待着去吧，让我跟我家美人好好地聊聊天。”

“啊啊啊，我是烦人精。”雅琪没有从雅靖这儿得到安慰，反而得到了一堆损话。

“对了，还有。”雅靖见雅琪抓狂的样子又补充道，“其实你最该担心的不是眼前的这个小朋友，而是未来的无数妖孽。一个女人想要留住一个强大的男人，她自己首先要变得很强大。”

“……”

“雅琪，你说你除了在投资方面有点儿脑子，还擅长其他的吗？是我对你太好了，一直挡在你面前，如今才发现你做事优柔寡断，没手腕、没魄力。”

“……”

“如果有空就去爸爸的子公司实习实习，学习一些除了爱情之外的其他东西。嗯，就明年暑假吧，我跟你一起去。”

“哦……”

雅靖见雅琪还是一副呆愣、满脸不情愿的样子，拿了个抱枕就往她头上拍去：“我说你，就算打算跟了何适，也还有一辈子的时间，好好学学相处之道才是真，只追求眼前的快乐，计较眼前的那点儿得失，有什么意思？对你们以后有帮助吗？”

“听不懂啊？我是让你有个长远计划。这么说吧，你斗不过何适没有关系，反正你不是他对手。可是在外面，你好歹表现出点儿魄力来啊。以后要是有别的女孩儿挑衅你，你打算怎么办？任由她欺负到你头上来，在你头上拉屎？”

这话倒是说到雅琪的心坎上了，她可不就是怕这个？目前只有一个，她都受不了，以后出了社会，指不定有多少女人往何适的身上黏呢，她还真的得去锻炼锻炼。

“明白了？明白了就一边儿玩去，别再打扰我了啊。”

雅琪对着雅靖吐了吐舌头，关门出去了。雅靖没有谈过恋爱，不明白她这种患得患失的感觉。而何适估计也永远不会知道她内心的惶恐，那是因为他内心深处笃定她深深地爱着他，事实上也是如此。

这个年雅琪过得很不开心，家宝霸占了何适几乎所有的空闲时间，她除了跟何适看过一次电影、吃过一顿饭，就几乎再也没有一起出去玩过。雅琪有好几次萌生要去“坐班”，可是一想到那气氛，根本就像在坐牢，无聊不说，更没有半点儿甜蜜可言，心里还备受煎熬、猜来猜去的，那还不如眼不见为净。

雅靖看出雅琪有些矛盾的小心思，干巴巴地笑了两声：“该大度的时候就大度点儿，你男人是去给人辅导，又不是偷腥，走，哥哥带你去逛动物园。”

于是接下去的一段时间里，雅靖除了神秘失踪了一天，每天都带着雅琪出去逛，他们一共逛了四次动物园、三次公园、两次游乐园、一次鬼屋。

当雅琪惨白着脸从鬼屋里出来后，满脸的泪痕：“雅靖，以后我再也不跟你出来玩了。”

鬼屋确实是一个很不好的经历，要不是被雅靖骗进去，打死她也不会进的。

雅靖一脸得逞地哈哈大笑着，然后“嘁”了一声：“真不要我陪？不要我陪最好，我回去陪我的美人了。”

“每天都游戏来游戏去的，有什么意思？”雅琪哼了一声道。

“嘁，我的世界你不懂。”

寒假的时间本来就不多，正月里，姐弟俩又去乡下的外婆家住了一段时间，之后，开学的时间也就快到了。

廾学的前两天，家宝提前去学校参加市一模，雅琪深深地呼了一口气，何适终于不用再给她辅导了，可心里又开始伤感起来，两人都要开学了呢，又要分离很长一段时间了。

返校的前一天正好是元宵节，何适带着雅琪去逛元宵会、猜灯谜、吃小吃，玩了一整天。

雅琪是小孩儿心性，这个时候就只念着何适的好，先前的不悦已然消失无踪。晚上何适送她回家，她一脸不舍地看着他，上前抱了抱他，又退后了一步，随后走了几步又抱了他一下，将脸埋在他的胸前："何适，我真舍不得你。"

何适抱着她的腰身，轻轻地拍了拍，脸上挂着愉悦的笑容，随即做出了一个决定，握住她的手说："我去找雅靖玩会儿。"

雅琪眼眸逐渐变亮，她还没有跟何适提过她妈妈已经知道了他们两人在交往的事情，所以她说："何适，你这是在找借口对不对？"

何适笑而不语，捏了捏她的手指："我得给自己找个好的借口，免得你妈妈拿着锅盖打我，说，哪个浑小子偷了我闺女！"

"噗，'偷'字不能这么用吧？"

"我是偷心。"

今夜月光明亮，和着明亮的、昏黄的路灯，他们周围的世界忽明忽暗。灯光在何适那张漂亮的脸上投下阴影，精致的五官呈现出一种立体感，此时他的脸上带着一种狡黠，他的唇靠近了她一些："那你希不希望我找这个借口，要，还是不要？"

粉红色的唇贴近她的眼睛，他的唇一张一合，带着一种暧昧气息。这么冷的天气，雅琪只觉得自己口干舌燥，脖子里都沁出了汗。

"脸红了？是不是发烧了？"何适坏笑着，唇贴上她的额头，以一种试探她体温的样子，很快又离开，"没有发烧啊。"

"何适！"雅琪不满地叫了他一声，随后大胆地握住他的手，"走，上去吧。"

何适本来想好的借口并没有用到，因为雅琪的父母并不在家，家里只有雅靖一人。雅靖开了门，意外地看到何适后，“啧啧”了两声：“雅琪哟，你这是干什么啊？男人都偷到家里来了？”

雅琪恶狠狠地瞪了他一眼：“何适是来找你玩的。”

“来女朋友家，还有这么多借口，没种。”

何适斜睨了他一眼，微弯起眸子，委屈巴巴地看着雅琪：“雅琪，雅靖不欢迎我怎么办？”

“进来，进来，别管雅靖。”雅琪一下子就被何适的这种神情秒杀了，禁不住再次脸红起来，她低头找了一双拖鞋放到何适的面前，“给。”

雅靖摇了摇头，转过身去，他这个娇生惯养的姐姐能够做到这一步，实属难得。

雅靖转头做了两件事：第一，锁了雅琪房间的门；第二，锁了自己房间的门，他将自己关进卧室前，一脸绅士地说了一句：“请自便。”

这个元宵节晚上，何适和雅琪坐在沙发上聊着天。何适抓着雅琪的手玩着，指尖撩拨着雅琪的指缝，雅琪虽然已经在尽量无视何适的动作，可心仍旧控制不住地上蹿下跳。

似乎是一瞬间的事儿，时针就停在数字“10”上面了。雅靖打开房门，轻咳了一声：“那谁，你该回家了。”

何适对雅靖视若无睹，捧着雅琪的脸，在她的唇角亲了几口，眼睛笑得弯弯的：“走了，明天送你去学校。”

“好，再见。”

何适一离开，雅靖就怒气冲冲地冲着雅琪道：“当着我的面居然还这么嚣张，无耻啊无耻……如果周升升见到这一幕，肯定会哭的。”

“……”

“周升升昨天还说要来呢，我说你去外婆家了……”雅琪本来是瞪着雅靖的，听他这么一说，眼眸一下子就亮了起来，雅靖继续说道，“你看人家多会忍，你跟着好好学学。”

“这个……”

“饿狼猛于虎啊，你要小心了。”

新学期开学后，雅琪听从雅靖的话，开始找机会历练自己。在诗梦的帮忙下，她进入学生会，在里面谋了个职位。刚开始，雅琪觉得没有什么，只是比以前忙了一些而已。可时间一久，有些黑暗面就浮现了出来，什么滥用职权、分立山头……

“至于这么争吗？”雅琪实在看不懂，为了一个职位，已经有人开始翻脸了。

“你可知我们以前的部长为什么会被踢出去？不得人心呗，谁让他不会说话，得罪了学生会主席大人。”诗梦已经见怪不怪了，“咱们学校学生会的外交部部长可是个肥差，每一个人都在寻求这个机会想往上爬呢！谁不想当？那位学生会主席的好兄弟，每天都吊儿郎当的，还不是由干事升为了副部长，想来，这次外交部部长也非他莫属。”

可诗梦这次说错了，这次上位的是个女生，过了些天大家才知道，她成了学生会主席的女朋友。

“我靠，早知道是这个女的当部长，我就申请好了。”诗梦知道这个消息后，一脸阴郁，一个没有能力靠着潜规则的女生就这样成了她的上司，任谁都无法接受。

雅琪也是目瞪口呆：“这样也可以？”

过了一会儿，诗梦摇了摇脑袋，似是想开了：“可以，自然可以，她敢付出我们不敢付出的代价，自然就可以。”

“呃……”

“主席和他兄弟掰了，至于这两个人的感情，我也不看好。”

雅琪对此甚是无语。

一晃半个学期过去了，雅琪发现自己以前真是太天真了。期中考试过后，她在 QQ 上跟雅靖谈起学校里的事：“雅靖，我以前一直不相信我不懂事，如今我相信了。在学生会里待过一段时间后，我学会一些成语，像‘两面三刀’‘阳奉阴违’。”

“学生会只是一个小型社会而已，你要学的东西还有很多。我希望你能仔细观察观察，多跟人交流交流，别以一个旁观者的角度去看待事情。还有，你别看不起那些阳奉阴违的人，这种人或许会让你觉得不耻，可就是这种人处理起事儿来游刃有余，其实他们身上还是有很多闪光点的。”

“我尽量学他们好的方面！”

雅靖觉得很欣慰，一方面又开始叹息：“都怪我不好，帮衬你太多，才让你养成了这副德行。”

“唉……”

“别老是软趴趴的，让人家替你担心，跟人说话的时候，语气强硬点儿。我们家公主呢，自然是可以带点儿傲气的。”

“哦。”

“不过吧，有一种人例外，如何适这种人，敢横敢傲，生来就是给人仰望的。大家一看到他，明明没有觉得自己哪儿比他差，可在他面前就是低他一等。”

雅琪突然就醒悟了，她其实跟何适是平等的，或者说是足以匹配的，可为什么自己在他面前总是觉得低他一等呢？这个问题，以前她从来没有想过，而如今却是明白了。

雅琪这才真正明白雅靖跟她说的意思，当她真正变得强大了、变得耀眼了，她就不会再在他的面前自卑，她就不会再觉得自己只是他脚边的一株草。

在爱情里，并不需要一个人对另一个人时时刻刻仰望着。

这个学期，雅琪变得很忙，将自己的生活完全充实了起来。而何适也很忙，自从参赛获奖后，就被上面的老师挑中，让他跟着他们一起做科研，每天除了上课，他都要在实验室里忙到很晚才回去。两人联系的时间也就少得可怜，有时候一个月才能通一次电话。每次雅琪跟他通电话的时候就觉得很激动，可同时也有些小郁闷，他们两个人明明是在热恋中，却不能像其他的恋人那样整日地待在一起，隔得那么远，交集着那么少的时间。

令雅琪郁闷的还不仅仅是这一件事，何适即使再忙，出现在众人面前的时间再少，他的花边新闻永远也不会少。雅琪从高中好友那儿知道，Z大有个校园论坛，所以偶尔得空她就会去看一看。这本来是一个交流学习的地方，可里面的帖子几乎都只围绕着情感问题。而情感问题的帖子几乎总有关于何适的。

匿名的女生在论坛里肆无忌惮地表达着对何适的喜欢，还有甚者表示自己要跟何适“419”。之后，有很多女生跳出来表示自己早就跟何适“419”过了，是来炫耀幸福的，甚至还有细节。这些事，她们说得有模有样，刚开始雅琪辨不出真假，还信以为真，寻了一次机会，拐弯抹角地问过何适，何适听罢气得不说话，许久冷冷地问了一句：“如果这种荒唐的事儿我都做得出来，我还是你的何适吗？”

何适简简单单的一句话就让她心跳了很久，她对着电话甜甜地笑着。

“傻样儿，又去看什么乱七八糟的了？我管不住别人的嘴，可管住自己的身体还不容易吗？”

雅琪的心弦刹那就绷断了，这种幸福她接都接不住，她抿着唇，眼中满是笑意：“何适，委屈你了。”

雅琪有时候也觉得是在自讨苦吃，没事儿找虐玩，进这些情感论坛听女生们臆想何适，然后表示何适跟谁比较配。可她就是忍不住，想来看看有没有何适的最新消息。

雅琪那时的短暂出现，似乎并没有引起多大的效果，或许是因为她长时间的不出现，居然有很多人在帖子里表示他们两人已经分手了，都跃跃欲试地表示想要追何适看看。雅琪看着这些讨厌的留言，心想着自己什么时候应该再过去一次，好挫挫她们的锐气，告诉他们，何适并不是什么花心的主儿，他可是从始至终只有她一个女朋友。不过她想归想，这个学期似乎并没有什么时间让她能出现在他的面前，而且就算她出现在何适面前，何适也未必有空来见她。

在大学里可以过得很闲，也可以过得很忙。雅琪选择了后者，生活也就跟着发生了翻天覆地的变化。虽然仍然很单调，每天都重复着一样的事，学习、在学生会里干活、社交、刷帖掐架、想何适，然后……继续想何适。如此一来，等待何适的时间也变得好过起来。

雅琪在向何适看齐，想着有一天可以稳当地站在他的旁边，让别人不敢靠近。而她在“发光发热”的同时，别人的目光也被她吸引着。临近期末考试，雅琪坐在教室里复习着功课，诗梦在旁边捅了捅她的腰，低声道：“雅琪，有没有发现最近我们部里的那个学弟看你的眼光很不一样？”

“什么不一样？”

“你还记得前段时间你参加了一个演讲大赛吗？学弟同学给你抱了一束鲜花？”

“哦哦，好像是有这么一回事……”

“雅琪，我看得出来，他看你的眼神里带着赤裸裸的爱慕，上次见你跟另外一个男生多说了几句话，他的样子看起来就可郁闷了。”

“无聊。”雅琪低头继续背书。

诗梦说得没错，接下去的两天，雅琪自己也发现了，这个学弟时不时地就邀请她一起吃饭，没事就来跟她接触。这个学期接近尾声的时候，他红着脸跑过来：“学姐，请问我可以做你的男朋友吗？”

雅琪愣了一下，随即抬起头来大胆地看着他，仔细端详了一会儿，看得这个学弟不禁红了脸，将头低了下去。而雅琪慢慢地从口袋里掏出一张照片，轻启唇道：“我只喜欢这样的，如果你能整成他这样，你再来找我。”

这个害羞的学弟注意她已经不是一天两天了，好不容易鼓起勇气来表白，哪儿想到平日里看起来乖巧的女孩儿是这么个伶牙俐齿的主儿啊，他顿时就蔫了。

雅琪不动声色地看着他离开，笑了笑，心里没有一点儿波动，然后继续低头看书。而在一旁的诗梦倒是乐不可支地走过来，戳了戳雅琪的脊背：“雅琪，在学生会的熏陶下，你变坏了。”

雅琪轻笑道："如果不喜欢，就不要给机会。"

曾经给了凌若韫机会，导致他们关系变僵，从此形同陌路，这点儿记性她还是有的。更何况，她已经心有所属，还是不要祸害小学弟了。

"越来越有味道了呢。"诗梦看着雅琪，真觉得她这半年来的变化很大。

大一刚认识她的时候，诗梦只觉得这个女孩儿并不好相处，长得很清秀，但不怎么爱说话，即使说话也是细声细气的，而且穿着、用品上都是名牌。她下意识地有些抵触跟雅琪说话，也不愿意跟雅琪接触。后来又见雅琪没有半点儿傲气，出手大方，典型的富家女，并不计较金钱的得失，她也不怎么看得顺眼，总觉得雅琪演技太好。可时间一长才发现，这孩子根本就是缺心眼儿，还没长大，不懂事儿，为人处世上比较生涩。不过人很聪明，会的东西很多，宿舍里的网络端口坏了，她都能给修好。

雅琪最早的变化是从谈恋爱后开始的，变得有些惶恐、焦躁不安，如今或许是因为感情稳定了，人就沉稳了下来，眉宇之间的自信也越来越浓，逐渐绽放出光彩。

"雅琪，又快过暑假了，你可以见到你的天仙了。"诗梦对着雅琪眨了眨眼，雅琪放下书，用手托着下颌："也不知道他能不能准时放假呢，而且……对了，是不是高考成绩快出来了？"

"怎么？你有亲戚参加了高考？"

"嗯……"雅琪应了一声，又叹了一口气，不知道家宝会不会如愿以偿。她转而一想，发现自己想开了不少，就算家宝真的考上Z大，其实也没有什么吧？这能代表什么呢？

"唉，差点儿忘了……"雅琪站了起来，"诗梦，我正好有事，要出去一趟。"

最近学校附近修了路、安了水管，两年前购买的房子大幅度地上涨，涨了接近两倍，也是时候出手了，今天下午她要去签订合同。雅琪见诗梦好奇地看着她，"嘿嘿"一笑："等我回来请你吃饭。"

临近暑假，过户的那笔钱也就到账了，她打了一半的款子给雅靖，雅靖笑眯眯地看着自己银行卡里的余额："我不会投资，但是我有眼光，我相信你。"

"要不是你看中了一辆车，我至于这么快出手吗？"

"你做事有分寸，你拿钱肯定有自己的用途，否则你会做折本的买卖？"

雅琪笑而不语，投资这种东西靠的是机缘，而最近也正巧有这样一个机缘，她觉得不错，准备入股。雅靖用这笔存款买了他人生的第一辆车，不算顶尖的牌子，性能却是不错的。车买来的第一天就开车去雅琪的学校说要载她回家。雅琪摸着这辆车，心里也很骄傲，这辆车里也有她的心血呢。

雅靖因为刚买了车，开始的几天可是很乐呵的，整日里说要带着家人出去兜兜风。

爸爸拍了拍雅靖的车子，表扬了一句："不错啊。"随即笑了笑，拉着妈妈坐进他自己的车里，"还是坐高级一些的车比较好。"

雅靖哼了一声，对雅琪道："这老两口儿真没有品位，雅琪，你坐不坐我的车？"

"我还是觉得爸爸那辆车比较拉风……"雅琪一脸艳羡地望着爸爸的车，看到雅靖哀怨的眼神后，她"扑哧"一笑，"嘿嘿，我给你点儿面子。"

雅琪坐在车里头想着晚上去见何适的时候该穿什么衣服，等会儿去买什么款式的衣服。昨天何适已经被恩准在家里休息一个星期再回校，因为这几天实在是太热了，也因为前段时间他们进行了密集训练。

雅琪期待着晚上的见面，坐在副驾驶上，出神地用手一下一下碰着车上的挂件玩着。雅靖买车后，雅琪专门给他准备了许多漂亮的挂饰，还有抱枕，车里堆了一堆，看起来还挺有童趣的。

"我开车的技术不错吧？"雅靖突然开口，打断了雅琪的走神儿。

"啊，不错，不错。"

“不比何适差吧？”

“不差，不差……”雅琪“呵呵”地干笑着，这个有什么好比的？

可雅琪才刚赞了雅靖，雅靖却开始不留情面地数落她道：“女孩儿就是烦，这么热的天还要出去买衣服。”雅靖将车开入一条小路，“我们先去吃个冰吧？吃完了再去买衣服，从前面绕出去很快的。”

在这种事儿上，雅琪是拧不过雅靖的，而且车的方向盘掌握在他的手里，她哼了一声，就算是同意了。还是让他如愿吧，否则待会儿她一件一件地挑选衣服，他肯定会不耐烦。不过开到小路后雅靖就后悔了，最近这里在施工，路不平不说，还不好掉头。雅靖心疼轮胎磨损，开得极慢，车缓缓地开过时，雅琪只感觉眼睛一跳，眼角瞥到了一个熟悉的身影，她忙轻叫了一声：“雅靖，停一停，是何适。”

何适站在一家小吃店门口，侧对着他们，他的面前站着一个年轻的女孩儿。女孩儿上身穿着一件白色短袖衬衫，下身是一条碎花裙，是家宝。小姑娘这么一打扮，看着成熟了很多，增添了几分娇俏。她仰着头正跟何适说着什么，雅琪的眉头微皱，接着就看到这样一个画面：家宝踮起脚尖，而何适似乎迟疑了一下，然后偏下了头，紧接着家宝就在他的脸颊上留下了一个吻。

雅琪良久地望着那个方向，脸色刹那变得苍白。从恋爱到如今，从来没有哪一刻如此时这般让她绝望，仿佛有暴雨梨花针刺入她的身体，心脏被刺得生疼，几乎都要碎了。她不敢相信自己的眼睛，可却是事实，那人确实是何适，轻飘的刘海儿、冷傲的气质，他双手插入兜里转身离开，而家宝低垂着脑袋跟在他的身后，是因为羞涩吗？

雅靖适时地拿了纸巾覆在雅琪的眼上，替她挡住了一切。

她的眼泪很快就浸湿了纸巾。

雅琪木然的脸缓了很久，才又有了一点儿颜色，她用纸巾擦了下脸，哽咽地问道：“雅靖，我该怎么办？”

雅靖本想打开车门出去，却顿了顿，将车门又一把关上了，清隽的脸上是显而易见的怒气，随即发动汽车快速离去：“走吧，事情没有弄清楚之前，别闹僵。”

雅靖知道雅琪现在也没有买衣服的心思了，就找了一处地方停下车，坐在旁边不停地给她递纸巾。雅琪无声地哭着，不住地掉着眼泪，雅靖看着揪心：“雅琪，你难过就大声哭出来。”

“你说得对。可，我看到这样的场面，我受不了，我很难过。”雅琪说完这句话后，就开始号啕大哭起来。她哭得毫无形象，就像一个单纯的孩子在宣泄着情绪一般。

雅靖将雅琪的头揽了过来，轻轻地拍着她的背：“有我呢，别怕，我一定会给你讨个公道。”

雅琪哭了很久，哭得双眼红肿，才终于停了下来。她低着头，不好意思地用纸巾擦着鼻子：“雅靖，我这样是不是很傻？”

“是。”雅靖“扑哧”一声笑了出来，随即皱着眉道，“无论是什么原因，毕竟是亲眼看见了这样的事儿，心里肯定不好受，我理解你。”

雅琪的脸上闪过一抹惶恐：“可，即使如此，我还是舍不得分手。”

雅靖无奈地摇了摇头，这个傻姐姐面对何适的时候，就是榆木脑袋：“事情还没有你想得这么严重，喏，来……”他拿出手机拨了一个号码，在电话接通后，雅琪还没有反应过来时，就将手机贴在了她的耳朵上。

“……喂？何适……”雅琪躲不开，只得开口，声音因为哭得太久而变得沙哑。

“雅琪？你的声音怎么了？”何适很关心地问道。

“感冒了而已……”雅琪扯了一个谎，又缓缓问道，“你现在在哪里？”

“家宝的高考成绩出来了，她考得不错，我带她出来庆祝。”何适随意地说着，声音里没有一丝异样，“晚些时间，我去找你。”

“不了……”雅琪轻喘了一口气，低声地道，“估计接下去的两个月我们都见不到面了，我要去我爸爸的公司实习。”

何适顿了顿，语气里带了些不满：“这么急？”

“嗯，跟你说一声。”

“在哪里？”

雅琪也说不出来具体地址，又因为生气，不想跟他说话，直接将手机推回雅靖的手里。雅靖也无聊，拿着手机跟何适东拉西扯起来：“我们要去一个很美的地方，哈哈哈，反正你不知道，我干吗告诉你？我就不告诉你……嗯……我会跟雅琪说的……让她好好保重身体的……哎……正好有点儿事要忙……先挂了啊……”

雅靖挂了电话，转头看向一脸呆呆表情的雅琪：“这样就开心了？”

“不开心……”雅琪低着头，并不是很想说话。

太久没有见到何适了，她很想他，她想见见他、抱抱他，可一时有气，就嘴硬找了这么一个拙劣的借口，硬是将两个人的距离拉长了。整整一个暑假不能再见了呢，她叹了一口气，眼神黯淡。

爱情中的酸、甜、苦、辣，她一一尝过，可似乎在感情方面，她还是最初的谢雅琪，痴情、懦弱。而何适还是刚开始时的何适，淡定、高傲。她的心几乎完全给了他，可他却似乎没有。她不喜欢这种一个人的追逐，太累，可她也不愿意放弃自己好不容易才争取来的男人。

雅靖摇了摇头：“让你嘴倔。好了，下车吧，来都来了，这里有家很好吃的甜品店，吃点儿东西，心情才会好一点儿。”他见雅琪还是赖在车上不肯下来，就硬是将她从车上扯了下来，“我们等会儿去买点儿东西，再回去整理整理，今晚……今晚就动身，去爸爸的公司锻炼锻炼。”

“这么快？”雅琪这才反应过来，一脸的不敢相信。

“难道你还准备继续独自疗伤怎么的？或者说，你现在想去跟何适告个别？”他看着雅琪懊恼的神色，继续道，“谁让你这么快就做决定，现在又后悔了？”

“我，就是想弄明白……”雅琪支支吾吾地找着借口。

“那你相信不相信何适？”

“……信。”雅琪很久才说出这个字。

“那不就结了？走吧。你已经撒了谎，那只能去圆这个谎。先出去透透气，以后的事儿以后再说。还有就目前发生的这件事来说，如果何适这么快就变心了，你再追着他也没有什么意思，还不如痛痛快快把他给忘记了。当然如果这只是一个误会，那两个月足够你释怀的了。”

雅琪抽搭着鼻子：“雅靖，你真好。”

雅靖嘿了一声：“你也就在有所求或者心情不好的时候跟我说这句话。”

谢爸爸听到雅琪要去他的公司实习，确实倍感意外，可又一想，自己这个疼到骨子里的女儿确实已经长大了，早就不是小时候那个天天对着他撒娇的小女孩儿了。当天晚上谢爸爸就将他们送去了邻市的分公司：“这里是第二个分公司，爸爸祝你们可以在这里学到你们想学的东西。”

谢爸爸将他们交给这里的黄主管后就离开了，他表示既然放手了，就让他们自己摸索。黄主管是谢爸爸的好朋友，为人处世向来十分严谨认真、不苟言笑，他对他们说的第一句话便是：“你们来到这儿不是当学生，而是学会如何当一个管理者。”

黄主管跟他们介绍了一些公司的相关情况与工作内容，雅琪和雅靖听得都很认真，雅靖笑眯眯地道：“在接下来的两个月里，我们姐弟俩还需要黄伯伯多加提点与帮助。”

黄主管的脸上露出些欣慰的笑容：“好了，你们先去转转，我找人给你们布置一下房间，明天我会给你们安排工作。”

两人从主管的办公室里出来的时候，雅靖看着对面镜子里显现出来的两人，果断道：“走，去买几套衣服，这样的打扮实在是太……不上道了。”

雅琪走近镜子，比画着镜子中自己的轮廓，嘟囔道：“我们这种脸是不是叫作娃娃脸啊？我若是穿些颜色嫩的衣服，都能去当高中生了。”

雅靖拍着她的脑袋：“快走吧，等会儿服装店都要打烊了。”

两人分头行事，约莫两个小时后，才重新碰了面。雅琪换了一身黑白套裙，头发高高地绾起，不经意落下来的两绺头发用卷发棒烫了卷，脚着紫色高跟鞋。她还化了一点儿淡妆，此刻的她如同脱胎换骨一般，轻抿着唇，气质优雅而高贵。

雅靖换去了平日里稍显嘻哈的风格，穿上了衬衫，打上了领带，下身穿着西裤，手里挽着一件西装，脚上是一双锃亮的皮鞋。雅琪第一眼看过去还有些不习惯，可再看第二眼竟发现雅靖很适合这种装扮，有一种年轻新贵的感觉。

两人看着对方，都哈哈大笑起来，想要装成熟确实很容易，包装包装就出来了。

雅靖走了过来，替雅琪将装饰用的领结摆正："我们家的基因就是好，稍微打扮一下就能拿得出去手。"

雅琪不怀好意地扯了扯他的领带："你也不害臊。"

雅靖哼了一声："说真话还没理了？"

雅琪将手上的袋子都给了雅靖拿着："好了，我们回去吧，从明天开始就要好好工作了。"

"你是来当管理者的，可以傲气一点儿，表面上味道是出来了，但内在也不许掉价，时时刻刻记着，不可以丢爸爸的脸。有什么事可以给我发信息，不许犯傻。"

"知道啦！"雅琪答道，心里却没底，雅靖的意思不就是让她"装"吗？

雅琪和雅靖被黄主管分到了两个部门，听说是雅靖的意思，说是给雅琪自主的空间。雅琪所在的部门有两个新进的实习生，分别是雅琪和一个被称为小陈的女孩儿。第一天上班，雅琪穿着新买的紫色高跟鞋摇曳着身姿就进了办公室，脸上带着礼貌而得体的微笑，显得不亲近也不疏离："大家早，在接下去的一段时间里，我会加入大家的团队，和大家一起工作，请多多指教。我是谢雅琪。"

另一个实习女生穿着一身学生装，白色T恤、牛仔裤，T恤上还印着一个大大的娃娃头。她戴着眼镜，扎着马尾辫，许是怕生，神色也有些怯怯的："大家好，我是新来的实习生，大家可以叫我小陈，请多多指教。"

雅琪刚开始并没有发现她跟小陈之间有什么不同，可时间一久倒是发现了点儿什么。她每天要做的只有自己的分内工作，而小陈除了分内工作，还做一些端茶、送水、叫外卖的分外事。刚开始小陈处理手头的工作时并不上手，经常要加班才能完成。

雅琪暗自摇头，想起雅靖那句话“老人喜欢欺负新人，喜欢欺负实习生，更喜欢欺负老实的实习生”，实在是太对了。她曾经答应过何适不被人欺负的，如今自然不会自掉身价供人来差遣。

在工作方面，起先她也做得不好，可是这里的工作很对她的专业，所以处理起来也不并不是特别的难。而且她之前就看过很多的专业书籍，所以过了一个星期左右，在工作上就应付自如了。原本需要一天才能完成的工作，半天就够了。

“来，我们杀一盘。”正当雅琪伸了个懒腰，想要将做好的东西发到上级邮箱的时候，雅靖在 QQ 上找她，招呼她一起去玩五子棋。

“……”

“工作做完了就先放着，剩下的时间，我们去玩会儿游戏。”

雅琪不解，但觉得听雅靖的也没有什么，就跟他玩了一个下午的五子棋，一直玩到下班，她才慢腾腾地将任务交了。过了几天，她才终于发现，小陈每次都比大家提前完成工作，可结果呢？她的工作却越来越多，有时还要替人家加班，因为她的效率高，所以谁有了事都第一个想到她。雅琪暗暗地想，难道这就是能者多劳？

雅琪总结了一下，做人要高调，处事要低调，这样，麻烦就会少很多。这里是个让人快速成长的好地方，在最开始的一段时间里，雅琪都是在硬撑，装清高、装高傲，但她总感到心虚。每天都需要雅靖训她一顿，才会将腰板给直起来，但时间一久，也不用雅靖训她了，她说话的底气自然就足了，眼底再也没有怯弱的神色，自然而然地就带着些威信。

办公室里有个女人欺负小陈欺负得最欢，可小陈最近有点儿忙，实在无法帮她，就怯怯地拒绝了，谁知这个女人竟发了一通脾气，一直嘀嘀咕咕的，终于让好脾气的小陈也有了脾气。后来这个女人又笑着过来找雅琪，说了一堆好话，还说自己下午有点儿事，要提前下班，然后表示想让雅琪帮帮忙。雅琪本来就对她欺负小陈的事儿颇有微词，又见她只是想提前下班，雅琪便随意地指了指自己的电脑："我忙。"

"我刚才分明看到你在玩游戏……"

"关你什么事？"

"我找主管去！"

雅琪浅浅一笑："去吧。"

晚上回到单人宿舍后，雅琪会呆呆地看着何适的照片，然后对着镜子模仿何适那种似笑非笑的神态。她用手指摸着镜子中自己的眼睛，里面流淌着思念。她想，她是真的想他了。一个月了，不跟他联络，也没有他的消息，不知道他会不会想她。

"她不就是有主管这个后台吗？还真敢横起来了！"

"就是，你看另外一个实习生，要她做什么，还不是我们说了算的？谢雅琪居然还不把我们放在眼里了。"

"好了，好了，少说几句，免得被听见。"

"听见就听见，我还怕她不成？我最不待见这种贱人，居然敢给我脸色！"

雅琪站在厕所里，本来只想就这么忍了，可听到最后一句话，她脸色就是一变。门被缓缓地推开，雅琪踩着高跟鞋走了出来，淡定地站在洗手台前，对着镜子高傲地微笑着："想让我看你脸色也行啊，找你们妈去。"

"让你妈找一个有后台的老爸再生你一回？"雅琪慢悠悠地洗完手，对着镜子撩了撩刘海儿，看着镜子中她们通红着脸无言以对的样子。雅琪转身离开，这一刻竟有一种从未有过的满足感。

她出去时正碰到拿着文件要去复印的雅靖，就将刚才的事儿跟他一说，雅靖"扑哧"一声笑了出来："太坏了，给人家留点儿面子。"

"我又没招惹她，谁让她说话那么难听的。"我又不怕她，干吗忍气吞声，让自己难受？

过了没多久，大家都知道雅琪不只是一名实习生，而是大老板的女儿。这下找她碴儿的没了，巴结她的倒是多了。公司里有人开口唤她大小姐，她刚开始还觉得不好意思，后来渐渐地适应后，就微笑地接受了这个称呼。她本就是来学习如何当一个管理者的，顶着大小姐的名头，自然要好好利用。

她的头衔被提了几级，不用再做底下的工作，开始接触管理者层面的内容。雅琪明白了黄主管的意思，领悟能力也很强，而且该强硬的地方就强硬。按黄主管的话说，她的能力已逐渐有了几分谢爸爸的风范。雅琪平日里严肃的样子居多，也不知怎的，被扣上了一个刻薄的帽子，雅琪倒也不在乎，每个人都有自己的生活方式。

可即使落了个这样的名声，巴结讨好她的人仍是有的，其中就有个男人，纠缠了她好多天，甜言蜜语不尽，还总是邀请她去喝杯咖啡。雅琪找了许多借口推托，却仍旧摆脱不开他。她烦躁不堪，懊恼地跟雅靖探讨了一下这个问题。雅靖听罢，呵呵地笑道："你自己想办法。"

雅琪想了想，皱了皱眉头，在这个男人再次邀请她喝咖啡的时候，她答应了下来。

在咖啡馆里，雅琪优雅地用勺子搅着咖啡，漫不经心地看着他："这么频频约我是为了什么？请你开门见山，我的时间不多。"

对面的男人本以为雅琪答应跟他一起来喝咖啡是有了什么转机，还想着慢慢地磨，可未料到雅琪会说出这么一番话来，一时竟有些紧张。他搓了搓手道："是这样的，我觉得我们很有缘分。"

"是吗？"

"前世的五百次回眸，才能换得今生的一次相遇……"

"如果有一个人让我可以有五百次回眸，那人不是长得太好看，就是太次。"

"大小姐，您说话未免太刻薄了。"

雅琪只是笑笑，心里已经有些不耐烦："你说我刻薄的意思是觉得自己太次？"

对方的脸有些挂不住了："我是说，我就是喜欢谢小姐的刻薄，呵呵……”

“哦，谢谢你的喜欢。”

良久，对面的男人好奇地问道：“……没有下文了？”

“难道需要我给你回应？再或者，你可以去找我爸爸要回应。嗯，事儿说完就行了。这顿咖啡AA制好了，你可以先走，我还准备再吃点儿东西……”

此时，男人的脸色已经有些青了，他可不是过来被羞辱的！他飞快地转动着脑子，正想着再说些什么话的时候，只觉得有一个人影正渐渐靠近，他下意识地抬起头来，就看见一个穿着黑色衬衫的英俊男子站在自己旁边，神色凛然。

男子居高临下地看着他，深邃的眼中有一股浓浓的怒意。只被这男子瞥了一眼，空气都似乎凝结了，他顿时感觉身上像被人戳了好几个窟窿一般。男人轻喘了一口气，却见那英俊的男子敲了敲桌子，转而看向谢雅琪，话语里含着一种宠溺：“又淘气了？”

雅琪抬起头来，看到何适的那一瞬间，脸上的冷漠嘲讽之色刹那消失无踪，剩下的只有吃惊和不敢置信：“何适？你怎么会来？”

“听雅靖说不知道从哪儿跑出来个野男人请你喝咖啡，所以就过来看看。”何适掏出钱包，唤来服务生，指了指那男人，“我替他买单。”

何适看到这个男人依旧呆愣着，优雅地浅笑道：“怎么，你还想再点些其他的？”

对这个男人来说，今天是个可悲的日子，被人羞辱了好几回，简直就要泪流满面了。

等那个男人走了之后，何适坐在雅琪的对面道：“你刚才说你还想吃什么？”

雅琪愣愣地重复了一句：“你怎么会来？”

“我从学校里回来了，这么久不见，又不联络，我怕你想我。”何适朝着雅琪挑了挑眉，神色笃定道，随后，他的唇角微勾，“见到我，你很开心。”

雅琪看到何适的那一刻，脑袋里就一片空白，她不知道自己此刻是什么神态，可内心如海浪一般翻涌着，心跳加速，几乎让她喘不过气来。许久，她才稳定了心神，微皱着眉，低下头不去看他，因为她十分讨厌此刻他那自恋的神态。

“看起来似乎漂亮了很多？性格也改变了不少，我差点儿都认不出来你了。”何适站起来，暧昧地坐到雅琪的旁边，伸出手来搂住她的脖子，修长的手指在她白皙的脖颈上缓慢地轻抚着。

雅琪没有动，身体却已经僵硬了，只觉面颊滚烫。何适的手又绕过去捏了捏她的耳朵，接着又往上，轻轻一扯，她盘上去的头发就散落下来——这才是他的真目的，他做完这些，仔细地看了她两眼，嘀咕了一声：“这样才好。”

还没等雅琪发作，何适又从自己的口袋里掏出张纸巾，在她的唇上擦拭了几下，不悦地皱着眉道：“这唇彩也太炫了，炫得我眼睛疼。”

“你干吗？”雅琪只觉得全身都在发热，额头上还冒出了汗，她往座位里面缩了缩，趁机踢了何适一脚，“你走开。”

何适吃痛地收回脚，低头看着她脚上穿的高跟鞋：“这么高？”

雅琪觉得自己都快要崩溃了，今天的何适真的很奇怪，干吗老捉弄她，她又没有做什么对不起他的事。何适不知何时变得面无表情，抿着唇不说话，许久又示意性地往她胸前看了一眼，接着伸出手来将她的下巴往上抬了抬，又站起身来，将她按在座位上，不让她往前倾：“坐直一些，不然，兔子都要被人看到了。”

雅琪听着何适在一旁没品地乱说话，再度脸红，却是被气的。她怒气冲冲地一把将他甩开，站起来就要走。而何适快她一步，从身后勾住她的腰，将她拽了回来：“这么想要躲我？”

“我讨厌你。”雅琪受不了地对他喊了一句，脑海里又浮现出家宝吻他的那一幕，眼神不由自主地黯淡下来。

“妞儿的脾气变大了。”

“我看到她吻你了！”雅琪转过身来，直视着他的眼睛，双眼瞪得很大，“我、不、开、心！”

雅靖其实一直在一旁听着，本着“非礼勿视，非礼勿听”的原则，他本想让自己一直隐藏在暗处的，可是一听到这句话，“扑哧”一声就笑了出来，嘴里的咖啡全都喷了出来，笑得眼泪都出来了。本以为雅琪有了点儿长进，可似乎一碰上何适，她就招架不住了，他叹了一口气：“雅琪，你不淡定了。”

“我才没有不淡定，我就是讨厌他！”

何适怔了怔，许久才似想起了什么，接着恍然大悟。他搂住雅琪就往外拖她，一本正经地道：“我们好好谈谈。”

“我才不想跟你谈，谈个鬼。”

“哎哟，还长出獠牙来了，不行的哟，不行的哟。”

雅靖“扑哧”一声又大笑起来，真是道高一尺，魔高一丈，何适这个鬼东西，还真没有谁能治得了他的，雅琪在他面前只有被吃得死死的份儿。

何适拉着雅琪，将她塞进了自己的车里，他对这里的路不算很熟，乱开了一气后，就将车开到了一个偏僻的地儿。此时，在雅琪心里憋了很久的怨气终于爆发了出来：“何适，你走开，我还要回去上班！”

何适停下车，拉过雅琪的一只手捏在手里，另一只手抚上她的后颈：“上什么班，你不是都有时间陪野男人出去约会吗？”

“又不是你看到的那个样子……”

“那是哪个样子？”何适一下子就将雅琪问住了，他的声音又慢慢地低了下来，带着些诱惑，“要不要听我给你好好解释一下？”

“吻了就是吻了，没有什么好解释的。”雅琪嘴硬道，冷哼了一声，将脸转向一边。

何适按着她的脖颈，让她朝向自己，随后朝着她靠近，唇重重地吻住了她的唇。雅琪觉得自己都快被何适吃掉了，他连咬带舔，无论她怎么挣扎都没有用。他的炙热、引诱令她意乱情迷，浑身都战栗起来，她的脑袋逐渐放空，只剩下“想念”“思恋”“销魂”等几个词了……

何适“吃饱喝足”，将快要窒息的某人按在怀里，揉着她的头发：“我可没对她做过这种事儿，除了你，我还能对谁做？”

雅琪没吭声，感觉快憋死了，只想着找个缝隙喘一口气。

“我没想到小丫头会喜欢我……她说我是她十年来唯一的阳光。”何适皱着眉头，似乎有些郁闷，眼睛微微闪烁了一下，眉头又松开了一些。

她说他是她十年来的阳光，照亮了她心里的阴暗角落。

何适倒是一点儿也不隐瞒，可雅琪听到后却很伤心，将脸又往他的怀里埋了埋，憋死自己算了。

“她说自己不想离家太远，因为她妈妈舍不得她，所以她就报了W市大学。她说吻我一下就好，以后还把我当哥哥。我一直将她当作妹妹，即使她跟我告白了，我还是将她当妹妹，我对她没有别的意思。”

雅琪不说话，十年来唯一的阳光啊。何适将她的脑袋拉出来，见她的眼眶又红了，就亲了亲她的眼角：“雅琪，你是我的阳光。”

她的眼泪瞬间便落了下来，是被感动了吧？何适很少这样一本正经地跟她说情话，甜得她心里直冒泡，她紧紧地抱着他的腰，哽咽地说了一句：“你是我的氧气。”

一句很模模糊糊的话，何适没有听清楚。

没有阳光，不会死，可没有了氧气，马上就会死。

他一步步地将她拽入深渊，她整个人都陷进来了，再也出不去了。

雅靖实在是看不懂，为什么雅琪这么喜欢被虐，前一刻还是恨着何适的，下一刻就恨不得跟他天天黏在一起。这小两口儿就是喜欢相互折磨——有事儿折磨，没事儿也瞎折腾。晚上何适送雅琪回来的时候，两个人还黏糊糊地抱了抱，又做了一些非礼勿视的事儿。

雅靖后来实在是看不下去了，就上前将何适踢到一边儿去了：“你不是要回家了吗？要走赶紧走。”

何适笑眯眯地拍了拍雅靖的肩膀：“今晚，咱俩一起挤挤吧？”

雅靖皱了皱眉头，见时间也实在很晚了，就很是为难地说了一句：“好，那你明天就滚。”

何适哪儿听他的话，理也不理他，继续搂着雅琪亲了两口："我们去雅靖房里说会儿话。"

"天哪，这么热的天，让我滚去哪儿啊？"雅靖苦恼地说道，他实在不想再看到他们卿卿我我的样子。

雅靖本以为何适是闹着玩的，毕竟这家伙有洁癖，睡不惯别人的床，以为他第二天就回去了。可何适竟去请了个钟点工来，将房间收拾得干干净净，还去买了新的床垫，铺在房间里的另一张床上。雅靖无语地看着他，见他又将刚才拖过的地拖了一次："老子就这么脏？"

"老子不嫌弃你就不错了。"何适将这里弄得干干净净的，才松了一口气，"将就住几天吧。"

"搞得这么委屈，像是老子很愿意让你留下来似的。"

"雅琪愿意我留下来。"何适咧着嘴笑。

"喂，说真的，你居然这么好说话，被一个小妹妹吻了？"

何适微微凝神，略带神秘地冲着雅靖勾了勾手指："过来，我有话想单独和你说。"

"什么？"雅靖好奇地凑过去。

何适凑到他的耳边，顺便在他的脸颊上亲了一口，随即一脸无比厌恶的样子："真恶心！"

"你才恶心！恶心死了！"谢雅靖快要疯了，他用力擦拭着自己的脸颊，"你居然对我有这种想法。"

何适微挑眉梢，又嫌弃又有些恶作剧地瞪他："滚开！"

"我去！我去！我去……！"雅靖"哇哇"地叫着，很想哭，随即"哦"了一声，"我要找雅琪，要找她给我报仇！"

何适拽住他的衣服："不用解释了，这事过去了，不提了。"

"好吧。"雅靖摊了摊手，满脸的无奈，"谁让我那傻妹妹好哄呢。"

何适在这里的这段时间里，雅琪的腰板挺得更直了。何适的心思比雅靖更"歹毒"，教的东西也更为"阴险"，雅琪发现自己现在也是满肚子坏水儿，不知道是什么时候被何适灌入的。接下去的日子，便有了这么一个模式，雅琪在办公室里欺负别人，而何适却来欺负她。

何适在这里没事儿做，倒像是来度假了，白天他在宿舍里上网做题，晚上就和雅琪一起出去逛逛，之后两人再一起回宿舍，虽然不睡在一起，可这种日子也够温馨的了。雅琪不禁地想，以后结婚了也应该是这种日子，这时她就会开心地傻笑起来。

雅琪因为之前的事本想晾着何适一段时间的，就算见面了也要生他几天的气，不跟他说话。可何适一出现，她就忘记了一切。也因为有何适在这里，她每天都过得很高兴。雅靖叹气，何适一来，雅琪几乎就找不到北了，弟弟永远是替代不了男朋友的，无论她怎么跟他说，雅靖你是好人；无论她怎么跟他说，雅靖，我讨厌何适。

很快，实习的日子到期了。走的那天，何适进入雅琪的房间帮她整理着东西，才两个月，房间里就堆了一大堆的衣服。雅琪叠着衣服，就听何适在一旁道："这件颜色很称你的肤色，这件料子太薄，这件……"

"滚。"

这些天，雅琪每天心情都特别的好，但开学后，她又要跟何适分开了，便恋恋不舍起来。雅靖见他们两个人又在磨叽，扶了扶额，恋爱中的人都喜欢这样浪费时间？

第十二章 转折

新学期开学后，雅琪意外地在学校里碰见过几次家宝。家宝读的是中文系，雅琪也不明白为什么她突然就不继续读理科了。雅琪每次碰到她的时候，她手里的书都是不同的，有时候是诗词鉴赏，有时候是一本外国小说。可无论如何，雅琪心里一直在纠结的事总算落了地——家宝不在Z大，不会时时刻刻地陪在何适的身边。

家宝见到雅琪时，也会礼貌地跟她打招呼："姐姐好。"

毕竟是在同一个学校读书，两人碰面的次数倒是挺多的。偶尔在饭点碰上，就会一起吃个饭。家宝吃饭的时候很安静，一声不吭，这时雅琪才发现她的皮肤很苍白，白得发灰，没有一点儿血色，又有些发黄。雅琪发现自己有些心疼她，对她的敌意也就慢慢地消失了。有时雅琪也会给她买点儿吃的和保健品，家宝很少会收下，偶尔收下了，也会送给雅琪一两件手工艺品。

家宝的手很巧，虽然纤细也没有血色，可是会做很多漂亮的木偶，给它们涂上美丽的颜色。雅琪十分喜欢家宝送给她的那些木偶，一个个地摆放在床头。她总觉得家宝的内心深处有个绚丽的世界，很远、很缥缈。

如此过了半个学期，雅琪居然再也没有碰到过家宝，她并没有多想，只以为天气转冷，家宝躲起来过冬了。在她的记忆中，家宝似乎是个很怕冷的孩子。

雅琪准备考研，所以从这个学期开始，她每天都要学习到很晚，又因为她在学生会升为了干部，这个学期比起上个学期来更加的忙。周末偶尔得了空，她就会去离学校不远的一个休闲吧待会儿，听听优雅的音乐，吃吃东西。这个休闲吧其实是一个夜店，却还蛮小资的，比酒吧少了一份喧闹，多了一份情调。这个独特的夜店不过才刚开张一个月，是她的一个远房堂姐兼学姐—— 张洛洛开的。当时，开店的初始资金不够，雅琪因为在上个学期末卖了房子，得了一笔钱，便投资了百分之三十。雅琪对这位堂姐曾经有所耳闻，张洛洛在学校里本就十分优秀，而且把家里的生意也是经营得有声有色，但因为跟父亲有了矛盾，就独自一人跑出来创业了。

雅琪相信她，也看好这里的地段，这里有许多所学校，这么多的学生，生意又岂会不好？雅琪如今也算是一个小老板了，她在这个休闲吧里有自己专门的包厢，她经常一个人来这里上上网、听听歌、吃吃东西。

“琪琪，你来了？”张洛洛敲门走了进来，坐在她的旁边，给她端来了一些好吃的，“这是我最近聘请的一名国外的糕点师做的，还有红茶，你尝尝。”

雅琪拈了一小块，品尝了一下，味道松软可口，富有弹性，她其实不怎么喜欢吃甜食，可此刻却迫不及待地又拿了一块。她尝完后，喝了一口红茶，直点头：“不错，不错。哎，洛洛姐，上个星期我妈妈跟我说过呢，你找了个糕点师做男朋友，是吧？然后才会离家出走？”

张洛洛脸色一红，粉色的眼影在灯光下闪了一下，也不否认，伸手敲了敲她的脑袋：“小八卦。”

雅琪嘿嘿地笑着，洛洛姐比她大上几岁，跟她同辈的亲戚很少，洛洛姐算是为数不多的其中之一。每次有什么聚会，两人都会在一起聊聊天儿什么的，交情很不错。

“对了，雅琪。”张洛洛本来就是来说正事的，突然就一本正经地叫了她一声。

“什么？”雅琪吃了几块蛋糕后只觉得口渴，就拿起温热的红茶小口地喝着。

“你有没有男朋友，姐姐给你介绍介绍？”

雅琪连忙摇头又摇手：“不用，不用……”

“跟姐姐还客套什么？姐姐认识一个男孩儿，特优秀，长得也好。你要不要见见呢？他是我爸爸朋友的儿子，弹得一手好钢琴。”

雅琪顿时无语，被红茶给呛住了，心道，姐姐，我真的没有在跟你客气。

“今年暑假的时候，我参加了一个聚会，一进大厅就看见他在弹钢琴，他人长得很英俊，微笑起来也很迷人。”

雅琪终于缓过气来，掐住张洛洛的手臂道：“洛洛姐，你就别给我介绍了，我男人比谁都好。嗯……反正在我眼里是最好的。”

“你别不信，来，我给你看看他的照片。”张洛洛拿出手机，翻出一张清晰的照片给雅琪看，“话别说得太满，你先看看，是不是很好看？”

照片中的年轻男子微微低着头，眼神专注而认真，美好的脸庞在灯光下有一种令人无法忽视的光芒。雅琪怔了一下，张洛洛又点开另一张照片：“这个是正脸，你看他的五官，细看起来很出彩的。我有他的号码，什么时候你们见上一面？认识认识，也没什么关系吧？”

“周升升？”雅琪看着周升升那温柔的微笑和恬淡的眼神，照片里的他穿着一身白色的西装，真的很像一个小王子。

“啊？你认识？”张洛洛不可置信地看着雅琪，“你觉得怎么样？”

雅琪低下头叹了一口气，哪儿敢说周升升还喜欢着自己啊：“天下何其小啊，他是我弟弟的同学，我当然认识他，他还来过我家。”

“真的？”

“可是，我真的有男朋友了，而且我觉得还是我男朋友比较好。”雅琪说着拿出手机，将何适的照片给张洛洛看，张洛洛只看了一眼，就张大了嘴，不禁又多看了几眼：“这人是 PS 的吧？”

“PS的也没有他帅，他就是我男人，可帅了。”雅琪一时兴奋起来，“我刚才不是说了吗？我男朋友更帅。他不穿王子装都是王子样。”

“没救了。”张洛洛硬是将目光从雅琪的手机屏幕上移开了，似乎她还是更喜欢周升升一些，“如果是我，我肯定不会找这么漂亮的男人，站在他身边，我都会黯然失色啊。”

站在自己喜欢的人的面前，哪儿还想着自己会不会被他衬托得黯然失色啊，只怕是希望他更加耀眼吧。雅琪说了四个字：“赏心悦目。”

张洛洛第一次给人牵红线就失败了，未免泄气，她摸了摸雅琪的脑袋：“好了，好了，你自个儿玩吧，我不打扰你了，还有万一跟周升升有发展告诉我啊……”

这根本不可能好不好？

张洛洛走了之后，雅琪开始玩手机，她的手机里塞满了何适的照片，左看右看，就是看不厌，多好看的一张脸呢，永远都看不厌的一张脸，真想时时刻刻地看着他，一刻都不离开。

正当雅琪陷入沉思的时候，雅靖给她打来了电话，她快速接通，靠在沙发上“喂”了一声。

“你最近有这么忙吗？很久没有跟我通过电话了！”

“现在不忙……对了，你在上网吗？我给你看点儿东西。”这里才刚营业不久，她还没有将这个地方给雅靖看过，此时上了网，开了视频，就将这间包厢展示给雅靖看，“这儿不错吧？”

“不错……你这是在哪儿啊？”

“嘿嘿，我自己投资的一家夜店。”

雅靖顿了顿，吃惊道：“什么，夜店？”

“很文明的休闲吧，店长是洛洛姐。”

“疯了，疯了，洛洛姐……你怎么就跟着她混了？你怎么不早点儿告诉我？”

“早告诉你，我怕你不同意，阻挠我的计划！”

“不同意个什么啊，我也要入股！”雅靖吼了一声。

“啊……”雅琪小声问道，“你买车后不是没有多少钱了吗？”

“下次你不能再一个人得便宜，你不知道现在我很穷吗？”

“啊……”雅琪抓了抓头发，“等我分了利，我分一点儿给你。”

“为什么只给一点儿？”

“剩下的我要当嫁妆的。”

“呸，小小年纪居然就开始想着结婚了？没趣。”随即，雅靖又可怜兮兮地道，“雅琪，我的老婆本……”

雅琪突然想起了什么，就将张洛洛刚才跟她提的周升升的事告诉了雅靖，雅靖“噗”一声就笑了：“周升升吗？看着确实稳重，人又低调内敛，是居家必备的好男人啊。”

雅琪顿时无语，难道何适就让人没有这种感觉吗？不过说真的，何适确实没有。

两个人聊了许久，雅琪看时间差不多了，才起身回去。白天给何适发了短信，可到现在他都还没有回，不知道这些天他去干什么了。最近两人都没有时间通电话，发短信也是断断续续的，不是他在忙就是她在忙，等过几天有空了，就去 Z 大看看他好了。

雅琪回想着去年给何适的那种惊喜，就又一声不吭地跑去H市了。到站时，已快天黑，她打算直接去他的公寓等他。何适很少住学校宿舍，时间差不多了，也就回来了。她在何适的公寓住过一段时间，所以很轻易就找到了地方。她抱着试试看的态度，按响了门铃。门很快就开了，开门的是个女孩儿，她系着围裙，手里拿着个铲子，笑眯眯地道：“何适哥哥……”

雅琪在看到家宝的时候就愣住了，仿佛受到雷击般，心跳都要停止了。家宝也是呆愣地看着她，两人相对无语，整个世界都仿佛处于一种静止的状态。家宝的声音结结巴巴的，她倒吸了一口气，又硬生生地顿住，脸上带着一种惊恐的神色：“姐姐……”

“你为什么会在这里？”雅琪几乎有些不敢相信自己的眼睛，她在学校里已经很久没有见过家宝了，原来她在这里，为何适做饭。

雅琪察觉到自己此刻是一副疾言厉色的样子，她缓缓地吸了一口气，极力地控制住脸上僵硬的肌肉，又问了一句：“你是不是一直都在这里，跟何适住在一起？”

“姐姐……”家宝依然结结巴巴的，突然她紧紧地皱起眉头，手里的铲子落了地，另一只手紧紧地捂住胸口，脸上呈现出一种扭曲之色，身体开始抽搐，“不是的，不是的……”

她转身要往里面走，却又不小心踩到了铲子，整个人都往地上扑去。雅琪“啊”地张大了嘴，忙蹲下来扶住家宝：“家宝，你怎么了？”

家宝似乎已经休克了，紧闭着眼睛，一动不动。雅琪的眼睛突然瞪大，心中忽然生出恐惧感，浑身跟筛子似的颤抖着。她双唇哆嗦着拿出手机叫救护车，她从来没有遇到过这种情况，只觉得要崩溃了。正当她不知所措的时候，有人进来了，是何适！

“何适，家宝她……”雅琪的声音带着哭腔，何适还没来得及问她怎么会来，低头就看到躺在地上的家宝，他脸色不禁一变：“快去茶几上把她的救心丸拿来，叫救护车！”

雅琪的双手颤抖得厉害，拿了救心丸转身想问问何适是不是的时候，就见他正在用拳头击打着家宝的左胸，他的神色有些紧张，额头沁出了些汗。叩了几下后，他深深地吸了一口气，低头就开始对家宝做人工呼吸，雅琪愣在当场，呆呆地看着何适的举动：“何适……”

何适并没有理她，做了几次人工呼吸后，抬起头来，继续用拳头击着家宝的胸口，轻喘着气道：“你会吗？你会换你来。”

“不会……”雅琪讷讷地开口，呆呆地看着何适对家宝进行着抢救。

见家宝的脸色开始有所好转，满头大汗的何适舒了一口气，拿了一片药片塞到家宝的舌下。

“救护车来了？”何适听到声音，将家宝抱起，也不去看雅琪，“我先送她去医院，你就在这里先坐着。”

何适轻松地抱起家宝下楼去了，而雅琪在他出门的那一刻双腿一软，跪在了地上。

想起何适刚才看她的眼神、他的语气、他的神色……

过了许久，她才缓过气来，拖着脚步一步步地往外走去，她今天根本就不该来，是她激动了，是她吓到了家宝，或许家宝跟何适之间什么事都没有，是她大惊小怪了。如果那时何适没有出现，家宝或许……或许就……

如此想着，雅琪的眼泪开始禁不住地往外掉，她差点儿就害死了一个人。她也不管现在几点钟了，打的直接回了自己的学校。一路上，她的眼泪都没有止住过，司机都被她吓到了，忙问:“小姑娘，你怎么了？”

雅琪没有回答，只觉得内心深处一片空洞，无止境地害怕着。她手里紧握着手机，却不敢鼓起勇气给何适打电话，不敢问家宝的消息。她一回到学校就爬上床睡觉了，半夜发起了高烧，昏睡不醒，迷迷糊糊地说着胡话。诗梦被她吓醒，发现怎么都叫不醒她，吓得忙叫来了自己的男朋友，一起将她送去了医院。

雅琪昏昏沉沉睡了两天，浑身如火焚烧，潜意识里浮现了许多让她难过的事情。等她醒来的时候，发现妈妈就坐在旁边，用手试探着她的额头，她低低地叫了一声：“妈妈……”

因为她这两天未进过食、喝过水，声音沙哑。

“琪琪，你终于醒过来了，怎么了？发生了什么事？”妈妈见她要说话，又急忙道，“先别说话。”

谢妈妈将棉花棒蘸湿，细心地擦在她干涸的唇上，才从保温杯里倒出些温热的水，让她慢慢地喝了下去。

雅琪想起那天发生的事情，眼泪不禁又要落下来：“妈，我很难过。”

“怎么回事？”妈妈伸手摸了摸她的脸，安慰道。

雅琪仍在害怕着，她结结巴巴地把那天发生的事说了：“我把人给吓到了，我很害怕，我怕她出事……妈，何适，何适他打过电话来没有？”

“昨天夜里他打了几个电话来，问你在哪儿，我跟他说你已经回来了。”

雅琪应了一声，仍旧紧张兮兮地看着妈妈：“那，他还有没有说其他的？”

“没有，没有，别担心，不会有事的。”可谢妈妈微微偏过脸去时，脸上也出现了一些焦急的神色，但她并没有跟雅琪说什么。后来，她给雅靖打了个电话：“雅靖，雅琪醒了，汤炖好了吗？炖好了，你就送过来。”

雅琪现在这种状态，这事儿还得再跟雅靖商量商量。

“妈……”雅琪轻咳了两声，“雅靖也回来了？”

“可不是，你昏迷了两天，妈妈都吓坏了，雅靖正好有空，我就让他回来陪陪你。”

“妈……”雅琪轻颤了颤睫毛，低着头道，“对不起。”

雅琪又在医院里住了两天才出院，雅靖将她从医院里接出来的时候，拍着她的脑袋道：“小白痴，笨死了，你这就是把自己吓出病来的。”

雅琪的脸色还是很难看：“当时我真的蒙了，我真的不知道我的意外出现会让家宝发生这种事，我当时的样子一定很凶，把她给吓着了……”

“没事了，没事了，家宝现在并没有什么事，而且我知道你不是故意的，只是一个意外。”

“雅靖，我跟你商量个事……”雅琪闷闷地跟在他的旁边，脑袋垂得很低。

“什么？”雅琪心情再低落也不会在他的面前出现这种状态，雅靖下意识地生出一丝不好的预感。

“学院里有两个交换生名额，辅导员说给我留了一个名额，让我好好想想。”

“交换生？哪儿的？”雅靖眉头一跳，略略皱眉问道。

“加利福尼亚大学。”

“美国？”雅靖停下步子，虎着脸教训她道，“雅琪，你就为了这么一件事准备跑到美国去？”

“二叔、二婶都在那儿，就算过去了，我也不是一个人。”雅琪低声回了一句。

雅靖顿了顿，仍旧凶她道："你都想好了？"

"爸以前也说要把我们一起送去国外，让我们去国外读大学……"

"爸当时是说要把你跟我一起送去国外留学，后来你不是不同意吗？"

"可我突然想出去了。"

"雅琪，你不要无理取闹，事情不是这样来逃避的。"

"我没有在逃避，我是真的想要去。从小学开始，我都在父母的身边长大，就像你说的，一帆风顺，从来没有受过什么挫折，为人懦弱。即使这半年来我的变化很大，可我仍是站在保护伞下的孩子，所以我想出去转转。"

"请问，谢雅琪同学，你想表达什么？"

"我希望有一天能够与何适肩并肩地站在一起。你说过，有些人并不比他差，可站在他面前就是觉得自己少了些什么。而我，觉得自己少了不止一点点。雅靖，我是认真的，我考虑了很久，这是我突然找到的人生目标，所以我才没有直接推掉。"

"一个何适值得你这样吗……"雅靖阴沉着脸道。

"我想彻彻底底地离开他一次……"雅琪想起何适最后看她的眼神，悬在半空中的心就狠狠地一颤，竟再也不想见到他了。

雅靖深呼了几口气，慢慢地平静了下来："我说，你这还不是逃避吗？什么人生目标，你以为我是谁，我是你的胞弟，你肚子里的蛔虫。"

雅琪低头捏着自己的衣角："反正也就一年的时间，我很快就会回来。"

雅靖摇了摇头："我不会替你做决定的，替你做了这么多年的决定也够了，这次你自己想，到底值不值得。"

雅靖开车载着她回家，她靠在靠座上，闭着眼睛，脑海里浮现出很多的画面，家宝亲吻何适的那一幕，明明让她那么生气，可家宝脸上的羞涩却让她觉得很美好，像极了曾经告白时的自己。还有家宝围着围裙替何适做饭的样子，她开门时脸上露出的刹那喜悦……以及何适给她的那个冷冰冰的眼神。

雅琪一遍遍地回想着，虽然她对家宝很愧疚，可她对家宝仍是嫉妒的，这种嫉妒令她感到冰冷刺骨，无法言说，她比不上家宝吗？比不上吗……

雅靖带着雅琪回家，妈妈已经做好了饭。雅靖趁着雅琪还在低头吃饭的时候，轻轻地退了出去给何适打电话，才响了一声，对方就将电话挂断了。雅靖不禁略皱眉头，过了一会儿，何适那边才重新将电话打了回来："雅靖，雅琪好点儿了没有？"

"嗯，好多了，我刚把她接回家。"雅靖顿了顿又低声问了一句，"何适，家宝现在状况好些了没？"

何适轻轻地"嗯"了一声："没事了，已经能起床了。"

"何适，你会因为她而责怪雅琪吗？可这件事上，雅琪只能算是一个意外。"

"跟雅琪没有关系，别让她有太多的心理压力。"

雅靖毕竟是护妹的，听了何适这话，只觉得有些不顺耳，便冷嗤了一声："何适，其实我一直很相信你，可有时我也会想，毕竟是青梅竹马，或许，你对她有另外一种想法。"

"你放屁！"

"可能你潜意识里都没有意识到……所以你纵容她，纵容她吻你，纵容她出现在你的家里，纵容她黏着你、爱着你，我就不信她一个小姑娘喜欢着你，还喜欢了那么久，你这个人精会不知道！"

雅靖见何适沉默，呵呵地干笑道："何适，你就是喜欢享受被喜欢、被崇拜，对吧？雅琪既然蹚了这浑水，我为了让她开心也就默许了。可如今我要警告你，雅琪对你的迷恋总会有个限度的。你不要总以为雅琪离开你就活不了了！如果你只是喜欢享受暧昧，请你尽早放开雅琪，别老拽着她的翅膀，逗着她玩儿！否则，迟早有一天，她对你的迷恋会烟消云散，什么都剩不下。"

"谢雅靖，你说完没有？"何适也怒了，手紧紧地抓着电话，指关节都泛白了。

“如果你觉得你的宝妹妹跟你比较合适的话，你就早点儿跟雅琪说明白！”

何适深深地吸了一口气：“谢雅靖，你精神病吧？你不知道真相就别乱说话！家宝不是一个人过来的，她是和她妈妈一起来的。最近她昏厥的次数越来越多了，我叔叔替她介绍了一名权威的心脏外科医生，就在 H 市这边，她们母女俩就暂时住在了我这儿。那天，她妈妈跟医生去商量事儿了，所以她先回来了，就这么简单。”

雅靖张大了嘴：“昏厥的次数越来越多？”

何适扔了电话，颓丧地坐在沙发上，家宝是他从小看着长大的妹妹，他虽然不爱她，可是很喜欢她。她的世界很灰暗，从小到大都没有玩伴，是个很孤僻的孩子。何适不知道自己何时起成了她心里的阳光，或许他用足球踢她时，或许是用水枪欺负她时，或许是用鞭炮吓她时。因为他的恶作剧，她第一次心脏病发作，后来他便再也没有欺负过她。高考之后，她频频昏厥，才知道了自己的病情。还有那个吻，虽然她故意耍诈，他或许也能躲开，或许真的是纵容吧，因为心疼她，虽然他很少心软。

雅靖的电话又打了过来，何适没接，雅靖又发来短信，上面有“对不起”三个字。

雅靖看着手机，许久都没有收到何适的回信，他叹了一口气，这些事只会越描越黑，雅琪现在心情不好，他并不想用这件事来打击她。雅靖本是想着，把这事儿烂在心里算了，何适都准备瞒着雅琪，他也准备瞒着。可看着雅琪出院后依旧一副萎靡不振的样子，总是走神儿，还不停地问他，家宝好些了没有？

雅靖看不下去了，将她拉了过来，把何适的话跟她说了一遍：“你想开一些。”

雅琪的表情却越来越震惊，愣愣地看着雅靖，半晌才说道：“雅靖，我去看看她可以吗？”

“可以，当然可以，明天我们买点儿礼物再去。”

雅琪去了一趟学校，拿着家宝送给她的那些彩色木偶看着。一个孤独的女孩儿，心里有着怎样一个绚丽多彩的世界，她的内心跟每个女孩儿都一样吧？雅琪还去了一趟辅导员办公室，才和雅靖一起去挑礼物。

第二天，雅靖问了地址，跟何适说了一个时间。可雅琪却表示要提前过去，自己落了好几天的课，晚上要回去补，雅靖拧不过她，就只好遂了她意。雅琪抱着自己给家宝买的礼物，站在病房门口，仍旧踟蹰着，不敢进去，直到正在喂家宝吃饭的女人对她道："你们是来看家宝的吧？"

"您好，阿姨。"雅琪露出礼貌的微笑，又看向家宝，发现家宝也在看她，眼中带着些怯怯的神色。她心里开始想该怎么跟家宝说话。家宝的母亲似乎没有想到除了何适，还会有别人来看家宝，她手忙脚乱地倒着茶，被雅靖制止了："闻嫂，您不用跟我客气。我是小靖啊，谢雅靖，何适的同学，想起来了吧？"

雅靖在跟家宝的母亲聊着家常，而雅琪坐在家宝的旁边，轻声道："家宝，上次，对不起，我不是故意的。"

家宝低着头，红着脸呢喃了一句："我才对不起。"

"真对不起……"雅琪重复了一句，家宝伸出有些冰凉的手握住雅琪的手道："姐姐，我只是突然发病了，跟你没有关系，真的，是我吓到你了。"

雅琪这才觉得心里安稳了一些，将手里的礼物送给她道："这个送给你，祝你早日出院。"

家宝似还在犹豫要不要接，家宝的母亲对着雅琪笑了笑："谢谢你们来看家宝。"

雅琪在这儿坐了一会儿，见家宝精神还不错，就急着要离开，雅靖拉着她道："不等一下何适吗？他马上就来。"

"不等了，我得回学校补课了。"

雅靖拧不过雅琪，开车载着她回去。

"雅靖，名额已经确定下来了，手续开始在办了。"

“什么？”雅靖的手一抖，车身也歪了歪，他几乎有些不敢置信地看着雅琪，“雅琪，你疯了？”

雅琪低着头不说话。

“事情不是弄清楚了吗？我知道你心里现在在想什么，你到底在怕什么？怕何适喜欢上家宝？何适都解释清楚了啊。”

雅琪将视线转向窗外：“我只是觉得，她的任何条件都应该被满足。她比我可怜，她更需要何适。”

“所以你就把何适让了？”

“就让一下下……”

“雅琪，你脑残了，真的。”雅靖冷哼了一声，表示对雅琪无语，问都不问何适一声，就做了这样一个决定。只是如今木已成舟，也只能这么办了。她有自己的想法，他就随她好了。他又不是何适，不用经历什么。

雅靖当天晚上就回学校去了，他表示他什么都不知道，因为雅琪让他什么都不要说。谢妈妈知道这件事是在一个星期后，一时眼中露出失望的神色。雅琪平日里十分乖巧，这是第一次这般倔强，甚至不跟自己和她爸爸商量。

“妈，我知道你会支持我的。”雅琪见妈妈脸色不好，就赖在她的怀里撒着娇，妈妈被她缠得没办法，哼了一声，敲着她的脑袋道：“你啊，都不知道让我说什么才好。”

“就一年，一年就回来。”

“罢了，罢了，随便你了，记得晚上把这件事告诉你爸爸，别什么事都让我们这做父母的最后一个知道。”

“知道了。”雅琪用脸贴了贴妈妈的脸，心里终于大大地吐出一口气。

雅琪一回房间，妈妈就打电话给雅靖，将他大骂了一顿：“你个臭小子，这么大的事儿，你居然跟雅琪一起瞒着我？”

“妈……”

"你把何适的电话给我！"

"哟，妈，你不要冲动！"

何适最近两个星期每天都给雅琪打电话，可雅琪就是不接，给她发短信也不回。何适想着雅琪肯定是因为他那次对家宝做人工呼吸感到了不舒服，也就准备晾她几天。他是出于救人啊，况且他对家宝也根本没有男女之爱。

直到雅琪的妈妈给他打电话，说了雅琪的最新情况。何适一听到这个消息，脸色"唰"地一下就黑了：谢雅琪，你还真有种，不声不响地就这么跑了是什么意思？还不准备回来了？

"老师，请您给我两天的假期。"何适给他的负责老师打电话道。

"何适啊，最近……"老师根本不准备放人，何适可是个得力的好助手。

何适"啪"地一下直接挂了电话，拿了车钥匙转身就走：谢雅琪，你以为这么走了就一了百了了？何适也不知道自己这一刻是什么心态，他的理智瞬间就没了，他从来都没有想过，雅琪会准备离开他。

何适停了车就冲进学校去找雅琪，雅琪躲着不见他，甚至都躲到女厕所去了。何适脸色冷然，不顾其他人的眼光，直接冲进女生厕所，将她扯了出来，凶神恶煞地抓着她的领子，厉声问她："你就打算这么躲着我？"

围观的女孩儿们都在盯着何适看，一下子就被电到了，哪儿还想得到劝阻。

雅琪很少看见何适发火的样子，不由自主地发起抖来。他发起火来很可怕，那双黑亮的眼睛里像是住着两只小怪兽，几乎要将她吞噬了一般。何适的力气很大，一路将她拖到了教学楼后面，又将她按在了墙上："你给我说明白，你是什么意思？"

雅琪很久都不说话，半晌才低声问了一句："那你说我怎么办？"

让她怎么办，一脸醋意地看着你们恩爱的样子吗？

何适微微咬牙道："我相信你，所以无论看到凌若韫抱你，还是去年你和周升升一起上台唱歌，我都从来没有对你发过脾气，我总是想，你有分寸。而且你还打算瞒着我，我也没有准备拆穿你。”

“这，这不一样……”雅琪吓得眼睛都瞪大了，何适居然都知道，她的脸色不禁有些尴尬。

“怎么不一样？你看你是怎么做的？如果你觉得哪儿不满意，你就过来跟我闹、跟我吵，这么一声不吭地出国是什么意思？”

“我知道她……她需要你，她见到你会很开心。”

“不要觉得自己很伟大。”

“而且你对她很好，从来都是那么宠爱的样子。可对我，你会欺负我，会跟我若即若离，生气的时候也会对我发火……上次我真不是故意的，你却很凶很凶地瞪我……”

何适扶额道：“我不知道为什么我给你的感觉那么糟糕，我当时只是……你要学会相信我。你要知道，自从我认定你之后，我就从来没有想过要和你分开。我希望我们能够一直过下去……不要在这种事儿上计较了。”

“何适，我们分手吧。”雅琪像是突然想通了什么，伸手抹着不断掉落的眼泪，“从最开始，就是我在追你，一直追一直追，每次我想要放弃的时候，你就会给我一颗糖吃。可你知不知道，我从来没有受过这样的挫折。这次，我真的怕，我怕死了。”

“谢雅琪。”何适的神色很难看，很严肃地叫着她的名字。

“不管你喜不喜欢她，她都很需要你的照顾，我退出，好不好？”

何适咬牙切齿地看着她，看着她哭泣的脸，双手握得很紧，这一刻他真的很想狠狠地揍她一顿。可最终，他的指尖只是轻轻地擦过她的眼泪：“如果这是你的答案，那么我成全你。”

雅琪愣在原地，只觉得脑子里轰然坍塌。明知道高傲的何适，会给她这么一个答案，但她仍旧宛若雷劈。

“如果这是你的要求，我自然不会再黏着你。”何适生气的样子很可怕，让她几乎又要哭出来了。她低着头，这一刻竟不知道自己该做些什么，何适转身就走，他根本就不想再理她，也不想再看她一眼。

雅琪看着他离去的身影，不自禁地往前走了几步，又停住，又往前走了几步。她看着他挺拔的背影，无声地张了张嘴，叫着他的名字，她突然明白了一个成语——“撕心裂肺”是什么意思。看着他越走越远，她慢慢地蹲了下来，抱住膝盖，号啕大哭。

“我，我……我不是故意的，我只是……不知道该怎么办了。我不想的，我不想的……”

“我明白。”何适的声音突然在她的头顶响起，她的身体瞬间变得僵硬，她抬起头来，就看到何适又站在了她的面前。他伸出脚来踢了踢她，雅琪本来就蹲得不稳，整个人一下就摔倒了，她抽泣着道：“你干吗？”

何适对她怒目而视：“当初为什么要招惹我？”

“世界这么大，你干吗就要来招惹我呢？”

雅琪低着头，伸出食指在地上乱画着——情不自禁地就去招惹了，她管都管不住自己，想要招惹他的心那么强烈，她又有什么办法？

何适对着她又是轻轻的一脚，雅琪重心一失，便又跌坐在地。等她再次半蹲着，何适又将她踢倒了。

“干吗？”雅琪就像只不倒翁，眼中泛着泪，恨恨地瞪着他。

“我们都分手了，我又不是你的男朋友，我爱干吗就干吗，关你屁事！”

“……”

在何适第 N 次将她踢倒后，她愤愤地站起来就准备走了。何适站在她的身后，声音如冰刃一般冷冽尖锐：“我数到十，如果你还是这个答案，这辈子我都不会再见你。”

他的声音很冷，冷得令人发颤：“谢雅琪，你知道我的。我不是一个痴情的男人，如果你不给我一个答案，你就别指望我等你，也别指望有一天还能重新回到我身边。”

“一！”

“二！”

……

他一个数字一个数字地用力数着：“八！”

“九！”

雅琪的步子一步一步地迈开，每一步都那么犹豫，在第九步的时候生生顿住了，她在等十。

终究，终究还是放不下啊。心尖盛开的那朵花，还是无法凋谢的啊。

何适很久都没有说话，雅琪却再也忍不住，转过身来看他。在她转身的那一瞬间，她分明看到他眼眸中一闪而过的笑意。她看着何适，阳光下他干净的脸庞一如往昔，漂亮耀眼，她轻轻地低下头道：“对不起。”

“我不原谅你。”

“如果，如果我后悔了，那我可以收回我起先说过的话吗？”

“不可以！”何适转过身去，背对着她，“你爱去哪儿去哪儿，以后都跟我无关。”

“你明明说，给你一个答案就原谅我的……”她不舍得，也舍不得，拿得起，就放不下了，她现在妥协了还不行吗？

“我只是说，如果你给我一个答案，或许你还可以回到我身边。”何适站在原地，雅琪一步一步地朝着他靠近，伸出手来，慢慢地接近他……

她惶恐地看着他的手，怕他收回去，可何适却意外地伸过来，将她的手握住，在她还没来得及惊喜的时候，他一巴掌重重地拍在她的掌心上：“你个笨蛋！”

雅琪刚刚经历了分手风波，现在听到何适一本正经地跟她说话，她从身后紧紧地拥住了他：“何适，我真的一年就回来，真的。”

“一年？”何适眉头微皱。

“就一年，回来跟你一起毕业，然后去考Z大。”

“哼。”

“我回来之后就待你身边哪儿都不去了，好不好？”

“那多烦啊。”何适拖长了音。

“我每天都烦着你，好不好？”

“除非你不走了。”

“可都准备好了啊。”雅琪脸上泛起浓浓的后悔之意，她想她还是不太了解自己，本以为的坚定瞬间被何适攻得溃不成军了，还回来跟他认了错。这辈子估计她都要认栽了。

“谢雅琪，你个讨厌鬼！”

第一次，他觉得挫败得没边儿了。

第十三章 招架

经过这场有惊无险的闹剧之后，何适和雅琪重归于好。可何适又怕雅琪突然脑抽筋了想不开，就留在W市住了一天，直到确定雅琪心中没有了阴影才离开。

雅琪跟何适分开后就迫不及待地将这一段“甜甜蜜蜜”汇报给雅靖听，雅靖不耐烦她的絮絮叨叨，几乎都要摔手机了。知道他们无聊，可竟无聊得折腾到这种地步，雅靖冷哼了一声：“你就是没事儿瞎折腾，没空理你。”

雅琪挠头，觉得雅靖说得很对。

“你还真傻，到了最后还是你妥协，他要闹脾气，你就让他闹，让他后悔去，这样，他肯定能记住你一辈子。”

“这件事我也有错。就算他记住我一辈子有什么用，到时候他娶了别人我找谁哭去？”

雅靖已经不想再跟她讨论这个问题了，雅琪在爱情里就是个白痴：“你什么时候出国？”

“快了吧，下个月，圣诞节之前，何适说他要来送我。”雅琪嘿嘿地笑着，笑得雅靖一脸无奈，何适还真有办法，至少对付雅琪是绰绰有余了。

“到时候有你哭的。”雅靖冷哼了一声，虽然他对雅琪出国也是十分不舍，可口气上还是那么不怎么好，“忘了跟你说个事儿，周升升也准备出国了，去的也是美国。”

“唔……他出去干吗？”

“他是为了他的梦想出去的，进修去了呗，不过我估计很大一部分原因还是你。”

雅琪不满了：“雅靖，你个讨厌鬼，干吗把我要出国的事跟周升升说！”

“这是多大的事儿啊，你以为大家不知道吗？早就传遍了好不好？那个张洛洛前天还打电话问我，你们两人去的是不是同一个地方，我说是，都要去美国加州。”

雅琪懊恼地捂着脸，洛洛姐都知道了：“何适如果知道了，一定不会放过我的。”

“你等着被收拾吧。你就欠收拾。”雅靖哼了一声，可是骂归骂，仔细想想，雅琪的这个想法也没有什么不好，出去独立生活一年，回来也就真正成熟了吧？

在接下来的这段时间，雅琪都在忙着办手续，因为家里托了些关系，办理起来倒是非常快。剩下的时间，她也没有浪费，每天都在认真地学习。直到出国前的一个星期，她才放松了一下，约了同班同学出去聚了聚。而最沮丧的是诗梦，在大家唱K的时候，她抱着雅琪不松手：“以后宿舍里就我一个人了呢，我要一个人住上一年，我会寂寞、会想你的。”

雅琪为了让气氛轻松一些，笑眯眯地道：“这样你就可以让君益每天都过来陪你睡，也不用再怕打扰我。”

“滚开。”诗梦哼了一声，抬起头来瞪着雅琪，然后眼神又黯然下来，她再次抱住雅琪，“雅琪，在国外要好好照顾自己，不要傻傻的、笨笨的，对谁都那么大方，对谁的要求都不知道拒绝。”

“不会的。”

“老做好人会吃亏的。”

“嗯。”

诗梦跟雅琪一起住了两年半，打心眼儿里把她当作最好的朋友，这一刻，心里是浓浓的不舍，就抱着她絮絮叨叨地说了很多话。

雅琪听着听着，眼眶也湿润了。现在还没有出国呢，心情就如此。

到了雅琪真正出国的那天，几乎所有的亲戚都来送行，那个排场怎么看怎么壮观。雅琪跟亲戚们一一告别后，就红着眼睛抱着何适不肯撒手了，一句话也不说，只用脑袋蹭着他。

何适也算是第一次在雅琪所有的亲戚面前亮相，可一点儿也不胆怯，一只手抱在她的腰身，一只手轻轻地拍着她的背，带着些笑意道：“是你自己说要走的，现在难道后悔了？”

“我早就后悔了。”雅琪双手抓着他衣服的下摆，“我去那边之后，会很想你很想你的。”

“我知道。”

“好了，好了，快点儿松手，这么多人看着呢。”

“让他们看着好了，他们都是我的家人，不会笑话我的。”

何适哭笑不得，虽然平时也没有怎么见上面，但她现在要离开了，还隔着那么遥远的距离，他也舍不得，眼底生出淡淡的忧伤。可他不能表现得比她更难过，就贴着她的耳朵轻声道：“我也每天都会想你，登机的时间快要到了，快过去，跟你爸爸妈妈和雅靖都告个别，否则他们都要责怪我了，怪我偷了你……”

“哦。”雅琪哪儿听得懂何适话语里玩笑的成分，她恋恋不舍地放开他，看着他明媚的脸庞，踮起脚尖，在他的脸上落下了一个吻，又可怜兮兮地看着他。

何适轻笑一声，他本不想这么高调的，可是……他低下头，漂亮的眼眸半眯，贴上她柔软的唇瓣温柔地蹭了几下，缠绵至极：“我会一直看着你走的。”

雅琪转身去跟爸爸妈妈和雅靖告别，趁着眼泪还没落下来前又深深地看了一眼何适，拖着行李就往安检处走去。

她举高一只手挥了挥，装潇洒，眼泪却掉了下来。

别了家人，别了何适。

雅琪到了美国后，那边有二叔、二婶来接她，所以刚开始她也不算是一个人。可雅琪本来就是为了锻炼自己才出国的，在二叔、二婶家里适应了两天后，就直接去学校附近租了一处公寓。她为了练习口语，就趁着还没有开学的这段时间到处游走，把自己一个人丢在某个地方，然后四处乱逛，迷路了就问别人。每到一个地方，她都会给何适发一张明信片，将此时的心情记录下来。

她还照了很多照片，都存在了电脑里，因为网络暂时还没有修好，她准备过些天再给何适发过去。

雅琪吃不惯西餐，就去附近的超市买了点儿菜，准备给自己做中餐。想着就算没吃过猪肉，也总见过猪跑吧。可当她满头大汗地忙活了一个下午，只吃了一小口，就全倒掉了——太难吃了。她饿着肚子，有点儿想哭，好怀念妈妈做的菜，后来还是靠着从国内带来的泡面解决了问题。

如此过了三日，雅琪正想着要跟何适哭诉一番，却听到家里的铃声响了起来，她愣了愣，没有多少人知道她住在这里吧？当看到来人是周升升的时候，她整个人都愣住了。她慢慢地打开了门，周升升穿着一件黑红相间的外套，脖子上围着白色的围巾，正笑盈盈地看着她。

“呃……周升升……”雅琪惊讶地瞪大了眼睛，周升升晃着手里的菜：“吃过午餐了没有？”

雅琪很想说自己吃过了，可看着他手里的菜，不由自主地吞了吞口水。

周升升见她愣愣地挡在门口，轻笑了一下，侧身就进去了，说：“我昨天刚到，从你妈妈那儿问来了地址。围裙在哪儿？”

“这儿。”雅琪愣愣地将围裙递给他，咬了一下唇，“周升升，你会做菜？”

“会，雅靖都说好吃，你应该也不会觉得差。”周升升仍是笑着，笑得高贵而优雅。他将红色的围裙围在自己的腰上，然后就开始洗菜、切菜。他的动作很是熟练，萝卜丝被他切得又细又均匀。雅琪什么都不会，只能站在旁边，看着他热锅、炒菜，菜香充溢了整个厨房。

隔着热气腾腾的白烟，雅琪看着周升升的侧脸，一下子就觉得很惊艳。其实，雅琪的感觉更多的还是嘴馋。饿啊，真的很饿。

雅琪突然想到了什么：“周升升，你可以教我做菜吗？”

周升升正在炒菜的手顿了顿，露出一丝笑意：“你喜欢吃什么，我做给你吃就好。”

雅琪也是一笑：“吃自己做的饭，更有成就感。”

周升升点了点头，回了一个字：“好。”

周升升做了四菜一汤，都是雅琪喜欢吃的。明明也就几天没有好好地吃过饭，可雅琪觉得自己已经很久没有吃过一顿好饭了，她坐在周升升的对面，一点儿矜持也没有，大口大口地吃着菜，甚至还吃了两碗饭。

“会不会吃太多了？你平时都只吃小半碗的。”周升升见她胃口大开，还想吃第三碗，忙将她手里的碗抢夺了过来，“别吃了，晚点儿我给你做晚饭。”

雅琪“哦”了一声，愣愣地看着他收走了碗，口中还残留着菜肴鲜美的口感，真好吃。她看到周升升开始收拾桌子，就觉得不好意思起来，想要帮忙，可周升升似乎并不需要：“你去坐着吧，看看报纸什么的。”

“我去给你洗水果吃。”雅琪洗了两个苹果，用水果刀切成了块，放到盘子里，等她弄完，又看见周升升在洗碗，他不知道什么时候已经脱了外套，里面穿的是白色高领毛衣，他将衣袖挽起，认真地洗着碗。刹那，雅琪的心里有一种感动流淌而过，随即她用力摇了摇头，念着“阿弥陀佛”，她不能对不起何适啊，就算周升升再怎么好，她也不能对不起何适。

离开学还有一段时间，周升升几乎每天都来给雅琪做菜，每次雅琪都说让周升升教她，奈何雅琪在这方面的天赋太差，每次做得不是味道不对，就是火候掌握不准。

每当她懊恼地看着自己做出的东西的时候，脸上就是满满的失望，周升升笑呵呵地说道："是我不对，是我这个师父没教好你，不过今天做的已经比昨天的好吃了很多。"

雅琪大受打击，心想自己是不是真的只有享福的命，或者是周升升不愿意真的教她。

时间就这么过去了，直到开学。开学后，雅琪就开始忙碌起来，这里的教学方式与国内不一样，她甚至听得有些吃力，所以每天都要学习到很晚。就这么过了两个月，她才觉得自己渐入佳境。同时，她所住的公寓终于联上了网，她这才想起，因为时差的关系，除了每天睡前发一条短信给何适，然后第二天收到一条他回复的短信外，她已经很久没有跟何适联系过了。

雅琪守在电脑前，突然有些激动，可再一想这个时间段，何适应该是在睡觉吧。她进了 Z 大学的论坛，似乎最近关于何适的消息少了很多，可她还是一条条地看着，生怕漏掉什么。其实她担心的东西有很多，可似乎真的没有必要，因为何适也希望他们两个人能像现在一样一直走下去。

雅琪又想起要给何适发自己前段时间拍的照片，她打开邮箱，却发现邮箱里面有很多未读邮件，每一封都是何适写的。

"第一天，我在想你……"

"第二天，似乎等你的日子又缩近了一天……"

"第三天，今天家宝又进医院了，闻嫂要回W市一趟替她收拾衣服，我得守夜。"

如今雅琪再看到"家宝"两个字，似乎难过少了很多，反而逐渐生出些心疼来。

“第五天，从医院里回来，还在疲惫地打哈欠，该死的老头就又将我抓进实验室了……”

“第七天，今天收到雅琪的明信片，字写得真丑……”

“第八天，谢雅琪你个王八蛋，怎么又跟周升升扯在一起了……”

“第十五天，算了，知道你看不上那个二愣子，不跟他计较……”

……

雅琪点开邮件一封封地看着，又看了第二遍，就这么反反复复地看了无数次，直至深夜。她“哧哧”地笑着，然后又开始哭。来到这里之后，她每天睡觉前都会想着明天如果能回去该多好，可从来没有哪一刻如现在这般，让她恨不得马上飞回何适的身边。

一见何适误终生，何适是她这辈子的劫数，终其一生，她都无法将他忘怀。

雅琪一直等到深夜才给何适发短信：“何适，可以上视频吗？”

不过三分钟，何适的脸就出现在了电脑屏幕上，雅琪呆呆地看着他，他似乎真的很疲惫，居然都有黑眼圈了。雅琪用手摸着何适的黑眼圈，对着耳麦道：“何适，你做贼了啊，眼圈怎么黑了？”

“我刚从实验室里回来……通宵了。对了，你个笨蛋，现在都几点钟了，还不睡？”

“唔……”

“等我？”

“刚有了网络，想看你。”何适的声音听起来很凶，雅琪被骂得闷闷的，心里却又心疼他，“你先去睡觉，我晚点儿再找你。”

“我不要紧，好不容易见上一面，说点儿话吧。”何适对着电脑屏幕弹了弹她的脸，真想捏捏她的脸啊。

“最近还好吧，很忙吗？”

“嗯，你呢，在那边生活还习惯吗？适应不适应，吃得好不好？”

“唔，吃得挺好的……”雅琪欲言又止，想着要不要说实话。

“对了，周升升……周末的时候，他会上门给我做饭。”雅琪突然就不想瞒着何适了，反正她似乎从来没有什么事儿可以瞒得过何适的。

雅琪话音刚落，何适就炸了，猛拍了一下桌子，然后眯着眼睛问道：“感动了？”

“不敢，想着你就不感动了。”

“哼。”

“可是他做的饭菜真的很好吃，但我就是学不会……”

“笨蛋。”何适冷哼了一声，突然就做了一个决定，“等你回来，我做比他做得更好吃的饭菜给你吃。”

“可你不会啊……”

“我不会学？”何适接着转移了视频，用后脑勺对着她，“你给我睡觉去。”

“唔……”

“马上，立刻！”

“那……再见哟。”

雅琪笑眯眯地关了视频，突然又懊恼地叹了一口气，她还有很多话没有跟他说呢。她本来还想跟雅靖再说几句话的，可突然就觉得很困，倒头就睡过去了。

因为跟何适见了一面，雅琪就像充了电一般，心里倍儿舒爽，第二天起床时，心情都大好。

以后雅琪就跟何适定了一个时间，一个星期视频一次，可突然有一天何适不见了，给他发短信也不回，雅琪担心不已，连带着几天心情都不好。又到了周末，周升升雷打不动地过来给她做饭吃，雅琪在旁边给他打着下手。周升升突然凑过脸来，距离她很近：“怎么了？心情不好？”

周升升的声音低沉而温柔，让雅琪又是一怔，她忙往后退了一步，警惕地看着他。周升升仍是很温柔地笑着，雅琪忽然有一种想哭的想法，周升升对她真的太好了。她正想着要不要跟他说清楚，周升升忽然伸过手来，似是要摸她的脸。

“干吗？”雅琪直接用双手捂住了脸，周升升缩回了手：“你脸上沾了些面粉，过来，我给你弄干净。”

“我自己去擦干净……”雅琪转身就跑，她还有何适呢，不许招惹他，不许。

她还没有跑到卫生间，突然门铃声大作，等她将门打开后，整个人都愣住了……

站在门口的竟是雅靖，还有她的爸爸妈妈。

“爸爸？妈妈？雅靖？”雅琪从来没有得到过他们要来的消息，这下吃惊得都不知道说什么好了，只是傻傻地看着他们，心跳得厉害。

“小妹，哥哥漂洋过海来看你了。”雅靖的手里提着什么，然后直接将那东西塞到了雅琪的手里。雅琪定睛一看，可不正是“何适公仔”嘛！

“这个……这个……”因为不好带，所以雅琪就没有把它带过来，后来好几次想让雅靖寄过来，雅靖却老忘，雅琪结结巴巴的，声音都有些哽咽了。

“你看哥哥多体贴。”雅靖“嘿嘿”地笑了一声，靠近了她一些，“我知道你想它，所以就将它给带来了。”

“雅靖，你真好。”雅琪冲上去抱住雅靖，还有她的爸爸妈妈。谢妈妈见到雅琪自然也十分开心，上前将她紧紧地抱住：“宝宝，妈妈可想死你了。”

谢爸爸在他们身后轻咳了一声：“进去，都进去再说话。”

雅琪忙让他们进来，可雅靖却拖着她不让走，两人站在门口，雅靖望着天空问道：“想不想何适？”

“想。”雅琪老实地点了点头。

雅靖本来还想说些什么，突然听到一个声音：“叔叔阿姨好。”这声音再熟悉不过，可不就是他们乐队的主唱——周升升。雅靖激动地大叫一声：“我的天！谢雅琪，这个周升升从哪儿跑来的？你们不会……那个什么……同居了吧？”

“胡说什么呢？我不会做饭嘛……”雅琪低着头，有些不好意思地说，“然后，然后……就没有其他的事儿啦。”

“哎哟，我的小祖宗哟，人家的那双手是用来弹钢琴的，你让他来给你做饭？”雅靖今天的行为特别夸张，雅琪都看不下去了，踢了他一脚，瞪着他道：“你干吗呢？”

“我的辛苦都白费了。”雅靖摇晃着脑袋，“那谁啊，你别出来，那谁啊，你不要出来，出来你会受伤的。”

“雅靖，你干吗呢，你快点儿进来……”雅琪话才说到一半，忽然看见一个穿着长款风衣的年轻男子不知道从哪里冒了出来，慢慢地朝着她走近。

雅琪呆呆地看着他，半张着嘴，瞳仁骤缩，再也说不出一句话来。刹那，她只觉得脑袋里轰然一炸，心脏似乎都忘记跳动了：“何……何适？”

何适双手插在口袋里，半眯着凤眼看向雅琪，身上散发出阵阵冷意，唇角微勾，带着一种嘲讽，语气淡淡地道：“好哇，谢雅琪，你挺有种的。”

雅琪一句话都没有说，因为她几乎听不到他在说什么，他的气息一靠近她，她就幸福得忘乎所以了。唉，她的腿都有些软了，心里正“咕嘟、咕嘟”冒着幸福的泡泡。似乎又朝她靠近了一些，可她还没有抓住他的时候，他已经转身离开，再也不看她一眼。

“谢雅琪，痛死了！”雅靖低头就看到她的手掐在他的手腕上，她脸上的神情呆呆的，似沉醉在梦幻里一般，可她的手劲儿真是大，他一把拍开她，“谢雅琪，你还愣着干吗呢？不赶紧去追？”

雅琪许久才回过神儿来，“哦”了一声，就朝着何适追过去了。雅靖再一转身，就看见周升升站在门口，黯然失神地望着雅琪跑走的方向，雅靖拍了拍他的肩膀：“升升，我不想让你受伤，可我没有办法。”

周升升的唇抿得很紧，似在自言自语：“难道连一点儿机会都没有吗？”他“呵呵”笑了一声，语气里透出一种不自觉的忧郁来，“我以为，一年时间那么长……或许，她会为了我而留下来。”

雅靖瞪他一眼：“你还打了这种主意？幸好雅琪没看上你，否则我妈妈就得哭了。”

周升升笑了一下，谢妈妈倒是一脸感激地过来对周升升说了许多的话，最后还表示了感谢："升升，谢谢你照顾雅琪。"

"不客气。"周升升看着谢妈妈欲言又止的样子，他礼貌地笑道，"阿姨，我是雅靖的好朋友，而雅琪是雅靖疼爱的妹妹，我也一直将她当妹妹疼。好了，时间也不早了，我先走了。"

"哎，周升升，大度点儿，留下来一起吃饭吧……"雅靖看了看桌子上的菜，迫不及待地嘴里塞了一块排骨，"晚点儿再回去。"

"每天这个时候我都要练琴的。"周升升转身对谢爸爸、谢妈妈道，"叔叔阿姨，再见。"

谢妈妈劝了一会儿，周升升仍旧要走，她也就没有再挽留。

雅琪气喘吁吁地追上何适，抓着他风衣的衣摆不让他走，何适却直接将风衣脱下，又往前走去。雅琪懊恼地抱着他的衣服，再一次追上去抱住了他的腰，将脑袋贴在他的背上："何适，你这么远地过来，不是为了跟我吵架吧？"

何适站在原地不动，只是瞥着远处的方向，一声不吭。

"我们真的没什么，他就是给我做做饭，他每个周末都过来给我做饭，你又不是不知道，我跟你交代过了的。"

何适仍旧是气恼的样子，不跟她说话，雅琪用脸蹭着他的背："我很久没有见到你了，让我看看你吧，别背对着我。"

"在这里住久了，也会说这么大胆的话了？"何适眉峰一挑，冷哼了一声。

雅琪紧紧地抱着他的腰身："我只是太高兴了，我以为只有等我回国才能再见到你。我发誓，我每天都在想你，即使面对着周升升，我也在告诉自己，我有男朋友的，不能被勾引。"

何适冷笑，将她推开："你给我走开。"

雅琪并不认为自己说错了什么，她整个人又黏了上去："何适，别再发脾气了，你说你到底想要我怎么办？"

雅琪见何适不看她，只冷冷地看着别处，她就踮起脚来，捧着他的脸，直直地看着他，然后唇开始朝着他靠近……

何适躲避不及，被吻了好几下，他嫌弃地擦了擦嘴：“哪儿学来的？”

“同学那儿……”雅琪嘿嘿地笑着，看到何适虽然还是嘴硬着，可脸色终是缓和了下来，“好像很管用。”

何适看着她，说了四个字：“死皮赖脸。”

雅琪笑眯眯地又在他柔软的唇上亲了好几口：“我就要死皮赖脸，不行吗？”

“……”

“你怎么会来的？你有空吗？好像还不到放假的时间啊？”

“再吵我马上就走。”何适发了一顿脾气，在被雅琪哄得心情终于舒服了些后，他眯起了眼睛，显得危险而锐利。他突然一把将她压在一旁的柱子上，对着她红润润的唇就亲了上去。他只一味地进攻着，强势地攻城略地，一点儿也不打算对她温柔相待——他真的很想她，所以没空跟她生气，也不想跟她兜圈子。

雅琪紧紧地抱着他的脖子，即使被吻得窒息，可她仍是想牢牢地抓着他。情人之间，似乎甜蜜蜜地黏糊一番，就会忘记那些不愉快。后来，雅琪见何适不生气了，就一直对着他傻笑着。

何适伸手在她的额头上弹了一下：“周升升呢，就这样把他晾着了？”

“……管不了了，看到你，我的眼里就再也没有别人了。”

“哼……”

“对了，何适，家宝的身体最近好不好？”

何适看着雅琪，见她的神色并没有什么异常，才低声道：“还算可以，病情算是暂时控制了，但是谁也说不准。”

“哦。”雅琪应了一声，没有再问，免得何适难过。

何适握着她的手慢慢地走着：“已经快过去半个学期了，学习都还好吧？”

“嗯，我聪明嘛，学得快，上次考了第一名。”

“不错，我们家雅琪真的很聪明。”

“……”雅琪无语，一会儿又道，“何适，我会回去陪你过圣诞节的。”

“好，我等着你回来。”

雅琪对何适说了很多的话，后来她就靠在他的身上，抱着他的腰身，想着，以后，我们都会一直这么幸福下去，一直一直……

尾声

回国的前一晚，周升升邀请雅琪去听他的音乐专场演奏会，雅琪几乎是想都没想就答应了。周升升在这一年中帮了她很多忙，她又岂会拒绝他这样一个小小的要求？

洛洛姐曾经说，周升升是个王子，那时她还不承认，可如今她才知道，周升升确实是一个王子，但他会在她面前把自己伪装成一个普通人。他优雅而迷人，从来都不是她印象中腼腆而沉默的男孩儿，他在她面前之所以会这样，只是因为他偷偷地喜欢着她。

他卑微地喜欢着她，就像曾经她卑微地喜欢着何适。爱情里并没有谁对谁错，只能说，她比周升升更加幸运。

此刻，周升升站在台上，对着大家微微鞠躬，成了每个人都关注的焦点。

雅琪坐在 vip 观众席上，听他弹奏着曲子。她不懂钢琴，可就是被他的琴声吸引着，觉得很好听，她被他带入了他的音乐世界，那个世界美妙无比，让她深深沉醉其中。周升升在弹奏最后一首曲子的时候，用温柔低沉的嗓音缓缓说道：“这首曲子，我要送给我最心爱的女孩儿，虽然她一辈子都不可能属于我。”

曲调明朗，却带着无尽的忧伤，他心爱的女孩儿，从未爱过他，以后也不会，多么残忍的事。他低着头，目光清澈而认真，漂亮的手指在琴键上跳跃着，当最后一个音落下，他转头看向雅琪，听着大家的鼓掌声，他的目光似迷茫又似得到了解脱。

第二天早上，周升升替雅琪拎着行李，送她去机场。在雅琪要去安检的时候，他突然叫住了她："雅琪。"

雅琪疑惑地转过身来，周升升已经走到她面前，张开双臂将她拥在怀中："记得每天都要过得幸福，不要给我任何的机会。"

雅琪没有反抗这个温柔的怀抱，她点了点头，迟疑地伸出双手，像一个老朋友一样在他的后背上轻轻地拍了拍，声音柔柔地道："周升升，谢谢你一直以来对我的照顾，还有对不起。对不起，我没法儿回应你的喜欢。再见。"

"再见。"周升升无力地扯出笑容站在原地，看着雅琪的背影越来越远，直至消失。他已经忘记了自己什么时候喜欢上她的，似乎是有一天，他不经意地就被她吸引了，所以他成了雅靖最好的朋友。又似乎是那天看到她因为弹不好钢琴被老师打手，所以他就想等自己弹好了再教她，这样老师就不会再打她的手了。即使有一天她不再学了，他也在想，或许他有机会弹给她听。

他的想法一直都很坚定，所以他当上了乐队的主唱，也才有了这次的音乐专场演奏会，可似乎，对于雅琪来说，他的坚定并没有用，他只能这样站在原地看着她离开。

他在她的面前总是怯弱的，不敢告诉她自己的想法，可就算是说了，也没什么用吧？只希望她幸福就好。

雅琪是提前一天回去的，除了周升升谁也不知道。她将行李送去了张洛洛那儿，现在是白天，休闲吧还没有开业，张洛洛正坐在沙发上优雅地涂着指甲，当见到她时，指甲油一下就涂歪了。张洛洛站了起来，将指甲油放在一旁，惊讶地道："雅琪？是雅琪吧？你现在变得更漂亮了，你不是明天才回来吗？”

“我提前回来了。”雅琪笑眯眯地接受了洛洛姐的赞美，将行李放进自己的专用包厢里，又出去倒了一杯水，一下就喝了个干净，脸上带着大大的笑容，“回来的感觉，真好。”

“我说……对了，周升升呢？你们没有一起回来？”张洛洛不甘心地朝着雅琪的身后看了看，雅琪咳了一声：“没有周升升，我跟他纯洁得很，就像姐姐跟弟弟似的……”

张洛洛一脸的失望，多好的王子啊。

“洛洛姐，先别跟别人说我回来了，我去一趟H市，回来再回家。”

“你妈可生了你哟……一年了才回来，你竟然要先跑去见你男人。”

“我妈妈白天要上班嘛……回去也见不到她。”雅琪不好意思地吐了吐舌头，拿起围巾围在了自己的脖子上，“我走了，否则就赶不上最快的一班车了。”

“我这里做了些吃的……”

雅琪摇了摇头，便夺门而出，打的去了客运站。张洛洛无奈地叹着气，年轻人谈恋爱就是这么冲动，可自己又何曾不是这样？都离家出走了。

雅琪还记得她当时承诺何适的话，陪他一起过圣诞节。她摸了摸口袋里的礼物，赶上了呢，何适。

当雅琪出现在Z大学门口时，深深地呼了一口气，她等这一刻很久了。一年，她没有爽约，她回来了。她随便在Z大里逛着，想着，或许就能巧遇上他了呢？她知道想要在这么大的一个学校里碰上一个人，是有些做梦，可随即又想，世界这么大，还是让她遇到了他，这本身就是一件不可思议的事吧？

雅琪给自己规定了时间去寻他，若是找不到，就让他来寻她。她转了一会儿，正要拿出手机看的时候，眼睛不由自主地被远处一个穿着灰色毛衣正在打篮球的男生吸引住了，他可不就是她正想找的人？

雅琪慢慢地朝着他走近，静静地站在一旁看着他，很久没有看到他打篮球了，如今这般看着，真的觉得很美好。她轻轻地笑着，眼眸中闪着璀璨的光芒。

她将双手插入紫色大衣的兜里，仍然静静地看着他，一刹那，似乎又回到了最初，她站在角落里仰视着他，观察着他的一举一动。她的唇微微勾起，过了这么多年，突然有一天她发现自己这一路其实走得很顺畅，并不是想象中的那么坎坷。

“何少，那边有个美女一直瞧着你呢。”

“嘁。”何适冷哼了一声，接住篮球，轻轻松松地就投进了篮筐里。

“真漂亮啊，穿着可潮了，何少，你不看一眼？”旁边的同学还在起哄，“有点儿像大嫂哟……”

何适本想带着球起跳，听了这话，动作却是硬生生地一顿，他手里抱着篮球，慢慢地转过身去。不远处，雅琪笔挺地站着，安静地朝着他笑着，因为冷，白色的呵气从她嘴里冒了出来。

何适似是不敢相信一般看着她，脸上刹那绽放出笑容来，他抛开篮球，不顾身后兄弟的起哄，快步朝着她走了过去，伸手就将她抱了个满怀，紧紧地将她搂在怀里。

他眼中带着笑，下巴磨着她的头顶：“回来了？”

“嗯，回来了，说好了的，回来陪你过这个圣诞节。”

“不走了？”

“不走了，我以后都会黏着你，哪儿都不去。”雅琪也用力地抱着他，脸上是甜甜的笑意。

“乖，雅琪很乖。”何适轻轻地呢喃，心中空着的那一块终于圆满了。

番外一

雅琪从国外回来后，整个人都有较大的改变，不管是脑子还是胆子——带了一点儿小聪明，说话也大胆了。感觉比原来无赖了点儿、厚脸皮了点儿，至少面对何适的时候，她不再懦弱得像个受了委屈的小媳妇儿。

何适本来念着她刚从国外回来，于是处处让着她，可她却“顺杆儿爬柳”，爬到他头上来了。不仅敢对他表示不满，还会摆脸色给他看，何适哼了一声，暗想：“雅琪，你这是欠管教了，是吧？”

何适则是一直等着，等着某个人自投罗网。雅琪成功考上了 Z 大研究生，何适带着她去 Z 大的时候，雅琪坐在副驾驶的位置上，阴笑道：“何适，从此有我的地方，你都会过得很辛苦，我会好好管教你的。”

何适并未说话，可脸上已经出现一种诡异的笑意。等雅琪正式住进何适所住的公寓时，他不动声色地等她整理完行李，才坐在沙发上对着她招了招手，面无表情地道：“你过来。”

雅琪对他这副样子早就免疫了，因为她发现他其实是在唬她的，她乐颠颠地跑了过去：“怎么了？”

何适突然一把将她按在沙发上，双手在她身上挠着痒痒。雅琪一时没有反应过来，就被他占了上风，后来不管她怎么挣扎，也逃不掉。而何适这次并不打算轻易就放过她，对她“施刑”了很久，一直到她哭得双眼红肿，一再告饶才放开她。他拎着她的衣领：“纵容你几天，翅膀就长硬了？还想着要欺负我呢？你出国的那笔账还没有跟你算，跟周升升的账我也还没有跟你算，你以为我就这么放过你了？”

“呜呜……”雅琪哭得止都止不住，她没想到何适居然会跟她来这招。

何适见她仍哭哭啼啼的，又继续“发威”道：“以后就是我老大，你敢不听我的，我自然会给你苦头吃。”

“呜呜……”

“不许哭，听到了没有，把眼泪擦干净。”

雅琪开始趴在沙发上哭，甚至还蹬腿拍沙发，这是什么人哪，有这样子欺负人的吗？

何适任由着她哭，过了好一会儿才过来推了推她，见她不动，又用手指戳了戳她的脑袋：“哟，还记恨上我了？”

雅琪根本不理他，何适只觉得好玩：“刚才某人还说肚子饿，现在又不饿了吗？”

雅琪发现何适这个时候还挺招人烦的，明明是他把自己给惹生气了，却装出一副什么事儿都没有发生过的样子，还在她的耳朵旁絮絮叨叨地说一大堆废话，烦不烦啊？

雅琪后来急了，哑着声音对他吼道：“何适，你讨厌！”

“讨厌啊？可是讨厌的我给你做了这么多菜呢。”

雅琪望着桌子上的那么多菜，张大了嘴：“啊……”

“感动不感动？”

雅琪一时没说话，起身慢慢地朝着桌子走了过去，夹了一口菜放入口中——味道很好。她不可思议地看着何适：“你做的？”

“嗯。”

“不是买的？”

“废话，我说话算数，怎么样，不比周升升差吧？”

“嗯……”

“不就做个菜吗，有什么了不起的？”何适哼了一声，转身去端饭，放在了雅琪面前一碗，“吃。”

见雅琪许久都不动筷子，何适露出温柔的笑意：“需要我来喂你吗？”

“何适，你老这样子，打人一巴掌，又给一个红枣，太讨厌了。”

何适“呵呵”笑了一声，不正经地摸了摸她的脸：“欺负你的感觉实在是太好了。”

“变态！”

番外二

雅琪本以为何适已经被自己驾驭了，可后来才发现，人家哪儿是被她驾驭了，人家是在装呢，接下去连本带利都还给她了。雅琪被捉弄了几次，也就变乖了，不敢再对他怎么样。可是某个“变态”的人，突然尝不到欺负人的感觉了，就总没事儿找事儿。他扯着她的脸晃着她的脑袋：“最近怎么不招惹我了呢？”

雅琪就踹他：“你皮痒了？”

“嗯，是皮痒了呢。”何适坏坏地凑过脸去，暧昧地蹭着她的脸，“来，快想个法子整我。”

“我才不要。”她整他事小，被他整却事大，虽然他整完她都会对她温柔好一会儿。现在弄得她总觉得自己是不是一个受虐体质。

一日，何适怒气冲冲地回来，瞪着她道：“谢雅琪！”

“干吗？”

“你惹到我了，我要欺负你！”

“呃……”雅琪一脸的莫名其妙，丢开自己正在看的书，“噌”地站了起来，摆出跆拳道的姿势，每次都被他欺负得惨兮兮的太可怜了，这次她一定要先发制人。

何适见她这个样子，可一点儿都不怕，一脸阴鸷地冲上去就跟她扭打成一团，后来直接将她压在了地上，拧着她的脸道："做错了事还不承认？"

"我没有！"雅琪怒了，"你讨厌。"

"有没有？"何适又开始挠她痒痒了。

"有，有。"

"那你说你怎么着我了？"

"我，我也不知道啊……"她真不知道啊，她现在只知道，自己有错不认就被他欺负……

"不知道吗？"

"我错了，我错了……饶了我吧，呜呜……"

"我告诉你，因为你不嫁给我……"

"那我嫁给你，我嫁给你……"

"乖。"何适低头在她脸上落下一个吻，求婚成功的他表示很餍足。

雅琪一脸悲愤，这是求婚吗？

还没等她想好，第二天何适就拿着两个人的身份证、户口簿去登记了。

她家的户口簿怎么会在他那儿？雅靖！

番外三

雅琪其实可不甘心了，就这样被拉着去登记了，她的大好年华就这样被何适锁住了。晚上她嘟着嘴，一脸郁闷地看着何适。可今天的何适表情很不一样，眼睛绿幽幽的，跟狼似的。

“你干吗？”雅琪见何适离她越来越近，不禁皱了皱眉头。

何适推着她往浴室里走去：“琪琪，我们今天把事儿给办了吧？”

雅琪脸上一红，把着浴室的门坚决不再往里面走，何适则继续往浴室里拖她：“拖得越久，我越伤身。”

“……”

于是那天雅琪躲不过某人的魔爪，被吃得一干二净，痛得哭了一个晚上。

何适每次都跟她说：“乖，雅琪，很快就不痛了。”

事实证明，男人在床上说过的话是不能信的。

番外四

后来的后来，雅琪已经数不清楚，这是何适第几次欺负她了，似乎从他们结婚后，何适对她的压制就越发严重，大男子主义尽显。昨天晚上，她最后又被欺负哭了，后来迷迷糊糊地睡了过去，也不知道他到底有没有哄自己。

“哟，眼睛肿了？像两颗山核桃。”

雅琪眼睛刚睁开，就见何适蹲在床前，细细地打量着她，明明是很轻佻的语气，脸上却一本正经，还装出一副心疼的样子。雅琪有些恼怒，翻了一个身，将脸埋在了枕头里，何适搂住她的腰身，将她整个人都扳了过来，让她的脸对着他。

何适见她将眼睛闭得紧紧的，伸出修长的手指在她的眼睑上逗弄着，刷着她长长的眼睫毛：“真哭了，又哭了啊？”

刚开始雅琪并不打算理他，可是他一会儿捏捏她的脸，一会儿捏捏她的脖子，一会儿又往下……

动作暧昧，甚为不堪。

“何适，你幼稚！”雅琪气愤地坐起来，甩开他的手，愤愤地瞪着他，“你不要脸！”

何适见她终于开口说话，笑容慢慢浮现出来，他坐在她的旁边将她一把搂住：“乖，别生气了，好不好？”

“你走开。”雅琪坐起来的时候，被子从她的肩膀上滑落，而何适那只爪子就搭在她的肩膀上，捏了捏，又抚摸了几下。

“嗯，我跟你说对不起。”

雅琪的脸上已经红了，他道歉的时候态度其实很诚恳，神色很认真，可是那只灵活的手已经挑开她的肩带，滑入她的睡衣中，贴着她滚烫的肌肤，探向某个柔软的地方。

雅琪的身体微微一瑟缩，随即一巴掌拍在他的脖子上，脸色绯红，嗓门儿也大了：“何适，你滚吧，别以为你这样就能得逞，我最讨厌你这样了。”

何适愣了一下，眼眸一闪，有一抹诡异的光芒从他的眼中闪过，他的唇微微上挑，轻轻地说：“你打我，你对我家暴。”

雅琪一愣，自认为这一掌打得并不重，何适那浑蛋还打过她的屁股，那个才叫作重：“我就对你家暴怎么了？”

“哦，那我也要家暴！”何适哼了一声，就猛扑上去，将她压在身下，他将额头抵在她的额头上，“你说，你怎么这么没用，练跆拳道练了这么多年，白练了吧？”

“滚……唔……”她的双唇被他吻住，身体已经发软。

“或许是我太强了，我们新婚不久，我真怕你吃不消，可……你将多余的力气放在这个时候用也挺好。”何适坏坏地笑着，双手在她身上做出一些让她既甜蜜又痛苦的折磨，“似乎没有多少人能够逃脱这种事吧……唔，雅琪也不例外。”

“走开！”雅琪挣扎着、扑腾着……

“嗯……”他性感地哼了一声，脸上是浓浓的满足，随后，他停住了，“雅琪，我现在走好不好？”

“你去死！”雅琪咬牙切齿。

“那我不走，留下来陪你！”

番外五

后来的某一天，何适成了讲师，并且是 W 大最年轻的。

雅琪经常在 W 大的论坛里转悠，看着帖子里一些花痴女同学的留言，相当地幽怨，太受欢迎不是个事儿啊。清早，雅琪还赖在床上时，就一脸幽怨地看着正在穿衣服的何适：“这学校里那么多的花，你可得把持住。”

何适停住自己穿衣服的手：“你是觉得你对我没有吸引力了？”

雅琪哼了一声，转过身，背了过去。

何适又把刚穿上的衣服给脱了，掀开被子就压了上去：“我们来证明一下你对我的吸引力有多大。”

“唔……累……”

“这道证明题会做了吗？”

“需要的时间太长了……”雅琪捂着脸哭诉。

“怎么会，这道证明题很简单，只需要两个步骤而已。”

雅琪这下是真的流泪了：“反复用这两步，你不会腻吗？”

“唔……你快点儿去上课，要迟到了……”

“马上好……”

番外六

某天，雅琪心血来潮，请了假，穿成大学生的模样去上何适的课，她只想看看他上课的样子而已。本来她已经穿得很低调了，坐在角落里，不准备让何适发现自己。

可何适的眼尖，快下课时，突然叫了一声谢雅琪的名字："谢雅琪。"

"啊……"谢雅琪本来正看着他发呆，突然整个人就愣了一下，然后坐得挺直，有些不知所措的样子。

"谢雅琪同学，请你站起来回答这道证明题。"何适指着黑板上一道复杂的数学题道。

雅琪呆呆地看着他，就站了起来，却见何适脸上带着些笑意道："很简单，只需两个步骤就可以证明。"

雅琪的脸刹那就红了，题目都看不进去了，好吧，她想歪了。接下来她又听见何适道："老婆大人，这道题如果不会，我回家再教你如何？"

刹那，教室里出现了很多声音，有起哄的声音，也有惋惜的声音："何老师，你怎么结婚了啊？"

雅琪张大了嘴，一句话都说不出来，脸涨得通红。

何适又笑道：“你们师母大人喜欢跟我开玩笑，以后大家若见她混进来，请及时指正她，霸占教室资源可是不好的哟。”

“噗！”

雅琪的脸更红了。

“丁零零……”

“好了，下课，老婆大人，我们走。”

雅琪一脸悲愤地跟在何适的身后：“你个讨厌鬼！干吗让我丢脸？”

“你难道没发现，在场有很多人羡慕着你吗？”

“自恋狂！”雅琪咬牙切齿地说。

番外七

何适慵懒地靠在沙发上，手里握着半杯残酒，轻晃着。他黑色的衬衫衣襟微敞，露出精致的锁骨。此刻他的神色有些不耐烦，唇紧紧地抿着。电视的声音调到最低，时不时地听着门口的声音。

这种状态一直持续到客房里的时钟时针转到十点上，何适再也忍不住地将手里的杯子往茶几上重重一放，人就站了起来。他刚捡起车钥匙要出门，门口传来开锁的声音。何适继续坐下，将电视的声音开大，脸上的担心神色立刻变得冷漠起来。

谢雅琪穿着一身紫色的晚礼服从外面进来，将手里提着的带钻手提包甩到一旁，又脱去高跟鞋，穿着拖鞋过来。她低头看了一眼正在看电视的何适，冷哼了一声，收起脸上的疲惫，做出一副战斗的样子，转身就进了浴室。在她转身的刹那，何适也转过身去看她，紫色的晚礼服很漂亮，款式新颖，很称她的身材，只是双肩裸露在外，让他看着很不爽。前面他还没有看到，估计也保守不到哪儿去。何适硬生生地忍住要站起来的冲动，将手里的半杯酒灌入口中。对，他们在冷战。

雅琪感觉到刚才何适瞟了她一眼，这种认知让她感到很高兴。兴奋过了头，就是洗完澡后才发现自己什么都没有带进来，她一脸郁闷地站在浴室里，懊恼得想要掐死自己。好像浴室里的浴巾今早也洗过晒在了外面，还有毛巾什么的，都没有。雅琪不想开口叫何适，只好胡乱地拿餐巾纸擦了擦，重新穿上晚礼服出来了。她去卧室的时候，必定会碰到何适。她本不想开口，没想到何适却那么毒舌，凉凉地在她身后嘲讽道："你这是故意要在我面前走上一圈吗？"

雅琪有些愤怒地转身瞪着他："你够了没有？"

何适唇角的嘲讽之意加深，抬抬下巴，示意了下她的胸口："别告诉我说，你今天就是这样出的门？"

雅琪低下头来，就看到胸前凸起，因为水渍的关系，那里颜色更深，有一丝说不清道不明的暧昧和诱惑感，此时她恨不得拿什么东西朝他扔过去。她转身进了卧室，还来不及将门关上，何适的膝盖已经顶了进来，将门给撞开了，他说："谢雅琪，我的忍耐也是有个限度的。"

雅琪冷冷地转过身不去看他："你没有资格跟我发脾气，是你自己小心眼儿。"

她从衣柜里拿出睡衣，准备换上时，就看到何适那一抹森冷的眼神，她拿着衣服便打算出去，何适一把将她按在墙上，往前逼近她："你那天是怎么答应我的？"

谢雅琪伸手推着她，有些委屈，声音比他的还大："你不可理喻，我跟他根本就没有任何……"

"第一次就算了，还有第二次、第三次……你当我是死人吗？"何适的脸上带着薄怒，雅琪更感觉委屈了，想要将他推开，何适却将她牢牢地困在角落里，那张好看的脸带着恼怒的神色："你不给我做检讨，你就别给我出这个家门。"

这算是有史以来他们之间发生的最激烈的争吵了。两个人毕业后直接结的婚，如今结婚刚好一年，又因为工作忙，这段时间两个人本来就闹得不大愉快。前些天正逢周升升从国外回来，也不知道是不是因为在国外受到了熏陶，周升升如今胆子变得很大，与当年那个羞涩的他完全不像了。何适对雅琪本来是放心的，可接二连三地碰上两人亲昵的样子，这下火气就上来了。而雅琪也觉得很委屈，她就是跟周升升拥抱了一下，这在外国貌似是很正常的，而且当初她在国外也受了周升升很多帮助，如今他回来，请他吃几顿饭不是很正常吗？

何适又靠近她，嗅了嗅她的脖子，不禁就皱了皱眉：“今晚又跟他在一起了呢？”

“洛洛姐举办的婚宴，当然能碰上，是你自己不想去的。”雅琪哼了一声，又伸手去推他，何适深深地呼吸了一下，依旧压制着她，淡声道：“明天哪儿都不许去。”

“凭什么我哪儿都不能去啊？上次我不是也让你哪儿都不要去，结果你最后不还是被一个女学生的电话叫走了吗？”雅琪接手了爸爸的公司后，底气越来越足，脾气也大了，硬起来的时候，还能跟何适杠上些时间。

何适头疼地扶了扶额头，捏着她的鼻子：“谢雅琪，你别给我翻旧账，我都跟你说了……”

“那事都没什么的话，那我也没什么啊。”谢雅琪微蹲下身子，想从何适的腋下绕过去，何适直接抓住她的领子：“以后去见其他男人什么的，随便穿件T恤、牛仔裤就好。”

“我……”

何适低头盯着她胸前绽放的深色花朵，眼眸暗了暗，雅琪看着他的神色，笑了一下：“今晚你睡客房，还是我睡？”

何适因为这事儿已经闹了两次别扭，一次是自己跑去客房睡了，一次是索性将她锁在了门外。何适看着她，咬牙道：“谢雅琪，你别逼我。”

雅琪进浴室换睡衣，何适转身去了客厅，又倒了一杯酒猛地灌了下去。那只一直被他掌控在手里的小鸭子长大了，会反抗了。等他再想回卧室的时候，发现门已经被锁住了，他懊恼地站在门口，深吸了一口气，敲门：“开门。”

雅琪正累着呢，也没有心情理何适，直接扑到床上趴着，只当没有听到。

夫妻经常分房睡，感情会不好，他何适可一向以家里有贤妻而引以为傲，绝不能出现这种离谱的事。何适取来钥匙开了门，进来就对着雅琪的屁股轻踹了一脚，并不准备放下脸：“别装死。”

雅琪没吭声，迷迷糊糊地睡着了。她已经有一段时间没有好好休息过了，今天又去参加了一个婚宴，现在头脑昏沉，不想再跟何适吵架，她蒙蒙眬眬地看了他一眼，没有理他。何适看着她这个样子倒是有些想笑了：“算了，放过你好了。”

只是何适的有些话永远不能相信，比如这句“放过你”。何适今晚喝了些烈酒，精神上有些亢奋，刚开始还是抱着雅琪睡的，只是几天没有碰过她，心里的欲望破茧而出，忍了一会儿就开始对熟睡中的雅琪折腾起来……

第二天一大早，雅琪还赖在床上时，何适又按捺不住了，继续折腾起她来。雅琪手脚并用地挣扎着，何适竭力地按住她：“抱抱……”

雅琪打着哈欠怒斥，却并没有什么说服力：“你不要碰我。”

“不给我碰给谁碰？”何适很无耻地吃了一顿“早餐”，才将雅琪松开，起身穿衣服，“我妈早上打电话过来让我们过去吃饭。”

“哦。”雅琪应了一声就迷迷糊糊地睡了过去，何适倒是神清气爽，突然觉得几天的阴霾消了一大半。雅琪迷迷糊糊中想起何母那张冷若冰霜的脸，只希望就这么睡过去好了，不想见她。

何适从浴室里收拾完自己出来后，又去厨房里做了早餐。他们两人都不大会做家务，平日里总是能推就推，何适今日心情不错，就乐意动手了。他从冰箱里拿出一些食材做了最简单的三明治。等他做好后，仍不见雅琪出来，便擦擦手进了卧房。

雅琪用被子蒙着脸，整个人都缩成一团，睡得正香。何适对于拉人起来这种事，从来都是显得不耐烦的，他将被子一掀，提着她的领子就将她扯了起来，还拍着她的脸颊道：“起床。”

雅琪闭着眼睛待了一会儿，忽然瞪大眼睛，愤怒地看着何适：“我不想跟你说话，出去！”

雅琪不知道是不是因为跟他相处得久了，居然也有了起床气。但何适可不吃她这一套，冷笑了一声："最近跟那个二愣子待多了吧？人都变傻了。"

雅琪马上还嘴："你才傻，你全家都傻。"

何适唇角上扬，手指叩在她脑门儿上："有种留着这句话跟我妈说去，快点儿起来吃早餐。"他见她还是不动，就去衣柜里拿了件衬衫盖在她头上，神色间带了几分暧昧，"动作快点儿，要不然今天你就别想出门了。"

雅琪斜眼看了他几眼，不情不愿地穿上衣服，起身去了卫生间，这时才发现自己的锁骨上青青紫紫的一片，方想起昨天夜里和今天早晨发生过的事儿，她恼怒地将最后一个扣子扣上，出来的时候何适已经在吃早餐了。她也不说话，坐在他的对面拿起三明治就开始吃。何适做的东西跟他的脾气一样古怪，三明治里加了煎蛋和鸡排，可不知道为什么还有草莓酱，酸酸甜甜的腻得慌，雅琪并不想吃，可自己又不想去做。她有些口渴，看到他的左手边有杯鲜奶，舔了舔唇，盯了一会儿，想要。

何适在这时看了她一眼，脸上带着几分笑，在她的注视下端起牛奶就喝，一口气喝了大半杯，然后将剩下的推到她的手边："赏你的。"

他们在平日里虽然也这样，相互吃来吃去的，可现在还处于冷战未完全结束的节骨眼儿上，她不想吃他的口水。雅琪用叉子使劲儿戳着盘子里三明治，不耐烦地吃着，嘴里却更渴了。何适已经吃完，托腮看着她，慢悠悠地道："没毒，替你试过了，爱喝不喝，这是家里剩的最后一罐奶了。"

雅琪愤愤，最后还是喝了一口奶，然后又喝了几口就喝完了。这时，何适不知道又从哪儿端了一杯奶过来，坐在她面前慢悠悠地喝着："差点儿忘了，刚才放在厨房里没有端过来。"

雅琪恨得直咬牙，很想发怒，可看到何适此刻那漫不经心的笑容，就懒得理他了。她吃完所谓的早餐，才发现已经是上午十点钟了，差不多等会儿就要下楼去婆婆那儿吃中午饭了。她还是觉得累，不想收拾餐盘，就随意地窝在沙发上打着哈欠。何适也随意地往旁边一坐，伸出一只手来勾住她的肩膀：“没睡好？”

废话，被你折腾了一个晚上加一个早上，能睡好？雅琪没说话，不耐烦地挥了挥手，示意何适别跟她说话。

“是不是更年期提前到了，最近你变得越来越奇怪了。”

“你才更年期！”

“这个月的大姨妈快来了吧，这么暴躁？”何适将她往怀里带着，而后整个人往后仰去，让她趴在自己的胸前，“我等会儿问问雅靖去，最近你跟周升升都干了些什么。”

雅琪抡起拳头就往他身上砸：“我都说了，什么都没有，只是正好被你看见了两次……”

“哦，被捉奸了。”

雅琪扑腾了几下，然后开始装死。何适将她的身体扳正，一本正经地道：“雅琪，我们在一起这么多年了，现在是不是新鲜感过去了？你看你，为了周升升跟我闹了多久的别扭了？”

“不是我跟你闹别扭，是你跟我闹别扭。”雅琪看何适的样子也不像在开玩笑，噘着嘴，一脸的幽怨，“明明是你先不理我的，你无缘无故地闹脾气，凭什么又是我让着你？别人家的老婆都是被疼的……”

“我没疼你？”何适皱起了眉头，“我每天晚上给你暖床，早上给你做饭，还经常给你带零食……”

雅琪干笑了两声：“暖床是各取所需，你做早餐？屈指可数的好吧？零食什么的，一大半都是你自己吃了……”

两人对坐着开始相互数对方的缺点，你一言我一语的，互相揭起短儿来。雅琪发现在这种事儿上自己是说不过何适的，何适信手拈来，对着她一顿数落，后来连内衣穿得不性感都扯了出来。雅琪开始怒了，直接扑上去开始“殴打”他。两人闹了一会儿，电话响了，何适不喜欢接电话，雅琪只好硬着头皮去接：“喂？妈。”

婆婆的声音冷淡地传了过来：“还没有起床啊？”

“起了，起了，在……擦地板，我们马上就下来。”雅琪对婆婆还是很惧怕的，一听到她的声音，脑子就会飞快地运转起来，想着如何回答才合宜。

“好。”

何母平日里跟她说话，没有一句废话，有时候突然就不想说话了，直接就断在了那儿，让雅琪总觉得特别尴尬。雅琪接了一通电话，额头上已经冒出了些冷汗，她对着何适又是一顿猛捶：“你妈的电话，干吗又是我接？”

“你妈平日里打电话过来也是我接的啊。”何适从面前精美的小罐子里抓了几颗巧克力塞进她嘴里，“最近的嘴巴都不甜了，多吃些。”

雅琪用力地嚼着巧克力，去卫生间补了点儿妆，将身上的衣服整理好，又把头发全都扎了起来。她对着镜子仔细地照着，直到没有一处有问题。何母是个一丝不苟的女人，而她待人也异常严厉。雅琪跟何适结婚后，她对何母从来不敢应付，而是刻意讨好。好在，相处的时间不多。

雅琪从卫生间里出来后，何适又不知道是抽了哪门子的疯，将她抱在怀里，对着她的额头亲了两下：“雅琪，乖啊。”

雅琪哼了一声：“不用你教，我会。”

何适拉着她的手下楼，雅琪一进婆婆的家，瞬间变得满脸笑容，嘴巴也甜了起来，迎了上去：“妈，我来吧。”

“妈，您去休息，这里都交给我吧。”

何适将双手插在兜里，站在厨房门口，看着她对着两只青蟹不知所措时，“扑哧”一声笑了出来，低声道：“你不是很行吗？”

雅琪看着两只青蟹，只觉得头皮发麻，求助地望着他，低声道：“帮帮忙吧。”

何适走近了她一些，俯下身来道：“说句好听的，我就帮你。”

雅琪偷偷地往外看了婆婆一眼：“何大爷，帮帮人家吧。”

“成。”何适眯起眼笑着，对着雅琪伸出双手，让她给自己挽袖子。

何适对下厨不在行，打打下手倒做得不错。平日里雅琪管下厨，杀鱼切肉之类的活儿都是何适干的。雅琪一边炒菜一边问道："你爸爸呢，你上次不是说他调回来了吗？"

"快了吧。"何适拿着勺子舀了一口汤喝，"淡了点儿，再加点儿盐。"

"味道还可以吗？"

"凑合吧，我妈应该不爱吃……没关系，我会吃完。"

"……"

一顿饭吃得比较压抑，何母从头到尾什么话都没有说过，只是饭后才淡淡地说了一句："这个鱼头没有处理干净，有点儿腥。"

雅琪"呵呵"地干笑了几声："妈，我给您端点儿甜品来。"

雅琪对做甜品倒是比较拿手，她曾经在国外待过，跟周升升学了几招，做出来的甜品味道还不错。何母用手帕擦了擦手，点了点头："好。"

何适放在桌子底下的手轻轻地扯了扯她的手，雅琪回捏了两把。她端了甜品回来，等大家都吃了才终于松了一口气，慢慢地收拾着碗筷，心里想着总算是把这顿饭给吃完了。

何母在经营连锁超市，近两年才闲了些，不过在家里的时间也很少。接下来，她又要出门，出门前她从包里拿了两张音乐会的票递给雅琪："你们年轻人别总是想着工作，偶尔也出去转转。"

"谢谢妈。"

雅琪在这里劳动了会儿，已经出了一身的汗。等何母终于出门后，她才彻底松了一口气，将手里的抹布往旁边一扔，推着何适道："你去把碗洗了。"

何适倒没有推托，洗了碗后，就坐在雅琪旁边搂着她道："洗干净了。"

"累死了。"雅琪将何适推到一边，自个儿半躺在沙发上，拿着那两张音乐会的票看了半晌。何适直接将票夺了过来："去看周升升的音乐会，我还不如去睡觉。"

"你这是吃不到葡萄说葡萄酸吧？"雅琪吐槽道。

何适一听一脸不悦，往前逼近她，抓着她的领子往上提着，道：“你就是葡萄，你说谁吃不到？我早就吃过上百回了。”

雅琪闭上眼，再一次装死，何适曲解问题的能力比她要强。

“走，我们出去逛逛，下午去吃日本料理，晚上去看电影，什么音乐会的见鬼去吧。”何适拉着雅琪出了门，雅琪本来还想闹闹别扭的，可见何适似乎都不跟她闹了，也就知趣了。

两人一出门，何适就在附近一家卖冰糖葫芦的店买了一串冰糖葫芦给她吃，雅琪吃得满手都是糖，又找不到纸巾，只好握着黏糊糊的扦子对何适道：“喂，你不闹了啊？”

“看你装了一早上的小媳妇儿，挺累的，就让让你。”何适漫不经心地从兜里拿出手帕，拉过她的手来，将沾在她手上的糖擦干净，“很久没有出去逛逛了，前天下班回家经过商场时看见有一件衣服很适合你，走吧。”

雅琪低头看着他的动作，阳光洒在他的身上，镀了一层金色，看着他将手帕揣兜里，她心中不禁生出一种幸福的感觉，她用手挽住何适的手，突然就没有了争吵的欲望。

两人玩了一天，晚上又去看了一部很无聊的电影。回来之后，何适带着雅琪去了一个小摊吃夜宵，他们吃了一些小吃，喝了些啤酒。雅琪喝得有些醉醺醺的，整个人都靠在了何适的身上，步伐凌乱。

“小心点儿。”何适将她半搂在怀里，眯起眼笑着，活脱脱的一只贼狐狸。雅琪将脑袋往他的怀里蹭着：“对了，后天我要出差，去一趟香港，你想要些什么？”

“后天啊，我正好有课。”何适换了一只手来扶她，“否则我就可以跟你一起去了，当天能回来吗？”

“不知道，如果事情顺利的话一天就可以回来，我认床。”

“那认不认人？”何适靠近她一些，略带酒气的气息喷在她的脸上，他笑得坏坏的，明亮的双眸中含着几分狡黠。

雅琪的心突然就“怦怦”跳了起来，身体不自觉地往后了一些。她刚想说些什么，手机就响了起来，居然是何母：“喂？妈？有什么事吗？”

“雅琪，你的戒指落我这儿了。”

“啊？”雅琪看向自己的手，想起今天做饭时把婚戒摘了下来，“我马上去拿。”

雅琪和何适先去了六楼，何母似乎已经洗过了澡，穿着一身居家的贵妇袍子，手里握着一杯开水正在慢慢地喝。雅琪和何适进来后，似是闻到了他们身上的酒气，何母微微地皱了皱眉头：“怎么这么晚才回来？”

雅琪一时有些尴尬，继续傻笑着装傻道：“妈，刚才我们去吃了点儿东西。”

“睡前不要进食，对身体不好。”何母取来戒指放进雅琪的手里，又看向何适：“你也不知道阻止一下。”

何适笑了笑，搂着雅琪转身离开：“妈，我们去睡了啊。”

“去吧。”

一出了门，雅琪脸上就带了些恼怒，用头顶去磕何适的下巴：“浑蛋，每次受欺负的都是我。”

“没事，等回去我给你欺负。”何适话音刚落，雅琪就打了个哈欠，开始往何适的身上爬，何适会意微低下身子：“上来。”

“走楼梯不？”雅琪趴在他背上，笑眯眯地拿脑袋蹭着他。

何适看着她巧笑嫣然的模样，突然就觉得自己身体不对劲儿了，咬牙切齿道：“等不及了。”

乘电梯到了家后，何适让雅琪下去，他要拿钥匙，雅琪嘟着嘴，不乐意下来。无奈，何适艰难地开了门背着她进去，一进卧室就将她抛到了床上……

雅琪打了个哈欠：“你今天故意灌我！”

“灌傻了的葡萄才甜啊，嗯，是葡萄酒……”何适笑眯眯地开始脱衣服。

“呃……”雅琪愣了一下，往浴室里溜去，“我去洗个澡。”

“好。”何适跟着她进去了。

两人洗澡洗到一半，何适将雅琪搂过来，将她紧紧地按在身上：“雅琪，你现在是不是不怎么喜欢我了？”

“呃……有吗？”雅琪一脸无辜地眨了眨眼睛，虽然她现在敢跟他吵架，但是喜欢他的心并没有变，一碰到他，心就开始“怦怦”地跳，还会出现眩晕的幸福感。

“你以前都那般对待我的。”何适拉过她的手按在自己的腹部……

雅琪已经有些站不稳了，不知道是不是喝了酒的缘故。

“我累了。”雅琪羞涩地看向别处，何适郑重其事地点点头道：“到床上趴着可能会舒服点儿。”说着他拿了干毛巾替她擦干身子，然后拉着她朝床而去……

“不想跟你玩了，我想要睡觉了。”雅琪酒量一般，今晚还被何适拉着灌了几杯，直到现在还晕晕乎乎的。而且刚才又“伺候”了一番何适何大爷，现在只觉得很疲倦，想要睡觉。但何适没有感到满足，将她按住：“不行，还没有玩遍呢。”

雅琪拉着被子往身上盖着，推着他，声音软绵绵的，没有一点儿说服力：“那也不玩了。”

“你肯定还没有满足哪，先别睡。”何适带着邪笑，将雅琪搂在怀里，灼热的唇落在她的脖颈上……

何适什么都要求高质量，在房事方面也一样。前段时间两个人冷战加繁忙，就算同床而眠，也没有发生什么实质的事情。今天被酒精一激发，何适便觉得心痒难耐，又因雅琪快要出差了，他又要独守空床，还是趁早多吃一些。

“何适！”雅琪张嘴咬他，“婆婆上次说了，年轻人在这方面不能太过，否则对身体不好。”

“我妈是怕你累着我而已。”何适反咬着她的脖子。

“明明是你累着我！”雅琪怒道，何适一脸认可地点了点头：“嗯，不知道咱们家雅琪的这小身子骨能不能受得了我……”

出差的那天，雅琪需要赶一大早的飞机，所以她醒来的时候天还黑着。她打了个哈欠，迷迷糊糊地钻出被窝开始收拾自己，并没有打扰何适，昨天晚上他看报告看到很晚。当雅琪要出门的时候，却发现何适穿着睡衣站在门口打着哈欠，头发还有些乱："要走了？"

雅琪有些诧异地道："你接着睡吧，我坐出租车去。"

何适又打了个哈欠，转身去拿钥匙，然后接过她手里的行李："走，我送你去。"

"唔。"

"送你到机场，等会儿回来再继续睡。"何适见她还在犹豫着，直接拖着她出了门。

何适开车开到一半，突然皱了皱眉头："早餐还没有吃吧？"

"嗯。"

何适将车停在附近一家早餐店旁，买了杯牛奶和一笼蒸饺给她："先吃点儿，填填肚子。"

"好。"雅琪接过他手里的食物，慢慢地吃了起来。

何适送她到了机场，临走时还吩咐道："手机不要关机，多多注意安全。"

"嗯。"雅琪点了点头，搂过何适的脖颈，轻轻地亲了她一口，"走了。"

何适看着雅琪离开，心中不免失落，总觉得今天都会提不起精神来。他回去睡了个回笼觉，又衣着光鲜亮丽地去上课了。上完课，他换了休闲服去谢家吃了顿午饭，又找雅靖一起去打电玩。

"哟，今天怎么有空找我了？"雅靖视线不离大屏幕问何适道。

"雅琪出差了，心里伤感。"

"伤什么感？"雅靖嘿了一声，"雅琪当年离开你一年多，也没见得你伤感。"

"你还没开荤，你不会明白。"何适幽幽地说道。

雅靖顿了顿："老子才不是处男。"

“你有两个五姑娘吗？”

“何适，你变态。”

何适笑得一脸暧昧，突然想起了什么似的：“雅靖，我二婶家有个侄女儿，上次雅琪也曾见过，让我介绍给你。”

“老子不用你介绍女人！”

“禁欲不好，你看你没有女人，天天游走在虚拟世界，这很不好。”何适除了上课的时候表现得特别老成，私底下跟熟人一般都没个正经，“你现在上班的地方男人多吧？我很怕你误入歧途啊。作为你的姐夫，我觉得有必要提醒你。”

雅靖连跟他对话的欲望都没有了，他现在很后悔没有去上班而是跟着何适来打电玩，这个人说话多损啊。

两人打了一下午的电玩，又去打了一场篮球。眼看天色就要黑下来了，何适笑眯眯地道：“雅琪应该快要回来了，我问问她在哪儿。”

只是他手机还没有摸出来，就已经响了，是雅琪。何适接了电话后，叹了一口气，对雅靖道：“因为一些事，她后天才能回来。”

雅靖擦了擦额头上的汗水：“那你自己独守空床去吧，我回去了，明天别再来找我。”

何适搭在雅靖的肩膀上：“小舅子，咱们俩去喝酒吧？”

雅靖冷笑着看着何适，微眯起眼：“雅琪一不在家，你就想要出去干坏事了？”

何适捶了他一拳：“脑子长哪儿去了？说起来那家夜店有雅琪的不少股份呢，怎么着，我也算是半个老板吧？”

“切。”

何适扯着他就走，一边走一边打电话道：“二婶，你上次不是让我给你侄女介绍个男朋友吗？我这里正好有一个……长相啊？他是雅琪的胞弟，你之前也见过，品性嘛，差不到哪儿去的……”

雅靖在一旁吐槽道：“老子的脸都被你丢光了！”

何适挂了电话，见雅靖还是不乐意去：“喂，雅靖，人家姑娘等会儿就来，你不会比她还害羞吧？”

雅靖直翻白眼：“何适，你给我等着，等雅琪回来，让她好好收拾你。”

何适摊手道：“我什么都没干，没外遇，没出轨，还准备去她的店里消费。嗯，白天的电玩钱我出的，等会儿你来。”

“什么时候这么婆婆妈妈了？”

“你不知道雅琪管我钱吗？”何适一脸幸福地看着雅靖，“她每个月只给我五千块的零花，这个月有点儿超支了。”

雅靖差点儿被自己的口水呛到。

两人就这么吵吵闹闹去了离W大学很近的那家夜店，老板娘张洛洛见到他们俩有些好奇地问道：“雅琪呢？”

“出差了。”何适微笑了一下，又交代道，“洛洛姐，等会儿有人来找我们的话，让她去包厢找我们。”

“好的。”张洛洛让服务员给何适和雅靖准备吃食，自己则站在台前算着账，这个时间，店里的客人还比较少。忽然，一个扎着马尾辫的女孩儿走了进来，嘴里嚼着口香糖，看见张洛洛就问：“请问何适在哪儿？”

张洛洛诧异地望着她，而后就带着她去了何适他们的包厢：“这边请。”

张洛洛开门请她进去的时候，瞥到里面何适正跟雅靖开心地说着什么，她心里忽然就产生了一种奇怪的想法：老婆才刚出门，恶劣本性就控制不住了？

这一晚雅靖并没有相亲成功，在何适走后，他后脚就跟着逃跑了。何适第二天一睁开眼，就看到雅琪坐在床头，正愤怒地盯着他。他不禁闭了闭眼，从被窝里伸出手来抓住了她，又坐起来揉了揉她的脸，满脸的不可置信。被子从他的身上滑落，接着他一把将她按在怀里，激动得不行：“雅琪，你怎么回来了？是想给我惊喜？”

雅琪一把推开他：“是不是我出个门，你就很开心？”

何适不明所以地看着她，雅琪深吸了一口气："如果你被人碰脏了，我告诉你，我就不要你了！"

何适这才发现有什么不对劲儿的地方，他伸出手来摸了摸她的脑门儿："哟，吃谁的醋了？"

"何适，你自己去喝花酒也就算了，竟然还带着雅靖一起去。"雅琪从旁边抱起枕头，使命儿地敲着他的脑袋，"浑蛋！浑蛋！浑蛋！"

何适听了有些想笑，也明白是什么事了，他不动声色地抓着她的手问："什么时候的事？我怎么想不起来？"

"昨天！"

"哪儿？"

"洛洛姐那儿！"雅琪双手握得紧紧的，"那个女的还是个大学生，对不对？是你学生吗？"

何适看到她眼圈都发红了，终于不想再继续逗她，"扑哧"一声笑了出来："我说雅琪，张洛洛到底跟你说了什么话，让你这样？"

雅琪带着哭腔扁着嘴巴道："她说你们三个人……"

"她说的你就信？她说我和一群人集体去干限制级的事情，你也会信吧？"何适的语气严肃了些。

"呃……"

"她那是什么思想啊？昨天我是给雅靖安排相亲来着，那女孩儿是二婶的侄女儿，我们前段时间去二叔家见过她的……"

何适看着雅琪那呆愣的样子，拍着她的脑袋道："其实吧，雅靖不喜欢女人。"

"啊？"雅琪一脸不可思议地看着他，眼睛瞪得很大，"不可能，雅靖在玩网游的时候很喜欢女人的。"

"那是网游，现实世界的他，你又真知道？"何适笑眯眯地又扔出了一个炸弹，"还有，张洛洛的店里有色情服务。"

"啊？不可能吧？"雅琪一脸惊慌，"来我们店的大部分是学生。"

何适顿了顿，看着她诧异的样子，捏着她的脸道："这也信？"

“难道是假的？”雅琪反问。

何适的脸色严肃了一些，他缓缓地道：“你看，有的时候眼见都未必是实，更何况，你只是听说的呢？”

“啊……”雅琪恍然大悟。

“你信任张洛洛没有错，可她一直对我有偏见，她总觉得周升升那个二愣子才适合你，总觉得我长成这样，一出去就是要去做坏事的。即使她觉得自己说了真话，但是她说的事儿未必就是事实。”何适拍了一下雅琪的脑袋，“懂了不？”

雅琪深深地吸了一口气，不好意思地将脸埋在他的脖子里：“我也没有不相信你，只是有些担心啦，而且洛洛姐跟我说，过去，男人都是三妻四妾；现在，男人出轨很正常。”

何适没说话，只是轻柔着她的脖颈，雅琪又道：“外面的世界真的很诱惑人吗？”

“你只要每天都将我喂饱了，这样就不用害怕了。”何适坏坏地笑道。

“呃……那我怀孕了呢？”雅琪突然抬起头来，一脸认真地看着他，“十个月！很多男人都忍受不了这十个月的。”

“你觉得男人都是下半身动物？”何适又皱起眉头。

“开荤后就不一样了！”

何适摸着自己的下巴，低低地叹了一口气：“你可以用另外一种方式对待我啊……”

“滚开！”

何适不再跟她开玩笑，摸了摸她的黑眼圈：“现在怎么办，还要回去吗？”

“该推的，都推掉了；该做的，我一夜没睡全做完了，暂时不用去了。”雅琪从兜里摸出一个袖扣，“喏，昨晚抽空给你买的礼物。”

何适亲了她一口，动手就去脱她的衣服，雅琪忙挣扎起来：“你干什么？”

"让你睡得舒服一些。"何适没好气地帮她脱了衣服，从一旁拿过她的睡裙给她套上，抱着她重新睡下，"让你笨，好好睡一觉，把脑子理清楚。"

雅琪本来就困，窝在何适的怀里很快就睡了过去，等她醒来的时候已经是下午一点了。她睡足后又赖了会儿床才爬起来，出了卧室，看到何适正坐在沙发上摆弄着那个袖扣。她见他开心，也觉得满足，坐到他旁边道："不错吧？我一看到它就觉得适合你。"

何适见她起床，打了个电话，叫了外卖，又起身道："我做了点儿甜汤，你先喝点儿。"

雅琪皱着脸道："不想喝。"

"绝对是甜的。"

是甜的，可实在太甜了。

两人吃完饭后，靠在一起看着电视："何适，你今天没课？"

"晚上。"

"哦。"雅琪脸憋得通红，突然她起身面对何适跪坐着，脸上是一本正经的神色，"何适，你觉得从目前来看，适不适合要小孩儿？"

"嗯？"何适不大理解地看着她，"你本身就是个孩子，还要什么小孩儿？"

"你不想要吗？"雅琪皱眉问道。

"想啊。"何适抿着唇认真地思考了一会儿，进了里屋，拿了一份计划表出来，翻了翻，道，"那我得早点儿把手头上的事弄完，这样就能陪着你了。现在我爸回来了，我妈应该也能抽出时间来照顾你，上次你妈妈说她上半年是不是不忙？"

"呃……"

"到时候让雅靖辞职回来接替你的职位。"何适认真地看着雅琪，见她一副呆愣愣的样子，就将她按在自己的胸前，"得盘算这么多啊，因为是你说要多过几年二人世界的呀，怎么突然改变主意了？"

雅琪靠在他的怀里："你妈上次说趁着年轻的时候早点儿把孩子

生了，容易恢复，越晚生孩子越容易老。”

“嗯。这个倒是。”

还有一个原因她没有说，刚结婚的时候，她没有信心经营这段婚姻，总是抱着或许哪天就会离婚的念头，所以她并不想要一个包袱。可如今她突然就没有了这个包袱，因为她对他的感情和他对她的感情是平等的，他会为她着想，在她看不到的地方关心她。虽然在家里的时候他老欺负她，可在外面他让她有足了脸面。

“明天我们去医院里做个检查，然后把坏习惯改掉。家里的烟和酒明儿都送出去……嗯，再问问医生需要做什么。回来之后把婴儿房整理出来……”雅琪靠在何适的怀里听他说着这些，嘴咧得很大，对他道：“何适，很少见到你这么温柔。”

何适用下巴蹭着她的头发，眼睛弯弯地道：“接下去还够时间蹂躏你的，先温柔一下。”说完，他的手突然就不大规矩起来，一路往下滑过去，“现在有兴致吗？”

“……没。”

“小骗子。”何适的唇贴着她红透的耳郭低喃，抱起了她，朝着卧室走去。

晚上，何适神清气爽地去上课。雅琪窝在沙发里吃着水果，突然想起了什么，给雅靖打电话道：“雅靖，你个变态，昨天去相亲而已，干吗不说实话？”

“哦，变相相亲，我也是刚了解。”

“雅靖，那女孩儿长得真的挺不错的，大学刚毕业，长得很清秀、很斯文的样子。而且是二婶的侄女，大家都知根知底的。”

雅靖似在忍着什么，随即高声咆哮：“你见过一个女孩儿一见面就将饮料往你裤裆里倒的吗？还亲自动手给你擦？”

“啊？”雅琪惊诧了。

“我不想像何适，年纪轻轻地就被一个女人绑住，多无趣，我还想再潇洒几年的。不知道这个年头，单身贵族很吃香吗？”

“雅婧，你难道真是不喜欢女人？”

“你家何适才不喜欢女人，不，何适都喜欢。”

“滚！”

“就知道向着你男人，不想理你。”

“我还有几个同学……”

“我有喜欢的人，不需要你们介绍。”雅婧似是有些不耐烦，“你还有没有其他要问的，没有我挂了啊，昨天你老公拉着我出去玩游戏，我现在还得赶一个策划呢！”

“哦，那不打扰你了。”雅琪继续抱着抱枕看电视，却仍旧不断想着雅婧的事儿，索性上网查他空间、游戏里的蛛丝马迹。就在这时，周升升给她 QQ 发来消息：“你在线啊？”

雅琪踟蹰了一下，回复了一个笑脸：“嗯，在呢。”

雅琪想了想，又发了一条消息：“周升升，雅婧他喜欢女人还是男人？”

雅琪看到对话框里显示“正在输入”，过了一会儿，才见周升升回复道：“当然是女的，雅婧喜欢身材饱满的。”

雅琪顿时就被雷得不轻，干笑了几声，回了一句话：“哦，原来如此。”

雅琪又问：“听说他有喜欢的人，你知道吗？”

“不知道，我从没听他说过，也没听别人说过。”

雅琪没有从周升升那里得到什么消息，心里不免更加好奇起来，她总感觉雅婧是在骗她，却又更愿意相信，雅婧心里真的有一个喜欢的人，如她一般，在年少的时候那样爱过一个人。

雅琪正准备关闭 QQ 时，周升升又发来信息：“雅琪，我后天就走了，你可以来送送我吗？”

雅琪迟疑了一下，打出两个字：“可以。”

之后，周升升似乎还想说什么话，对话框里一直出现“正在输入”，可最后他什么都没说，只发了一个开心的表情。雅琪跟他告别，下了线。她继续坐在沙发上看电视，一边看一边啃着一块酥饼，这些酥饼是上次何适去外地出差时带回来的，味道很不错，酥软香脆。

何适回来的时候，就见到雅琪对着电视在打瞌睡，膝盖上的毯子上都是酥饼屑，他愣了愣，对着她吼了一声：“大晚上的又吃零食！”

雅琪看电视看得迷迷糊糊的，被他这么一嚷，就吓了一跳，竖起指头贴在嘴巴上“嘘”了一声：“别嚷嚷，让妈听到就不好了！”

何适“噗”了一声：“妈在六楼，而且她今天也不在家。”他弯下腰来，将她毯子上的酥饼屑弄干净，又转身倒了杯水给她喝，接着在她旁边坐下，揉着她的脸道，“怎么还不去睡？”

“现在也不算晚啊。”

“在等我？”何适挑了挑眉。

雅琪喝了口水，斜了他一眼：“明知故问。”

“等我做什么？也是明知故问吗？”何适又靠近她一些，暧昧地在她的耳旁吹着气，她抗议地推了推他：“何适，你诱惑人哪？”

何适搂着她的脖子，眨着眼道：“就诱惑你了，不是你说要生娃娃的吗？”

雅琪红着脸继续看电视，不再去看他，何适却笑得很开心：“我晚上上课都不专心，竟想小孩儿了，不知道他长得会像你还是会像我，还是像我好，长得更好看。”

“自恋！讨厌！”雅琪突然想起了什么，看着何适道，“我后天要去送周升升，他要去美国了。”

何适渐渐变得面无表情起来，他用双手捏着她的脸：“不许去！”

“人家都要走了……送送又怎么了？”雅琪拍开他的手，拿了块巧克力往嘴里塞着，“男人嘛，大度点儿。”

“哼，我就偏不大度。”何适紧紧地抱着她，“我说不许，就是不许！”

“我都答应他了！”

“反正不行就是不行。”何适冷冷地哼了一声，“否则待会儿我就收拾你。”

雅琪心情不错，往他身上一靠，拍着他的脸道：“何适，真不带这么小气的，其实喜欢我的男人挺多的，你准备每一个都要这么吃醋吗？”

何适咬牙切齿，一字一顿道：“你这是在找死吗？”

“我说的是真的，就是没敢跟你说而已。”雅琪掰着手指一个个地数着，炫耀似的道，“我发现其实就算是结过婚的女人也还是很受欢迎的，而且老少皆宜。”

“谢雅琪！”

“其实……”

何适的半个身子都压了上去，她在外边居然开了这么多的桃花，这令他觉得非常郁闷，心底燃起一股无名之火。

“唔……”雅琪其实还蛮喜欢何适吃她的醋、紧张她的样子，可是没有想到这次他居然这么凶，对着她不依不饶地咬了很久，还直接在沙发上把她办了。他似乎并不打算就这么放过她，一边“办事”，还一边笑眯眯道：“除了我，还有谁能这样满足你？”

“你无耻！”雅琪恼怒地咬了一下他的肩膀，可下一刻，她又不得不可怜兮兮地道，“我错了……”

“以后还敢不敢跟我炫耀桃花史了？”何适在她的屁股上掐了一把，雅琪吞吞吐吐地道：“那以后瞒着你好了……”

“敢瞒着我？若是让我知道了，看我不打断你的腿！”何适不愧是运动型的男人，今天又突然跟发了疯一般，雅琪的眼中蕴含着泪水道：“那以后我跟你商量就是。”

何适看着她那红彤彤的脸，委屈兮兮的样子，吻了吻她的唇角，含笑的眼睛满意地弯了起来：“就这个时候乖。”

“那……那你就对我好一些……”

“我现在对你不好吗？”何适吻住她的唇，缠绵至极地吻着，后来他呢喃了一句，“以后不要再去见周升升那个二愣子了好不好？”

“可是我答应人家了啊……估计以后也没有什么见面机会了……你别老对这个耿耿于怀了……”

何适的脸又臭了：“你白天睡过了吧？晚上就别睡了！”

第二天，雅琪腰酸背疼没起床，连上个厕所，双腿都是抖的。何适挑眉看着她：“今晚再来一次，明天你就去不了机场了吧？”

雅琪抬眼瞪他：“你敢？你敢我就去做变性手术！”

“到时候我也能做吧，换个位置而已。”何适暧昧地看着她，“而且本来嘛，你的……”

“我讨厌你！”雅琪不想再听他后面说的话，转身回了卧室，恨恨地锁上了门。她今天还想去上班呢，可根本没精神，就打了电话请了个假。雅琪又在床上躺了会儿，眼睛直直地看着天花板，这日子没法儿过了……

又过了一会儿，何适找来钥匙打开门，端了些补品给她喝，雅琪皱眉道：“什么东西？”

“我妈说了，喝这个好，补身体。”

“哼！”

“乖，来喝一点儿。”

“哼！”

“你说昨晚那样子，你会比较容易受孕吧，或者我已经播种成功了？”何适笑眯眯地用勺子去撬她的嘴巴。

雅琪冷冷地斜睨了他一眼：“你比我想的还无耻！”

“真生气了？真生气了吗？可是昨天晚上你应该也很开心才对。”何适见雅琪不合作，就又拿些暧昧的话逗她，她的脸涨得通红，连气都不知道该怎么生了。

何适见她脸色缓了一些，呵呵地笑着，拉着她坐了起来，摸着她的脑袋：“来，先吃点儿东西，等会儿带你出去玩。”

雅琪低头默默地吃着东西，总觉得自己是不是太好哄了？总是被他整到生气，可是生气之后被他一哄，心里就没气了，虽然表面上还在生气。何适等她吃完，用手背给她擦了擦嘴巴：“再睡会儿？”

雅琪只是看着他，没有说话。何适餍足后，心情总是非常好，出去洗了碗，又捧了本书回来跟她一起躺在床上：“我看着你睡。”

雅琪本来就已经睡够了，双手自然地搂住何适的胸膛，枕在他身上，许久，感觉有些无聊了，便道：“何适，是有很多人喜欢我，但是我从来都没有过出轨的念头哟。”

“谅你也不敢。”何适没好气地摸着她的脑袋，“明天你要去就去吧，我送你去。”

“嗯。”

“不许笑，不许高兴，否则明天也让你下不了床！”

“……”

何适去上课后，周升升给她发了条短信：“明天会来吧？”

“会。”这可是她“苦战”才换取来的。

机场。

“人都走了，还看什么看？”何适不满地在雅琪的后腰捏了一把。

雅琪转身瞪了他一眼：“既然来送别，怎么能在别人才刚转头时，就直接走掉？”

“嗯，别人……这个称呼不错。”何适摸了摸下巴，漂亮的凤眼微挑，“我呢？是亲爱的吗？”

雅琪斜眼看他：“何适，你幼不幼稚？”

“这个二愣子终于滚蛋了，我的心也就放下了。以后不许再跟他联系，知道吗？”

“知道了，何适大爷，我都听您的，可以了吗？”雅琪挽着何适的手离开，“你今天不是还要去上课吗？”

“调到晚上了。”何适看起来很慵懒，也很闲适，“剩下的时间，你觉得我们应该去做点儿什么呢？”

“我们可以去吃饭呀。”

“去买点儿菜，回家自己做自己吃。”

“啊？又要回家里吃啊？”雅琪嘟囔道，心里老不乐意了，抬头一看何适那模样，猜也猜得到他想做什么。

“亲爱的，你看，情敌终于走了，我现在的心情很好，心情好就要做一些事来庆祝庆祝，对不对？”

“强词夺理！”

何适的兴致很高，纠缠了她一整天，雅琪呆愣愣地躺在床上，只觉得思维都变得迟缓了。此时天色已晚，房间里亮着一盏暧昧的灯，她躺着不动，也不想动。过了片刻，何适端着些吃的进来，因为餍足，有些眉飞色舞，他露出笑容道：“宝贝儿，吃饭了。”

雅琪歪着头看他：“何适，你最近应该多出去健身，去运动。”

何适坐在床头，捏着她的鼻子：“你是觉得我的体形不好呢，还是觉得我的力量不行？”

雅琪连忙解释：“我不是那个意思！我是觉得你应该把体力消耗一些在别的地方。”

“不，肥水不流外人田嘛。我这一身的体力呀，就是为你准备的。”何适笑弯了眼，一脸灿烂。雅琪看着他那张欠扁的脸，恨不得起身甩他一巴掌，这是什么人哪？

“宝贝儿呀，饭给你送来了，自己吃饭哟。我去上课了，如果你自己没法儿动手，我等会儿回来喂你。”

雅琪的脸微微地红了起来：“你别啰唆，快点儿滚吧！”

晚一些的时候，周升升给她发来短信报平安。雅琪看着短信，不禁有些疑惑起来，她到底哪儿好呢？周升升怎么就能把心放在她身上这么多年呢？她简短地回复了一下，没敢多说，她答应过何适，以后不再与他联系。她也不想因为一个别的男人，再与何适闹别扭。她是个倔强的人，何适也是，两人都不愿意轻易妥协，每次闹别扭都要闹出些动静，太累了。

雅琪迷迷糊糊地睡着，何适回来的时候把她给弄醒了，雅琪有些抱怨地推开他：“不会轻点儿吗？”

何适抱着她，低头用下巴、用脸颊蹭着她的脸，一副理所当然的样子：“谁让你醒了，我就是想抱抱你、亲亲你而已。你肯定是想我才醒的。”

“呸！”

“快点儿伺候爷沐浴更衣……”何适顿了顿，“还有侍寝。”

“不干。累了一天了，没心情、没体力。”

何适边脱衣服边逗她：“我厉害不厉害？”

雅琪正在犹豫着怎么回答，何适微抿着漂亮的唇，脸离得她很近，气息暖暖地吹在她的脖颈上：“要是我听着不满意啊，你今晚就甭睡了。”

雅琪的脸微微有些发烫，她低声地说了一句：“何适，你好厉害！”

何适很是满意，笑了笑，黑白分明的眼睛熠熠生辉，脸上的神色也越发暧昧。他知道她很累，就上前将她搂在怀里，在她的脸上亲了一口：“真乖。”

雅琪每天都被何适逼着喝很难喝的药，直到某天她才突然反应过来：“何适，为什么只有我一个人喝，你不用喝？”

“你生，自然是你喝啊。”何适理所当然地把中药端到她的嘴边，“快些喝，凉了效果就不好了。”

雅琪一边喝着一边鄙夷地看着他：“生孩子又不是我一个人生的，万一你的那啥质量不好呢？”

何适眉头一皱，用力地捏住她的脸，不断揉成各种形状，冷声道：“你是活得不耐烦了吧，居然敢质疑我？”

“你妈没给你准备，明天我打电话跟我妈说，让她弄些好药，也给你好好补补身子。”

何适本来想发怒的，突然“扑哧”一声笑了出来，在她的耳郭上咬了一口：“你是觉得我没满足你，是吧？你是希望我再厉害一些，是吗？”

“啊？”雅琪一时没反应，结结巴巴地道，“我，我才没有这个意思呢，你胡扯！我只是觉得就我一个人喝药不公平！”

“没有关系，我明白的。”何适笑眯眯地点着头，摸着她的脑袋，“以前你青涩嘛，现在被我调教好了，心里特想我，是不是？”

雅琪突然有一种想哭的冲动，以前就觉得何适这个家伙会去调戏小学妹不是什么好东西，如今更觉得他不是什么好东西，时时刻刻地只知道调戏她，无论是从语言上，还是从肢体上，这家伙都好无耻。

两个月后。

何适蹲在雅琪的面前，笑得一脸温柔："我就跟你说了吧，我那啥的质量好，这么快就中奖了。"

"唔。"雅琪知道这个结果既兴奋又紧张，整个人傻傻的，都不知道该怎么办才好，即使何适跟她开着玩笑，她也没有心情理会。

"怎么了？"何适见她心情不好的样子，渐渐收敛笑容，坐到她旁边，搂着她的肩膀道，"又害怕了？"

雅琪瞪他一眼："是我生，又不是你生，我当然害怕了。"

"害怕什么？"

雅琪哼了一声，随口道："害怕你出轨啊。"

"哟，就这么点儿破事？"何适在她脸上用力地吻了一口，"允不允许我跟五姑娘偷情呀？"

"滚！"

何适又高兴地笑起来，手轻轻地搭在她的肚皮上："宝宝哟，你妈妈是个笨蛋。"

雅琪认真道："何适，我脾气不大好，好像做了孕妇，脾气会更不好。到时候我脾气臭，又蓬头垢面的，要是跟你闹了别扭，你不理我怎么办？"

何适觉得雅琪多虑了，可想了大半天也不知道该怎么回答她。于是他便用毛笔写了许多大大的"忍"字挂在房间里的每一处："这样怎么样？"

雅琪点了点头："还行！"

何适抓着她的手道："你辛苦着呢，我又怎么会跟你闹脾气？你若是一生气，我就知道肯定是我做得不好，我不会不理你，我肯定会哄你，不要怕，知道吗？"

雅琪突然便感动起来，抓住何适的手道："不许食言哟。"

何适低头吻住她的唇："我永远不会对你食言。"